Jürgen Bauer

PORTRAIT

Roman

»Denn kein Mensch kann für längere Zeit sich selbst das eine und der Menge ein anderes Gesicht zeigen, ohne am Ende in Verwirrung zu geraten, welches das echte ist.«

Nathaniel Hawthorne

MARIEDL

Was glaubst du eigentlich, wer du bist? Schau mich an, wie alt ich geworden bin, und da soll ich nochmal Erinnerungen hervorholen? Damit es dem feinen Herrn besser geht? Du hast nix mehr mit mir zum tun haben wollen, und jetzt soll ich mich bemühen und mir was zusammendenken, von früher. Ich werd dir schon sagen, wer du bist. An meinen Sohn, an den kann ich mich schon noch erinnern, auch wenn ich auf die Neunzig zugeh, seinen Sohn vergisst man nicht. Und wenn ich was erzähl, dann nur aus einem Grund. Jetzt bist du nämlich dort, wo ich dich einmal haben hab wollen. Wo ich immer schon gewesen bin. Im Vergessen. Wer denkt denn jetzt noch an dich? Doch nicht deine studierten Freunde. Jetzt denk nur mehr ich an dich. Die, die du zurückgelassen hast. Freilich, es reden auch andere, zerreißen sich das Maul, aber das hat nichts zu sagen, hörst du? Die kennen dich nicht, nicht wirklich. Erzählen soll ich, hat sie gesagt, deine Frau, und natürlich erzähl ich dir was, ich hab dich ja immer noch lieb, bin immer noch deine Mutter.

Neun Monate hab ich dich in meinem Körper getragen, schwanger bin ich in den Stall. Schwanger aufs Feld. Ohne deinen Vater. Im Mutterleib hast mich schon getreten, als tätest du radeln, immer und immer wieder, hast gestrampelt wie ein Wilder. Hast mir Schmerzen gemacht, nicht zum Aushalten.

Dein Bruder hat die Hand auf meinen Bauch gelegt und gesagt: Mama, dein Bauch explodiert. Und ein Gschau hat er gehabt dabei, da hab ich müssen lachen. Nein, hab ich ihm gesagt, mein Bauch explodiert nicht, aber das da drinnen, das wird ein Wildfang, wirst schon sehen, mit dem kleinen Ding werden wir noch was Ordentliches zum tun haben. Immer wieder hat dein Bruder dann die Hand auf den Bauch gelegt, weil es da drinnen so umeinander rumort hat, das hat ihm halt gefallen. Da hat es draußen schon gekracht und alles ist zusammengebrochen. Die Flieger sind über uns drüber und ich hab mir nur gedacht: Lass mich das überleben, die Bomben da draußen und die Geburt von dem Buben. Ich hab nämlich von Anfang an gewusst, dass du ein Bub wirst, weil so viele Schereien machen nur die Männer. Lass es wirklich einen Buben sein, hab ich mir gedacht, immer wenn es besonders wehtan hat. Bitte, noch einen Buben, der mithelfen kann, wenn der Vater nicht zurückkommt. Zu dritt, ja, zu dritt, da schaffen wir das irgendwie. Nur kein Mäderl, um das man sich kümmern muss. Weil dass ein Mäderl so eine wird wie ich, eine die anpackt, das kannst ja nur hoffen, aber nicht erwarten. Und dann ist es so weit gewesen. Warst ja nicht mein erstes Kind, ich hab mir gedacht: Das wird schon gehen. Aber was red ich? Von Anfang an hast mir nur Schmerzen bereitet, ich hätt mir freilich denken können, dass das keine leichte Geburt wird.

Die Wehen haben im Stall angefangen, bei den Kühen. Ich bin auf dem Schemel gesessen, wie es zum stechen angefangen hat. Da hab ich gewusst, was passiert. Nur bist halt zu früh gekommen. Nicht viel, aber trotzdem zu früh. Na ja, ich bin ja verhungert gewesen, am Ende vom langen Krieg, kein Fett mehr am Körper hab ich gehabt, keinen Bauch mehr und keine Brüste, gar nix, wahrscheinlich bist deswegen so früh raus. Wirst dir gedacht haben: Da drinnen krieg ich nix Gscheites zu essen, probiere ich es einmal heraußen. Und recht hast gehabt. Nur dass es heraußen auch nicht viel mehr gegeben hat, aber woher hättest du kleiner Wurm das wissen sollen? Überrascht bin ich halt trotzdem gewesen, wie die Wehen losgegangen sind, die Schmerzen sind von jetzt auf sofort gekommen, nicht wie bei den anderen Kindern. Ich hätt wissen können, dass es bald losgehen wird, schon Tage vorher hab ich dich nicht mehr gespürt in mir. Wahrscheinlich ist das die Ruhe vor dem Sturm gewesen, hast dich noch einmal gut ausgeruht, bevor es auf die Welt geht. Hab ich eine Angst gehabt, ganz ohne deine Treterei? Ah geh wo denn. Ich bin ganz ruhig gewesen, hab gewusst, so ganz tief in mir drinnen, dass du nicht tot bist, dass du dich nur vorbereitest, auf was auch immer da auf dich zukommen sollt. Ich bin also auf dem Schemel gesessen und hab die Kuh fertiggemolken, trotz der Schmerzen, die Kuh kann ich ja nicht büßen lassen, weil du es so eilig hast, den Schmerz hab ich schon ausgehalten, zäh bin ich immer gewesen, kannst ja nicht überleben anders. Dann bin ich aufgestanden, hab noch die Milch weggebracht, den Schemel genommen und bin raus aus dem Stall, in den Hof, Richtung Stube.

In die Winterküche bin ich gestapft, so schnell es irgendwie gegangen ist. In die Winterküche, weil die Sommerküche noch zu kalt gewesen ist im März. Dort hab ich nach deinem Bruder gerufen, der ist irgendwo auf den Feldern gewesen, wie am Spieß hab ich brüllen müssen, bis er mich endlich gehört hat, auf dem Acker hinterm Hof. Ich hab ihn dann weggeschickt, zur Tante, dass die kommt und mir hilft. Eine halbe Stunde hat die Tante weggewohnt, so lange werd ich dich schon drinnen halten können, hab ich mir gedacht. Und so bin ich dagelegen und hab gewartet, auf der Eckbank, das frisch überzogene Bett hab ich nicht wollen dreckig machen. Raufgeschaut hab ich, auf den Herrgott im Winkerl. Auch so ein Bankert, das ohne Vater auf die Erde gekommen ist. Ich hab noch wollen zusammenräumen, falls die Hebamme kommen muss, aber das hab ich nicht mehr geschafft, also hab ich die Holzbalken an der Decke angestarrt und gehofft, dass die Tante bald kommt, auch wenn ich sie nicht hab leiden können und sie mich genauso wenig, aber die Tante ist die einzige Frau gewesen, die mir auf die Schnelle eingefallen ist. Gekommen ist dann aber der Onkel, weil die Tante in der Stadt gewesen ist, ausgerechnet. Ich hab schon nach der Hebamme geschickt, hat er gesagt, haltest noch durch, Mariedl, so halt doch noch durch. Immer und immer wieder, mehr Angst hat er gehabt als wie ich. Gell, haltest eh noch durch, Mariedl? Wie ein Pascha ist er dagesessen, aber ein Pascha, der auf einmal nimmer weiß, was er machen soll. Und da hab ich nur gesagt: Was scheißt dir denn in die Hose? Den Rindern hast früher die Kälber hinten rauszogen, wenn wir dich braucht haben, und vor mir hast Angst? Jetzt reiß dich zsamm, sonst setzt es was, so viele Wehen kann ich gar nicht haben. Der Onkel hat geschaut und gelacht, der Onkel mit seinem hatscherten Fuß und der Hand mit den abgerissenen Fingern. Die hat es ihm im 14er Krieg zertrümmert. Und wie ich so dalieg und dein Onkel so dasitzt und ich auf seine Hand schau, auf die rote Wulst, wo früher einmal seine schönen Finger gewesen sind, da hör ich plötzlich ein Geräusch von draußen, vor der Tür. Ich hab ja nicht rausgesehen von der Kuchlbank aus, aber das Tor ist versperrt gewesen, da hat keiner reinkönnen, also wer soll das sein, der da so schnauft? Der Onkel hat rausgeschaut, durch das kleine Glasfenster in der Tür, vor dem die selbst gestickten Vorhänge gehangen sind, er hat rausgeschaut und ist kasweiß geworden. Jessas, hat er geflüstert, der Bulli. So ein Blödsinn, sag ich, was soll denn der Bulli vor der Kuchltür? Aber wirklich, wie ich mich aufrappel und mich mit den Armen nach oben stemm, da steht er leibhaftig da. Scheinbar ist er die paar Holzplanken vor der Tür hinaufgetrippelt wie eine Ballerina und ist einfach dagestanden: Nasenlöcher, Augen, Nebel vom Atem, mehr hast nicht sehen können durch das Fenster. Unser einziger Stier, ein Riesenviech. Friedlich hat er ausgeschaut, aber lass dich von dem Ausschauen ja nicht täuschen, in einer Sekunde hätt dich der umgebracht, da kennt so ein Viech nix. Und wie das Glas von seinem Schnaufen beschlagen hat, da ist es mir eingefallen. Ich muss das Gatter offen gelassen haben, aber beim Bulli, da war eigentlich immer versperrt, muss er also durch sein Gatter durchgebrochen sein und dann raus durch das offene bei den Kühen. Ich bring ihn zurück in den Stall, hat dein Onkel gesagt. Der Pascha, auf einmal wieder mutig. Macht dem so ein riesiger Stier weniger Angst als wie meine Wehen. Na so sind die Männer. Also raus aus der Kuchltür und nach hinten. Wie er weg ist, da lug ich nach draußen. Lass dich wegen dem blöden Vieh nicht umbringen, hab ich nur gedacht, ich brauch dich noch. Aber der Onkel nimmt den Stier bei den Hörnern, ganz langsam, fast wie man ein Kind nimmt, wenns noch ganz klein ist, das hat er können, obwohl er selber noch fast ein Kind gewesen ist, wie er das letzte Mal in einem Stall gearbeitet hat, und dann führt er den Bulli weg. Und der rennt ihm nach wie ein Katzerl, das man selber mit der Milch aufgezogen hat. Und wie ich das seh, da werd ich ganz ruhig, ich schau auf den riesigen Bulli, wie der mit langsamen Schritten neben deinem Onkel herlauft, und es ist mir, als gäb es nix Schöneres auf der ganzen Welt. Ein bisserl später fangen die vermaledeiten Wehen wieder an. Ich hab gebrüllt wie am Spieß, da ist dein Onkel schon wieder in die Kuchl gekommen und hat die Tür zum Schlafzimmer aufgestoßen, aber dort hab ich nicht wollen rein. Ich hab erst müssen den Stier einsperren, hat er gesagt, es tut mir leid, Mariedl, und das Gatter reparieren, zumindest mit zwei Brettern, dass der Bulli nimmer rauskann. Na ist schon gut, hab ich gesagt, aber jetzt gehts halt los, ich kann nix mehr machen. Und wie ich mich zurückleg, ein Schreien nimmer in der Gurgel halten kann, da steht auf einmal dein Bruder in der Kuchl, und ein Gesicht hat er gehabt wie ein Geist, wie ein kleines Kind hat er ausgeschaut, nicht wie der elfjährige Bub, der er ja schon gewesen ist. Noch bevor ich was sagen kann, hat ihn dein Onkel gepackt und in die Speis gesperrt, Tür zu, Schlüssel umgedreht, der Bruder hat geschrien da drinnen, er muss sich ja gedacht haben, der Onkel sticht mich ab wie die Sau. Gebrüllt hat er hinter der Speistür: Lass die Mama in Ruh, tu der Mama nicht weh! Das Herz hat's mir zerrissen, aber es ist gut gewesen, dass der Onkel ihn eingesperrt hat, so wie ich ausgeschaut hab. Und immer wieder: Tu der Mama nicht weh, ich bitt dich, tu der Mama nicht weh. Er hat sich halt schon immer gesorgt um mich, dein Bruder, nicht wie du. Und ich hab mich wollen zusammenreißen, wie ich ihn da schreien hab hören hinter der Tür, damit er sich nicht solche Sorgen macht um mich, aber ich hab's nicht geschafft, beim besten Willen nicht. Ich hab gebrüllt aus Angst, nicht wegen der Schmerzen, die Schmerzen hab ich können aushalten, Schmerzen machen mir nix. Ich hab gebrüllt vor lauter Angst: Was passiert, wenn was schief geht? Mit deinem Bruder, mit dem Hof? Und ewig hat es gedauert, bis endlich die Hebamme gekommen ist, da ist es draußen schon dunkel gewesen.

Ich denk nicht gern an die Geburt zurück, das kannst mir glauben. Du hast mir alles zerrissen da drunten. Sie haben mich zusammengenäht wie einen Braten, sogar zum Arzt hab ich deswegen müssen. Gleich wie du auf die Welt gekommen bist, bist in Scheiße und Blut gelegen wie alle anderen auch. Es hat gestunken, dreckig ist es gewesen, und da kannst später noch so auf Saubermann im Anzug machen, so bist halt auf die Welt gekommen. Und dann hab ich dich auf der Brust gehabt, voller Blut und Schleim und grauslich hast ausgeschaut, aber so ist das bei den kleinen Kindern, und geatmet hast. Deine Augen hast schon offen gehabt, genau wie deinen Mund. Und gebrüllt, nicht auszuhalten. Kalt ist es gewesen, ich hab dich in eine Windel von deinem Bruder gewickelt und mir nur gedacht: Lass den Buben überleben, weil zwei zusätzliche Hände können wir sicher gebrauchen in den Jahren, die jetzt kommen werden. Und gestreichelt hab ich dich, da kannst mir noch so sehr vorwerfen, dass ich dich nicht liebgehabt hab. Und in deine Augen hab ich geschaut, ganz dunkel sind sie gewesen und irgendwie unheimlich. Und dann hab ich es laut gesagt, zu deinem Onkel: Hoffentlich überlebt er, der Bub. Vor dem Krieg hab ich ja zwei Kinder verloren gehabt, am Friedhofshügel sind sie gelegen, der eine nur ein Jahr alt geworden, der andere notgetauft. Das kann man sich heute ja gar nimmer vorstellen, heute stirbt man nimmer so schnell, heute leben alle so unendlich lang. Vier Kinder hab ich auf die Welt gebracht, aber nur du und dein Bruder haben überlebt. Dabei hab ich immer eine große Familie wollen. Immerhin zwei Kinder, zwei Burschen, Gott sei Dank. Nach dir hab ich keine

Kinder mehr kriegen können, es wär eh keiner da gewesen, der mir welche gemacht hätt. Aber jetzt hab ich dich erst einmal gehalten, ich hab dich angeschaut und mir gedacht: Was soll nur aus dir werden, in der schlechten Zeit? Ich hab dich dann nach deinem Onkel genannt, weil ohne deinen Onkel, da hätt ich das alles nicht überlebt, das kannst mir glauben.

Der Onkel ist der Bruder gewesen von deinem Vater. Ein großer, ein bärenstarker Mann, bis es ihn im Krieg erwischt hat, aber selbst dann hätt sich keiner mit ihm angelegt, da hat die Hand noch so hin sein können. Er ist ein herzensguter Mensch gewesen, tief drinnen, auch wenn sie nachher gesagt haben, in seiner Fabrik wär es nicht mit rechten Dingen zugegangen, er hätt die Leute schlecht behandelt. Dauernd ist wer da gewesen und hat in den Fabriken herumgestierlt, aber gefunden haben sie nichts, und die Arbeiter haben immer gesagt, dass das ein Blödsinn ist, den die Leute erzählen, dass es ihnen gut geht, dass sie ihm dankbar sind, und warum hätten die sollen lügen? Wie er dann schon lang tot gewesen ist, da sind noch andere Gerüchte aufgekommen, dass was mit dem Geld nicht stimmt, dass er da was Illegales gedreht hat, lauter so Sachen halt, die immer aufkommen, wenn den Großkopferten fad ist und sie zu wenig Arbeit haben. Mir wär sowas nicht eingefallen, einen guten Menschen so zu verleumden, ich hab mir was Besseres zu tun gewusst mit meiner Zeit. Aber sie werden sich halt immer das Maul zerreißen, das ist schon zu Anbeginn der Zeiten so gewesen, es wird auch immer so bleiben. Über dich haben sie später ja auch geredet. Genug Wahres, aber auch genug Blödsinn. Wer deinen Onkel gekannt hat, der kann dir sagen, dass das nur ein feiges Nachtreten auf einen Toten gewesen ist. Er hat sich gerade in der ersten Zeit gut um mich gekümmert, später dann mehr als nur gut um dich, oder nicht? Ohne ihn hätten wir das nicht durchgestanden, hätt ich den Hof nicht derhalten, hätt ich dich in keine Schule schicken können. Er hat dich mir weggenommen, wenn man so will, aber ich bin ihm nicht bös. Nicht mehr. Wie er gestorben ist, da hat er gesagt: Mariedl, der Bub hat wegmüssen von da, der ist anders als wie wir, sei mir nicht bös. Und da hab ich ihm vergeben, über zwanzig Jahre bin ich bös auf ihn gewesen, ganz tief drinnen, und das muss reichen, ich bin ja kein nachtragender Mensch. Außer deinem Onkel hab ich niemand gehabt, wie du auf die Welt gekommen bist. Meine Eltern sind schon lange tot gewesen, tief drunten in der Erde.

Ich komm aus einem Dorf, musst wissen, das hat noch ein paar Jahre vor meiner Geburt nur eine Handvoll Höfe gezählt, und einer von denen der unsrige, die Nummer zwei, so alt sind die Gemäuer gewesen. Heute steht er schon lang nicht mehr, eine Schand ist das, aber was willst machen. Nichts als arbeiten hab ich müssen, schon als kleines Kind, die Viecher versorgen, damit hab ich mich ausgekannt, auf die Geschwister hab ich müssen aufpassen, auch auf die älteren, für die Schule ist ja keine wirkliche Zeit gewesen. Aber mich hat's nicht gestört, ich hab das gern gemacht. Da bin ich hergeboren, da gehör ich hin, so hab ich mir das immer gedacht. Man muss halt wissen, wo sein Platz ist. Hättest ruhig besser aufpassen sollen, wie ich dir das derzählt hab, dann wär's dir besser ergangen. Oder hast es nur vergessen? Meine Eltern hätten den Hof verkaufen können, da bin ich noch ein kleines Mäderl gewesen, und gern hätten sie es getan, sind ja nicht froh gewesen über die viele Arbeit. Aber verkaufen und dann in einem kleinen Zimmer sitzen und sich gegenseitig auf die Nerven gehen, das haben sie auch nicht wollen. Mich haben sie weggeschickt, in die Stadt, da bin ich keine zehn Jahre alt gewesen, obwohl sie mich hätten brauchen können am Hof, aber sie haben mich weggeschickt, dass einmal was Besseres wird aus mir. Was Besseres als was? Ich hab das nicht verstanden. Ich bin doch schon gut genug, oder nicht? Aber gearbeitet hab ich trotzdem, bei den reichen Herren zur Aushilfe, in den Fabriken, wo ich halt was gefunden hab, wo ich gebraucht worden bin. Sie haben mich in der Stadt sogar zur Arbeit genommen, wenn sie eigentlich einen Burschen gesucht haben, so fleißig bin ich gewesen. Aber Spaß hat es mir keinen gemacht, ich hab wollen zurück auf den Hof, aber das haben die Eltern nicht erlaubt, nicht ums Verrecken, trotz meiner tüchtigen Hände. Du weißt ja nicht, was du redest, haben sie mir gesagt, wenn ich auf Besuch gekommen bin. Bleib in der Stadt, wo die Arbeit einfach ist. Das haben sie halt geglaubt, dass die Arbeit in der Stadt einfach ist, das hast ihnen nicht können erklären, dass du in den Fabriken genauso schuften musst, dass mir die Hände geblutet haben, der Rücken wehtan hat von der Arbeit, nur halt eingesperrt statt draußen in der Natur. Immer wieder bin ich zurück auf den Hof, wenn ich können hab. Meine Eltern haben das nicht verstanden, warum ich heim hab wollen, auf einen Bauernhof, weil ich ja schon ins neue Jahrhundert reingeboren bin, aber die neue Zeit hat mich nicht interessiert, keinen Deut. Immer haben sie wollen, dass ich zurück in die Stadt geh. Du kannst nicht hier versauern, haben sie gesagt. Los, geh in die Stadt, mach dir ein Leben, such dir einen Mann, wir schaffen das schon, sind ja noch genug Kinder da am Hof. Elf Geschwister hab ich gehabt, von denen sieben lebendig geblieben sind, vier

Brüder, drei Schwestern. Hans, Wolfgang, Heinz, Manfred, Karin, Brigitte und Christa. An die Namen von den Gestorbenen kann ich mich nimmer erinnern. Aber was ist gewesen mit den Überlebenden? Keiner ist ihnen geblieben, den Eltern. In die Stadt sind sie alle gegangen, der älteste Bruder Hans sogar nach Australien, in die Hitze. Ich hab mir oft vorgestellt, wie er durch die Wüste marschiert, die komischen Viecher von da unten neben ihm. Gehört hab ich genauso wenig von ihm wie später von dir. Ist mir also nur mein Schädel geblieben, um mir was vorzustellen vom Leben in Australien.

Den Hof von meinen Eltern hat mein zweitältester Bruder geerbt, wie die Eltern gestorben sind, gleich hintereinander, der eine hat es ohne die andere nicht ausgehalten. Der Sargbauer hat uns den zweiten Sarg sogar billiger gegeben, so knapp hintereinander haben wir sie begraben müssen. Aber der Bruder hat ihn verkauft, den Hof, kein Jahr sind sie da unter der Erde gewesen. Obwohl ich ihn übernommen hätt, aber nix, es ist kein reden gewesen mit ihm. Vom Geld hab ich keinen Groschen zu sehen gekriegt, ich hab mich aber auch nicht drum gekümmert, wozu? Ums Geld ist es mir ja nie gegangen. Die neuen Besitzer haben ihn weggebaggert, den Hof, und ein Haus draufgestellt, später sogar mit Pool zum Schwimmen, wo früher der Kuchlgarten gewesen ist. Schön ist es geworden, das neue Haus, kannst nix sagen, aber eben nicht mehr unser Hof. Ich bin nur einmal hin und dann nimmer, ich hab mir das nicht wollen anschauen, hat nur wehtan. Aber das kannst du sicher nicht verstehen. Einer, der einfach weggeht und dem das nicht wehtut, wie soll der kapieren, was einem ein paar alte Mauern bedeuten können?

Ich bin eh auf einem Hof gewesen, wie die Eltern gestorben sind, aber nicht auf dem unsrigen, sondern auf dem, den die Eltern von deinem Vater besessen haben. Überhaupt dein Vater, wie soll ich dir das erzählen? Ohne ihn wär ich vielleicht wirklich in der Stadt geblieben, ein Alptraum, dafür bin ich ihm noch immer dankbar, trotz allem, was später passiert ist. An einem Wochenende bin ich daheim gewesen am Land, endlich raus aus der Stadt, die Fahrt mit der Bahn und dem Bus abgespart von dem bisserl Geld, das ich in der Fabrik verdient hab. Deinen Vater hab ich da schon gekannt, noch aus der Schule. Der älteste Sohn vom Stallerhof ist er gewesen, aber wir haben nie viel miteinander geredet, zum Schöne-Augen-Machen hab ich keine Zeit gehabt, auch wenn er ein fescher Bursch gewesen ist, das ist mir schon aufgefallen, freilich. Nach der Kirche am Sonntag ist er also zu mir gekommen und hat mich einfach gefragt, ob ich ihn haben will. Ob ich dich gern hab? Na ob du mich haben willst, als Mann? Da bin ich baff gewesen! Ein einziges Mal sind wir gemeinsam spazieren gegangen, bevor er mich das gefragt hat, aber selbst das ist schon mindestens zwei Jahre her gewesen, also hab ich nur gesagt: Wartest noch eine Woche. Und die Woche hab ich gut überlegt, und dann bin ich wieder nach der Kirche auf ihn zu und hab gesagt: Ja, gern will ich dich haben. Und schön zweideutig ist das gewesen, das hat mir gefallen und ihm auch, weil er hat gelacht und mich gepackt und so ist das passiert mit uns. Die Aussicht auf einen Hof hat er gehabt, anständig ist er gewesen, na und so schlecht ausgeschaut hat er auch nicht. Ein großes Mundwerk halt, das hat jeder gewusst im Dorf, er hat sich nix gefallen lassen von den Obrigen, das hat mich beeindruckt. Und dann haben meine Eltern gesagt, Marie, haben sie gesagt, du musst selber wissen, was du tust, aber komm dann nicht dahergerannt und heul uns was vor, wenn es schwierig wird, wenn dein Mann wieder wo mit dem Schädel gegen die Wand will, wennst die Schufterei nimmer derpackst, weil der Stallerhof ist größer als unserer, da kannst dir gar nicht vorstellen, wie viel Arbeit auf dich wartet, und die Stallerleut, von denen reden wir nicht, aber nimm dich in Acht. Und das hab ich mir gemerkt und geheult hab ich nie, darauf bin ich stolz, obwohl ich viel hätt heulen können in den Jahren danach.

Hochzeit gefeiert haben wir in der Dorfkirche, an einem Donnerstag, das ist damals noch so Brauch gewesen. Ich im Kleid von meiner Mutter, ein neues hab ich mir nicht können leisten, hat mir die Mutter also ihres umgeschneidert, weil ich viel kleiner gewesen bin als sie, die Brust hat die Körberl gar nicht ausfüllen können. Schön ist es gewesen in der Kirche, aber lang. Der Pfarrer hat nicht aufhören können zum predigen. Gefreut hab ich mich, wie es endlich geheißen hat: Mann und Frau. Verheiratet also, so wie wir's verstanden haben. Und gut haben wir's verstanden, die ersten Jahre. Hochzeitsmahl hat es im Wirtshaus im Dorf gegeben, meine Eltern haben ein ganzes Schwein spendiert, damit es ordentlich was zum essen gibt, sogar eine Musik haben wir gehabt, keine Selbstverständlichkeit damals. Die Kranzljungfrau hat mit dem Kranzlbub alle ledigen Paare geehrt, mir haben sie den weißen Schleier abgetanzt, bevor dann gemaskert worden ist. Reingestürmt sind sie, wie wir noch gegessen haben, verkleidet, die Freunde von deinem Vater, und gepackt haben sie mich, Braut entführen. Erst zu Mitternacht ist worden entmaskiert, es ist ein solcher Spaß gewesen. Und trotzdem sind meine Eltern nur dagesessen und haben sich nicht gefreut, das hast du sofort gesehen, welche

Gesichter die gezogen haben. Die ganze Hochzeit hätten sie mir verdorben, wenn ich mir nicht einfach gedacht hätt: Marie, lass sie schauen, es ist dein Leben und deines allein, das kann niemand für dich erledigen.

Aber meine Eltern sind nicht die Einzigen gewesen, die ein Schnoferl gezogen haben. Die seinigen haben auch nicht wollen, dass er mich heiratet, eine Dahergelaufene. Die haben einen Hof gehabt, nicht so alt wie der unsrige, aber fünfmal größer, drum haben sie sich für was Besseres gehalten. Aber ich Dahergelaufene hab gearbeitet wie keine andere am Hof. Ich hab ihnen gezeigt, dass ich was gelernt hab, zuhaus bei meinen Eltern, später bei den Herren und in den Fabriken. Trotzdem, die Schwiegereltern haben sich einen feuchten Dreck um uns geschert. Der Bruder von deinem Vater ist der Einzige gewesen, der uns angeschaut hat nach der Hochzeit. Da hat er die erste Fabrik gerade aufgemacht gehabt. Er hat wollen, dass sein Bruder und ich dort arbeiten, aber das ist gar nicht in Frage gekommen, für wen anderen arbeiten, wenn man das eigene Land haben kann, die eigenen Viecher. Na ja, gehört hat er uns damals noch nicht, der Hof, aber wir haben halt gedacht: irgendwann. Derweil hab ich weiterarbeiten dürfen, als wär ich immer noch eine Magd. Gehört hat der Hof immer noch den Eltern von deinem Vater. Den wird er einmal erben, hat es immer geheißen, wenn die Eltern einmal nicht mehr können. Aber das hat lang gedauert, das Nichtmehrkönnen. Nicht und nicht haben sie wollen übergeben. Aber dann endlich ist er der unsere gewesen, sind die Großeltern ins Ausgedinge, und ich hab mich einen Tag gefreut drüber und dann den Rest von meinem Leben Angst gehabt, weil so ein Hof, der ist nicht leicht zum derhalten. Den Zubau für die Viecher hab ich noch vor dem Krieg mit deinem Vater selber gebaut, alles ausgehoben, den Beton selber zusammengemischt, Zement, Sand, Wasser, immer und immer wieder, noch vor dem großen Krieg ist das gewesen. Die Ziegel hab ich geschleppt, damit wir ein bisserl was dazuverdienen können mit noch mehr Viechern. Mein Rücken ist hin geworden, der Doktor hat mich Jahrzehnte später in die Röhre schieben wollen und nachschauen, aber wozu, ich hab ja gewusst, was passiert ist, der Zubau ist passiert, der Hof und die ganze Plackerei. Aber ein schöner Hof ist es gewesen, das kannst mir glauben. Wir haben immer viel Arbeit gehabt, hier was ausgebessert, dort was dazugebaut. Ein schöner Hof. Das ist mir wichtig, weil er dir nie gut genug gewesen ist. Weil du immer weg hast wollen, das Gesicht hast verzogen, wenn du zurückgekommen bist und geglaubt hast, ich merk es nicht. Das hab ich dir bis heute nicht verziehen. In der Kuchl von meinem schönen Hof, auf dem ich gearbeitet hab wie ein Viech, in der Kuchl bist auf die Welt gekommen, hättest in der Kuchl ruhig alt werden können. Wär dir ein Zacken aus der Krone gefallen? Für den Gabriel ist es ja auch gut genug gewesen, wie du ihn mitgebracht hast, oder nicht? Der hat sich gefreut über die Gemäuer und das Land, warum hast du dich nie drüber freuen können wie er?

In den ersten Tagen nach deiner Geburt hat mich der Onkel zu sich geholt, als ich nicht hab stehen können, mir alles wehtan hat. Er hat Leute besorgt, die sich um den Hof gekümmert haben, um die Viecher. Geld hat er ja gehabt, dank seiner Fabrik und seinen Arbeitern, die er hat einteilen können, wie er wollen hat. Ich hab mir alles berichten lassen, sogar vom Bett aus hab ich die Zügel in der Hand behalten, nicht dass du glaubst. Die Arbeit haben die trotzdem nicht so gemacht, wies mir recht gewesen wäre, aber ich hab nicht können jammern. Die Tante hat mich so schnell wie möglich weghaben wollen aus ihrem Haus, und den Gefallen hab ich ihr getan.

Kalt ist es gewesen am Hof, immer noch, obwohl es draußen schon wärmer geworden ist, ich hab gar nicht so viel Holz hacken können, dass sich die Mauern aufgewärmt hätten, aber ja, Holz gehackt hab ich, was wär mir auch anderes übriggeblieben, der Onkel hat sich nicht die ganze Zeit kümmern können. Und gezittert hast du. Manchmal hab ich dich ganz dick eingewickelt und Steine im Ofen heiß gemacht, Ziegel in das Backrohr gegeben und die heißen Steine und Ziegel dann zu dir ins Bett, in Decken verpackt, damit dir in der Nacht nicht kalt wird, du dich aber auch nicht verbrennst. Ich hab dich tagsüber sogar ins warme Backrohr gelegt, wie einen Laib Brot, da bist dann gelegen und ich hab mir gedacht: wenn das nur was wird. Windeln hab ich keine gescheiten mehr gehabt, schon dein Bruder ist in Windeln aus altem Bettzeug groß geworden, du auch. Zum Trinken hab ich dich zwingen müssen. Geplärrt hast die ganze Zeit, aber gesoffen hast nix. Meine Brust hab ich dir hingehalten, die hat schon wehtan vor lauter Milch, ganz entzunden ist sie gewesen, aber du hast nix wollen, Stunden hat das gedauert, bis ich dich satt gekriegt hab. Hast dich halt schon damals wie ein feiner Pinkel aufgeführt, dem meine Milch nicht gut genug gewesen ist. Dagesessen bin ich und die Brust hingestreckt hab ich dir, da hab ich Zeit gehabt zum Nachdenken, und dann hab ich eine Angst gekriegt. Angst, dass ich es nicht derpack. Ich hab ja selber nix gehabt zum fressen. Die meisten Lebensmittel hab ich müssen abliefern, mehr als die anderen, wegen der Geschichte mit deinem Vater, sie haben mich immer noch gestraft, und dann hat es dauernd lästige Kontrollen gegeben, Schwarzschlachten hab ich mich also nicht getraut. Melden hab ich alles müssen, sonst wär ich vors Gericht gekommen. Und dann? Zukaufen hab ich auch nix können, das Geld ist ja nix mehr wert gewesen. Also hab ich mich irgendwie durchgeschlagen, mit dem bisserl Gemüse, das schon gewachsen ist, dem Kraut, das ich noch eingelagert hab, den paar Sachen, die der Onkel mir hat können besorgen. Wie das Holz dann aus gewesen ist, da hab ich eines geholt von einem zerbombten Stadel, eine Stunde bin ich hinmarschiert, eine Stunde wieder zurück, während du im lauwarmen Ofen gelegen bist, der Bruder davor, als Aufpasser. Die Nachbarn haben zwei Polen gehabt, zur Hilfe, aber ich nicht, wie denn auch, mir hätten sie die als letztes zugeteilt. Dabei hätt ich sie sicher besser behandelt, die Polen. Aber jede schlechte Zeit geht vorbei, auch wenn man es nicht glaubt. Und so ist auch der Krieg vorbei gegangen.

Ein paar Wochen bist erst alt gewesen. Die Tiefflieger sind über uns drübergesaust. Und ich in den Keller vom Hof, zu den Erdäpfeln, aus schweren Ziegeln sind die Mauern gewesen. Da bist du sicher, egal, was passiert, das hat dein Vater immer gesagt. Aber dann hab ich es doch mit der Angst gekriegt, mit zwei kleinen Kindern im Keller, ganz allein. Hier findet dich keiner, hab ich mir gedacht, hier gräbt dich keiner aus, wenn die Ziegel doch über dir zusammenstürzen, also bin ich irgendwann halt in den Luftschutzkeller von der Kirche, weil die Bomber schon tief über uns waren, wenn sie irgendwo anders was bombardiert haben. Hinterm Altar bist runter, zwischen die Betonpfeiler im Keller, überall Krempel, Gebete und Singen. *Gegrüßet seist du, Maria, voll der Gnade, der Herr ist mit dir.* Na, mit uns hätt er sein sollen, der Herr, nicht mit der

Maria, was hat die Maria denn für Hilfe nötig gehabt? *Du bist gebenedeit unter den Frauen, und gebenedeit ist die Frucht deines Leibes, Jesus.* Und ich hab gedacht: Hoffentlich geht's auch meiner Frucht gut, die da zusammengekauert und in eine Decke eingewickelt zwischen meinen Beinen liegt, dein Bruder gleich neben dir. *Heilige Maria, Mutter Gottes, bitte für uns Sünder jetzt und in der Stunde unseres Todes.* Und wie wir alle »Todes« sagen wie aus einem Mund, da hörst ein Schluchzen im Raum, aber was nützt alles Heulen, wenn die Stunde des Todes kommt, können wir eh nix machen. Dann lass es zumindest schnell gehen, ich will das nicht noch mitkriegen, wie es zu Ende geht. Zusammengepfercht haben sie uns, immer mehr, und so bin ich mit euch beiden in der Ecke gesessen und die bösen Blicke sind zu uns hergeschossen, das hat schon wehtan, das kannst mir glauben. Am liebsten hätten sie uns rausgeschickt, zu den Fliegern, zu den Bomben, zu den Russen, die schon nähergekommen sind. Ich hab mir mein Platzerl gesucht, mit einer Decke, hab mich im Finsteren um dich gewickelt, dein Bruder ist vor mir gesessen, als würd er mich beschützen, und ich hab gewartet, hab jeden bösen Blick ausgehalten ohne Murren, ich hab ja nix dafürkönnen, für euren Vater.

Gib das Kind weg, haben die Eltern von deinem Vater gesagt, nach dem Krieg. Mit dem Kind schaffst das nicht, dein Erster ist schon groß genug, der kann mithelfen, aber mit einem Kleinkind derpackst du das nicht. Der Vater kommt nimmer zurück, der Hundling, und besser ist es. So haben die über den eigenen Sohn geredet, aber alt sind sie gewesen, steinalt, ich hab nicht zurückgeredet, hab nicht wollen, dass sie mich vom Hof schmeißen, wie sie es oft angedroht haben. Aber wie werd ich denn das Kind weggeben? Meine Kinder sind ja das

Einzige, was mir geblieben ist von ihm. So hab ich gedacht, heimlich und ganz bei mir, und gehofft, dass ich bleiben darf.

Getauft haben wir dich erst, da ist der Krieg schon vorbei gewesen. Den ersten Namen hast vom Onkel gekriegt und den zweiten vom Heiligen Georg. Da hat es nämlich so ein Bild gegeben in der Kirche, das hat mir schon als Kind gut gefallen. Ein ganz ein dunkles Holz als Rahmen und die Farbe schon so finster, dass du fast nix erkannt hast. Nur wenn sie die Kerzen drunter angezündet haben, dann hast können sehen, was da alles gemalt gewesen ist. Der Heilige Georg mit seinem Fuß auf dem Drachen, einem grauslichen grünen Viech voller Schuppen, sein Speer an der Gurgel. So hab ich mir vorgestellt, dass du einmal wirst. Ein starker Bursch, der jeden verscheucht, der mir blöd kommt, mir und dem Hof. Also sind wir in die Kirche für die Taufe. Eingewickelt warst in einen alten Fetzen, weil das schöne Taufgwand von deinem Bruder hab ich nicht wollen nehmen, du hast ja dauernd gespuckt, wie du so klein gewesen bist, und ich hab die Sorge gehabt, dass ich das aus dem Stoff nimmer rausbekomm. In der Kirche hast dann geschrien und ich hab mich geschämt vor dem Pfarrer, geschämt nicht wegen der Schreierei, sondern weil dein Vater nicht dabei gewesen ist und weil sie im Dorf blöd geredet haben. Weil sich das mit der Zeit nicht ganz ausgegangen ist. Aber ich hab es besser gewusst, nur hab ich das nicht können erzählen, ich hab mich nicht getraut, was zu verraten, noch nicht. Noch sind ja die alten Feinde überall gesessen, also hab ich nichts gesagt, aber das hat es noch schwieriger gemacht. Ohne deinen Onkel hätt dich der Pfarrer nicht einmal getauft. Aber dein Onkel hat Geld gehabt, und mit Geld geht alles in der Welt. Erst wie dir der Pfarrer das Wasser über den Kopf geschüttet hat, da bist ganz ruhig geworden. Still hast mich angeschaut, mich und den Onkel, der dich im Arm gehalten hat. Und vom Chor runter hat die Tante gesungen: *Du hast zu deinem Kind und Erben, mein lieber Vater, mich erklärt.* Leiden hat sie mich nicht können, die Tante, aber ganz ohne Musik hat sie dich nicht auf die Welt kommen lassen wollen. Laut hat sie gesungen und schön: *Du hast die Frucht von deinem Sterben, mein treuer Heiland, mir gewährt; du willst in aller Not und Pein, o guter Geist, mein Tröster sein.* Und da hab ich mir gedacht: Na ich hoff, dass er das wirklich ist, ein Tröster. Weil vom Vater kannst leicht singen, das ist in den Büchern leichter als wie im echten Leben, sogar in der Bibel.

Der Onkel ist dein Taufpate gewesen, der hat die Feier danach auch bezahlt, die ich gar nicht haben hab wollen, aber bei deinem Onkel, da hat es keine Widerrede gegeben, wenn der sich mal was in den Schädel gesetzt hat. Ein großes Essen hat er ausgerichtet im Wirtshaus, Schnitzel und Schweinsbraten, obwohl im ganzen Dorf noch der Hunger geherrscht hat, für mich hätt das alles nicht sein müssen. Es ist ja auch keiner dabei gewesen, nur wir drei, der Onkel und die Tante. Meine Eltern sind da schon lange tot gewesen und die Eltern von deinem Vater sind nicht gekommen, obwohl ich sie eingeladen hab. Persönlich habe ich geredet mit ihnen, obwohl es mich Überwindung gekostet hat, aber im Wirtshaus haben sie sich nicht blicken lassen. Und ich hab gehofft: Jetzt kommt dein Papa zurück, werdets schon sehen, ihr werdets alle noch sehen, jeden Moment. Und wenn er zurück ist, dann wird alles anders, dann wird er es euch schon zeigen, dann wird er euch bestrafen, dass ihr mich geschnitten habts. Also hab ich gewartet. Gewartet und gearbeitet.

Und Arbeit hat es wirklich genug gegeben, auf dem Hof. Ich hab ja nicht die Geräte gehabt, die es heute gibt. Und selber hab ich arbeiten müssen, ganz allein, grade in der ersten Zeit, mir haben sie keine Zwangsarbeiter zugeteilt. Und Tagelöhner hab ich mir nicht leisten können, wo denkst hin, nur hin und wieder hat mir dein Onkel ein paar bezahlt, wenn ich es allein gar nicht mehr geschafft hab. Um vier in der Früh sofort in den Stall, die Petroleumlampen angezündet. Zuerst hab ich den Kühen das Futter gegeben, Hafer, ein wengerl was von den Rüben, was ich halt gehabt hab. Dürfts halt nicht wählerisch sein, hab ich ihnen gesagt, wenn ich gefüttert hab, ich bin's ja auch nicht. Noch während sie gefressen haben, war das Melken dran, ich hab keine Zeit gehabt zum warten. Und nach dem Melken noch das Saufen. Mit jedem Kübel Wasser bin ich zu den Rindviechern, literweise, das kannst dir nicht vorstellen. Gott sei Dank hab ich eine Wasserpumpe im Stall gehabt, aber was sag ich, deinem Vater sei Dank, nicht Gott. Auf der einen Seite ist das Jungvieh gestanden, auf der anderen die Milchkühe. Und ganz hinten der Bulli. Fliegen sind herumgeschwirrt im Kuhstall, obwohl es noch gar nicht Sommer gewesen ist, da ist es dann überhaupt unerträglich geworden, gesurrt hat es überall. Wenigstens hat es so früh im Jahr noch keine Bremsen gegeben. Das war ja für die Rinder auch furchtbar, nicht nur für mich. Im Sommer hab ich die Kühe mit einer Birkenrute gebürstet, gegen die Fliegen und Bremsen, davonscheuchen hab ich sie aber immer nur ganz kurz können, ganz wild bin ich geworden, aber das hat dazugehört. Noch ist es nicht so weit gewesen, kein Hochsommer in Sicht, also weiter mit der Stallarbeit. Ausmisten, Stroh holen, einstreuen. Dann die Milch in den Keller, zum Kühlen. Und dann Holz hacken, für den Ofen. Und nach der ganzen Arbeit im Stall erst Kaffeeessen, nie vorher. Zuerst die Viecher, dann ich. Einen Gerstenkaffee, ein bisserl ein Brot, nur nicht zu viel in der Früh. Vielleicht eine Brennsuppe oder Milch und Brot, oft auch gleich als Mittagessen. Nach dem Kaffeeessen dann raus auf den Acker und nach der Arbeit am Acker wieder in den Stall. Die ganze Zeit hin und her, nach dem Heuen wieder zu den Kühen, aus dem Stall gleich wieder raus. Und du? Na, dich hab ich mit aufs Feld genommen, der Bruder hat schon am Hof gearbeitet, kleine Sachen. Boden wischen, Gemüse im Kuchlgarten zusammenschneiden. Dich hab ich im Leiterwagerl hinter mir hergezogen. Später dann, im Sommer, da haben dich die Bremsen sekkiert, aber im Frühling, da hab ich dich noch in den Schatten gestellt und im Wagerl schlafen lassen. Hab ja arbeiten müssen, bis die Sonne untergangen ist. Müd bin ich gewesen, freilich, wenn ich mich zu Mittag endlich in die Stube gesetzt hab mit ein bisserl was Gekochtem, einem Stück Brot, einer Strohsuppe mit Erdäpfeln, die hab ich gern gegessen. Ich hab mir oft gewünscht, dass ich einmal früh ins Bett gehen kann, ausschlafen, wenn mir alles wehtan hat, der Rücken, die Hände, die Füße. Aber an das ist nicht einmal zum denken gewesen. Das Erdäpfelanbauen hab ich schon erledigt gehabt für das Jahr, wochenlang hab ich noch im Krieg den Samen gerichtet, die Erdäpfel zerschnitten, die schlechten für die Sau vom Nachbarn aufgehoben, dann Furchen gezogen, mit jedem Schritt einen Erdapfel in die Furche gelegt. Jetzt haben halt andere Sachen gewartet. Der Kukuruz zum Beispiel, den hab ich erst müssen anbauen. So hab ich gearbeitet, bis der Hochsommer vor der Tür gestanden ist und alles zum wachsen angefangen hat. Auch das Unkraut ist rausgesprossen, als wär der Teufel über die Felder gegangen, so haben wir früher immer gesagt. Schauen hab ich müssen, dass die Frucht recht groß wird, genau wie du. Nur ist es mit der Frucht leichter gegangen, das kannst mir glauben. Weil saufen hast du immer noch nicht recht wollen, klein und schwach und noch lang kein Heiliger Georg. Sorgen hat mir das gemacht, aber die Arbeit hat abgelenkt. So ist die erste Zeit vergangen, jeden Tag die gleiche Arbeit, bis die Gräser geblüht haben, dann ist die Heuzeit gekommen, mit der Hand hab ich müssen mähen, was gemäht werden musste, den Klee vor allem. Dann das Futterholen für die Kühe, Getreide, den gemähten Klee. Und endlich auch am Wochenende auf den Markt, immer Gemüse verkaufen, damit ein Geld zusätzlich reinkommt, anders wär es nicht gegangen. Und wenn man nicht genug verkauft hat, mit dem ganzen Zeug wieder zurück auf den Hof. Und dann die Angst, dass es nicht reicht. Also die Scheune vollgestopft mit der Ernte. Aber einen freien Tag hab ich gehabt, einen einzigen im ganzen Jahr, Kirtag. Mitten im Sommer schon, im August, wo es ja genug Arbeit gegeben hätt. Aber ich hab Kittelschürzen gebraucht, Socken, ein bisserl was von dem, was ich mir selber nicht hab machen können oder was mir sogar mit den Leuten, die mir dein Onkel geschickt hat, zu viel Arbeit gewesen wär. Den Kirtag hab ich von allen Tagen im Jahr am liebsten gehabt. In der Sonne bin ich hingegangen, die vielen Leute, kein anderer Feiertag hat mir so gut gefallen, nicht Ostern und nicht einmal Weihnachten. Die Standeln, das schöne Zeug, was man sich alles hätt kaufen können, wenn man Geld gehabt hätt, nicht viel, bisserl ein Kramuri, aber das hab ich damals ja nicht gewusst, mir ist es schon viel vorgekommen, nach den ganzen Entbehrungen. Eine schöne Zeit ist das gewesen, ein schöner Tag. Gleich nach dem Feiertag haben dann schon bald die Erdäpfel aufs Ausnehmen gewartet, ein paar Wochen lang hat die Arbeit gedauert und ins Kreuz ist es gegangen. Von allein kommt halt kein Erdapfel aus der Erde. Am Vormittag also raus auf den Acker. Die Erdäpfel in die Säcke und diejenigen, die nicht aus der Furche raus haben wollen, mit dem Rechen anschubsen, damit nix in der Erde bleibt. Alles in Körbe und Säcke packen, am Nachmittag dann schon. Runter in den Erdäpfelkeller, zum Abladen. Die Säcke beim Abladen auf der Schulter. Kreuz und Schulter, überall hats wehtan. Säckeweise hab ich sie heimgeschleppt, den Keller bis oben hin angeschüttet. Später im Jahr den Kukuruz ernten, im Oktober erst. Die Kolben ausbrechen. Runterreißen, in die Körbe, auf die Wagerln, dann heimführen, in den Schupfen, zum Auslösen, wenn ich Glück gehabt hab mit Unterstützung von dem Onkel seinen Arbeitern, da haben wir zusammengehalten, aber sonst hab ich alles alleine derpackt, auch wenn ich im ganzen Körper Schmerzen gehabt hab. Die Kukuruzstängel aushacken. Eine Arbeit war das, dass ich froh gewesen bin, dass ich die Weingärten schon am Anfang vom Krieg aufgegeben hab, das wär dann auch im Oktober losgegangen, aber das hätt ich beim besten Willen nicht geschafft. Ich hab ja alles mit der Hand gemacht, sogar den Steinacker ohne Gerätschaften derhalten, nur mit der Sense gemäht. Einfache Arbeit ist das keine gewesen, mit dir am Rücken, aber wer hätte sie denn sonst gemacht? So ist es durchs Jahr gegangen, alleweil was zum tun, und am Abend im Bett kein Platz im Schädel für einen anderen Gedanken als wie an den Hof, egal ob Frühjahr, Sommer, Herbst oder Winter, die Sorgen, die immer gleichen.

Einmal hab ich auf dem Steinacker gearbeitet, beim Erde umgraben, da hab ich eine Metallhülse gefunden. Die muss von den Schießereien noch übergeblieben sein. In der Hand hab ich sie gehalten und gespürt, wie sie sich anfühlt auf der Haut. Ich hab die Hülse in die Kittelschürze eingesteckt und daheim aufgehoben. Munition muss das gewesen sein, von einem Soldaten oder einem Flieger dagelassen. Ich weiß auch nicht, warum ich die immer noch hab.

Wenn es dann stark geregnet hat, im Herbst, im Winter, dann ist das Wasser im Stall durch das Dach gekommen, das Stroh und die Schindeln sind ja schon sehr alt gewesen. Und wenn ich das Wasser gesehen hab, dann hat es mich verzagt gemacht, aber das hab ich mir sofort verboten, das Verzagtsein. Und irgendwann hat der Onkel das Dach austauschen lassen, dann ist es besser gewesen, aber ein bisserl leid hat es mir schon auch getan, weil das alte Dach ja der Vater und ich immer gemeinsam repariert haben, aber das ist jetzt nicht mehr gegangen, zu viel schon kaputt.

Erst vor Weihnachten ist es ein bisserl ruhiger geworden. Aber ist das besser gewesen? Ich weiß es nicht, ich hab die Arbeit immer gerngehabt, lieber als das Nixtun. Es ist nämlich nicht gut, wenn man Zeit hat zum Nachdenken. Im ersten Winter ist das so gewesen, da hab ich stundenlang nix zum tun gehabt auf dem Hof. Also bin ich spazieren gegangen, raus aus dem Dorf, und geniert hab ich mich. Was sollen die Nachbarn denken? Da geht sie, das faule Trumm, als hätt sie Geld wie eine Städterin. Aber ich bin einfach weitergegangen und hab gar nicht mehr aufgehört zum gehen, eine richtige Angst hab ich gekriegt vor mir selber, du bist ja zuhaus gelegen, nur mit dem Bruder neben dir, aber ich hab nicht können aufhören. Vorbei am Gemeindeamt, an der Stelle beim alten Greißler, zum Feld, wo im August immer der Kirtag zu Gast gewesen ist. Und keiner redet mit mir, obwohl ich an genug Leuten vorbeirenne. Wegen deinem Vater, weil ja alle geredet haben über ihn, aber nie mit mir. Immer weiter bin ich gegangen, bis nix mehr um mich gewesen ist, nur mehr niedergetretenes Gras und ein paar feste Eisbrocken, die in der Sonne noch nicht geschmolzen sind. Gleich nach dem Dorf ist ein Anstieg, wie ich da rauf bin, ist es dunkel geworden, aber die Hügel hast noch gesehen in der Entfernung, die kleine Kapelle. Und nach dem Anstieg ist es weiß gewesen, voller Schnee dort oben, und der hat so schön geglitzert, das kann ich dir gar nicht beschreiben. Mir ist trotzdem heiß gewesen, der Schweiß ist mir den Rücken runtergeronnen, ich hab müssen Rast machen. Ja Herrgott nochmal, Marie, hab ich mir gedacht, stehst den ganzen Tag im Stall oder auf den Feldern und jetzt geht dir die Luft aus? Fuchsteufelswild bin ich geworden mit mir, also weiter. Zwischen den Fichten durch, weiter ins Offene raus. Und da stehen dann auf einmal ein paar Kühe, wunderschöne Viecher, ich hab nicht den Deut einer Ahnung gehabt, wem die gehören und was die da machen, mitten im Winter. Groß, mit hellbraunen Flecken, die Haut hat ganz nass geglänzt, sie haben sich überhaupt nicht gerührt, als wär ich gar nicht dagewesen, als hätt es mich gar nicht gegeben auf derer Erden. Die Zähne hab ich zusammengebissen, weil ich hab ja gewusst, dass es mich gibt, trotz allem. Und immer weiter. Vorbei an dem Acker, wo sie noch vor dem Krieg einen am Baum aufgehängt haben, weil der ihnen nicht gepasst hat, weil er nicht dazugehört hat, wie sie gesagt haben. Ich hab mich noch erinnern können, schiach ist es gewesen, das Aufhängen, aber nix zu machen. Die Bilder sind zusammengeprallt in meinem Schädel, ich hab mich gar nimmer ausgekannt, ganz schwindlig ist mir geworden.

Die Metallhülse, zuhause in der Schatulle.

Der abgebrochene Ast von dem Baum, wo der Mann aufgeknüpft gewesen ist.

Die schönen Kühe, die mit ihren blöden großen Augen durch mich hindurchgeschaut haben.

Was lässt du dich so durcheinanderbringen, hab ich mir da selber gesagt. Denk lieber an den kleinen Körper daheim, der nicht richtig saufen will, immer noch nicht. An die viele Arbeit, die auf dich wartet. Was glaubst du eigentlich, wer du bist, eine Ausflüglerin aus der Stadt? Geh heim und tu weiter. Also bin ich zurück zum Hof, hab den Kopf eingezogen und niemanden angeschaut und mit niemandem geredet, wie niemand mit mir geredet hat.

Verzweifelt bin ich manchmal gewesen, so ganz allein, dafür braucht man sich nicht genieren. Hin und wieder darf man sich so eine Verzweiflung schon auch gönnen. Man muss nur rechtzeitig wieder aufhören und sich zusammenreißen, damit man nicht zu weit geht in der Verzweiflung. Das ist wie bei Pferden. Manchmal darfst ihnen die Zügel lassen, aber du musst wissen, wann du sie wieder anziehen musst.

Und dann ist Weihnachten gekommen. Ich hab noch schnell Futter zu den Viechern gebracht, dann den Boden aufgewaschen, am Nachmittag hab ich dich mit dem Bruder zum Onkel geschickt, eine Kerze aus der Kredenz geholt, damit wir es zumindest ein bisserl festlich haben. Dann hab ich uns ein paar Geschenke unter den Herrgottswinkel gelegt, selber gestrickte Socken, nicht die gekauften vom Kirtag, ganz kleine für dich. Und dann hab ich euch vom Onkel wieder abgeholt. Das Jesuskind ist dagewesen, hab ich gesagt, am Weg zurück, aber du hast ja noch nix verstanden. Und unterm Herrgottswinkel haben wir dann ein Vaterunser gebetet, dein Bruder und ich, und du hast uns angeschaut mit deinen großen Augen. Wobei ich beim Beten weniger an den Vater da oben gedacht hab, sondern mehr an den, der aus dem Krieg immer noch nicht zurückgekommen ist. Ich wünsch dir eine leichte Sterbestunde, hab ich mir gedacht, so ganz im Geheimen, wenn du nicht schon längst wo liegst, tot und verscharrt. Aber gesagt hab ich nix, nur *Amen*.

Im Frühjahr ist die Arbeit wieder voll losgegangen und die Zigeuner sind gekommen, wie jedes Jahr, wie das Amen im Gebet. Mit ihren Wagen und den bunten Tüchern. Haben die Zelte aufgeschlagen, sind ein paar Wochen geblieben und dann wieder weggefahren. Angst hab ich gehabt die ganze Zeit, dass sie was stehlen, mir dich und deinen Bruder wegnehmen. Drum hab ich euch eingesperrt in der Nacht. Pass auf, haben sie damals immer gesagt, die Kinderverzahrer kommen. Die Leute haben sich ja dauernd so Geschichten erzählt, aber hat man es wirklich wissen können? Heute darfst das nimmer laut sagen, aber damals hat es ein jeder so gedacht. Eine Angst hab ich halt gehabt, das wirst mir ja nicht vorwerfen. Aber es war ja noch was anderes. Neidisch bin ich nämlich auch gewesen, weil die Zigeuner weggehen haben können, wenn es ihnen nicht mehr gepasst hat. Wer hat es denn schon so leicht gehabt wie die? Einfach alles auf einen Wagen packen und verschwinden? So gern ich den Hof gehabt hab, so gern wär ich manchmal mit ihnen mitgegangen.

Jedes Jahr ist es ein bisserl besser geworden. Sogar Tanzfeste sind wieder organisiert worden, im Wirtshaus. Ich bin nicht hin, mit wem hätt ich auch hingehen sollen, aber manchmal hab ich mich vor die Fenster gestellt und durchgeschaut, wie sie wieder getanzt haben und gelacht und gesoffen, vor allem gesoffen. Und da hab ich an deinen Vater denken müssen, ein wengerl, wie wir bei der Hochzeit da drinnen getanzt haben, obwohl die Eltern so grantig dreingeschaut haben, wie er mich gepackt hat an den Hüften und wie ich herumgewirbelt bin und was das gemacht hat in meinem Kopf und in meinem Bauch. Aber was soll ich heulen, ich mag es ja nicht, das Heulen, also hab ich mich davongemacht und mir geschworen: An sowas denkst nie wieder.

Manche Tage greifen sich an wie Jahre. Wie dein Bruder gestorben ist, das ist so ein Tag gewesen, ewig hat der gedauert. Und manche Jahre fließen dahin, dass es sich anfühlt wie ein einziger langer Tag. Du bist aufgewachsen und älter geworden, und mit jedem Jahr hab ich weniger daran geglaubt, dass dein Vater zurückkommt, und mit jedem Jahr hab ich mehr gewusst, dass ich das allein derpacken muss. Und mit jedem Jahr hast du mir mehr können helfen. Du bist keine fünf Jahre alt gewesen, da hast schon mitgetan bei den Kühen im Stall, mit den Fingern hast die Milch aus den Eutern gedrückt, als hättest nie was anderes gemacht. Mit einer kleinen Schaufel den Mist weggebracht, den Misthaufen wachsen lassen. Beim Setzen von den Pflanzen hast mitgeholfen, im Kuchlgarten das Gemüse bekümmert. Aber geredet hast nix. Du hast alles gemacht, was ich dir angeschafft hab, aber keinen Mucks von dir gegeben. Ewigkeiten später, da hast schon in der Stadt gelebt wie ein feiner Pinkel, da hast mir vorgeworfen, wie grauslich das alles für dich gewesen ist. Aber ich hab dir ja nix gegeben, was ich in deinem Alter nicht auch hab machen müssen. Und woher hätt ich denn was wissen sollen, wennst nichts redest? Wird dir schon nicht geschadet haben, im Gegenteil.

Wütend bin ich auf dich gewesen, schon damals, obwohl du mir geholfen hast. Je älter du geworden bist, desto mehr hast nämlich ausgeschaut wie dein Vater. Die roten Haare vor allem, die auf dem Schädel gesprossen sind wie Unkraut. Jesusmaria, der Teufel, hat deine Großmutter angeblich noch gesagt, wie dein Vater auf die Welt gekommen ist und sie sein Büschel gesehen hat. Dein Bruder ist immer mehr nach mir geraten, aber du nicht. Dich hab ich angeschaut und gedacht: Der Vater steht wieder in der Stube. Das hat man schon gesehen, da bist erst ein paar Jahre alt gewesen. Und natürlich hat mich das gefreut. Aber es hat mich auch fuchsteufelswild gemacht, weil an deinen Vater hab ich nicht mehr wollen denken, und das hab ich dich sicher spüren lassen, aber kannst mir das übelnehmen? Am liebsten hätt ich sie dir angemalt, die blöden Haare, nur dass ich nicht mehr an deinen Vater denken muss.

Genau wie dein Vater bist gerne in die Kirche gegangen, vor allem der Jesus am Kreuz hat dir gefallen. Überm Altar ist ein großes Kruzifix gehangen, aus schwerem, ganz dunklem Holz. Und da ist er draufgehängt, der Heiland. Schön ist er nicht gewesen, ein Tischler aus dem Ort hat ihn geschnitzt, vor hundert Jahren. Ganz ausgezehrt, mit einer schwarzen Haut, viel zu echt. Aber du hast immer hingeschaut mit deinen großen Augen. Und ich hab alleweil müssen sagen: Nicht angreifen, weil du ihn immer mit deinen Fingern hast berühren wollen. Raufgestreckt hast dich, damit du die Zehen anfassen kannst, ganz fasziniert hat dich das. Zuhause ist ja auch ein Kruzifix im Herrgottswinkel gehängt. Das hast stundenlang können anschauen. Aber nur in der Kirche hast wollen immer hingreifen, ich weiß auch nicht, warum. Auf die Nägel, die in den Füßen und Händen gesteckt sind, die anderen Leute haben gezischt und bös geschaut, wenn sie das gesehen haben, ich hab dich immer schnell weggezogen.

Nur wie Jahre später die erste Kommunion ansteht, in die Schule bist schon gegangen, da kriegst auf einmal eine Angst und willst nicht mehr hingehen. Ja was fürchtest dich denn so, hab ich gefragt, gehst ja sonst so gern in die Kirche. Weil der Pfarrer erklärt hat, dass bei der Kommunion der Leib Jesu gegessen wird. Endlich einmal hast den Mund aufgemacht. Ich hab müssen lachen, aber du hast zum Kreuz raufgeschaut und gesagt: Ich will den Herrn nicht essen. Und die Tränen sind dir runtergekullert, ein Anblick ist das gewesen, das Herz hätt einem können brechen. Zur Erstkommunion hast natürlich trotzdem gehen müssen, was hätt ich denn sollen machen? Aber wie du dann da so gestanden bist, vor dem Herrn Pfarrer, in deinem schwarzen Anzug, den der Onkel spendiert hat, die Ärmel zu lang, die Schultern zu groß, da hast ein Gesicht gezogen und ich hab mir schon gedacht: Jetzt passiert gleich was. Und dann hast den Pfarrer gebissen, wie er dir die Oblate auf deine Zunge hat legen wollen. Ein Geschrei ist losgegangen in der ganzen Kirche, ich hab dich nur geschnappt und rausgezogen, und erst draußen hab ich dich abgewatscht. Es wird doch schon genug geredet über uns, hab ich dich angeschrien, was musst denn so einen Blödsinn veranstalten? Geniert hab ich mich vor dem neuen Herrn Pfarrer, den ich gerngehabt hab. Ich hab mich nicht können beherrschen. Hätt ich dich nur nie gekriegt, hab ich gesagt, aber das hast sicher nicht gehört, so laut hast du geplärrt.

Ich selber bin lange nicht gern in die Kirche gegangen, wegen den Leuten. Dabei hab ich für die heimgekehrten Soldaten immer ein paar Erdäpfel auf die Seite gelegt, ein bisserl eine Wurst, was Geräuchertes, obwohl ich selber nicht viel gehabt hab, aber es hat alles nix genutzt, sie haben das Essen genommen und trotzdem über mich geschimpft. Da sind sie dann gesessen, in der Kirche, die Weiber mit ihren Rosenkränzen, haben den Klingelbeutel herumgehen lassen und genau hingehört, wie laut es beim Vordermann scheppert. Dauernd aufstehen und niederknien für den Herrn, das ist sowieso nix gewesen für mich. Ich knie mich nieder, damit ich die Erdäpfel aus der Furche hol, aber sicher nicht, damit ich um Vergebung für Sünden bitte, die ich sowieso nicht begehe, und wenn, dann nur, weil ich halt nicht anders kann, weil die Zeiten halt so sind. Das heißt aber nicht, dass ich nicht an Gott glaub. Aber mein Gott zeigt sich draußen auf den Äckern, nicht drinnen in der Kirche, wo alles voller Gold ist und so spiegelt, dass einem der ganze Schädel durcheinanderkommt. Aber auch mit meinem Gott hab ich mehr gestritten als was erlaubt gewesen ist. Und streit ich noch. Da erzählen sie einem die ganze Zeit, dass Gott seinen eigenen Sohn auf die Erde geschickt hat, dass der hier unten ein bisserl zaubert, Hatscherte wieder gehend macht, Kranke wieder gesund, Tote wieder lebendig. Aber für mich? Na für mich hat er das nicht getan, für alle anderen vielleicht, aber nicht für mich. Ich bin immer noch hatschert und meine Kinder liegen immer noch tot in der Erde, da hilft alles Beten nix. Und was soll das überhaupt für ein Vater sein, der seinem Sohn anschafft, dass er die Arbeit für ihn macht?

Beim alten Pfarrer überhaupt, der dich noch getauft hat, bei dem bin ich gar nicht hingegangen, der hat einmal von der Kanzel runter was Falsches über deinen Vater gesagt, das hab ich ihm nie verziehen. Aber dann ist der Neue gekommen, kurz vor deiner Erstkommunion, und der Neue hat so eine Ausstrahlung gehabt, so wilde Haare, aber ganz sanfte Augen, da bin ich am Sonntag doch wieder in die Kirche, einmal schauen, was der zum sagen hat. Ein Bauernbub, das ist halt gleich was ganz anderes gewesen als wie der alte Pfarrer, der ja ein Studierter gewesen ist, der Neue hat viel besser verstanden, wie das Leben bei uns ausschaut. Der hat auch gleich wieder eine schöne Feldmesse gelesen, draußen aufm Anger, da sind wir dann in die Natur, zwischen den Stauden sind wir gestanden, schön hergerichtet, das hat mir gefallen. Aber so freundlich, wie er herunten gewesen ist, so wild hat er auf der Kanzel gepredigt, und das hat mir imponiert, ein Mann mit Kraft. Vom Wiederaufbau hat er geredet und davon, was wir alles schon geschafft haben, dass wir aber weiter zusammenarbeiten müssen, dass das Land noch besser wird, egal, wo wir herkommen. Und das hat mir gefallen. Hin und wieder ist er sogar auf den Hof gekommen, das hätt es unter dem alten Pfarrer auch nicht gegeben, da hat er sich dann zu uns gesetzt, hat sich ein Brot abgeholt, was halt grad da war zum Essen, und dabei hat er immer ein paar freundliche Worte für dich übriggehabt, sowas wär den anderen im Dorf nicht über die Lippen gekommen, und das hab ich ihm hoch angerechnet. Er hat dir über die roten Haare gestrichen, wie Kupfer haben sie geglänzt. Schöne Haare, hat der Pfarrer gesagt, und nicht wie die anderen: wie der Teufel.

Und einmal, da sitz ich in der Frühmesse, oft hab ich ja keine Zeit gehabt für solche Spompanadln, und am Schluss singen wir alle ganz laut, beim Auszug, da geht der Pfarrer an mir vorbei und lächelt mich an, das hat mich gefreut. Sie singen so gut, sagt er, wie er nach der Messe zu mir kommt, draußen vor der Kirchentür. Wollen Sie nicht auf den Chor gehen? Und wie er das sagt, da hört das die Steiner-Liesl, die ja die Leiterin gewesen ist von dem Chor. Grad mit der soll ich singen? Das sagt sie in meine Richtung. Die tät ja sogar den Herrgott verraten, die kennen nix Heiliges in der Familie, stellen sich sogar gegen die eigenen Leut. Aber der Pfarrer kennt nix, der verbietet ihr sofort den Mund. Und so bin ich dann wirklich hingegangen, zum Singen. Ich hab es wollen ausprobieren, für den Herrn Pfarrer, um ihn nicht zu enttäuschen. Bei jedem Wetter hab ich dann zur Probe müssen, bei jedem Begräbnis und bei allen Hochzeiten und bei der Kommunion rauf auf den Chor, singen, mit nassen Füßen und dreckigen Röcken, aber immer singen. Na, mir hat es eine Freude gemacht, auch wenn es schwer gewesen ist, die Zeit zum finden. Eine schöne Stimme hab ich ja immer gehabt, das kannst mir glauben, auch wie ich für dich gesungen hab, noch als Butzerl. Und wegen der Stimme haben die Weiberleut dann angefangen, mich freundlich anzulachen. Sogar die, die mich auf der Straße immer schief angeschaut und gehörig getratscht haben hinter meinem Rücken.

Du bist mit mir oben beim Organisten gesessen und hast zugehört, wenn ich gesungen hab. Selber spielen hast wollen, aber doch kein Talent gehabt dafür, kein Gehör, das hat der Organist schon richtig gewusst. Gesungen hast trotzdem. Laut und mit Begeisterung. Die Leute haben alle schief geschaut. Ich hab es dir dann verboten, da bist bockig gewesen für Wochen. Was soll man machen. Du hast halt den Mund immer nur dann aufgemacht, wenn es nicht gepasst hat. Wie nämlich der Opa gestorben ist, der Vater von deinem Vater, da hast für eine Szene gesorgt, das darfst halt auch nicht vergessen. Im Winter ist das gewesen, Schnee ist gelegen überall und Eis, in der Kirche hast gar nicht können so viele Mäntel anziehen, dass dir nicht kalt geworden wär. Während der Zeremonie bin ich oben am Chor gestanden und hab gesungen, aber danach hab ich mich unten eingereiht in den Leichenzug, mit dir an der einen Seite und deinem Bruder an der anderen. Die Oma ist vor uns gegangen, hat wollen niemanden an der Seite, keins von ihren Kindern. Ganz allein ist sie gegangen, und da hab ich schon einen Respekt gekriegt vor der Frau. Keine Träne ist ihr runtergekullert, die Blöße hat sie sich nicht gegeben. Sehr rutschig ist es gewesen den ganzen Weg, eisglatt, und so sind wir mehr Richtung Friedhof geschlittert als dass wir gegangen wären. Und wie wir da dann endlich stehen vor der Grube, der Pfarrer die letzten Worte sagt und die Sargträger die Kiste in die Erde lassen wollen, da rutscht einer von denen aus und dann auch der zweite und die anderen derhalten es nicht mehr. Also ist der Opa mit dem Kopf zuerst in die Grube, ein Pumperer im Sarg, mir ist es kalt den Rücken runtergerannt, aber du hast gelacht. Ganz laut gelacht, am ganzen Friedhof hat man dich gehört, und alle haben sich die Mützen runterzogen, die Mäntel enger geschnürt, aber du hast einfach weitergelacht. Und dann hast geschrien: Jetzt kriegt er noch im Grab eine auf den Schädel. Und da hat die Oma bitterlich zum weinen angefangen, kein Halten ist mehr gewesen, weil ja alle gewusst haben, dass sie die Hosen angehabt hat im Haus. Geschämt hab ich mich, das kannst dir gar nicht vorstellen. Nimm dein Bankert und schleich dich davon, hat die Oma mir zugezischt, zwischen den Tränen durch. Und das hab ich dann auch gemacht, hab mich durchgezwängt zwischen allen Leuten, durchs Friedhofsgatter durch. Und dann hab ich dir eine gewatscht. Links. Rechts. Und dann noch einmal. Sonst kriegst dein deppertes Maul nicht auf, aber ausgerechnet jetzt. Und da bist endlich still gewesen, aber aufs Begräbnis zurück hab ich mich trotzdem nicht getraut, und schon gar nicht zum Leichenschmaus. Die Geschichte hast später einmal einer Zeitung erzählt. Misshandelt hätt ich dich, körperlich und seelisch. Wie ich das gelesen hab, da hätt ich dir am liebsten gleich noch eine runtergehaut. Die anderen Bauern, die haben ihre Kinder wirklich dahergefotzt, aber ich, na ich sicher nicht. Und wenn mir doch einmal die Hand ausgekommen ist wie damals am Friedhof, dann sicher nur mit gutem Grund. Und dass er gut gewesen ist, der Grund, das wirst ja jetzt endlich selber zugeben. Wochenlang hab ich mich geniert, überhaupt nur auf die Straße zu gehen, nachdem du das über mich in der Zeitung derzählt hast. Misshandelt, so ein schiaches Wort. Bei uns im Dorf haben zwar nicht viele Leute eine Zeitung gelesen, aber es reicht schon einer, dass es alle wissen. Keine Sekunde hast du an deine Mutter gedacht, wie du das über mich derzählt hast, hab ich recht? Was die Leute über mich denken werden. Dass ich mich endlich derrappelt hab, nach der Sache mit deinem Vater, dass ich endlich wieder angeschaut worden bin im Dorf. Für dich ist das alles lang her gewesen in deiner Stadt, gar nimmer wahr. Aber nicht bei uns zuhause, nicht für mich. Hast ihnen halt was Neues geliefert, über das sie sich das Maul zerreißen können. Dir ist es wurscht gewesen. Aber ich hab leben müssen damit. Nicht einmal zur Chorprobe hab ich mich mehr getraut. Mir geht's nicht gut, hab ich gesagt, ich bin krank. Das hat mir natürlich keiner geglaubt, krank bin ich ja nie gewesen, das hat jeder gewusst im Dorf. Und schlecht lügen hab ich sowieso schon immer können, im Gegensatz zu dir.

Du hast schon als kleines Kind geflunkert. Dauernd Sachen erzählt, die nicht gestimmt haben, aber die Leute haben sie natürlich trotzdem geglaubt. Ja Kruzitürken, warum machst denn das, hab ich dich gefragt. Aber du hast nur mit den Schultern gezuckt. Aufmerksamkeit will er, hat der Onkel gesagt. So lass ihn halt, ist doch nicht so schlimm. Aber lassen hab ich dich nicht können. Also hab ich dich mit den Knien aufs Holzscheit gezwungen, bei jeder Lüge. Misshandlung, wirst jetzt wieder sagen. Na wennst meinst. Aber einen Lügner hab ich mir wollen nicht erziehen.

In der Schule hast mir auch nix als Scherereien gemacht zu der Zeit. Dabei bist am Anfang gern hingegangen. Der Onkel hat das Schulzeug bezahlt, sogar einen schönen Ranzen. Der hat sicher einen Haufen Geld kostet, aus Leder ist er gewesen, und wann hätt ich mir selber einen Lederranzen leisten können? Na wenn es nach mir gegangen wär, hättest mir sowieso weiter am Hof geholfen. Aber ich hab dich in die Schule gehen lassen, weil der Onkel mir zugeredet hat und weil es vorgeschrieben gewesen ist, per Gesetz, obwohl ich dich hätt brauchen können, Lesen und Schreiben hättest später schon auch noch derlernt. Am ersten Schultag hast dich gefreut, gar nicht erwarten hast es können. Ich hab dich hingebracht, bin die halbe Stunde mit dir ins Dorf marschiert. Da sind wir dann gestanden vor dem Tor, und ich hab mich wollen verabschieden, die anderen Kinder haben geheult, haben sich an die Mütter geklammert, weil sie nicht weg haben wollen, aber du hast mir nur ein Busserl auf die Wange gegeben und bist reingerannt, ich hab dir nicht einmal Pfiat Gott sagen können. Erinnerst dich noch an deine Freude am ersten Tag? Lang hat sie nicht angehalten.

Schon eine Woche später hab ich in die Schule müssen, und ab dem Zeitpunkt dauernd, weil du immer wieder Probleme gemacht hast. Ich hab ja eine Angst gehabt, dass die anderen Burschen dich verdreschen werden, so klein und ruhig bist gewesen. Aber genau das Gegenteil ist dann passiert. Du hast die anderen Kinder geschlagen, und wegen einer kleinen Rauferei ist man damals nicht so leicht in die Schule vorgeladen worden, das hat schon müssen ärger sein, kannst dir vorstellen. Zuhause bist so ruhig gewesen, aber in der Schule hast dich einfach nicht bändigen lassen. Ich hätt ja wissen können, dass du dich wehren kannst, wenn es drauf ankommt, hast ja schon im Bauch so getreten. Der Lehrer hat dich mit dem Rohrstock verprügelt, wie er dich einmal gar nimmer in den Griff gekriegt hat, aber da hab ich ihm ordentlich den Schädel gewaschen. Wenn ihn einer schlagt, dann ich, hab ich ihn angeschrien, und sicher nicht irgendein dahergelaufener Lehrer, der keine Ahnung hat von meinem Buben. Aber aufgehört zum raufen hast halt trotzdem nicht. So bin ich ein ums andere Mal raus aus dem Hof, die paar Kilometer ins Dorf, über die Felder, an der alten Kapelle vorbei, rüber über das eine Feld, das ich hab verpachten müssen, noch vor dem Krieg. Und dann auf die Schule zu, das alte Gemäuer, das schöne Haus, viel zu schön für welche wie uns, in das du gar nicht gehört hast, du hättest schon auch bei mir zuhause gelernt, was du wissen musst. Gegenüber vom Greißler ist der Eingang gewesen von der Schule. Da bin ich gesessen, ein ums andere Mal, und jetzt halt wieder. Du und noch einer von den Burschen, immer wer anderer. Der Steiner-Michl hat gesagt, dass du wie ein Mäderl gehst. Da bist auf ihn draufgesprungen und hast ihm ein blaues Aug geschlagen und das Gesicht hast ihm zerkratzt, ganz blutig ist er gewesen. Da hab ich dir gesagt: Du bist nicht gut. Du hast mich nicht gleich verstanden. Du bist nicht so gut, wie du sein könntest, da drinnen. Und aufs Herz hab ich dir gezeigt. Und warum? Weilst dauernd so grantig wirst und dich aufregst. Herrgott, was ist denn nur mit dir? Aber Antwort hast mir keine können geben.

Freunde hast keine gehabt. Wie auf eine kranke Kuh hab ich auf dich eingeredet. Du musst mehr sein wie die anderen, hab ich gesagt, sonst bleibst dein ganzes Leben lang allein. Aber ich bin halt nicht wie die anderen, hast gebrüllt und aufgestampft, und das hat mir schon imponiert, nur kommst halt nicht weit in der Welt mit einer solchen Einstellung. Die Kinder sagen dauernd, ich bin ein Bastard, hast geheult. Da hab ich mich schon geniert, aber wegen solchen Blödheiten hab ich auch nicht wollen einmal die Woche durchs Dorf getrieben werden. Ich weiß schon, wo die Kinder das hergehabt haben, das Wort. Von den Eltern. Die haben sich nicht getraut, mir das ins Gesicht zu sagen, also haben sie es über die Kinder gespielt. Mama, was ist das, ein Bastard? Und jetzt bin ich es gewesen, die keine Antwort gehabt hat.

Mit keinem hast dich vertragen, nur mit dem Norbert. Bertl hast immer gesagt zu ihm. Der hat dich in der Früh abgeholt und ist gemeinsam mit dir in die Schule. Immer zu früh dran ist er gewesen. Da ist er dann in der Kuchl gesessen, während du noch eine Arbeit gehabt hast. Ich hab ihm was zum Trinken hingestellt, aber er ist immer zu dir in den Stall und hat dir zugeschaut, was auch immer du gerade gemacht hast. Einmal, da geh ich in den Stall und die steile Futtertreppe rauf im Schupfen, fang mir die Heugabel aus der Ecke und will das Futter runterschaufeln, da hör ich es auf einmal rascheln und denk mir: Jetzt schläft die Hauskatze wieder heroben, anstatt drunten Mäuse zu fangen, faules Ding! Ich will schon mit der Heugabel rein, da seh ich dich liegen neben dem Bertl und spielen mit ihm. Ich schmeiß die Gabel in die Ecke und runter zu den Viechern. Eine steile Stiege, aber mit ein paar Sprüngen bin ich unten gewesen. Was gibst dich auch mit so einem ab, hab ich mir gedacht, das kann ja zu nix führen. Mit so einem Bürgerssohn, der wahrscheinlich lacht über uns und den Hof, wenn er zuhause sitzt vor dem gedeckten Tisch und an keine Arbeit denken muss, weil der Herr Papa genug Geld nach Hause bringt, dass der Sohn sich Unsinnigkeiten erlauben kann. Lauter Flausen im Kopf, unter denen unsereiner dann leiden muss, weil wir den Dreck nicht wert sind unter seinen Fingernägeln, nur Bauern, über die man schimpfen kann, als wären wir gar nichts oder noch weniger. Ausgerechnet mit so einem musst dich abgeben, und dann so, dass du dich nicht genierst. Ich hab dir dann verboten, ihn noch einmal zu sehen, aber an das hast dich nicht gehalten, so dreschen hab ich dich gar nicht können. Also bin ich zur Mutter vom Bertl. Und die hat sich durchsetzen können, das hast ihr müssen lassen. Der Bertl ist dann nimmer vorbeigekommen. Eine Zeit lang hast geheult, aber besser ist es gewesen für dich.

Immer noch hast wenig geredet. Dafür hast gelesen, die ganze Zeit. Was liest denn schon wieder, hab ich dich oft angefahren, kannst nicht arbeiten? Und immer hast gesagt: Ich muss lesen für die Hausaufgabe, Mama. Da hab ich dann mit dem Lehrer geredet, weil so viel braucht kein Mensch wissen, wie du hast lesen müssen für die Schule. Immer heim von der Schule, raus aus dem Schulgwand und Schädel in die Bücher. Jeden Tag. Bücher, die du aus der Schule mit heimbringst. Bücher, die der Onkel dir besorgt. Komisch ist das gewesen, verstanden hab ich es nicht. Wenn es wenigstens schöne Bücher gewesen wären, aber die haben so eigenartige Titel gehabt, und wenn ich sie aufgeschlagen hab, ist mir ganz anders geworden, so dick und so klein geschrieben, aber dir haben sie gefallen, du hast dich immer nach der Arbeit verkrochen und so lange gelesen, bis du eingeschlafen bist, auf der Kuchlbank, im Stroh, wo auch immer du ein Platzerl gefunden hast. Schön hat das ausgeschaut, wie du da so gelegen bist, ganz friedlich, aber ein bisserl eine Angst hat es mir auch gemacht, weil es mir so fremd gewesen ist. Ich hab mich aber trotzdem gefreut über die Bücher, weil du auf einmal wieder angefangen hast mit mir zum reden. Fragen hast gehabt zu den Büchern, bist ja doch noch klein gewesen, aber die Fragen hab ich dir nicht können beantworten. Regelrecht geniert hab ich mich vor dir. Wer will sich schon dumm vorkommen, vor dem eigenen Kind? Aber das hab ich dir nicht gezeigt, damit du nicht aufhörst mit deinen Fragen. Damit du nicht wieder ganz still wirst. Und so hab ich halt Sachen erfunden, was mir halt eingefallen ist.

Mit deinem Bruder hast es schwierig gehabt. Ihr seids halt so unterschiedlich gewesen wie Tag und Nacht. Die Eifersucht hat dich aufgefressen, weil ich ihn lieber gehabt hab. Und trotzdem bist gehangen an ihm, ganz eigenartig. Einen Tag hast ihm das Bein gestellt, damit er sich wehtut, aber dann hast ihn gepflegt und ihn gestreichelt, als wär er dir das Liebste auf der ganzen Welt. Und er hat manchmal eine Wut auf dich gekriegt, dann hat er dich bei den Kühen in den Dreck gestoßen, dir nachher aber beim Saubermachen geholfen. Aber nicht, dass du glaubst, dass ich dich nicht liebgehabt hätte. Es ist nur anders gewesen, das Liebhaben. Deinen Bruder hab ich verstanden, dich nicht. Ich hab ja jeden Freitag eine Süßigkeit für euch gekauft. Dein Bruder hat sie sofort gegessen, aber du hast sie dir eingeteilt. Zum Geburtstag hab ich euch immer eine große Tafel Schokolade gekauft. Aber du hast sie nie verschlungen, du hast sie aufgehoben und eingeteilt, sie angesehen wie ein Stück Gold, überall mit hingetragen. Verstehst, was ich mein? Und am Hof ist es ja auch so gewesen. Dein Bruder hat einfach gewusst, was zu tun ist und wann, aus dem ist ein richtiger Bauer geworden. Dir hat man immer alles müssen anschaffen, wie einem Knecht. Dafür hast dich sonst aufgeführt wie ein Herr, schon damals, hast dich vom Bruder buckelkraxn tragen lassen durchs ganze Dorf. Und er hat dir den Gefallen auch noch getan, hat dich auf die Schultern genommen und ist mit dir herumgerannt. Dafür hast ihn dann allein sterben lassen, so viele Jahre später. Ich weiß also beim besten Willen nicht, was du ausgerechnet mir und ihm immer hast vorwerfen müssen.

Komisch bist gewesen, zu der Zeit. Einmal, da komm ich zu dir in die Stube, sitzt du am Tisch, mit einer großen Kerze vor dir. Und wie ich hinschau, hältst du die Hand über die Kerze, ganz lang, schon ganz schwarz ist die Haut gewesen. Ich reiß dir die Hand weg, drück die Flamme aus. Ja was machst denn da?, schrei ich dich an, lass dir ein kaltes Wasser drüberlaufen. Und weißt du, was du da zu mir gesagt hast? Ich will das ganze Schlechte wegbrennen. Was redest denn für einen Holler, hab ich gesagt und dir die Hand verbunden, was denn für Schlechtes? Aber du hast nix mehr drauf gesagt.

Eine Zeit später hab ich wieder müssen zum Lehrer. Und ich hab mir gedacht, na der wird dir was erzählen. Sicher wieder eine Streiterei. Vielleicht hast wieder wem die Zähne ausgeschlagen. Oder die Hausübungsheftln zerrissen, schockieren hat mich ja nix mehr können. Du hast wieder einmal kein Wort wollen sagen von dem, was mich erwartet, so sehr haben dir meine Watschen gar nicht wehtun können. Ich also rein zum Lehrer, die Kittelschürze gradegestrichen, hingesetzt und gewartet. Und dann macht der den Mund auf und sagt das Wort. Gymnasium. Was wollen Sie? Ihr Sohn, der soll auf das Gymnasium. Ich hab geglaubt, ich fang an zum lachen, bis ich tot umfall. Aber Herr Lehrer, hab ich gesagt, der will doch so schon nicht in die Schule, streitet sich ja nur, das wissen Sie doch besser als wie ich. Der will nur daheimsitzen und lesen, sonst gar nix. Aber der Lehrer hat sich von meinem Lachen nicht stören lassen. Der Bub braucht nur eine andere Umgebung, dem ist hier zu fad. Zu fad? Na ich find schon was zu tun für den dummen Buben. Der ist nicht dumm, gnädige Frau. Sagt der wirklich gnädige Frau zu mir, ich hab geglaubt, ich hör nicht richtig. Nein, dumm ist der ganz und gar nicht. Der ist sogar zu gescheit. Zu gescheit? Ich hab überhaupt nicht verstanden, was das Ganze soll, ich versteh es heute noch nicht. Wer soll denn ein Gymnasium bezahlen?, hab ich gefragt. Der Onkel von dem Buben hat sich bereiterklärt. Hat der Lehrer mit dem Onkel geredet, ohne mir was zu sagen. Fuchsteufelswild bin ich geworden. Ich brauch den Buben hier, zum Arbeiten, hab ich gesagt, wie soll ich denn die Äcker sonst derhalten? Die verkaufen wir, hat der Onkel gesagt, wie ich später mit ihm geredet hab. Die letzten Äcker will der mir auch noch verkaufen! Na und ich, soll ich dann verhungern? Da hat der Onkel nur gelacht: Na verhungern wirst du nicht, da werd ich mich schon drum kümmern, das hab ich meinem Bruder versprochen. Nichts hat er verstanden, der Onkel, rein gar nichts, ich hab nicht wollen auf dem Hof sitzen und mich fürs Nichtstun aushalten lassen, vom eigenen Schwager. Ich hab wollen anpacken, nützlich sein, aber dazu hätt ich die vier Hände von meinen Burschen gebraucht, mindestens. Du kannst bei mir arbeiten, hat der Onkel gesagt, in einer von den Fabriken, wir brauchen immer tüchtige Hände. Aber das ist schon gar nix für mich gewesen. Ich hab meinen Hof gebraucht und meine Burschen. Aber es ist kein Anreden gewesen gegen den Onkel und den Lehrer. Der Bub ist anders, haben sie gesagt. Anders, wenn ich das schon hör, die Wadeln muss man ihm viererichten, dann hat sich das mit dem anders. Aber was hätt ich schon ausrichten können? Wenn Sie den Buben nicht aufs Gymnasium schicken, dann ist das eine Sünde. Redet der Lehrer von Sünde, dabei hab ich doch jeden Sonntag in der Kirche gesungen, nicht er. Außerdem ist niemand aus unserem Dorf aufs Gymnasium gegangen. Ich hab doch nur wollen, dass du dazugehörst. Die werden dich hauen am Gymnasium, hab ich gesagt, die sind viel größer als du. Ich hab ja nix Böses wollen für dich, das darfst nicht glauben. Selber hab ich ja auch nicht in die Schule dürfen und bin doch gescheit genug geworden.

Ich hab alles für dich getan, oder nicht? Und trotzdem bist weggegangen. Aber ich komm doch wieder zurück, hast gesagt. Jeden Tag nach der Schule komm ich wieder heim, mit dem Bus. Aber so eine dumme alte Tattel bin ich nicht gewesen, dass ich das geglaubt hätt. Wenigstens dein Bruder ist mir geblieben, der hat dann für zwei gearbeitet. Und da hätt ich ihn nicht lieber haben sollen?

Mit dem Bus bist ins Gymnasium gefahren, in die nächste Stadt. Der Onkel hat dir neue Hosen gekauft, neue Hemden, weil du im Gymnasium was Schöneres gebraucht hast, und ich hab dir eine Butter aufs Brot geschmiert und dich zur Haltestelle gebracht. Ich weiß nicht, wann ich das letzte Mal in der Stadt gewesen bin, aber am ersten Tag, da hab ich dich wollen hinbringen, damit du dich nicht verirrst. Mama, ich kann das allein, hast du gesagt, aber ich hab wollen sehen, wo sie dich hinschicken. Ein schönes Gebäude ist das gewesen, alt und groß, aber eine Angst hat es mir trotzdem gemacht. Die Schule ist viel zu groß für Menschen wie uns gewesen. Und so sind wir davorgestanden und haben den Eingang angestarrt. Ewig lang. Und wie ich mit dir reinwill in die Schule, da hab ich gemerkt, dass du dich genierst für mich, immer schaust von mir zu den anderen Leuten, dabei hab ich das schönste Sonntagsgwand angehabt. Mama, ich geh allein rein, hast gesagt. Wehtan hat mir das, aber was hätt ich sollen machen? Bin ich mit dem Bus eben wieder zurück, raus aus dem Sonntagsgwand und aufs Feld. Irgendwann am Nachmittag bist zurückgekommen. Na Zeit wird's, hab ich gesagt, kannst gleich das Arbeitsgwand anlegen und mir helfen. So ist es dann geblieben. Von der Schule nach Hause. Und raus aufs Feld. Aber du hast dich mehr und mehr gewehrt. Ich kann nicht, hast gejammert, ich muss für die Schule arbeiten. Als wär das eine wirkliche Arbeit, dauernd in Bücher stieren, in der warmen Stube sitzen. Da hätt es genug richtige Arbeit gegeben, aber dein Onkel hat immer gesagt: Lass den Buben, aus dem wird einmal was Besseres. Ja, ein Großkopferter. Na und was wärst du, ohne Großkopferte wie mich, hat er dann gesagt, und da hab ich den Mund gehalten, weil er ja recht gehabt hat. Aber ich hätt auch den Mund gehalten, wenn er nicht recht gehabt hätt. Weil dass man den Mund halten muss, wenn man von wem abhängig ist, das hab ich schon begriffen.

So wenig wie du früher geredet hast, so stark ist es jetzt auf einmal aus dir rausgesprudelt. Zu allem hast du deine Fragen gestellt, zu allem deinen Mund aufgemacht. Mit nix bist mehr zufrieden gewesen und nix hast wollen einfach akzeptieren. Wenn sie dir das Gescheitdaherreden einimpfen in deinem Gymnasium, dann solltest besser gleich wieder daheimbleiben. Du bist halt wirklich nicht gewesen wie dein Bruder, und schon gar nicht wie ich. Immer mehr bist geworden wie dein Vater, nicht nur äußerlich, sondern auch vom Inneren her, und das führt zu nix Gutem. Dahergeredet hat er nämlich auch immer viel, dein Vater, und nicht gewusst, wann man den Mund halten muss, dass es besser ist für einen. Eine Angst hab ich gehabt, dass du auch so endest. Und das hab ich dir gesagt: Halt besser den Mund, wenn du unter Leuten bist, fall nicht auf. Aber gehört hast nicht auf mich.

Auch sonst bist nicht mehr lieb mit mir gewesen. Weilst mich nicht gebraucht hast. Am Hof hast sowieso kein Interesse gehabt. Womit hätt ich dir also drohen sollen? Dass ich ihn nur dem Bruder vererbe? Das hätt dich nicht geschreckt.

Später hat es dann einen Tanz gegeben, in deiner neuen Schule. Aber du hast nicht wollen hingehen. Da tanzen ja nur die älteren Schüler, hast gesagt, aber das hab ich dir nicht geglaubt. Willst nicht hingehen, weilst allein bist?, hab ich dich gefragt. Du hast nix geantwortet, da hab ich schon verstanden. Fest zugeredet hab ich dir dann, dass du dir ein Mädel suchst, nicht gleich zum Heiraten, dafür bist eh noch viel zu jung gewesen, aber zum Spaßhaben, da hast nur die Augen verdreht. In die Augen schauen hast mir nicht können, als tätest dich genieren vor mir. Oder als müsst ich mich genieren vor dir, so genau hab ich das nie unterscheiden können.

Ich hab nur mehr ein paar Felder gehabt zu der Zeit. Die Arbeit hab ich nimmer so derpackt, dein Bruder hat ja nicht alles allein bewirtschaften können. Verpachtet hab ich sie oder gleich ganz hergegeben. Um die Verträge hab ich mich selber gekümmert, um die rechtlichen Sachen mit der Gemeinde, wie ein Mann, da hat mir niemand was vorgemacht. Vertraut hab ich sowie keinem außer mir, ein Schlitzohr bin ich gewesen, mich hat man nicht können über den Tisch ziehen. Aber ich bin auch niemandem mit dem Allerwertesten ins Gesicht gefahren. Wie du mir, so ich dir. So hab ich den Hof schon durch den Krieg gebracht, so hab ich es weiter gehalten. Drum bin ich auch die Einzige im Dorf gewesen, die das Wasserrecht gekriegt hat für einen Fischteich. Und den hab ich mit ganzer Leidenschaft angelegt, auch wenn der Körper immer weniger können hat. Karpfen hab ich drinnen gehabt und ein paar andere Fische, aber die Karpfen sind mir am liebsten gewesen, die hab ich gefüttert, bis sie ganz fett geworden sind, und dann hab ich sie gefressen, obwohl sie mir nicht geschmeckt haben, so schlammig, lieber hab ich sie angeschaut. Aber Fische nur zum Anschauen, das kannst ja keinem erklären.

Ich hab dann auch angefangen in der Kirche zum arbeiten. Ein bisserl waschen, putzen, kochen. Obwohl ich eigentlich keine Zeit gehabt hab, sogar mit weniger Feldern und den Arbeitern von deinem Onkel ist ja immer noch genug zu tun gewesen am Hof. Aber ich bin keine, die jammert. Ich bin eine, die anpackt. Und der Pfarrer hat mir ein Geld gegeben, das hab ich brauchen können. Und immer hat er von der Liebe geredet, der Pfarrer, aber Herrgott, was soll das schon sein, die Liebe? Ich hab früher schon manchmal eine kleine Liebesgeschichte gehabt, aber hat es mir was genützt? Wichtiger als eine Liebe ist eine Hochzeit und ein Mann, der bei einem bleibt und nicht davonrennt, weiß Gott wohin. Und das hab ich dem Pfarrer auch genauso gesagt, hab weitergeputzt und das Geld genommen, damit ich nicht dauernd zum Onkel gehen muss, betteln.

Immerhin hat dein Bruder noch den Führerschein gemacht, das hat mir schon sehr geholfen. Wir haben selber zwar kein Auto gehabt, aber eins vom Onkel ausborgen können, wenn es wichtige Erledigungen gegeben hat. Der Onkel hat dann sogar eine Melkmaschine finanziert, und obwohl ich sie zuerst nicht hab annehmen wollen, hat sie halt schon alles leichter gemacht, sogar mit den wenigen Kühen, die ich noch behalten hab können zu der Zeit.

Und dann ist der Brief in der Post gelegen. Aus Frankreich. Mein Name ist draufgestanden, sonst hätt ich ja gar nicht geglaubt, dass der überhaupt mir gehört. Ich hab ja niemand gekannt in Frankreich, nicht einmal viele Leute außerhalb vom Dorf. Dann hab ich den Namen vom Absender gelesen und mich hat fast der Schlag getroffen. Meine Knie sind ganz weich geworden und mein Schädel ganz leicht, ich hab mich müssen hinsetzen, sonst wär ich umgeflogen. Ein Brief von einem Toten, hab ich mir gedacht, jetzt haben sie im Jenseits schon ein Postamt. Ich hab geglaubt, da erlaubt sich wer einen schlechten Scherz, aber dann hab ich das Datum gesehen. Der Brief ist noch während dem Krieg abgeschickt worden. So viele Jahre muss der unterwegs gewesen sein, dabei ist Frankreich doch gleich ums Eck, das weiß ja sogar ich. Und da hab ich auf einmal eiskalte Füße gekriegt, richtig wehtan hat sie mir, die Kälte, die von den Füßen in den ganzen Körper gekrochen ist. Ich hab den Brief genommen und in die Schublade vom Kuchltisch gelegt. Und dann bin ich dagesessen und hab nicht können denken. Eine Angst hab ich gehabt. Fuchsteufelswild bin ich gewesen. Alles ist durcheinandergegangen in meinem Schädel. Ich hab die Schublade wieder aufgezogen, hab den Brief auf den Tisch gelegt und angeschaut. Ich hab ihn wollen aufreißen, ich hab ihn wollen wegschmeißen, alles auf einmal. Also bin ich in den Kuchlgarten, aber nicht einmal dort hab ich mich können ablenken. Also zurück zum Brief. Ich hab ihn doch gelesen, zumindest den Anfang. Liebes Mariedelchen, so hat er geschrieben, und da hat es mich gleich derpackt, weil so hat nur er zu mir gesagt: Mariedelchen. Und da hab ich weiterlesen müssen. Dass er sich durchgeschlagen hat, raus aus Österreich, nach Frankreich, Richtung Meer. Dass er jetzt seinen Ausweis am Strand versenkt, das Papierl ins Wasser haut, damit keiner weiß, wer er überhaupt ist. Der muss noch da unten liegen, der Ausweis, am Meeresboden, zerfleddert und hin. Bleibt da was über, im Salzwasser? Verabschiedet hat er sich von mir, ganz am Ende vom Brief. Falls wir uns nimmer wiedersehen, hat er geschrieben, dann weißt du, dass ich dich liebhab. Gelesen hab ich das alles und ganz wild bin ich geworden. Hat mir der Hundling doch wirklich geschrieben, aus Frankreich, wo er doch wissen hat müssen, in welche Gefahr er mich damit bringt. Wie kann man nur so wenig nachdenken? Ich hab doch auch so gewusst, dass er an mich denkt, dass er mich liebhat, da hätt er mich nicht in Lebensgefahr bringen brauchen. In La Rochelle ist er gewesen, wie er in dem Brief geschrieben hat, und das hab ich nicht einmal aussprechen können in meinem Kopf, nur immer wieder die Buchstaben lesen. Warm ist es hier, hat er geschrieben, also muss es irgendwann im Sommer gewesen sein. Und dann: Das Meer ist schön, ich hätte es ohne Krieg nie erlebt. Was für ein dahergelaufener Hundling. Sitz ich mit einem Kind und einem anderen im Bauch in den Bomben, schreibt er mir was vom warmen Meer.

Was heulst denn?, hast du gesagt, wie du durch die Tür gekommen bist, nachhaus von der Schule, und mich da hast sitzen sehen, den Brief noch immer in der Hand. Ich hab das Papier mit den Fingern zerknüllt und mir unter die Kittelschürze gesteckt, aber es ist mir runtergefallen und du hast es dir geschnappt, ich bin nicht so schnell gewesen wie du. Was ist das? Und ich hab nix gewusst drauf zu sagen. Da hast du das Papier glattgestrichen und den Brief gelesen. Und da hast du auch nix gesagt, genau wie ich. Erst Tage später bist du zu mir gekommen.

Du hast wollen über deinen Vater reden. Schon wieder reden und nur reden. Jetzt wär es mir lieber gewesen, du hältst den

Mund, aber du hast nicht aufgehört zu fragen. So frag doch deinen Onkel, mit dem hat er mehr geredet als wie mit mir. Aber du hast nur immer gesagt: Aber ich will es doch von dir wissen. Arbeit lieber, hab ich gesagt, als dass du dauernd so viele Fragen stellst, auf die es eh keine Antworten gibt. Aber du hast keine Ruh gegeben. Ich kann nicht drüber reden, hab ich gesagt, sonst sperren sie mich ein. Sie sperren dich doch jetzt nimmer ein, hast du gesagt, aber ich bin mir da nicht so sicher gewesen. Was willst denn überhaupt wissen?, hab ich gefragt. Ich hab dir ja schon alles erzählt. Wie wir uns kennengelernt haben, wie er mich vor der Kirche angeredet hat, so aus dem Nichts heraus: Willst mich haben? Ob ich dich gern hab? Na, ob du mich- Aber da hast mich unterbrochen und gesagt, ich soll die alten Geschichten sein lassen, das wär jetzt alles unwichtig, du willst nur wissen, was später passiert ist, im Krieg, was es mit dem Brief auf sich hat. Ein dummer Bub bist gewesen, weilst nicht verstehen hast wollen, wie unrecht du gehabt hast. Es kommt nämlich überhaupt nicht auf das Ende an, sondern nur auf den Anfang. Und den hätt ich dir gern noch einmal erzählt. Ob ich dich gern hab? Na ob du mich haben willst, als Mann? Aber das hast nimmer hören wollen, immer nur das Ende. Dabei hätt ich dir gerade das Ende gerne erspart. Aber dann hast mich erpresst. Wennst jetzt nicht redest, hast gesagt, dann hast die längste Zeit einen Sohn gehabt. Ich geh weg und komm nimmer heim und du wirst nix mehr hören von mir, wirst keine Sekunde wissen, was mit mir passiert ist. Und da hab ich dann doch den Mund aufgemacht, was ist mir anderes übriggeblieben?

Du hast deinen Vater ja nie kennengelernt, hab ich gesagt, aber dein Vater ist einer gewesen, noch viel dümmer als du. Der hat seinen Mund aufgerissen, andauernd. So weit, wie es nur geht. Und das hat ihm das Genick gebrochen, dass du es nur weißt. Am Anfang, da hat mir das noch imponiert. So wie er mich einfach geheiratet hat, so hat er sich halt auch sonst genommen, was er wollen hat. Nicht einmal seine Eltern haben sich getraut widersprechen. Im ganzen Dorf ist das bekannt gewesen, überall haben sie über ihn geredet, mit so einer Mischung aus Bewunderung und Furcht. Und aufregend ist das gewesen, als junges Mäderl. Aber dann ist eine Zeit gekommen, da hätt er müssen ruhig sein, und das ist ihm nicht gelungen. Schon ganz am Anfang hat er gesagt: Der Hitler kommt, und mit dem kommt nix Gutes, Mariedelchen. Ich hab es ihm nicht wollen glauben, aber er hat nicht aufgehört damit. Und wie dann die Hetzerei losgegangen ist, da hab ich gesehen, dass er doch recht gehabt hat. Und grad weil er recht gehabt hat, ist er noch viel goscherter geworden. Wenn wir einmal gewinnen, hat der Schneider-Hans immer zu ihm gesagt, na dann wirst dich schon anschauen, da werden wir dir schon helfen. Der ist in der Partei gewesen, der Schneider-Hans, schon ganz früh, vor dem hat man Angst gehabt, aber nicht dein Vater. Imponiert hat mir das, und dumm ist es gewesen. Und verstanden hab ich es gleich gar nicht. Warum bist denn nicht endlich still?, hab ich ihn oft gefragt. Weil ich nicht kann, hat er nur gesagt. Was soll das heißen? Ich weiß es ja selber nicht, Mariedelchen, aber ich kann doch nicht einfach den Mund halten. Und wegen dem Nichtkönnen hat er dann verschwinden müssen. Zuerst hat er sich im stinkerten Stall versteckt, die ersten Wochen, zwischen dem ganzen Dreck und der ganzen Scheiße. Aber er hat wollen überleben, da kümmert einen ein Gestank nicht. Wenn sie ihn gefunden hätten, dann hätten sie ihn erschossen oder aufgehängt, draußen am Acker, wie den anderen. Und wie es im Stall dann zu gefährlich geworden ist, wie der Krieg so richtig angefangen hat, da hat er sich im Teufelsloch im Wald versteckt. Bekannt ist das gewesen, aber nur unter den richtigen Leuten, und ein paar richtige Leute hat es noch gegeben zu der Zeit. Es müssen ihm welche geholfen haben, mit ein bisserl einem Essen zumindest, ich selber hab mich ja nicht getraut in den Wald, damit ich ihn nicht verrat. Ich weiß bis heute nicht, wer die Leute gewesen sind, die ihm Essen gebracht haben, es hat mir nie wer was gesagt. Und dauernd sind sie vor meiner Tür gestanden, die neuen Großen, und haben Sachen wissen wollen über deinen Vater. Aber so sehr, wie er den Mund immer aufgerissen hat, so sehr hab ich den meinen können halten. Nix haben sie aus mir rausgekriegt, aber eine Angst hab ich doch gehabt. Um ihn, um mich, um deinen Bruder. Statt was zu verraten hab ich ihn ausgeschimpft, wenn sie gefragt haben, verflucht hab ich ihn, dass sie schon gedacht haben, ich bin eine von ihnen. Monatelang hab ich ihn schon nicht gesehen gehabt, den Vater, aber mitten im Krieg, da ist er noch einmal zurückgekommen. Auf einmal klopft es am Fenster, in der finstersten Nacht. Was machst denn da? Du musst zurück ins Versteck! Aber er hat nicht wollen hören auf mich. Darf ich rein?, hat er gefragt. Na was fragst so blöd, bist du der Bauer da auf dem Hof? Im Teufelsloch ist es kalt, hat er gesagt. Außerdem wird es mir zu gefährlich, es wissen einfach schon zu viele Leute von dem Versteck. Ja wo willst denn dann hin?, hab ich ihn gefragt. Das weiß ich noch nicht. Na dann solltest schnell überlegen. Da hat er nur gelacht: Ach, Mariedelchen. Antwort hab ich keine gekriegt. Wie soll ich dir denn schreiben, wenn ich nicht einmal weiß, wo du hingehst? Es ist eh besser, wenn du mir nicht schreibst. Für dich und für mich. Merk dir das. Die ganze

Nacht ist er dann neben mir gelegen und ganz schmalpickt ist er gewesen und die Knochen hab ich gespürt. Ich hab mich gefreut, dass ich ihn wiederhab, aber es ist auch eine traurige Nacht gewesen. Gewusst hab ich ja, dass er nicht bleiben kann. In der Früh hat er sich ein Gewehr aus dem Schrank genommen. Er ist ja der beste Preisschütze gewesen im ganzen Dorf und Umgebung, wir haben sogar Pokale gehabt zuhause, auf die ist er stolz gewesen, also hab ich mir gedacht: Er wird sich schon können verteidigen, wenn er muss. Angezogen hat er sich und hergerichtet zum Gehen. Musst denn wirklich weg? Er hat gar nicht mehr geantwortet drauf. Wie dann Wochen später der erste Brief gekommen ist, der mit dem Hakenkreuz drauf, da hab ich gewusst: Gut ist es gewesen, dass er rechtzeitig verschwunden ist. Nach der Nacht kann ich dir nicht sagen, was mit deinem Vater passiert ist. Bis der Brief aus Frankreich gekommen ist, hab ich ja nicht einmal gewusst, dass er es bis dorthin geschafft hat. Die neuen Großen im Dorf haben eine Hetz veranstaltet nach allen, die verschwunden sind. Aber ich hab gewusst: Ihr könnts suchen was ihr wollts, der Vater ist schon lang nimmer da. Später sind sie zu mir gekommen, mit einem Foto von ihm. Mit Einsperren haben sie mir gedroht, aber ich hab mir nicht anmerken lassen, dass ich eine Angst hab. Dumm gestellt hab ich mich wieder und geschimpft auf den Feigling, der mich allein gelassen hat. Und nicht einmal verstellen hab ich mich müssen, weil ich ihn wirklich ein bisserl verachtet hab, sein großes Maul ist ihm wichtiger gewesen als seine Familie. Immer wieder sind sie zu mir kommen, aber ich bin zäher gewesen, und irgendwann haben sie eine Ruh gegeben, auch wegen dem Onkel, der einen Einfluss gehabt hat. Aber was keine Ruh gegeben hat, das war meine Angst. Nicht und nicht hat sie wollen verschwinden, bis heute. Einmal, schon lange nach dem Krieg, da sind wir drei gemeinsam durchs Dorf gegangen, zum Greißler, da kracht auf einmal ein Gewehrschuss von irgendwoher, wahrscheinlich von einem Jäger am Feld, aber ich hab so eine Angst gekriegt, auch wenn ich es vor euch nicht hab zugeben können, ich hab so stark gezittert, ihr habts meine Hand genommen und seids mit mir nach Hause gelaufen, ganz schnell. Das ist es nämlich, was du irgendwann vergessen hast: die unfassbare Angst überall. Nach dem Krieg haben sie mir nix sagen wollen über den Vater, keine Antwort hab ich gekriegt, nirgends. Ich hab so lange nachgefragt, bis ich irgendwann begriffen hab: Du wirst es nie erfahren, dummes Weib, also halt den Mund. Nicht einmal ein Grab hat er, bis heute nicht, und das ist schon was. Dass nicht einmal ein Stein dasteht, wo man hingehen kann, dass man nur in die Luft schauen kann, wenn man an ihn denkt. Aber vergessen haben sie ihn nicht, im Dorf, auch ohne Grabstein. Wenn sie mich gesehen haben, dann haben sie sich das Maul zerrissen über deinen Vater und über mich, vor allem, wie du dann auf der Welt gewesen bist. Ich hab ja nix derzählen können von der Nacht. Aber ich hab gar nicht hingehört, einfach den Kopf unten gehalten. Das ist es nämlich gewesen, was ich gelernt hab von der ganzen Sache: nie den Mund aufmachen. Ich hab ja gewusst, was passiert, wenn man zu viel redet. Was man den Menschen antut. Er hätt sich sollen auch zurückhalten und seinen Teil denken. Im Kopf kannst ja sagen, was du willst. Aber nach außen hätt er sein müssen wie die anderen. Einfach tun, was von ihm verlangt wird, ist denn das so schwierig? Aber das hat er nicht können, nicht ums Verrecken. Und drum ist er nimmer hier. Drum hat er uns nicht können helfen. Wegen seinem dauernden Daherreden, immer gescheiter als alle anderen. Nein, den Mund muss man halten, dass du dir das nur ja merkst, sei still, sei wie der Rest, egal, wie schwer es dir fallt.

Das alles hab ich dir erzählt über deinen Vater, in einem Rutsch. Und du hast zugehört und immer mehr wissen wollen, aber an mehr hab ich mich beim besten Willen nicht können erinnern, fast ist es mir gegangen wie dir jetzt. Ich hab ja gewusst, dass das zu wenig gewesen ist an Erinnerung, aber was soll ich machen. Ich erinner mich halt nicht mehr, wie ich die Zeit überlebt hab, während dem Krieg. Nicht mehr an die ganz normalen Tage mit deinem Vater, an unseren Alltag zusammen. An die Dinge, die er zu mir gesagt hat und ich zu ihm. Wie es gewesen ist, wie dein Bruder auf die Welt gekommen ist. Da ist nix mehr in meinem Schädel, aufgefressen von der Trauer. Und da hast dann auch nimmer nachgefragt, Gott sei Dank. Aber ein paar Sachen, die hab ich doch noch gewusst.

Dass ich deinen Vater in der letzten Nacht bei mir gefragt hab, warum er mich damals vor der Kirche wirklich angeredet hat. Und dass er gesagt hat: Weil ich doch schon zwei Jahre drüber nachdacht hab. Zwei Jahre hab ich gebraucht, ich feiger Hund. Und nie hätt ich mir das gedacht, dass dein Vater einmal feig gewesen ist.

Dass ich mir nicht sicher gewesen bin mit ihm, auch wenn ich so getan hab. Dass ich eine Riesenfurcht gehabt hab vor der Hochzeit, auch wegen dem Gerede der Eltern.

Dass ich mich geärgert hab über mich selber, weil ich nie wirklich gefragt hab, warum er so gegen die neuen Machthaber gewesen ist. Wo das hergekommen ist, aus welcher Ecke. Dass ich gern gewusst hätt, ob es das wert gewesen ist.

Dass er dabei gewesen ist, draußen am Acker, wie das Aufknüpfen losgegangen ist.

Dass ich ihm den Tod gewünscht hab, wie ich allein am Hof gesessen bin. Mehr als wie nur einmal.

Dass ich mich geniert hab vor dir. Unendlich geniert. Weil ich dir keinen Vater hab geben können, der dageblieben wär für dich.

Aber diese Sachen hab ich dir nicht derzählt. Die haben nur mir gehört, und niemandem sonst.

Lange hast gar nix mehr geredet mit mir, nachdem der Brief gekommen ist. Und dann auf einmal eine Ankündigung, und was für eine. Nach Frankreich hast wollen, mit dem Onkel. Sehen, wo der Vater am Schluss gelebt hat. Einen Ausflug willst machen? Du solltest lieber in die Schule gehen. Oder noch besser, daheim am Hof mit anpacken. Aber siehst das denn nicht, Mama, hast gesagt, dass das kein Ausflug ist? Na was denn sonst? Ein Urlaub ist das, dass ich sowas glaub! Wie ich in deinem Alter gewesen bin, da hab ich müssen schauen, wo ich was zum Fressen herkrieg, da bin ich nicht auf Urlaub gefahren. Bist halt doch wie dein Vater. Machst dich aus dem Staub, statt dass du den Deinigen hilfst. Aber du bist nicht runtergestiegen von der fixen Idee. Verstehst mich denn gar nicht? Na da gibts nix zu verstehen. Wer legt denn das Geld zusammen, damit du dir das leisten kannst? Der Onkel zahlt.

Ich hätt es mir können denken. Mitnehmen hast mich wollen, mich und den Bruder. Aber mich hat das nicht interessiert, und den Bruder Gott sei Dank schon gar nicht. Was soll ich dort am Meer herumstehen, hat der Bruder gesagt, und an wen denken, der keine Sekunde an mich denkt hat?

Mit dem Zug seids ihr gefahren, die ganze lange Strecke. Packen hab ich dir geholfen, du hast ja gar nicht gewusst, was man alles mitnehmen muss auf so eine Reise. Hab ich also den schönen Koffer aus dem Schupfen geholt, der mir noch geblieben ist von meiner Zeit in der Stadt, und dann haben wir dein Gwand aufs Bett gelegt und sortiert. Ich hab dir alles aufgebügelt. Das wird doch eh wieder zerknittert, hast du gesagt, aber man kann doch nicht mit ungebügelter Wäsche auf Urlaub fahren, schon gar nicht nach Frankreich. Zum Bahnhof kann ich dich nicht bringen, hab ich gesagt, ich kann ja den Hof nicht alleine lassen und außerdem, wie soll ich vom Bahnhof wieder heim? Da hast nur genickt: Ich versteh schon, Mama. Wir haben uns dann am Gatter verabschiedet. Kommst halt zurück, hab ich dir gesagt, mach es nicht wie dein Vater.

Wie du dann wirklich zurückgekommen bist, da hast wollen dauernd reden über deinen Ausflug. Aber ich hab nix wollen wissen von Frankreich und vom Meer. Ist ja alles schon im Brief gestanden, Frankreich ist auch nur ein Land wie jedes andere. Aber du bist dahergelaufen: Wui, wui, wui. Dauernd dieses blöde Wui. Was soll denn das überhaupt heißen? Das heißt »ja« auf Französisch. Woher weißt das denn?, hab ich dich gefragt, aber da sind nur deine Ohren rot geworden und auf deine Zehen hast geschaut, als wären sie das achte

Weltwunder. Da hab ich dir eine runtergehaut: Red nie wieder mit Fremden.

Den Brief, den vergisst du jetzt, hab ich dir nachher noch gesagt. Jetzt reicht es, verstehst mich? Aber du hast nicht wollen aufhören damit. Ja was soll ich dauernd an den depperten Brief denken? Hab ich denn mehr gewusst nach dem Lesen? Auch nicht. Dass der Vater in Frankreich gewesen ist, das ja. Aber hab ich gewusst, warum er hat weggehen müssen? Hab ich gewusst, wie er gestorben ist? Ob sie ihn erwischt haben, ob er ins Wasser ist? Ob er vielleicht gar heut noch lebt, in Frankreich oder in Amerika oder wo auch immer, glücklich und allein, mit einer neuen Familie? Und hätt es einen Unterschied gemacht, wenn ich es gewusst hätt? Na schaust.

So sind halt die Jahre vergangen. Das Gymnasium hast fertiggemacht, alt bist gewesen, und die anderen im Dorf haben schon eine gehabt, die mit ihnen mitgegangen ist, aber du noch nicht. Hättest dir halt einen schönen Janker anzogen, dann hätt dich schon eine angeredet, wennst selber zu feig bist. Die Leute haben schon geredet, und das hättest mir ruhig können ersparen, das Gerede. Ist denn nicht schon genug getratscht worden über uns? Na wennst beim Heer bist, hab ich mir gedacht, die werden dir die Wadeln schon viererichten.

Wie du hast einrücken müssen, zum Grundwehrdienst, da hast mir gefallen, in deiner Uniform. Ich hab an deinen Vater gedacht und dass ich ihn nie in sowas gesehen hab. Und da bin ich stolz gewesen auf dich, weil du endlich wie ein richtiger Mann ausgeschaut hast. Unglücklich bist gewesen, die ganzen Monate, aber durchdruckt hast es, nicht weggelaufen bist, das hab ich dir hoch angerechnet. Und schnell vergangen ist sie, die Zeit. Wie es aus gewesen ist, da hab ich mir gedacht: Jetzt hat er endlich eine Disziplin kennengelernt, einen Drill. Jetzt wird er am Hof zu was zu brauchen sein. Naiv bin ich gewesen, ich kann es dir gar nicht sagen.

Mama, ich geh auf die Universität, hast nämlich auf einmal gesagt. Wohin gehst? Auf die Universität, in die Stadt. Was willst denn auf der Universität? Ich studier Recht. Na das musst nicht studieren, da kannst gleich dableiben. Ein jeder hier weiß, was Recht ist und was Unrecht. Da brauchst keine Bücher dafür, keine gescheiten Herren Professoren. Und wer soll dir das überhaupt zahlen, so eine Universität? Schon wieder der Onkel? Na, hast geantwortet, das zahl ich mir schon selber. Ich geh arbeiten. Ausgelacht hab ich dich. Du hast doch noch keine Minute gearbeitet in deinem Leben. Dein Bruder, der kann anpacken, aber du? Ich arbeite halt anders, hast gesagt, aber was soll das schon heißen? Kannst nicht einmal mit dem zufrieden sein, was du hast? Hab ich dir gar nix beigebracht, nicht einmal ein wengerl Demut? Dauernd willst höher hinaus, noch mehr. Von wem du das nur hast, von mir jedenfalls nicht. Ich bin in der Küche gestanden und hab den alten Holzofen eingeheizt mit den paar Scheitern Holz, die noch danebengelegen sind, anschauen hab ich dich nicht können, und dein Bruder ist auf der Bank gesessen, unterm Herrgottswinkerl. Ich geh weg, hast gesagt, ich muss. Gar nix musst du. Dableiben musst und mir helfen. Aber du hast nicht nachgegeben. Ich werd nicht glücklich da, hast gesagt. Von wegen glücklich. Wer wird schon glücklich? Als wär es das, worum es geht im Leben. Da hast du nix mehr gesagt, ich hab nur mehr die Stimme von deinem Bruder gehört: Und die Mama lasst allein? Ich hab noch ein Scheit auseinandergerissen, das die Hacke nicht ganz derpackt hat, in zwei Teile hab ich es gerissen und in den Ofen geschmissen. Wann kommst denn wieder? Das weiß ich nicht. Ich komm sicher bald zu Besuch. Zu Besuch also. Das Studium dauert ein paar Jahre, da komm ich in den Ferien. Und danach? Es gibt hier keine Arbeit für mich. Wieso nicht? Gibt's bei uns denn kein Gericht? Da hast mich angeschaut mit deinen großen Augen: Hast mich denn gar nicht lieb, Mama? Na was hätt ich auf das sagen sollen, nix hab ich gesagt, weil mir nix eingefallen ist. Aber gespart hab ich, monatelang, dass ich dir ein paar Süßigkeiten kaufen kann. Gerechnet hab ich: Wenn du jede Woche nur eine isst, dann kommst sechs Monate durch, und so lang wirst ja doch nicht fortbleiben. Hab ich denn können wissen, dass ich dich bis zum Begräbnis von deinem Bruder nimmer sehen werd? Das wären so viele Packungen Schokolade gewesen, die hätt ich mir nie leisten können.

Was soll ich dir erzählen von der Zeit, in der du nicht dagewesen bist. Hat dich ja damals nicht interessiert, wird dir jetzt auch wurscht sein. Einen Traktor hab ich gekriegt vom Onkel und selber fahren hab ich gelernt. Meine Äcker sind krumm und schief in der Landschaft gelegen, die guten sind ja längst alle verpachtet oder hergegeben gewesen, kaum einen graden Meter hat es gegeben, es ist nicht einfach gewesen, da immer richtig zu lenken, das kannst mir glauben. Aber ich hab es geschafft, ist mir ja nix anderes übriggeblieben. Und er hat die Arbeit ja auch wirklich einfacher gemacht, der 26er Steyrer. Nur ein paar Mal, da hätt ich ihn fast umgeschmissen auf dem steilen Gelände, dann hab ich ihn verflucht, aber sonst bin ich schon froh gewesen über ihn. Eine alte Frau auf einem Traktor, die Leute haben sich das Maul zerrissen, und das hat mich noch mehr gefreut.

Dein Bruder, na, der ist zu der Zeit ein paar Tage im Gefängnis gewesen, wegen nix und wieder nix, aber unsereins sperren sie halt schnell ein. Eine Schlägerei hat es gegeben, im Wirtshaus. Heim ist er gekommen, ein blaues Aug hat er gehabt, alles zerrissen, Blut ist ihm runtergerannt, die Stirn zerschnitten, da hat ihm der andere mit der zerbrochenen Bierflasche eines übergezogen. Über was habts denn gestritten?, hab ich gefragt. Aber er hat nix wollen erzählen. Für mich ist die Geschichte damit erledigt gewesen und für deinen Bruder auch. Aber der andere, der hat Anzeige erstattet. Angeblich hat ihm der Bruder die Rippen gebrochen, ein paar Finger. Keine große Sache, aber er hat halt eine draus gemacht. Und so ist es vor Gericht gekommen. Es ist mir schwergefallen, aber ich hab deinem Bruder eingeschärft: Kein Wort sagst vorm Richter, still bist. Antworten tust nur, wenn du was gefragt wirst. Und gefragt hat er viel, der Richter. Aber dein Bruder hat die Fragen nicht richtig verstanden und ich auch nicht. Die haben sich halt lustig gemacht über uns, weil wir nicht so gebildet waren. Und immer weiter hat er gefragt, der Richter, und immer weniger hat er gesagt, dein Bruder. Da hätten wir dich schon können brauchen, den Großkopferten von der Familie, aber dein Bruder hat dich nicht wollen fragen, und ich hab ja nicht einmal gewusst, wie ich dich erreichen soll. Am Schluss hat dein Bruder dann die Wahl gehabt, Geld zahlen oder ins Gefängnis, aber er hat gesagt: Geld kriegen die keines von mir. Also ins Gefängnis. Bevor er hingegangen ist, da hab ich ihn gefragt: Was hat dich denn so wahnsinnig gemacht, dass du dem die Rippen zertrümmerst? Der hat schlecht über den Bruder geredet. Na dann hättst ihn halt reden lassen. Das verstehst du nicht, Mama, angeblich hat er ihn gesehen, in der Stadt. Richtig grausliches Zeug hat der verzapft. Ja soll denn gar keine Ruhe sein?, hab ich mir gedacht. Müssen sie noch über dich tratschen und über das, was du in der Stadt treibst. Schau, Mama, ich hab müssen was machen, hat der Bruder gesagt. Ist der also nur für dich ins Gefängnis gegangen. Weil der andere schlecht geredet hat. Und dann ist er eingesessen. Nicht lang, aber lang genug. Wie er zurückgekommen ist, da hat er ausgeschaut. Was haben sie dir denn getan? Aber er hat nur mit dem Kopf geschüttelt: Nix. Na von nix schaut man nicht so aus.

Der Bruder hat dich besucht in der Stadt. Aber ich hab nur gesagt: Er meldet sich nicht, der will nix mehr wissen von uns. Und nachrennen werd ich ihm sicher nicht, wo kommen wir denn da hin? Von Zeit zu Zeit hab ich schon was gehört über dich, die Leute haben ja geredet, nicht nur im Wirtshaus. Und freilich hat mir auch der Bruder was erzählt, nach seinem Besuch. Nicht viel, aber ich hab mir meinen Teil schon können denken, dumm bin ich ja nicht gewesen. Später hast mir dann manchmal Briefe geschrieben, aber seit dem Brief aus Frankreich hab ich keinen mehr aufgemacht. Ich hab ja gewusst: Alles, was in einem Kuvert daherkommt, das regt einen nur unnötig auf. Dein Bruder hat mir dann einmal ein paar Ziffern aufgeschrieben, deine Telefonnummer ist das gewesen. Kannst ihn ja anrufen, hat er gesagt, er tät sich sicher freuen. Bin ich also zur Telefonzelle im Dorf und hab die Ziffern abgelesen und mit dem Finger gedreht, aber dann hab ich gleich wieder aufgelegt, mir ist das komisch gewesen, in so einen Apparat reinreden und überhaupt, was hätt ich schon derzählen sollen, es hat ja nix Neues gegeben bei mir, immer nur den Hof und die Arbeit, das hätt dich ja nicht interessiert.

Schnell sind sie vergangen, die Jahre. Der Onkel ist gestorben, irgendwann, aber du bist nicht zum Begräbnis gekommen. Eine Schande ist das gewesen für deinen Bruder und mich. Was der Onkel alles für dich getan hat, und dann kannst dich nicht einmal eine Stunde vor den Sarg stellen und Pfiat Gott sagen? Ohne den Onkel hätt es keine Schule gegeben und kein Gymnasium und auch sonst nix. Ich hab dann ein bisserl was geerbt. Einen Batzen Geld, ein bisserl was Persönliches und das Auto. Mit dem hat dein Bruder jetzt herumfahren können. Jahr für Jahr ist mir die Arbeit schwerer geworden, man hat halt doch die Hände von dir nicht ersetzen können. Hab ich mit dem Geld also ein paar Hilfskräfte bezahlt. Recht machen haben sie es mir nicht können, aber eine Unterstützung sind sie gewesen.

Eine Zeit nach dem Begräbnis vom Onkel bricht der Bruder bei der Arbeit zusammen. Kreislaufkollaps, denk ich mir, aber dann ist er auch die Tage darauf so komisch, dass wir doch zu einem Arzt gehen, und der sagt dann das grausliche Wort, das keiner hören will: Krebs. Auf der Leber sitzt ein Tumor, da kann man gar nichts machen, schon gar nicht mehr operieren, sagt er, weil viel zu gefährlich, wo denken Sie hin, das Risiko, natürlich behandeln wir, aber ich sag es Ihnen ganz ehrlich, weil eine Frau wie Sie braucht man nicht anzulügen, mehr die Symptome als wie die Ursache. Und wie der das sagt, da weiß ich schon, der rettet mir meinen Buben nicht, weil »als wie«, das sagt vielleicht ein Bauernweib wie ich, aber doch kein studierter Doktor. Er ist dann von Tag zu Tag schwächer geworden, der Bruder, als hätt es nur das Wort Krebs gebraucht, dass der Körper aufgibt. Dabei ist er immer ein starker Mann gewesen, ganz anders als wie du. Ein richtiger Athlet, die Kraft hast können spüren, wennst ihn nur angeschaut hast. Wie er immer gestanden ist, als täten ihm Wurzeln aus den Fußsohlen wachsen. Und jetzt hat er fast nicht mehr sitzen können, wenn ich wegen der Therapie mit ihm am Traktor in die Stadt gefahren bin, mit dem Auto vom Onkel hab ich mich nicht getraut. Jedes Ruckeln ist eine Quälerei gewesen, aber er hat keinen Mucks gemacht, eben ganz die Mama, nur haben sie ihn irgendwann doch dabehalten. Schauen Sie, haben die Krankenschwestern gesagt, wie ich mich gewehrt hab, ihn mit heimnehmen hab wollen, schauen Sie, das ist nicht gut für ihn, und auch nicht für Sie. Als wüsste irgendwer außer mir, was gut ist für mich und meine Kinder. Und dann hab ich ihn doch dagelassen, weil er es selber wollen hat, weil er Angst gehabt hat vor den Schmerzen und mir die Schwestern versprochen haben, dass er keine haben braucht im Spital. Gelogen ist das gewesen, wie ich später gesehen habe, wie dein Bruder dagelegen ist und gebrüllt hat, aber da ist es schon zu spät gewesen und sein Körper viel zu schwach, als dass ich ihn noch hätt auf den Hof bringen können. Noch heute gräm ich mich, dass er im Spital hat sterben müssen und nicht zuhause, weil ich nicht auf meinen Bauch gehört hab, mich überreden hab lassen, einmal im Leben, und dann das. Aber noch ist es nicht so weit gewesen. Während der Besuchszeiten bin ich bei ihm gesessen, die Schwestern haben gemeint, ich kann auch über Nacht bleiben, aber wer hätt sich dann um die paar Viecher gekümmert, die noch im Stall gestanden sind, und überhaupt, was hätt ich schon helfen können, mitten in der Nacht. Er hat ja so geschrien, da wär es mit Schlafen eh nix gewesen.

Sie haben ihm halt nicht so viele Medikamente gegeben, wie er wollen hat. Zwischendurch, da hab ich mir gedacht: Lieber Gott, mach, dass es schneller geht. Das kannst du doch nicht wollen, dass der daliegt und schreit wie eine Sau, die man beim Schlachten nicht gescheit erwischt. Wenn es dich gibt, dann tu doch was. Aber nix hat er getan. Nur ich, ich hab für deinen Bruder gesungen. Die ganzen Lieder, die ich aus der Kirche gekannt hab: *Was Gott tut, das ist wohlgetan, er wird mich wohl bedenken, er als mein Arzt und Wundermann, wird mir nicht Gift einschenken für Arzenei; Gott ist getreu, drum will ich auf ihn bauen und seiner Güte trauen.* Ich hab es ja selber nicht geglaubt, was ich da gesungen hab. Aber er ist ganz ruhig geworden. Auf dich bin ich böse gewesen, wenn ich dagesessen bin und deinen Bruder angeschaut hab. Weil du noch irgendwo auf dieser Welt gewesen bist und er schon fast nimmer. Weil du dein Leben verplempert hast, während er keins hat können aufbauen. Frau hat er ja keine gehabt, auch keine Kinder. Nur um mich und den Hof hat er sich gekümmert, für sowas wie Familie keine Zeit. Dabei hätt es ihm schon gutgetan. Wütend ist er halt gewesen, die ganze Zeit. Mir gegenüber hat er es nie gezeigt, aber ich hab gewusst, dass er sich oft gestritten hat, auch nach der Zeit im Gefängnis. Und immer hab ich eine Angst gehabt, dass er wieder reinmuss, und dieses Mal länger. Und du Saukerl hättest alles haben können, Frau und Kind, die Verantwortung für den Hof hast ja abgegeben gehabt. Du hättest mir Enkerln schenken können, eine schöne Hochzeit, bei der ich Gast bin und einmal stolz. Es hat dann länger gedauert als gedacht, bis er wirklich tot gewesen ist, der Bruder. Drei Tage ist er gelegen und hat nur geröchelt, und drei Tage hab ich dich nicht erreicht, dass du dich hättest verabschieden können von ihm, weil man lässt doch den eigenen

Bruder nicht ohne Verabschiedung aus der Welt. Auf Urlaub bist gewesen, angeblich, mit irgendeinem Freund. So viel hab ich erfahren am Telefon. Keine Adresse, nix hab ich gehabt. Der Hof hätt im Erdboden verschwinden können, es wär dir egal gewesen. Da hab ich dich gehasst. Ja, wirklich gehasst, und nicht einmal geniert hab ich mich dafür. Und dann ist er gestorben, der Bruder, mitten im schönsten Frühjahr, und nur ich bin danebengesessen. Ich hab davor ja schon viele Tote in meinem Leben gesehen, Viecher und Menschen, aber sowas noch nicht. Mir hat es die Eingeweide zugeschnürt, weil ich auf einmal ganz allein gewesen bin. Aber die Toten, die haben eine Ruh und kommen nicht mehr retour. Den Tod, den muss man halt nehmen, wie er kommt. Ich bin dann heim vom Bezirkskrankenhaus, ganz allein. Und während der Fahrt im Bus, da hab ich mir vorgestellt, was er jetzt nimmer tun wird, der Bruder.

Nie wieder mit den Katzen Mäuse jagen am Futterstadel und die toten Viecher genauso stolz ins Wohnzimmer schleppen.

Nie wieder schreien, weil er die Kühe nicht melken will, wegen seiner panischen Angst vor den Zitzen, das Einzige, vor dem es ihm gegraust hat am ganzen Hof.

Nie wieder herumrennen wie ein Wilder, weil ihn eine Biene in den bloßen Fuß gestochen hat, draußen am Acker.

Nie wieder mit der Zunge über die obere Lippe drüberlecken, auf der noch Milch pickt, die er gern trinkt, obwohl es ihm vorm Melken graust.

Nie wieder im Kuchlgartl Blumen ausreißen, aus purer Wut auf nix, und nachher behaupten: Ich wollt dir ja nur einen Strauß pflücken, Mutterl.

Nie wieder aus Rotz und Spucke Dreckswuzerl zwischen den Fingern rollen und in der Kuchl herumschießen, bis ich mit ihm schrei.

Nie wieder mitten im heißesten Sommer den Holzofen anheizen, weil er die Braterdäpfel so gern isst, wo soll er sie denn machen, sie werden ja sonst nicht so gut.

Nie wieder den schweren Pflug auf den Acker ziehen, damit ich eine Hilfe hab, wenn es mir nicht gut geht.

Nie wieder auf dich aufpassen, dass du nur ja keinen Blödsinn machst, wenn ich nicht daheim bin.

Nie wieder einen Staudamm im Dorfbach bauen, bis die Nachbarn kommen, weil es die Felder überschwemmt.

Nie wieder Dummheiten machen.

Nie wieder verhaftet werden.

Nie wieder eine Watschen derfangen von mir, so alt hätt er können gar nicht werden.

Nie wieder grantig sein.

Nie wieder Papi sagen, so wie's nur er gesagt hat, der Letzte außer mir, der ihn noch gekannt hat, euren Vater.

Was einem halt für Rührseligkeiten einfallen, wenn es einem wehtut, innen drinnen.

Zuhause bin ich in die Küche gegangen und hab mir einen Kaffee gemacht, so wie es die Eltern früher gemacht haben, mit Wasser aufgegossen, dann hab ich mein Kaffeehäferl aus der Abwasch genommen, die Dreckränder mit den Fingern weggewischt und ein bisserl was von dem Kaffee getrunken. Grauslich ist er gewesen und überhaupt nicht wie früher. In der Erinnerung ist ja immer alles ganz anders. Und da bin ich dann gestanden, mit dem grauslichen Kaffee, und hab was getan, was ich noch nie getan hab. Ich hab das Häferl gegen die Wand getuscht, dass es in tausend Teile zersprungen ist. Mein ganzes Leben hab ich nichts kaputt gemacht, aber schön ist es gewesen, das Geräusch beim Zerspringen. Und traurig bin ich gewesen. Gebrüllt hab ich wie ein Viech. Wenn mich wer gehört hätt, sie hätten mich einliefern lassen, aber Gott sei Dank hat mich niemand gehört außer den Viechern im Stall, und die haben sich nicht gewundert.

Zum Begräbnis bist du dann gekommen, ich hab schon gar nicht mehr gerechnet gehabt damit. Mit einem Auto bist vorgefahren, einem nagelneuen, in Silber hat das gestrahlt mit so dunklen Fenstern, bei denen du nicht hast können reinschauen, sowas hat man bei uns im Dorf ja nicht zum sehen gekriegt. Vor der Kirche hast geparkt. Nicht einmal zum Hof hast geschaut vorher, ich hab dich müssen vor dem Altar finden, als wärst du der Bräutigam und ich deine Braut. Schwer ist es mir gefallen, die paar Meter nach vorne zu hatschen, Schmerzen hab ich halt gehabt, drinnen wie draußen, brauchen wir nicht drüber reden. Aber mit Schmerzen kann ich umgehen, ich hab schon so viele gehabt und so viele noch vor mir. Ich hab mich nicht getraut, dich anzureden. Ganz langsam bin ich auf dich zu, dann hab ich mich neben dich gestellt, vor den Sarg mit dem Bruder drinnen, und mir ist nix anderes eingefallen als wie: Wie geht es dir denn? Gut geht es mir, hast du gesagt, aber so gut kann es dir nicht gegangen sein, so schmalpickt, wie du ausgeschaut hast. Dein Gesicht hab ich gar nicht wiedererkannt, so anders hast ausgeschaut. Und wie ich das merk, dass da nämlich nix mehr an dir ist, an das ich mich noch erinnern kann, da druckt es mir die Brust zusammen, aber gesagt hab ich nix, was hätt ich auch sollen sagen. Stattdessen hast du erzählt, ein bisserl was zumindest, nach all der Zeit, der tote Bruder immer noch vor uns. Von deinem Studium. Dass du schon lange fertig bist, auf der Universität arbeitest. Und angeschaut hast mich, so komisch von der Seite, und da hab ich bemerkt, du willst halt trotzdem, dass ich ein bisserl stolz bin auf dich, aber warum hätt ich denn stolz sein sollen? Es kommen ja alle nur deswegen zurück, dass die Dagebliebenen stolz sind und sie selber sich ein wengerl besser fühlen können, wenn sie wieder abrauschen. Aber den Gefallen hab ich dir nicht getan. Und komisch hast geklungen, mit deinem Hochdeutsch, ich hab die Stimme gar nicht wiedererkannt, und das hat es einfacher gemacht, weil ich mir vorgestellt hab, dass du wer anders bist. Ich hab dann eh müssen rauf auf den Chor, singen für deinen Bruder. Sie haben mich wollen abhalten, aber ich lass mir nix verbieten. Nur beim Singen übersteh ich das Begräbnis überhaupt. *Tut mir auf die schöne Pforte, / führt in Gottes Haus mich ein; / ach wie wird an diesem Orte / meine Seele fröhlich sein! / Hier ist Gottes Angesicht, / hier ist lauter Trost und Licht.* Das Lied haben zwar die Evangelischen gesungen, aber mir hat es so gut gefallen, der Herr Pfarrer hat nichts dagegen gesagt. *Ich bin, Herr, zu dir gekommen, / komme du nun auch zu mir. / Wo du Wohnung hast genommen, / da ist lauter Himmel hier. / Zieh in meinem Herzen ein, / lass es deinen Tempel sein.* Von oben hab ich das Holz gesehen vom Sarg und sonst nix. Nach der Messe bin ich runter, und vor der Kirchentür hast du meine Hand gepackt, und ganz komisch hat sich das angefühlt. So lang her. Das ganze Dorf ist dagestanden. Du hast gar nicht können glauben, wie viele Leute gekommen sind. Dass die ihn alle gekannt haben. Und gemocht. Ja hast du denn keine Freunde in der Stadt?, hab ich dich gefragt, aber du hast nur gesagt: Nicht so viele. Mit dem Sarg sind wir dann durchs Dorf, bis zum Friedhof, das Loch ist schon ausgehoben gewesen. Und du: Jetzt liegt er wirklich im Grab. Und ich dreh mich zu dir: Na wenigstens hat er eines. Und gedacht hab ich mir: ein Mann, zwei Söhne. Der eine Sohn tot, der andere kommt nicht mehr zu mir. Wie ich das Foto von deinem Bruder angeschaut hab, das neben dem offenen Grab gestanden ist, da hab ich mir vorstellen müssen, wie er bald ausschauen wird, zergatscht in der Erde. Wie viel Arbeit ich mit ihm gehabt hab, alles umsonst, nix mehr da als ein bisserl Futter für die Würmer. Mit der Hand hab ich ein paar Blüten genommen, sie in die Grube geworfen. Pfiat Gott, hab ich noch gesagt und die Erde nachgeschmissen.

Beim Leichenschmaus sind alle seine Freunde dagewesen, und du bist mitten drunter gesessen. Aber keiner hat mit dir geredet, und du hast den Mund auch nicht aufgekriegt. Getrunken hast, mehr als mir recht gewesen ist. Und auf einmal bist aufgestanden und hast geschrien: Fünfundvierzig. Das ist doch kein Alter. Mit fünfundvierzig stirbt man doch nicht.

Elf Jahre älter als wie ich, er hat vielleicht ein bisschen viel Speck auf den Rippen gehabt, ein bisschen zu viel geraucht, getrunken. Aber das ist doch nix Schlimmes. Nix, was andere nicht auch machen. Und ich hab mir nur gedacht: Was redest denn da für einen Blödsinn? Du hast den Bruder doch gar nimmer gekannt, Speck auf den Rippen hat der das letzte Mal vor ein paar Jahren gehabt, und geraucht hat er auch nimmer. Und da hab ich dich nicht ausstehen können, das gescheite Daherreden ohne was dahinter. Aufrecht bist dagestanden. Ich will mich verabschieden von ihm, hast gesagt, aber es sind dir keine Worte eingefallen, gestammelt hast, ein bisserl gelallt, ich hab nicht verstanden, was du sagen hast wollen. Und dann bist gestolpert, hast den Sessel umgestoßen und bist rausgelaufen, in die Schank, wo es stickig gewesen ist und verraucht. Wir trinken was, hast geschrien, ihm zu Ehren. Und da hab ich mich wieder geniert für dich, noch einmal, weilst so einen Aufstand gemacht hast bei der Beerdigung von meinem Buben, um den du dich keinen Deut geschert hast. Und noch einmal hast geschrien: Wir trinken was auf ihn. Und der Wirt hat nur gesagt: Wer zahlt? Und alle haben dich angeschaut und du hast genickt. Da hab ich gewusst: Es ist Zeit für mich zum gehen. Und wie ich meinen Mantel schnapp und raus will zur Tür, da nimmst mich bei der Hand: Wo willst denn hin, Mama? Und ich kann nix sagen, nur: Lass mich. Aber du: Was hast denn? Da fahr ich dich an: Gar nix. Gar nix hab ich mehr. Und gar niemanden. Da stehen dir die Tränen in den Augen: Aber du hast doch noch mich, sagst du. Na und was hätt ich da sollen sagen, außer: Du reichst halt nicht. Ich hab ja gewusst, du bist betrunken und wirst das morgen schon wieder vergessen haben.

Am nächsten Tag bist spät aufgestanden, einen Kater wirst gehabt haben. Das Frühstück ist schon gerichtet gewesen, der Kaffee. Ich muss zurück in die Stadt, ich kann nicht dableiben. Und nicht einmal einen Bissen hast genommen. Iss doch zumindest was vom Brot, hab ich gesagt, ist ja nix mehr dran an dir. Aber du nur: Ich hab keine Zeit. Und da hab ich gewusst: Mariedl, wennst jetzt nix sagst, dann war es das. Weil ich mir schon hab können denken, dass ich dich nimmer zu Gesicht kriegen werd. Ich bin zwar auf keine Universität gegangen, aber blöd bin ich deswegen noch lange nicht gewesen. Und da hab ich allen meinen Mut zusammengenommen. Ruhig bist gewesen an dem Morgen, keine solche Wut mehr in dir wie noch beim Leichenschmaus. Jetzt ist eine gute Zeit, hab ich mir also gedacht. Jetzt musst reden. Und selbst wenn es keine gute Zeit gewesen wär, eine andere wär nicht gekommen. Versprich mir, dass du keinen Unsinn machst in der Stadt, hab ich gesagt, dass du ein gescheites Leben führst und ich mich nicht genieren muss für dich. Du hast den Kopf geschüttelt, bist aufgestanden. Da hab ich dich bei den Schultern gepackt: Jetzt hörst mir einmal zu, rennst nicht davon. Es gibt in dieser Familie nur mehr dich und mich. Versprich mir, dass du dich bessern wirst. Aber Mama, was soll ich mich denn bessern? Ich bin ja nicht schlecht. Jetzt stell dich nicht deppert, hab ich gesagt. Die Leute zerreißen sich schon seit Jahren das Maul über dich. Glaubst, ich krieg das nicht mit hier im Dorf? Da hast mich groß angeschaut: Aber was du immer hast mit den Leuten, lass sie doch reden. Einfach hast es dir gemacht, wie immer. In unserer Familie sind alle unter der Erde oder im Meer oder wo auch immer. Wenn du nicht auf die rechte Bahn kommst, dann ist das alles umsonst gewesen, was wir durchgemacht haben, was ich durchgemacht hab, dein Vater. Wennst schon nicht für mich besser wirst, dann doch zumindest für ihn. Wozu bist ihm denn sonst nachgereist, bis nach Frankreich? Da hast nix drauf gesagt, aber verstanden hast du, das hab ich an deinen Augen gesehen. Es gibt niemanden mehr in unserer Familie, hab ich gesagt. Wird nie wieder wen geben, wennst nicht doch noch auf den rechten Weg findest. Was redest denn immer vom rechten Weg, hast du gesagt, aber auf das bin ich gar nicht eingegangen. Pass auf, dass dich niemand ins Visier nimmt, hab ich gesagt, halt den Kopf unten, dann wurschtelst dich schon irgendwie durch. Spiel mit und mach mir keine Schande, ich derpack's nicht, wenn du mir auch noch eine Schande machst, das haltet mein Herz nimmer durch. Aber welche Schande denn? Dass du dich wirklich so blöd hast stellen müssen, ich hab ja nix können sagen, es ist mir nicht über die Lippen gekommen. Ich will stolz sein auf dich, hab ich nur gesagt. Ich bin stolz auf dieses Leben, auf diesen Hof. Kennst du das überhaupt, Stolz? Worauf kannst du denn stolz sein? Auf dein Studium? Auf dein vieles Geld? Das heißt doch alles gar nix, weil du halt bist, wie du bist, da drinnen in dir. Solange du das nicht änderst, wirst dich immer genieren vor den Leuten, verstehst das denn nicht? Aber noch ist Zeit, noch kannst ein richtiger Mann werden, wie dein Bruder einer gewesen ist. Mach mir keine Schande, ich sag es dir noch einmal, und dann geb ich auch schon eine Ruh.

Zu Mittag bist weggefahren. Mit deinem schönen Auto. Und ich bin zurückgeblieben, zweimal so viele Tote wie Lebendige im Haus.

Ich hab gelernt, dass ich auch allein leben kann. Alt bin ich halt geworden. Die Wehwehchen sind mehr geworden, aber noch ist es mir gut gegangen. Ich hab ja immer geschaut, dass ich gesund bleib, wer hätt mir denn helfen sollen, sich um mich kümmern, mich pflegen. Die letzten Felder hab ich trotzdem weggeben müssen, eine einzige Kuh nur behalten. Gelebt hab ich vom Erbe vom Onkel und dem, was mir der Staat an Almosen gegeben hat. Ich bin nie eine gewesen, die betteln geht, aber was ist mir anderes übriggeblieben. Alle heiligen Zeiten hab ich eine Postkarte gekriegt von dir, und inzwischen hab ich sie auch wieder gelesen. Herumgereist bist, bis nach Italien an den Strand, und ich im Kopf ein bisserl mit. Wie ich die Zigeuner immer beneidet hab, weil sie einfach weggehen haben können. Von einer Frau hast geschrieben, die du kennengelernt hast. Geschichten, auf Besuch gekommen bist nie mit ihr. Sonst hab ich nur mitgekriegt, wenn was über dich in der Zeitung gestanden ist. Einmal hast schlecht über die Bauern geredet und über die Kirche. Dass der Aberglaube die Leute unglücklich macht und die Bauern alle nur buckeln und die Kinder runterdrücken auf die Erde, statt dass sie aufsteigen können und was Besseres werden. Sicher fünfmal hab ich das gelesen, und dann bin ich doch stolz geworden, obwohl du so schlechte Sachen gesagt hast. Ein Bub von mir, in der Zeitung. Auch wenn es nur so ein spezielles Blatt für studierte Leute gewesen ist, das du mir zugeschickt hast. Ein anderes Mal hast einen ganz langen Artikel geschrieben, über deinen Vater. Sogar ein Foto ist dabei gewesen. Wo hast denn nur das Foto hergehabt? Ganz jung ist er drauf gewesen, ich hab mich gar nicht können erinnern an seine Augen. Und dann hab ich gelesen, was du geschrieben hast. Dass der Vater ein Held gewesen ist, eine Schande, dass nicht mehr über Leute wie ihn geredet worden ist. Nicht einmal in der Familie hätten wir gewürdigt, was er getan hat. Das Geimpfte ist mir aufgegangen.

Als hätt ich dir nicht alles erzählt über den Vater, als hätt ich dich nicht nach Frankreich fahren lassen mit dem Onkel. Würdigen hätt ich ihn sollen? Wofür? Dass er weggegangen ist und mich alleingelassen hat? Da hab ich mich entschlossen: Ich schreib dir einen Brief, den ersten in meinem Leben. Hast das wirklich schreiben müssen, das über deinen Vater?, hab ich dich gefragt. Weißt denn nicht, was du mir damit antust? Musst du schlecht reden über mich? Das und noch ein paar Sachen hab ich aufgeschrieben, aber das andere erzähl ich dir jetzt nimmer, wennst es vergessen hast. Besser so.

Ein paar Wochen danach bist dann wirklich hergekommen, auf den Hof. Vorher hast mir geschrieben, aber auf meinen Brief bist du in deinem mit keinem Wort eingegangen. Ich komm dich besuchen, hast geschrieben, und bringe meine Ehefrau mit. Mehr nicht. Da hat mir das Herz ein bisserl ausgesetzt. Einerseits wegen der Freude, andererseits wegen der Wut. Eine Frau hast geheiratet, endlich, und endlich auch auf mich gehört. Aber eingeladen bin ich nicht gewesen zur Hochzeit. Bin ich dir so peinlich gewesen, dein altes Mutterl? Hast glaubt, deine neuen Freunde denken schlechter von dir, wenn sie sehen, wer dich auf die Welt gebracht hat? Schlecht hab ich mich da gefühlt, weil auf einmal hab ich mich mit deinen Augen gesehen. Und ganz klein bin ich da gewesen. Aber ich sag dir was: Ich bin nicht schlechter als wie du, nicht um einen Zentimeter. Geglaubt hab ich es eh nicht, dass du wirklich kommst, erst wie das Auto in die Einfahrt gebogen ist. Eine schöne Hose hast angehabt, einen Pullover, eine Sonnenbrille. Wie ein feiner Pinkel hast ausgeschaut. Willst leicht Golf spielen, oder was? Das hab ich dir zugerufen, aber du hast es nicht verstanden, dir ist deine aufgebrezelte Montur schon ganz natürlich vorgekommen. Und dann ist sie ausgestiegen, deine Frau. Jünger ist sie gewesen als wie du, aber keine Schönheit. Ein bisserl wie eine Tonne hat sie ausgeschaut, rund und oben am Kopf ganz flach, eine komische Frisur hat sie gehabt. Aber das ist mir alles egal gewesen. Gehört hast du gehabt auf mich, das ist das Wichtigste, über mehr hab ich wollen gar nicht nachdenken. Mit Stöckelschuhen ist sie auf den Hof zu, deine Frau, wie eine große Dame. Da bin ich aufgestanden von meiner Bank und auf sie zu, besser gehen hab ich können mit meinen Arbeitsschuhen. Na, was sagst?, hab ich dir zugerufen und auf den Hof gedeutet. Hab ich auch ohne dich auf Vordermann gebracht, nicht? Ich hab deiner Frau die Hand gegeben und ihr in die Augen geschaut, ganz tief. Eine Kraft hat sie gehabt, das hab ich gleich gespürt, und das hat mir gefallen, sowas hast du gebraucht. Du hast den Kofferraum aufgemacht und ich hab die drei Taschen gepackt, bevor du hast zugreifen können. Was, jetzt auf einmal willst mir helfen? Hebst dir doch einen Bruch, Stadtbub, lass sein. Und wie ich dich mit deinem Namen anrede, wie immer, da sagst: Ich nenn mich jetzt Schorsch, Mama. Nach deinem zweiten Vornamen, nicht nach dem ersten. Und so Deutsch hat das geklungen, nicht einmal Schurli, sondern Schorsch. Ich hab es nicht über die Lippen gebracht. Wir sind dann in die Stube und deine Frau hat kein Wort mit mir geredet, aber das hat mich nicht gestört, es wird sowieso viel zu viel geredet heutzutage. Du bist zurückgekommen, mit einer Frau, wie ich es dir angeschafft hab. Lang hat es gedauert, aber das ist mir egal gewesen. Du hast mir erzählt von ihr, während sie danebengesessen ist. Sara hat sie geheißen. Schön, wie aus der Bibel, hab ich gesagt. Sängerin ist sie gewesen, aber da hat sie nur abgewunken. Na singen Sie mit mir, hab ich gesagt, ich singe ja auch, bei uns in der

Kirche. Aber da hat sie nur gesagt: Ich singe schon lang nicht mehr. Ich hab sie wollen ermutigen und hab ein Kirchenlied angefangen, eine bessere Stimme als wie ich alte Frau wird sie ja haben. Aber sie hat nur gelacht, und da hab ich aufgehört zum singen, weil auslachen lass ich mich von einer nicht, und wenn ich ihr noch so dankbar sein muss, dass sie die Deinige ist. Nein, singen Sie doch bitte weiter, hat sie gesagt, aber das hab ich nicht wollen. Ich hab den Spieß umgedreht: Warum singen Sie denn nicht mehr? Ach, die Musik mag mich nicht mehr, hat sie geantwortet. Die Musik ist ein Haifischbecken, Sie verstehen. Nein, verstanden hab ich das nicht, aber sie wird schon ihre Gründe gehabt haben. Und dann hat sie dir einen Stoß gegeben: Wo wir schon vom Arbeiten reden, erzähl deiner Mutter doch, was du jetzt machst. Und geziert hast dich, nicht reden hast wollen. Hättest auch nicht müssen, ich bin ja nur froh gewesen, dass du dawarst, was musst denn von deinem Leben in der Stadt derzählen. Aber dann hast doch den Mund aufgemacht. Hast von deiner Arbeit im Ministerium derzählt. Dass du endlich das Gefühl hast, was Sinnvolles zu machen. Na so ein Unsinn. Was Sinnvolles hättest schon tun können da am Hof. Aber du hast weitergeredet. Und gestrahlt hast du, als wärst du der Minister höchstpersönlich. Geschnauft hab ich, weil ich hab ja gewusst, dass du trotzdem nur ein verkleideter Bauernbub gewesen bist. Vom Parlament hast geredet, als wär das was. Wo steht die größte Orgel der Welt, hab ich gefragt. Im Parlament in Wien. 183 Pfeifen! Das wäre aber eine sehr kleine Orgel, sagt deine Frau drauf, als tät ich das nicht wissen. Ich, die immer oben neben der Orgel gestanden ist, in unserer Kirche. Und da hab ich den Mund gehalten, weil wer keinen Witz versteht, dem muss man ihn auch nicht erklären. Du hast halt wollen, dass ich stolz auf dich bin, das hab ich schon gemerkt. Aber was hat es da zum Stolzsein gegeben. Ein Politiker bist geworden? Na gratuliere. Verkauft hast uns. Als hätt ein Politiker einmal was Gutes für uns getan. Den Krieg haben sie uns gebracht und die Armut danach. Dein Vater hat wollen mitmischen mit den Politischen. Und wo hat es ihn hingebracht? Das wissen wir bis heute nicht, wohl unter die Erden, aber wo genau, das kannst mir immer noch nicht sagen, auch nicht mit deinem Artikel. Du schaust so traurig drein, da tut es mir leid, dass ich so ungut geworden bin, du kannst ja nix dafür. Ich wollt gar nicht mit der Arbeit anfangen, hast du gesagt. Bist halt was Besseres geworden. Dabei sind wir schon gut genug, zumindest besser als die Obrigen, die immer nur reden, aber doch nix tun für einen. Wie ihr beide da so gesessen seid, nebeneinander, und wie du in der Stube herumgeschaut hast, als tätest sie gar nicht wiedererkennen, da hab ich mir gedacht: Mariedl, probierst es zumindest. Ich hab euch also zugeredet, weil jetzt ist der beste Zeitpunkt gewesen, dass ihr zu mir zieht. Ihr könntet ja ganz gratis wohnen. Deine Frau kann mithelfen, das derlernt sie schon, keine Hexerei. Die Natur tut dem Gemüt gut, sag ich zu ihr, da werden Sie entspannter. Ist doch billiger als wie dauernd Miete zahlen. Ich könnt sogar auf die Kinder aufpassen. Ich will keine Kinder, sagt deine Frau da, ich heiße zwar Sara, aber zur Mutter bin ich nicht begabt. Na ja, das kommt schon noch, das glauben alle, dass sie keine Kinder wollen, bis sie dann dasind. Auf dem Hof, da hast du ein Dach über dem Kopf, egal, wie viele Kleine wirklich kommen. Der Dachstuhl wird nicht einbrechen, den haben dein Vater und ich eigenhändig ausgebessert, noch vor dem Krieg. Und wenn wieder einer anfängt, ein Krieg mein ich, dann wird das alles stehen bleiben bis in die Ewigkeit. Na, mit der Rederei hab ich mir was angefangen. Ihr Sohn hat jetzt andere Aufgaben, hat deine Frau gesagt, und mir ist nur eingefallen: Wichtigere, meinen Sie wohl. Ich hab sie ganz genau betrachtet, und auf einmal ist mir aufgefallen, warum du sie geheiratet hast. Sie ist doch schön gewesen, wenn auch nicht auf den ersten Blick. Und recht hat sie gehabt. Was hätte einer wie du auf einem alten Hof sitzen sollen? Angeschaut hat sie mich, als wär ich ein ganz anderes Lebewesen, als wär sie ein Mensch und ich eine Kuh. Und geärgert hab ich mich, weil ich vorher nicht gemerkt hab, dass du nie wieder zurückkommen wirst. Und dass das besser so ist. Ein schönes Leben in der Stadt statt einer Arbeit am Hof, den in Wirklichkeit keiner mehr braucht. Dein Bruder ist dageblieben, und was hat es ihm gebracht? Nur die Krankheit und den Tod. Ich hätt gar nicht sollen anfangen damit, mit dem Herziehen und mit den Kindern. Unruhig ist deine Frau geworden, hat deine Hand genommen und ist aufgestanden. Wir sollten schön langsam fahren, hat sie gesagt. Und da hab ich gewusst: Jetzt hab ich euch vertrieben. Ich hätt halt auf meinen eigenen Ratschlag hören sollen und den Mund halten. Bleib doch noch ein bisserl, hab ich gesagt, aber wie deine Frau den Kopf so leicht bewegt hat, da bist sofort aufgestanden. Warum dann die Taschen, wenn ihr gleich wieder verschwindets? Wir müssen noch weiter, hat deine Frau gemeint und mir die Hand hingestreckt. Na hab ich sie halt genommen, ist mir ja nix anderes übriggeblieben. Zum Abschied hast mir noch was in die Hand gedrückt, so eine exotische Frucht. Gekostet hab ich sie, wie du weggewesen bist, aber es hat mir gegraust vor dem Zeug. Ich hab sie dann an die Schweine vom Nachbarn verfüttert. Da bin ich dann gestanden und hab gewusst: Du kommst nimmer wieder. Deine Frau will nicht mehr da her und du auch nicht wirklich. Traurig hat es mich gemacht, aber nur ein bisserl, immerhin hast du wen gehabt in der Stadt, bist nimmer allein gewesen.

Zurück in der Stube hab ich dann gedacht: Als nächste stirbst du. Es sind alle weggewesen, die noch hätten vor mir sterben können. Niemand wird sich wundern, wenn ich tot bin. Keiner wird erschrecken, keiner wird heulen wegen mir. Es wird nur heißen: Die alte Bäuerin ist tot, dann werden die Totenglocken läuten und das wird es gewesen sein. Du wirst auf meinem Begräbnis stehen und nicht wissen, wer ich wirklich gewesen bin, einfach eine Holzkiste, die in der Erde verschwindet. Vielleicht wirst dir denken, dass du jetzt der nächste bist, vielleicht aber auch nicht, ich hab noch nie sagen können, was in deinem Schädel so vor sich geht. Aber das ist nicht schlimm. Nur dass es keinen mehr gibt, der mich versteht. Der weiß, wovon ich überhaupt rede. Irgendwer wird dann die Kästen ausräumen und alles wegschmeißen oder herschenken, die Möbel zerhacken, die Zimmer neu streichen. Und dann wird alles so sein, als hätt es mich nie gegeben. Wenn ich ein Glück hab, wird irgendeine der Cousinen auf mein Grab schauen, das Unkraut zupfen, aber ob sich die nach meinem Tod mehr für mich interessieren als davor? So sentimentales Zeug hab ich halt gedacht, es ist mir ja selber peinlich, aber ich bin eine alte Frau, mit Peinlichkeiten kann ich leben. Einstweilen hab ich noch genug Arbeit gehabt, auch ohne Felder, ohne Vieh. Und die Arbeit hat mir immer noch eine Freude gemacht, ob du es glaubst oder nicht. Und gearbeitet hab ich die nächsten Jahre, ganz allein, aber mit einer Kraft, da kann ein Junger neidisch sein drauf.

Aber dann ist noch was passiert, ein paar Jahre später. Du bist doch wiedergekommen und hast sogar wen mitgebracht. Nicht deine Frau, einen Burschen. Nicht mehr ganz jung, Anfang dreißig vielleicht, aber sein Gesicht hat viel, viel älter ausgeschaut, also der Deinige ist das sicher nicht gewesen. Krank hat er ausgeschaut, aber ich hab nix wollen sagen. Gehört der deiner Frau? Du hast nix geantwortet. Hast auch nicht müssen, ist sich ja gar nicht ausgegangen. Zu alt ist er gewesen, als dass er der Ihrige hätte sein können. Vielleicht ein Freund von dir oder von der Sara, da hab ich nicht nachgefragt. Ich hab ja gewusst, über solche Sachen redet man nicht, das ist jetzt normal in der neuen Zeit. Hauptsache, du kümmerst dich gut um ihn. Ich hab ihm die Hand hingestreckt und er hat sie gedrückt, aber ganz weich und ohne Kraft. Seine Augen sind rot gewesen, die Wangen ganz eingefallen. In die Stube hab ich ihn gebracht und dann hab ich dich gefragt, draußen am Hof: Warum bist wieder da? Du hast nur mit den Schultern gezuckt. Warum hast den Burschen mitgebracht? Er ist mir sehr wichtig, hast gesagt. Ich hab ihm wollen zeigen, wo ich herkomm. Und da hab ich nicht weitergeredet, hätt ja zu nix geführt. Bist halt doch stolz gewesen auf den Hof, zumindest ein wengerl. Krank ist er, hab ich gesagt, und du hast genickt. Na dann päppeln wir ihn auf. Ich hab den Ofen angeheizt mit ein paar Scheitern Holz und gekocht. Erdäpfel in die Glut gelegt, die Butter weichgerührt, mit Kräutern, die ich extra aus dem Kuchlgarten geholt hab. Und gegessen hat er, dass es eine Freude gewesen ist. Gegessen, wie du nie gegessen hast. Mit dem Löffel in die heißen Erdäpfel rein und runtergeschlungen, dass ich gesagt hab: Langsam, langsam, ich hab schon noch genug Erdäpfel im Keller, wennst magst. Gern, hat er gesagt, das erste Wort von ihm, also hab ich noch welche gemacht. Und wie er gegessen hat, da ist er müd geworden und eingeschlafen, gleich auf der Eckbank, unterm Herrgottswinkerl, aber gezittert hat er, da hab ich ihn zugedeckt. Was sollen wir denn machen mit ihm?, hast mich gefragt. Lass ihn halt schlafen, hab ich gesagt. Ich kümmer mich schon, wenn er aufwacht. Das hast nicht wollen. Aufwecken müssen wir ihn, hast gesagt, aber ich hab dich nicht lassen. Liegen bleiben soll er, ich richte dir ein Schlafzeug, bleibst halt bis morgen. Und so haben wir es gemacht. Du in deinem alten Zimmer, der Bub auf der Eckbank, ich in meinem Bett. Eigen ist das gewesen, wieder Leute am Hof, ich bin es gar nimmer gewohnt gewesen. Am nächsten Tag bin ich aufgestanden und hab die Abwasch gemacht, die Teller in einem Kübel gestapelt, weil der Abfluss verstopft gewesen ist, mit einem Fetzen bin ich drübergefahren, hab den Dreck einfach runtergewischt. Da ist der Bub auf einmal hinter mir gestanden: Lassen Sie mich helfen. Na zweimal werd ich mich bitten lassen, hat er den Fetzen schon in der Hand gehabt. Wie er alles abgewaschen gehabt hat, da fragt er mich, ob er die Kühe sehen darf. Kuh, hab ich gesagt, ich hab ja nur mehr eine. Nicht für die Milch, die hat ja keine Milch mehr gegeben, sondern nur für mich, damit ich nicht ganz allein herumsitzen muss am Hof. Hab ich mir also ein Kopftuch umgebunden, raus in den Hof, am Kuchlgarten vorbei in den Stall. Er hat sich zur Kuh gestellt und gegrinst, als tät er innerlich mit ihr reden. Ein komischer Kautz ist das, hab ich mir gedacht, was es für eigenartige Leute gibt, droben in der Stadt. Die Hand hat er auf die Kuh gelegt und sie gestreichelt, ganz zärtlich. Wir sind dann zurück in die Stube, da bist du schon dagesessen. Wir müssen zurück, hast du gesagt, meine Frau wartet. Können wir nicht noch ein wenig bleiben? Bleiben will er also, der Bursch, da schau her. Nein, wir müssen. Da hat sich der Bursch zu mir gedreht: Wir kommen wieder, versprochen. In den Arm genommen hat er mich, ganz fest gedrückt, komisch ist das gewesen und ein bisserl unangenehm, aber ich hab ihn lassen. Vielleicht verabschiedet man sich jetzt so, was kann man wissen. Ihr seid dann so schnell verschwunden gewesen, so schnell hab ich können gar nicht schauen. Aber der Bursch hat recht gehabt. Ihr seid wirklich zurückgekommen, und dieses Mal hab ich keine Jahre müssen warten. Nie mit deiner Frau, immer nur du und der Bursch. Glücklich ist er in jedem Fall gewesen bei mir am Hof, das hat man gemerkt, das hat er auch gesagt. Und lügen werd ich nicht, gutgetan hat es mir genau wie ihm. Ich hab gekocht für ihn, ihm die Wäsche gemacht, ihn manchmal auch ausgeschimpft, hab ihn bekümmert, wenn es ihm schlechter gegangen ist, und arbeiten lassen am Hof, wenn er besser ausgeschaut hat. Geredet haben wir eigentlich nie miteinander, falls du das wissen willst. Es hat nix zum reden gegeben, wir haben ja alles gewusst, was es zu wissen gibt. Meistens ist er am Abend wieder zurück in die Stadt, aber manchmal ist der Bursch auch dageblieben und du hast ihn nach ein paar Tagen wieder abgeholt. Am Abend ist er dann oft raus auf die Felder, stundenlang ist er rumgelaufen und oft erst mitten in der Nacht wiedergekommen. Dann bin ich allein dagesessen und aufgeblieben für ihn. Sein gutes Recht ist es gewesen, muss ja nicht bei mir alter Tattel sitzen bleiben und mir Gesellschaft leisten, aber gewundert hab ich mich schon. Er ist ja kein kleines Kind gewesen, aber wo will er denn hin, im Finsteren? Gibt ja nix zu sehen. Wenn er dann endlich geschlafen hat, in deinem alten Zimmer, dann bin ich zur Tür hin und hab gehorcht. Ich hab wollen wissen, ob es ihm gut geht. Geschnarcht hat er, als wär eine Kettensäge in seiner Gurgel, ganz lustig hat das geklungen. Und wenn ich das Schnarchen gehört hab, dann bin ich ganz ruhig worden. Endlich wieder ein anderer Mensch hier, nicht nur mein eigenes Schnarchen in der Nacht.

Heutzutage seh ich dich überhaupt nur mehr alle heiligen Zeiten. Krank bist du, sagt deine Frau, und dass ich was derzählen soll, von früher. So krank kommst mir aber gar nicht vor, wenn du bei mir zu Besuch bist. Der Jüngste bist halt nimmer, auch schon deine sechzig, und manchmal ein bisserl vergesslich, viel zu früh. Ich bin doch die Alte, willst mir denn zuvorkommen? Grantig kannst werden, vor allem mit mir. Man kann es dir halt nicht recht machen, hat man aber noch nie können. Dann schreist wie ein Berserker, eine richtige Angst krieg ich vor dir. Mit deiner Frau brüllst du, mit mir. Einmal hast mich wollen schlagen und ich sag dir, das lass ich mir nicht gefallen, nicht von dir. Hast mich ja früher auch gehaut, sagst du dann, als wär das eine Ausrede. Aber deine Wut dauert nie lang, dann sitzt du wieder da wie ein Häufchen Elend. Derzählen soll ich. Ausgerechnet dem feinen Herrn. Ich hab keine Lust, mich an die alten Sachen zu erinnern. Ich derzähl trotzdem, weil es dich beruhigt. Von heute, aber vor allem von früher. An das meiste kannst dich nicht erinnern, bist ja noch ein Kind gewesen, damals. Sicher kommt es mir komisch vor, dass du so viel vergessen hast. Wie soll das denn werden, wenn du erst so richtig alt bist? Na geschieht dir recht, denk ich mir, hast ja immer wollen vergessen, wo du herkommst, das hast jetzt davon.

Deine Frau hat dann angefangen, meine Rechnungen zu zahlen, das muss ich dir noch derzählen. Lange hab ich mich gewehrt, aber was ist mir denn anderes übriggeblieben? Sie hat sich nie bei mir gemeldet und ich hab gewusst, dass sie nicht will, dass ich mich bei ihr melde. Dabei würd ich sie so gern zu mir einladen, aber ich trau mich nicht.

Einmal, da hat er eine Angst gekriegt, der Bursch, wie er am Hof übernachtet hat. Dass er jetzt wieder allein ist, dass sich keiner mehr um ihn kümmert. Im Kuhstall hab ich ihn gefunden, heulend wie ein kleines Kind. Da hab ich ihn genommen und ins Bett gebracht. Brauchst keine Angst haben, hab ich gesagt, ich lass dich schon nicht krepieren, wo kommen wir denn da hin? Eingesprungen bin ich halt für dich, ein paar Jahre geht das schon so, wird noch ein paar gehen müssen. Man kümmert sich um die Menschen, die einem wichtig sind. Hab ich das nicht immer gesagt? Na schaust.

GABRIEL

Schneller, schneller, schneller! Wieso geht denn da nichts weiter? Der scheiß Zug fährt so unendlich langsam in den Bahnhof ein, ich halt es echt nicht mehr aus, wie auf Nadeln sitz ich und rutsch auf dem Sitz hin und her, ich bin so aufgeregt, ich sag es sogar laut: Schneller, schneller, ja verdammt nochmal schneller! Jetzt könnt man natürlich glauben, nach siebzehn Jahren Warten wär es auch schon wurscht wegen den paar Minuten, aber sowas können echt nur Volltrotteln sagen, weil je länger du wartest, desto weniger Zeit hast du, klingt komisch, ist aber so, und je weniger Zeit du hast, desto mehr kommen dir die paar Minuten wie eine Ewigkeit vor. Drum aufspringen, rumzappeln, das macht's sicher nicht besser, ist aber trotzdem nicht zu vermeiden, so sehr rast mir das Herz. Und endlich, endlich!, fährt das Trumm von Zug in den Bahnhof ein und ich seh die Schilder durchs Fenster: Südbahnhof Wien. Und ich sag dir, wie ich das Quietschen von den Reifen hör und der Bahnsteig im Zugfenster sichtbar wird, da kribbelt da unten was, das will ich jetzt einmal Vorfreude nennen. Dann endlich bleiben wir stehen und ich hüpf auf, ein großer Sprung zur Tür, aber halt: Ich hab meine Tasche vergessen, meinen einzigen Besitz, also renn ich nochmal zurück, pack den Griff von dem alten, grauslichen Teil und schon landet das Leder auf meinem Schädel, aber macht nix, Hauptsache raus und zwar schnell, keine Sekunde länger halt ich es in dem Waggon aus, in dem es nach Provinz stinkt. Ich dräng mich an den lahmen Ärschen vorbei, die den Ausgang blockieren, hör mir ihr Gejammer an von wegen: Kannst nicht aufpassen!, aber nein, kann ich nicht, will ich auch gar nicht, also was fragt ihr so blöd? Schon steh ich am Bahnsteig, renn nach vorn, vorbei am Würstelstand, rein in die Halle, und dort bleib ich kurz einmal stehen, weil so eilig kann ich es gar nicht haben, dass ich den Moment nicht ein bisserl genieße, endlich bin ich da, große Stadt. Gut, das ist jetzt nur das graue, miefige Wien und nicht das wurlerte New York, und statt nach großer, weiter Welt riecht es auch nur nach abgestandenem Würstelfett, aber apropos, wurscht ist es mir halt auch wirklich, weil groß kommt es mir auf den ersten Blick trotzdem vor, so im Vergleich zu meinem Kaff. Einmal durchatmen, dann geht's schon weiter, links die Rolltreppe runter. Aber halt, was ist das für ein Geräusch? Ich hab das Klick-Klack im Ohr, aber das kann nicht sein, die zwinkernden Augen haben sie erst Jahre später dort aufgehängt, da war ich längst schon wieder am Weg raus aus der Stadt, ganz geschlagener Hund, aber irgendwie passt das Klimpern von den zwei Digitaluhren besser zu meiner Ankunft und immerhin erzähl ich dir hier meine Geschichte, also klimpern die depperten Augen, wenn ich das will. Genau zwölf Uhr Mittag also, ich wisch mir den Schweiß aus dem Gesicht, mach kurz Pause und renn dann weiter runter, und ja, du hast recht, eigentlich muss ich mich nicht beeilen, sogar mir ist klar, dass sich zu Mittag rein gar nix tut in dieser Stadt, aber ich krieg meine Beine einfach nicht langsam, sie strampeln weiter und weiter, als hätten sie Batterien in den Wadeln. Runter also und raus auf den Vorplatz, einmal umgeschaut, aber ich kenn mich natürlich einen Dreck aus. Erst einmal stinkt's nach Abgasen, das bin ich gar nicht gewohnt, aber wenn meine Lungen das nicht aushalten, dann sollen sie halt baba sagen, aber bitte nicht sofort, zumindest ein bisserl Spaß mögen sie mir noch gönnen. Links quietscht eine Bim um die Ecke, so ein Wagen aus Holz, vorne steht der Schaffner mit seiner Kappe und schaut ganz streng, dabei müsste der Fahrtwind bei den offenen Türen doch ganz angenehm sein, aber die Bim bleibt nicht stehen, fährt an mir vorbei und dreht eine große Runde rund um ein bunt angemaltes Häuschen. In dem Moment fällt mir der Satz von meinem Herrn Papa ein: Was willst du denn in Wien, da sitzen sie ja nur zusammengepfercht in ihren Proletenschläuchen und dampfen sich das Fett aus, während sie vom ganzen Sitzen fett und faul werden. Aber was soll ich sagen, jetzt grad schaut es ganz kommod aus. Rechts von mir ist noch ein Parkplatz, dort warten ein paar Busse in der Sonne, zweistöckig wie in den Filmen, unten rot und oben weiß, und wenn ich mich mit meinen roten Haaren da draufsetzen würde, dann wär es die österreichische Fahne. Wie ich das denk, da muss ich grinsen, weil sicher könnt ich mich reinhocken und mich als patriotisches Zeichen rumkutschieren lassen, aber die paar Schilling spar ich mir lieber, so viel hab ich meiner Mutter auch nicht aus dem Geldbörserl gestohlen. Ich weiß sowieso, wo ich hinmuss, nur den Weg kenn ich nicht, also pack ich einen alten Mann am Arm und erschreck ihn wahnsinnig, der Trottel schreit sogar, was wiederum mich erschreckt, ich stottere was von Naschmarkt, er hebt den Arm, deutet in eine Richtung, sagt ein paar Worte und schüttelt mich ab. Ich ruf ihm noch ein Danke hinterher, weil den wohlerzogenen Burschen vom Land kriegst aus mir nicht mehr raus, und schon geht's los, immer in die Richtung, die mir der Mann gezeigt hat. Bleibt mir auch mehr Geld für was zum Trinken, wenn ich es jetzt spar und mich auf meine

Füße verlass. Und wieder rennen die zwei Latscher wie von allein weiter, vielen Dank. Vorn an der Kreuzung brausen Autos vorbei, ich steh an der Ampel, zappel hin und her, bis sie endlich grün wird. Na was is, Popeye? Spinat kommt keiner raus! Bis sich alle in Bewegung setzen, es dauert ewig. Noch am Zebrastreifen reiß ich mir den kratzigen Pullover vom Leib, den mir meine Oma gestrickt hat. Ich zieh mir das Teil über den Schädel, die scheiß Sonne da oben brennt wie mit Nadeln, so früh im Jahr. Den Pullover stopf ich in die Tasche und schau nicht mehr zurück, nicht zum Bahnhof, nicht zu den Bussen, zu rein gar nix, wenn du verstehst. Ich renn vorbei an Touristen, mit meiner Tasche stoß ich eine junge Frau um, aber das ist mir jetzt Blunzen, ich hab einfach keine Zeit, renn schon weiter, so wohlerzogen bin ich dann scheinbar doch nicht, große Überraschung, am größten für mich selber, aber die Natur ruft. Und dann renn ich und renn, aber je schneller ich renn, desto schneller kommen auch die Erinnerungen zurück.

An meinen Herrn Papa vor allem, der immer gesagt hat: Renn nicht wie ein Mäderl. Und wie ich das denk, renn ich noch schneller und schaukel die Hüften noch mehr hin und her, lass die Arme noch weiter vor und zurück schlenkern, weil was weiß mein Vater schon, zum Teufel mit dem Herrn Bürgermeister! Der hat ja eh nix gewusst, alles nur geahnt, gewusst hat nur die Frau Mama was. In dem Moment ruckelt die Bim an mir vorbei, genau die, die ich nicht genommen hab, ich Trottel, weil jetzt rinnt mir der Schweiß in die Arschritze, und dort kann ich ihn wirklich nicht brauchen für das, was ich vorhab. Renn nicht wie ein Mäderl, so ein Blödsinn. Überhaupt der Herr Papa und die Frau Mama. Sie hat sich ja nur um ihn gesorgt. Was sollen die Leute im Dorf denn denken? Alle anderen Sorgen sind erst nachher gekommen, die Sorgen um mich zum Beispiel. Weil von denen hat sie immer genug gehabt, von den Sorgen. Hat sich ja auch selber die Schuld gegeben, weil sie in der Zeitung gelesen hat, dass der Hormonmangel in der Schwangerschaft das auslöst, psychischer Stress bei den Müttern und so, und dann hat sie immer gesagt: Ich hätt dir die Haare früher schneiden sollen, aber die schönen roten Locken, eine Sünde. Aber eins sag ich dir: Meine Mama hat da sicher nichts dafür können. Mir laufen die Tränen runter. Meine Mama eben. Da kannst machen, was du willst. Meine Mama, die immer gesagt hat: Ich würd dir ja gern was raten, aber du bist so ein Sturschädel, du lässt dir ums Verrecken nicht helfen, und wenn's dich umbringt. Aber hör mir zumindest zu, zeig dich nicht so, wie du bist, das wär besser, dummes Kind, ich weiß das. Das war bei uns immer schon so. Besser nicht erkannt werden, hörst? Und wenn du heiraten musst, na was soll das schon? Du bist sicher nicht der erste, der heiratet. Und sicher nicht der letzte. Das wird schon wieder, wirst sehen. Ich rede ja nicht vom Spaß, ich rede ja nur von der Liebe. Ein Mann, na ja, was kann schon ein Mann. Aber eine Frau. Eine Frau liebt doch so viel besser als ein Mann. Und das alles fällt mir wieder ein, wie ich immer weiter renn, aufs Zentrum dieser großen Stadt zu. Eine Frau liebt besser. Ja, aber viel mehr Spaß haben sie halt schon, die Männer, das hat die Frau Mama auch gewusst. Nur sonst halt nicht viel, ein Trauerspiel. Wie ich zehn Jahre alt war, da hat sie mir noch erzählt, dass die kleinen Kinder vom Storch kommen. Ich mein, wie ernst kannst du so eine Frau nehmen? Und trotzdem: meine Frau Mama. Weil das musst du verstehen, kein Mensch hätt ihr helfen können, auch ich nicht, selbst wenn ich dagewesen wär und nicht weggelaufen, nach Wien. Ich hätt sie auch nicht retten können. Meine Mama, die immer gefragt hat: Ja genierst du dich nicht? Nein, natürlich genier ich mich nicht. Was soll das auch bringen, sich genieren? Ab einem bestimmten Alter kriegst halt Phantasien, und meine Phantasien sind immer schon die Burschen gewesen. Schon lang, bevor die Mama mich mit dem Burschi … Ich hab ihre Groschenheftln gelesen, die ganzen Arztromane und Bergbauerngschichtln, aber ich hab immer nur für die Männer geschwärmt, große Muskeln, dunkle Haare. Wie oft ich mir zu den Bildern vorne drauf einen runtergerissen hab. Bis eben eine bessere Phantasie gekommen ist. In der Schule haben sie mich ausgelacht, wenn ich beim Sport einen Steifen gekriegt hab, aber das wollt ich überhaupt nicht verstehen, weil warum soll das lustig sein, warum soll ich mich genieren, das ist doch das beste Gefühl auf der Welt, und noch dazu ist es mein Gefühl und meins allein, also lass sie lachen, hab ich mir gedacht, besser wird's im Leben nicht. Ich bin stolz auf das, was ich tu. Und wenn sie zu blöd werden, dann verdresch ich sie, weil meinen Schwanz muss man sich erarbeiten, den brauchen sie gar nicht so anstarren und glauben, sie könnten ihn umsonst haben. Das macht mir Spaß, das Verdreschen, so setz ich mich durch. Nur wenn sie zuhause davon erfahren, dann krieg ich eine Watschen, immer vom Papa, immer mit dem Hinweis: Man schlägt niemand, dass du's endlich verstehst. Bisserl gemischte Botschaften sind das gewesen, aber gut, so ist das am Land. Aber nicht, dass du mich falsch verstehst: Ich hab keine schlechte Kindheit gehabt, meine Eltern waren halt oft weg, der Papa hat ja immer auf irgendwelche Feste gemusst und ich wollt nicht allein zuhause sein, das hat mir Angst gemacht, also bin ich rumgelaufen im ganzen Dorf, bin auf den Feldern und im Wald herumstrawanzt, da hab ich mich weniger gefürchtet als zuhause. Und wenn ich heimgekommen bin, da hat es alleweil ein großes Donnerwetter geben, eh klar. Das hab ich alles nur ausgehalten, weil ich zwei Freunde gehabt hab: den David Bowie und den Burschi, dem die Bowie-Platten gehört haben. Gut, der Burschi ist nicht so scharf gewesen wie der Bowie, aber zumindest echt. Eigentlich hat er Georg geheißen, mein Cousin wasweißichwievielten Grades, aber es haben alle nur Burschi zu ihm gesagt, also auch ich, weil das hat ein bisserl wie Bowie geklungen. Fünf Jahre älter ist er gewesen als ich, aber die fünf Jahre haben gemacht, dass er schon ein Mann war, also vom Körper her, aber auch sonst, drum hat er ein Auto gehabt und du weißt ja, wie wichtig mir Autos immer gewesen sind, aber vor allem hat er Pornoheftln besessen, Pornoheftln zum Saufüttern. Und wegen den Pornos haben wir auch zum spielen angefangen, und diese Spielereien sind so gegangen: Ich hab ein Heftl aussuchen dürfen, das hat der Burschi dann genommen und die Seiten durch die Finger laufen lassen, und sobald ich Stopp gesagt hab, hat er aufhört und das Heftl genau an der Stelle aufgemacht. Und was immer man da auch gesehen hat, das haben wir nachgespielt. Einmal war er die Frau, aber meistens ich. Am Anfang ist ihm der Ständer dauernd umgefallen, aber mir hat das gleich einen Heidenspaß gemacht, ich hab immer abgespritzt, kaum dass er mich angegriffen hat. Und irgendwann ist er dann auch lockerer geworden. Und jetzt alle so: Aber der Burschi, so viel älter! Aber eins sag ich dir: Den Burschi hab ich geliebt, das kannst du dir gar nicht vorstellen, weil ohne den Burschi und seine Bowie-Platten, die wir nachher immer aufgelegt haben, was hätt ich da gemacht? *Oh no, not me, I never lost control.* Was gibt's Besseres als das, wenn du grad einen Schwanz im Arsch gehabt hast? Nein, ohne den Burschi, da hab ich nicht wollen leben in unserem Dorf. Sie haben ihn mir weggenommen, als die Mama uns erwischt hat. Von einem Tag auf den anderen ist der Burschi verschwunden gewesen und keiner hat mir gesagt wohin. Ich hab mir gedacht: London, Paris, New York. Und da wollt ich dann auch sein, mit ihm, raus aus dem Dorf und weg von den Leuten, die mir meinen Burschi weggenommen haben, die mir einreden wollten: Der hat dich nur ausgenutzt, das musst du schnell wieder vergessen! Weil ich wollt gar nix vergessen, kein einziges Detail von ihm und von dem, was wir gemacht haben, im Gegenteil, ich wollt seinen Schwanz für immer in meinem Arsch spüren. Und vor allem wollt ich eine Bombe rein ins Dorf und nie wieder zurückschauen. Nur hat das dann nochmal fast ein Jahr gedauert, bis ich es wirklich geschafft hab, ich bin halt doch eine treue Seele und meine Mama, na ja, die kann doch nix dafür. Aber dann bin ich wirklich weg. Wollte nicht warten, bis alle im Dorf verheiratet sind und Kinder haben und ich der einzige Junggeselle, bei dem sich alle fragen: Will er nicht oder kann er nicht? Und wann bringt er sich endlich um, weil das kann ja kein Leben sein. Du musst dir vorstellen: Die Hauptattraktion in unserem Kaff war ein tausend Jahre alter Mann, der seinen Forellen beigebracht hat, durch einen Ring zu springen, frage nicht. Ich mein, wie oft kannst dir sowas anschauen? Nach fünfmal wirst hungrig und nach zehnmal drehst durch. Aber statt einer Bombe hab ich am Ende nur einen Zettel mit ein paar blöden Worten hinterlassen: *Liebe Mama, mach dir keine Sorgen um mich, sorg dich weiter um den Herrn Bürgermeister, das macht mehr Sinn. PS: Hab ein Auge auf die Mierl, die sorgt sich auch um den Herrn Bürgermeister, vielleicht sogar mehr als du.* Feige Sau, ich sag es ja.

Aber feig oder nicht, jetzt bin ich also endlich da, große Stadt, kleiner Bursch vom Land. Ich renn also weiter die Straße runter, vor mir schon die rot-weiß-blaue Fahne von der französischen Botschaft, da muss ich links runter, hat der Mann gesagt, aber ich denk grad nur an den Burschi und das muss aufhören, sonst werd ich traurig und das kann ich wirklich genauso wenig brauchen wie den Schweiß im Arsch, also denk ich an den Artikel in der Klatschzeitschrift von der Mama: *Päderast auf Naschmarkt-Klo verhaftet.* Hallo, schon geht es mir wieder gut, schon hab ich wieder Kraft, schon fährt der Saft zurück in meinen Körper, zurück in meinen Schwanz. Verhaftet, weil er einem anderen an den Schwanz gegriffen hat, und das will ich. Also das Schwanzgreifen, nicht das Verhaften. So genau hat das alles zwar nicht in der Zeitung gestanden, aber ich bin ja kein Trottel, ich kann mir schon vorstellen, was die unter *unangemessenen Handlungen* verstehen. Wahrscheinlich genauso unangemessen wie das, was der Burschi mit mir gemacht hat.

Und endlich bin ich vom ganzen Rennen so müd, dass ich an gar nix mehr denk. Genau in dem Moment bieg ich auf den Naschmarkt ab, seh die Stände, zwäng mich an den Buden vorbei, lauf sicher einen Kilometer, aber das Häusl ist nirgends zu finden, ich schau nach links und nach rechts, überall nur Verkäufer mit dunklen Schnurrbärten und dunklen Augen und dahinter die Straße, auf der die Autos herumbrausen. Und überall nix, nur Gemüse und Fleisch, und Fleisch will ich schon, aber halt ein anderes. Aber da kommt nix mehr, vor mir nur mehr ein Gebäude, *Wirtshaus zur Eisernen Zeit* steht drauf, an dem renn ich noch vorbei, dann weiß ich auch nicht, aber auf einmal seh ich es und weiß sofort: Das ist es. Und ja, da stinkt's wie Sau, wie ich reinkomm, aber der Gestank ist ein guter, verstehst? Ich also rein, Schwanz raus und los kann's gehen, aber dann passiert erst einmal nichts, und damit mein ich: gar nichts. Ich steh also da, mein Ding in der Hand, und starr auf die Fliesen, die ersten fünf Minuten bin ich noch steif, dann tut sich an der Front genauso wenig wie vor der Rinne. Was soll ich sagen, Montagmittag, der einzige Verkehr ist der auf der Straße. Immerhin der Geruch macht mich zwischendurch wieder geil, weil ich will vorbereitet sein, sollte sich doch noch was auftun. Zwar verirren sich alle zehn Minuten ein paar Männer rein, eine kleine Prozession an Geschäftsmännern im Anzug, aber die schauen nicht einmal zur Seite, oder aber sie schauen kurz, erledigen ihr Geschäft und gehen wieder, ohne irgendwelche Anstalten zu machen. Nach dem fünften komm ich mir vor wie das T-Shirt in Extraklein, das man im Geschäft zwar in die Hand nimmt, dann aber gleich wieder zurückhängt, weil wem soll das passen, wer soll damit was anfangen? Jetzt kann es natürlich sein, dass das alles keine Warmen sind, auch ein anständiger Bürger muss einmal Wasser lassen, aber sehr wahrscheinlich kommt mir das halt auch nicht vor. Erst am Nachmittag wird's ein bisserl belebter und ja, ich halt wirklich so lange durch, Plan B hab ich keinen. Aber selbst am Nachmittag bleibt das so ein Herumschleichen und Auseinandergehen und Näherkommen, das hat was Gespenstisches, ich kenn mich gar nicht aus, also mach ich erst einmal gar nichts, und das ist an so einem Ort halt nicht der beste Ratschlag, das hab ich aber erst später verstanden.

Irgendwann ist der Raum wieder leer und ich will schon aufgeben, mein Glück irgendwo anders versuchen, aber wo?, da kommt auf einmal doch noch ein Mann herein und stellt sich direkt neben mich. Der will was von mir, das kapier ich sofort. Und warum? Weil er rüberschaut und dann noch einen Schritt in meine Richtung macht, fast bemerk ich es gar nicht, ich Depp, aber irgendwie steht der doch jetzt noch näher als vor einer Sekunde? Ich wart also, aber dann erschreck ich fast, als er auf einmal den Mund aufmacht. Was treibt dich auf die Promenad?, fragt er, und ich versteh nicht gleich, also sag ich besser nichts, aber er wieder: Du bist zu jung, gell? Wennst wenigstens ein Mäderl wärst. Na was soll ich darauf sagen, außer: Ich kann dein Mäderl sein, wennst willst!, aber er spielt mein Spiel nicht mit. Hör auf, das ist keine Hetz, sagt er, glaubst, ich wär der erste, der wegen sowas sitzt? Da fallt mir wieder der Artikel in der Zeitschrift meiner Frau Mama ein, *verhaftet* ist da gestanden, aber an das will ich jetzt nicht denken, also sag ich: Wen kümmert's denn, wie alt ich bin? Muss ja niemand wissen. Und auf das antwortet er erstmal nichts, was sicher ein schlechtes Zeichen ist, er verschwindet aber auch nicht, was vielleicht ein gutes Zeichen ist. Mein Herzerl fängt schon an, ein bisserl schneller zu pumpen, da dreht er sich auf einmal weg, packt alles wieder ein und ich denk mir schon: Wieder nichts, was hab ich denn jetzt falsch gemacht?, da geht er ganz langsam hinter mir vorbei, wirft einen Schilling ein und zieht die Tür hinter der Rinne auf, dahinter seh ich eine Reihe von Kabinen, links und rechts, ich hätt gar nicht gedacht, dass es da noch weitergeht. Er nimmt gleich die erste Kabine, bleibt im Türrahmen stehen und schaut über die Schulter zu mir, was will er?, macht mit der Hand so eine Bewegung, als tät er was wegwerfen, da versteh ich: Komm her, worauf wartest denn? Ich pack also meine Tasche, die ich beim Reinkommen in die Ecke gepfeffert hab, husch durch die Tür, er zieht sie sofort hinter mir zu und dann stehen wir da, schauen uns beide nicht in die Augen, weil in die Augen schauen geht an einem solchen Ort halt gar nicht, das begreift sogar ein völliger Anfänger wie ich. Na was schleppst denn da alles mit dir rum?, fragt er mich also und ich sag nur: Nix, oder: Das geht dich nix an, so genau weiß ich das nicht mehr. Und er nur: Musst ja nicht gleich eingeschnappt sein, immerhin ist das ein Häusl, warum sollt man sich da nicht häuslich einrichten. Und dann schaut er mich an, als tät er auf was warten, aber ich werd sicher nicht lachen über den schlechten Witz. Er zuckt nur mit den Schultern, öffnet die Hose, ich tu es ihm nach und so geht's dann weiter, er macht was und ich mach es ihm nach, dann kann ich wenigstens keine Fehler begehen. Mit dem Burschi war das nicht so kompliziert, mit dem Burschi hab ich immer gewusst, was ich tun muss, aber hier drinnen, zwischen abgesplitterter Tür und dreckiger Klomuschel, ist das ganze Wissen auf einmal wie weggespült. Gut für mich, dass es schnell vorbei ist, ein paar Minuten, dann bin ich glitschig und er auch, da streckt er mir schon ein Taschentuch hin, ich nehm's und wisch mich ab, pfeffre es auf den Boden, und noch bevor ich fragen kann: Lust auf Runde zwei?, zieht er schon die Tür wieder auf und will weg, aber ich halt ihn an der Hand fest: Gibst mir ein paar Schilling? Da schaut er mich an, als wär ich das vollgerotzte Taschentuch am Boden: Ja genierst dich denn nicht? Aber was soll ich mich genieren, denk ich mir und sag es dann auch, weil in England arbeiten ja sogar die Kavalleristen der Königin als Stricher, hab ich in der Klatschzeitung meiner Frau Mama gelesen, in der gleichen, in der auch das mit dem Päderasten gestanden ist, die Kavalleristen kriegen sogar ein paar Hundert Schilling Sold. Und was für eine Königin gut genug ist, dafür muss ich mich ja wohl nicht genieren. Gut, die Soldaten haben sie entlassen, aber das ist saublöd, sag ich, weil wer soll die Queen besser beschützen als ein paar hübsche Königinnen? Das alles sprudelt aus mir raus, bis mir nichts mehr einfällt, da schüttelt der Mann meine Hand ab. Du redest einen Stuss zusammen, wenn der

Tag lang ist. Und recht hat er, aber was heißt das schon. Also trau ich mich nochmal: Gibst mir jetzt was? Einen Zehner für eine Wasserflasche zumindest? Oder einen Hunderter für eine Flasche Campari, wennst ganz lieb bist? Und wirklich, drückt der mir zwanzig Schilling in die Hand: Pass auf, was du da tust. Für das kannst zwei Jahre lang ins Gefängnis gehen. Und ich scherz noch: Allein mit lauter Männern, davor soll ich mich fürchten? Aber er geht auf meine Blödheit gar nicht ein, wischt sich nur die Hand mit einem Stücker Taschentuch sauber und sagt noch einmal: Pass einfach ein bisserl auf, Kleiner, versprichst mir das? Aber ich versprech gar nichts, wie soll ich auch, ich frag nur: Und wo soll ich jetzt hin, weil hier wird's mir zu fad. Er denkt kurz nach, mit einem Gesicht, da merkst die Anstrengung des Nachdenkens sofort, dann sagt er: Um die Uhrzeit? Hast denn noch nicht genug? Und auf das antworte ich nichts, ich grins nur, also sagt er mir den Namen von irgendeinem Espresso im ersten Bezirk, Singerstraße, aber ich denk mir nur, Espresso klingt nicht grade nach Discostimmung, andererseits, was kann ich um die Uhrzeit schon erwarten? Also sagt er die Adresse, worauf ich natürlich nur blöd schau, da erbarmt er sich: Schau, rennst immer in Richtung Stephansdom, dem langen, spitzen Ding nach, das kannst doch, oder? Und da kommst an einem Kaufhaus vorbei, gleich dahinter, da musst du hin. Aber sag niemand, dass ich dich geschickt hab. Ich also los, die Tasche am Rücken, schon wieder. Schneller, schneller, schneller. Nicht, dass alle Warmen schon wieder ausgekühlt sind, wenn ich hinkomm.

Ich weiß beim besten Willen nicht mehr, wie ich es dann wirklich ins Lokal schaff, aber auf einmal steh ich da und alles wird ruhig, sogar die Musik hält den Atem an und jeder dort drinnen muss denken: Frischfleisch. Ich mach meine Augen zu und spür nur die Blicke und sag mir: Recht habts, sowas Scharfes wie mich werdet ihr lange nicht mehr zu sehen kriegen. Ich setz also mein bestes Lächeln auf, klimpre mit den Wimpern, aber wie ich mich umschau, da trifft mich fast der Schlag. Das Espresso ist wirklich nur ein Kaffeehaus. Keine Sau schaut mich an, alle gaffen nur in ihre Zeitungen. Ich mein, ich weiß ja nicht, was genau ich erwartet hab um vier am Nachmittag, Sodom und Gomorrha eh nicht, ich bin vielleicht jung und naiv, aber so jung und so naiv auch wieder nicht, aber das hier, das ist schon die Härte. Alte Sitzbezüge auf den Sofanischen, dunkles Holz und ein sechseckiges Muster auf der Tapete, nicht kariert, aber kleinkariert, wenn du verstehst. Immerhin wirkt der winzige Raum durch die kitschigen Spiegel an den Wänden ein bisserl größer. Hinter der Bar ein Kellner, jung, den Seitenscheitel streng wie ein Lateinprofessor und im Haar so viel Öl wie im Erdäpfelsalat meiner Oma. Und auf dem Pullunder der Aufdruck *Prestig*e, aber davon ist das Lokal hier weit entfernt. Der Kellner schaut mich von oben bis unten an, grade dass ihm der Hals nicht abreißt, und fragt: Ja wo kommt denn sowas wie du her? Und dazu bläst er einen Kaugummi zu einer riesen rosaroten Blase auf, die er mit den Fingernägeln zum Platzen bringt. Ich stotter raus, von wo ich herkomm, da sagt er nur: Ach vom Land, na eh klar. Na ja, was bleibt mir jetzt noch anderes übrig, ich such mir eine leere Nische, knall meine Tasche unter den Tisch und fläze mich auf das Sesselchen, das quietscht wie ein Schwein, aber das Ferkel bin ja ich, fällt mir ein, weil auf einmal spür ich das angetrocknete Sperma in meiner Unterhose und das gibt mir wieder Kraft. Ich bestell also ein Cola, das ich die nächsten Stunden nicht trink, ich setz immer nur die Lippen an, damit ich nicht noch ein Glas bezahlen muss. Dass ich einmal freiwillig nicht schlucken würde, das darf der Burschi nie erfahren. Und ja, ich hab gesagt die nächsten Stunden, weil so lang passiert da genau gar nix. Musst du dir vorstellen, ich will endlich tanzen, flirten, schmusen, ich will verführt werden wie ein kleines, versautes Mäderl oder von mir aus auch verführen wie ein großer Macker, wenn es denn sein muss, aber rund um mich sitzen nur Businessmänner auf Nachmittagskaffee, ersticken sollen sie alle an ihrem Apfelstrudel. Na euch werd ich's zeigen. Ich kram also ein paar Schilling aus den Untiefen meiner Tasche, das soll mir das kleine Spielchen wert sein, geh zum Wurlitzer und such die Platten ab, aber nix, kein Bowie, kein Disco, nur Schlager, wie im Dorfwirtshaus, wo die Bauernschädel ab Mitternacht zu Freddy Quinn ganz feuchte Augen kriegen, zum Speiben. Auch wurscht allerdings, ein wahres Talent kann nix aufhalten, ich wähl also die Nummer 12, der Greifarm nimmt sich gierig die Platte und schon geht's los: *Spaniens Gitarren begleiten die Verliebten seit ewigen Zeiten*. Ich war zwar noch nie in Spanien, aber ich bitte dich, für heute, nur für heute! *Spaniens Gitarren, die spielen, als ob sie mit den Liebenden fühlen*. Ich stütz die Arme am Wurlitzer ab, streck den Arsch in meiner Lederhose nach draußen und wackel mit den Hüften, dass es nur so kracht, das sollen mir die Ehefrauen von den Bürohengsten einmal nachmachen, gegen eine Stute wie mich haben die keine Chance! Ich verwuschel meine Haare, denn das steht mir gut, und sing mit. Die Uniformierten in den Anzügen schauen mich an wie das wilde Tier, das ich tief drinnen eigentlich bin, endlich, endlich, endlich! Das Tier wird euch alle aufwecken, ihr werdet schon schauen. Noch lacht keiner, singt oder tanzt mit, aber das ist mir wurscht, weil immerhin zwinkert mir der Kellner zu, und zwar so, dass ich ein bisserl was spür, na du weißt schon wo. Kaum ist das Lied aus, steht einer der Männer auf, kommt auf mich zu und ich denk mir noch, na wart nur, der knallt dir eine, also geh ich in Deckung, als der Mann, statt mir eine aufzulegen, noch einen Schilling in den Wurlitzer schmeißt und sagt: Wünsch dir was. Und da erst schau ich mir das Gesicht an und den Körper, und da erkenn ich: Der Mann ist der Mann vom Naschmarkthäusl. Der Mann bist du. Ich erschreck fast ein bisserl. Bist du mir gefolgt? Aber du lachst so lieb und sagst noch einmal: Wünsch dir was. Und das tu ich, noch ein Lied, mein Körper braucht das jetzt, der ist einsatzbereit, den kann man nicht nach einem Lied ausschalten, das hast du schon richtig erkannt. Auf einmal fühlt sich sogar der Schlager an wie Disco. Ich tanz also, und als ich mich umschau glaub ich es kaum, das Espresso ist wie ausgetauscht, und ich mein wirklich: ausgetauscht. Raus die einen, rein die anderen, Einmarsch der Gladiatunten. Weil dass das alles Tunten sind, das merk ich sofort, allein daran, wie die mich anschauen. Nicht mehr wie einen Außerirdischen, sondern wie einen von ihnen. Immer mehr kommen rein, finden irgendwo noch freie Plätze. Und ich denk mir nur: Das hab ich gemacht, ich allein, mit meinem wunderschönen Prachtkörper, meiner roten Wuschelmähne, meinem Tanz und meiner Stimme. Ich bin die warme Fee der Innenstadtkaffees. Völlig verschwitzt, aber zufrieden lass ich mich wieder auf das Sesselchen fallen und jetzt endlich nehm ich einen großen Schluck Cola, brunzwarm, aber gut, da stehst du auf einmal neben mir und ich komm dazu, dich mir genauer anzuschauen. Ein junges Gesicht in einem alten Outfit, kariertes Sakko sag ich nur, ich mein, wo soll ich anfangen? Ein bisserl schaust aus wie das Kind im Schultheater, das den Greis spielen muss. Aber schlecht ist das nicht, warum auch immer. Du bist eine Erscheinung, das muss man dir lassen, irgendwie passt nix zusammen, aber grade das macht dich spannend. Ich schau dich also an und lächle dir zu, wart drauf, dass du was sagst, und endlich: Hast es also gut gefunden, das Espresso? Ich nick nur, weil was glaubst du, klar find ich so ein blödes Kaffee. Das ist auch das erste Mal, dass da herinnen wer tanzt, sagst du und ich fühl mich ganz stolz. Nicht schlecht gemacht, sag ich, ich hab die Schwulen herbeigetanzt. Aber du meinst nur: Das passiert hier immer gegen sechs, Schichtwechsel. Aber was weißt du schon von meiner Macht, die wirst du schon noch kennenlernen, weil irgendwas hast du an dir, dass ich gleich begreif: Mit dir werd ich es länger zu tun haben. Du schaust mich immer noch komisch an, als du dich zu mir setzt. Normalerweise lassen sie Schwanzdiebinnen nur in Begleitung eines Stammgastes rein, sagst du, hätte nicht geglaubt, dass du das schaffst. Aber ich werd noch lernen: Mit dem, was du alles nicht glaubst, kann man ganze Bibliotheken füllen. Eine schöne Stimme hast du, ein so schönes Deutsch. Wirklich, fragst du ungläubig, hört man nicht, dass ich vom Land komm? Aber gar nicht. Na ich bin ja auch schon über zehn Jahre heroben in Wien. Wir sitzen keine fünf Minuten, da winken uns auf einmal zwei Typen vom Nebentisch zu, und der eine ruft: Paragraphenliesl, was ist? Magst nicht zu uns kommen mit deiner Eroberung? Und wie ich das hör, da denk ich: Musst wohl ein Anwalt sein oder ein Richter, auf jeden Fall ein hoher Herr, also halt dir den warm. Du schaust mich an wie ein lebendes Fragezeichen und mir ist es wurscht, je mehr, desto besser, also nehme ich mein Zeug, meine Tasche, mein Cola und wir setzen uns dazu. Der eine Typ wird Hausbesorgerpoldi genannt und der andere Herzburli, und das erste erklärt sich von selbst, das zweite nicht, ist aber auch egal, klingt irgendwie lieb. Die zwei sind ein bisserl wie Dick und Doof, weil der Hausbesorgerpoldi, wie soll ich dir den beschreiben, wenn du dich nicht mehr erinnerst? Ich würd ja sagen, der kämpft mit seinem Gewicht, aber der kämpft nicht mehr, der schwingt höchstens noch die weiße Fahne. Na und weiter, was wird der Hausbesorgerpoldi sein? Sicher über fünfzig, denk ich mir, aber gut in Schuss, kannst nix sagen. Und der Herzburli, na ja, bei dem merkst schnell, dass der nicht der Hellste ist, schon nach zwei Sätzen ist mir klar: Papier gibt's bei dem zuhause nur am Scheißhaus, nicht im Bücherregal. Dafür schaut er gut aus, hat eine Hose an, so eng, dass du sein Religionsbekenntnis erkennen könntest, wenn du hinschauen würdest. Na und beide, Hausbesorgerpoldi und Herzburli, schauen mich an wie die Kuh das neue Tor und das gefällt mir, wie du dir vorstellen kannst. Der Herzburli lehnt sich dann ganz nah zu mir und fragt: Und du? Du bist neu hier, was? Wer bist du? Was machst du? Ganz direkt, so mag ich das. Ich, sag ich, ich mach gar nix, und da lachen die zwei, dabei stimmt das, was ich sage, aber das kapieren sie nicht. In jedem Fall schaust aus wie der Geißenpeter auf der Suche nach seiner Heidi, kommentiert der Hausbesorgerpoldi, aber der Herzburli nimmt mich gleich in Schutz: So lass ihn doch in Ruh, nur weil er eine Lederhose anhat, schaut doch gut aus. Was du immer willst, es wird keiner mehr in Dragoneruniform reinspazieren, da kannst noch so sehr davon träumen. Also sag schon, Burscherl, wo kommst denn her? Von welcher Alm haben sie dich runterlassen? Und das würd ich ihnen jetzt ja gern sagen, aber wenn ich eines recht schnell merke, dann das: Die zwei können vielleicht vieles, aber sicher nicht zuhören. Denen kannst du hundertmal die gleiche Geschichte erzählen, du wirst beim hundertsten Mal kein

Anzeichen finden, dass sie das Ganze schon neunundneunzigmal gehört haben. Dazu reden sie selber zu viel, von Ausflügen auf die Berge, wie sie die paar Hügel rund um Wien nennen, von irgendwelchen Burschen, die sie dort vernascht haben, und vom tollen Essen, das es auf den Hütten gibt, womit sicher die Ausflugsbuden an der Donau gemeint sind, weil einen Berg haben die beiden in ihrem Leben noch keinen bestiegen, der Hausbesorgerpoldi könnt sich höchstens mit der Zahnradbahn auf den Schneeberg kutschieren lassen. Jetzt grad sitzt er neben mir und schaufelt sich eine Cremeschnitte in den Mund, während er den Zucker vom Deckel klopft und sagt: Ich bin ja Diabetiker, ich muss da ein wengerl aufpassen, verstehst, mit dem Zucker. Ich mein, ich hab sofort einen Narren an dem gefressen, sowas muss man doch einfach liebhaben. Und der Herzburli, der ist auch nicht besser, der verbrennt sich die Zunge am Kaffee, weil er nicht hinschaut, mir lieber zwischen die Beine stiert, da sagt der Hausbesorgerpoldi nur: Musst halt blasen, bist ja keine Frau. Worauf mir gleich rausrutscht: Ja ist es richtig, dass die Frauen nicht einmal den Schwanz in den Mund nehmen? Und das wird bejaht und ich denk mir nur: Herrgott, wie kann das nur sein. Sei froh, dass du in deinem Alter schon weißt, dass das nix für dich ist, sagt der Herzburli, wenn ich das schon gewusst hätte, wie ich jung gewesen bin, das hätt mir vieles erspart. Darauf ich nur: Na sei doch froh, dass du es heute weißt, ist ja immer noch Zeit, und da lacht der Herzburli: Hast ja recht, immerhin hab ich jetzt den Pavel, besser spät als nie. Und wer ist der Pavel? Das ist sein neuer Freund, sagt der Hausbesorgerpoldi und verdreht die Augen so sehr, dass man nur mehr das Weiße sieht und ich mir denk: Wenn dir nur mal nicht das Gesicht stecken bleibt. Sein neuer Schatz also, ratscht der Hausbesorgerpoldi weiter, den er herzeigen will wie ein Pony oder einen Ehering mit Karat, weil er ihm seit Neuestem ganz exklusiv versprochen ist. Da muss ich lachen, und der Herzburli tut ganz böse: Was lachst denn? Na wegen nix lach ich, aber denken tu ich mir: Gegen euch sind ja sogar meine Eltern modern, die müssen sich zumindest nichts versprechen, schon gar nicht exklusiv. Der Schatz vom Herzburli kommt natürlich den ganzen Abend nicht, und da kann ich es mir nicht verkneifen: Wirst versetzt? Ah geh wo, was du auf Ideen kommst, aber ich merk trotzdem, dass dem das wehtut, aber das kann er natürlich nicht zeigen, sonst ist sein Gesicht futsch, so schnell kannst gar nicht Liebeskummer sagen. Es wird also später und später und noch später und was soll ich sagen, irgendwann kommt dem Herzburli sein Schatz doch noch, schön und schlank und alles, aber ein Gesichtsausdruck so unendlich arrogant, der Pudel von unseren Nachbarn zuhause ein Scheiß dagegen. Er schaut aus wie ein kleines Kind, das in den Pool schifft und sich freut, dass es nur um ihn herum ganz warm wird. Aber immerhin ist er jung, ein bisserl älter vielleicht als ich, also Führerschein wird er schon haben. Und als dem Herzburli sein Schatz und ich so zusammensitzen und ein bisserl lästern, weil lästern kannst du mit den Arroganten immer gut, da sagt der Hausbesorgerpoldi irgendwann: Brauchts gar nicht so hämisch lachen, glaubts ihr denn wirklich, ihr Jungen hättet eine Chance gegen uns Alte? Wir machen euch fertig, wir haben nämlich die härteste Waffe von allen: Verbitterung. Und ich bin so deppert, ich glaub, der macht nur einen Spaß.

Von uns allen bist du der Ruhigste, du sitzt nur in der Ecke und beobachtest. Also lass ich mir das bisserl über dich erzählen, was die anderen wissen, viel ist es ja nicht. Du bist schon dreißig, aber na ja, dafür kannst du nix, also halt ich es dir nicht vor. Zwar wirst du obenrum ein bisserl kahl, aber lustigerweise steht dir das. Wirklich wissen tun die anderen auch nix über dich. Er ist gern ein Geist, sagen sie über dich, wir fragen nicht nach und du solltest es besser auch so halten, sonst wird er ganz unrund. Na und das gefällt mir. Irgendwann verschwindet der Pavel. Wo muss er denn hin? Arbeiten gehen, sagen die anderen und lachen mit den Augen, warum auch immer. Und dann wird es dunkel und der Kellner zieht ein Schnoferl, ruft: Letzte Runde!, da trinken der Hausbesorgerpoldi und der Herzburli schnell ihre Gläser leer und stehen gemeinsam auf, gehen gemeinsam nach draußen, da muss ich mir vorstellen, wie das ausschaut, wenn die beiden es auch gemeinsam treiben, und das ist ein bisserl grauslich, aber was rede ich, sie werden schon was spüren dabei, und das Spüren ist doch wichtiger als alles Ausschauen. Willst noch ein letztes Bier?, fragst du mich, und ich sag ja, und wie das letzte Bier kommt und wir endlich allein sind, da ertapp ich mich dabei, wie ich dir auf einmal meine Lebensgeschichte erzähl, die ich den ganzen Abend nicht losgeworden bin, Sprechdurchfall nix dagegen. Du hörst dir das brav alles an und ich mein, das müsstest du echt nicht tun, an so einem Abend. Du bist ja nicht der Pfarrer, der mir die Beichte abnimmt, aber du hältst den Mund und lässt mich immer weiterreden und das rechne ich dir hoch an, weil du bist der erste Mensch seit dem Burschi, mit dem ich ehrlich reden kann. Ich erzähl dir also jede Kleinigkeit, grade dass ich dir nicht meine Scheißgewohnheiten unter die Nase reib, bis der Kellner uns wirklich rausschmeißt, aber da weißt du eh schon alles von mir und ich quasi nix von dir, aber das stört mich nicht, das gefällt mir sogar. Draußen vor der Tür, in der dunklen Straße, wo die Funzel der Laterne mehr glimmt als strahlt, da fängst an, meinen Rücken zu streicheln, und wie ich dich das machen lass, da fragst: Was ist, kommst mit zu mir? Und natürlich sag ich ja. Das wird schon ein bisserl auch der Alkohol sein, der ja sagt, aber zum Großteil bist es du und die Aussicht auf eine Übernachtung, keine Sorge. Gemeinsam laufen wir dann zu deinem Auto, an der Baustelle bei der Oper vorbei, und in irgendeiner Seitenstraße steht es dann, das geile Ding. Du weißt ja, wie sehr ich auf Karossen abfahre: ein Opel Commodore Coupé, Silber, ich werf mich auf den Beifahrersitz, elektronische Fensterheber, ich kann gar nicht aufhören, damit rumzuspielen, getönte Fenster, ich komm mir vor wie ein Star, ein Staatsgast, jemand sehr Wichtiger. Und jemand Wichtiger bist du offenbar wirklich, sonst könntest dir sowas nicht leisten, darum erzählst du also nix von dir, auf jeden Fall hast du Geld. Du startest den Motor und ich sag: Beschreib mir genau, wo wir da umeinander fahren, ich will jede kleine Straße wissen, ich will das alles aufsaugen. Also beschreibst du es. Und ich freu mich schon, denk mir, jetzt zeigst du mir ganz Wien. Aber dann sagst du auf einmal: Und da vorn ist der Naschmarkt, da wohn ich gleich ums Eck.

Du parkst direkt vor dem Haus, ein altes, graues Mietshaus, grauslich eigentlich, aber groß, immerhin hohe Fenster. Da kann ich gleich einkaufen gehen, sagst du und deutest auf den Naschmarkt und ich verstehe, darum warst du am Häusl, eine kleine Einkaufstour, aber du lachst nur: Du Dummerl, am Markt mein ich, ich kauf mir echtes Gemüse, kein junges zum Vernaschen. Aber jetzt tu halt nicht so, ich mein, woher kennen wir uns denn? Du lachst nur und schüttelst den Kopf, als hätt ich was sehr Dummes gesagt. Von den Tandlern, sagst du, da hab ich die meisten Möbel her, schauen gut aus, sind aber nicht teuer, weil was kümmert mich der Preis, wenn niemand weiß, wie billig das alles war? Und jetzt ist es mein Reich da oben, das kann mir niemand mehr nehmen. Also doch ein Sparefroh, ich werd nicht schlau aus dir. Das Stiegenhaus ist modrig, die ganze Luft so komisch feucht, überall blättert der Putz, aber du sagst nur: Komm mit, die Wohnung ist schöner, ich versprech es dir. Und wirklich! Der Vorraum strahlt, ich will meine dreckigen Schuhe gar nicht ausziehen, aber du sagst: Fühl dich wie zuhause, und das tu ich dann auch. Magst noch was essen? Dazu sag ich sicher nicht nein, ich hab seit gestern nichts mehr im Magen. Ich zauber dir was Schönes, aber davor… Und dann lässt du den Satz so komisch in der Luft hängen, bis ich ein bisserl Musik hör und seh, dass du eine Schallplatte aufgelegt hast. Waterloo und Robinson, die Helden meiner Frau Mama, ich pack es nicht. *I just love my little world / I don't need no new sensations / All I want's the simple life / Loving you is a sweet temptation.* Na zumindest sind das zwei Burschen, das gibt mir ein bisserl Hoffnung für dich und deinen Geschmack. Während du kochst, spazier ich in der Wohnung herum und du rufst mir Dinge aus der Küche zu: Das sind eigentlich mehrere Bassenawohnungen, die habe ich nach und nach zusammengelegt, das Klo ist natürlich auch in der Wohnung, das war früher noch im Halbstock. Alles selber gemacht, mit meinen eigenen Händen. Und das ist mir eigentlich wurscht, aber es lässt mich zumindest auf deine Fingerfertigkeit hoffen, also soll es mir recht sein. Insgesamt hast du zwei Wohnräume, an den Wänden Bilder, na wie soll ich sie beschreiben: gewöhnungsbedürftig. Also wenn man was drauf erkennen soll, dann weiß ich nicht, was genau. Ein Schlafzimmer hast du, eine Küche, ein riesengroßes Bad mit Wanne. Im Wohnzimmer Pflanzen, ich komm mir vor wie im

Dschungel. Wie ich mich schon aufs Sofa werfen will, da kommst du dazu, wischst dir die Hände an der Hose sauber: Die Luster, schau dir einmal die Luster genauer an, die sind als einziges vom Lobmeyr. Was weiß ich, was du mir damit sagen willst, aber ich nicke und tu so, als tät ich dich verstehen. Jetzt deutest du auf die Balkontüren, zwei auf jeder Seite der Wohnung, drum bläst es so schön durch. Vor der Balkontür zum Hof eine schöne große Kastanie. Nur im Durchgang zum Vorzimmer seh ich einen Linoleumboden blitzen, sonst überall Parkett, und wie gesagt, eigentlich ist mir das wurscht, aber uneigentlich imponiert mir das schon. Den Wohnzimmertisch kann man sogar hoch- und runterkurbeln, ich krieg mich gar nicht mehr ein und kurbel dauernd in die eine, dann in die andere Richtung. Und überall so viele Spiegel, es sind nur zwei Leute im Raum und trotzdem hab ich das Gefühl, wir sind auf einer Dinnerparty. Am Klo liegt ein Teppichboden und das ist ein bisserl grauslich, aber ich sag nix, weil ich kann noch immer nicht glauben, dass man als schwuler Mann so lebt. So normal. Wie du mich weiter durch die Wohnung führst, zu jedem schiachen Holzsessel noch eine Geschichte erzählt, da komm ich mir auf einmal ganz besonders vor. Und am Schluss stehen wir wieder im Wohnzimmer und du schaust mich an, als tätest du Applaus erwarten, aber den Gefallen tu ich dir nicht, ich mach einfach nur die Hose auf und warte. Und du? Du schaust meinen Schwanz an, der langsam steif wird, und sagst: Los, nehmen wir ein Bad, du stinkst nach Schweiß. Und ich denk mir: Ja ist das etwa was Schlechtes? Aber ich will es dir doch recht machen, also folg ich dir ins Bad, wo du die Wanne mit Schaum anfüllst, eine Flasche Sekt aus der Küche holst, Kerzen, das ganze romantische Ding, fast wie in einem Film, aber jetzt passt es irgendwie, weil ich bin in einer neuen

Stadt und schlaf schon am ersten Abend nicht auf der Straße, sondern in einem kleinen Palast, das muss doch gefeiert werden. Ich setz mich also in die Wanne, während das warme Wasser noch reinläuft, und schau dir zu, wie du dich ausziehst. Ein Urwald kommt zum Vorschein, das ist mir am Häusl gar nicht aufgefallen, ich mein, was dir an Haaren am Schädel fehlt, hast du definitiv zwischen den Beinen. Aber wenn ich ehrlich bin, dann gefällt mir das ganz gut. Unterm Schaum spielen wir bald mit unseren Schwänzen, dann greifst mir noch fester zwischen die Beine und ich denk schon, na hallo, aber bevor was passiert, ziehst nur den Stoppel raus und stolperst in die Küche, ganz nass, und da sitz ich dann in der kalten Wanne, also schnell raus und hinterher. Bin ich dir immer noch zu jung?, frag ich dich, wie du nackt auf der Eckgarnitur liegst, und du antwortest: Das kommt drauf an, könnte ich dich denn negativ beeinflussen, wenn ich dich anfasse? Aber dann wartest nicht auf eine Antwort, sondern greifst einfach zu. Und wenn ich dich heute so seh, oft nicht mehr als wie ein Häufchen Elend, dann würd ich gern sagen, du bist zärtlich zu mir, aber so ganz stimmt das halt nicht, hab ich recht? Gut, wirklich brutal bist du auch nicht, als du mich auf den Bauch legst, ein bisserl Spucke auf meinem Arschloch verteilst, dich auf mich drauflegst. Du sagst sogar sowas wie: Das machst du nicht zum ersten Mal, oder? Und damit hast natürlich ganz recht, weil was soll ich dir vormachen, dafür flutscht es zu leicht, aber ein wenig vorbereiten hättest mich trotzdem können, immerhin ist das letzte Mal mit dem Burschi auch schon ein Jahr her. Du machst das Ganze dann schnell und effizient, nicht schlecht, ein bisserl mechanisch halt, so wie du bist. Die ganze Zeit fragst: Gefällt dir das? Ja, gefällt dir das? Und weil ich nix sag: Ja, das gefällt dir. Das gefällt dir also, das gefällt dir sehr!, und da bin ich froh, dass du mein Gesicht nicht sehen kannst, weil mein Grinsen würd dich sicher nicht geil machen. Weißt du, wie man einen Hund nur von vorn nach hinten streicheln soll? Mit dir hat es sich angefühlt, als würdest du mich die ganze Zeit verkehrt herum streicheln. So geht das eine Weile, bis es mir irgendwann zu blöd wird. Bei zwei Männern geht es nur um Macht, das hat der Burschi immer zu mir gesagt, wer fickt, der hat die Macht. Und das kann nicht sein, dass ich dir gleich beim ersten Mal alle Macht lasse, also greif ich nach hinten und lass meinen Zeigefinger in Richtung deines Arschlochs wandern. Du schiebst ihn weg, aber ich lass nicht locker. Na gut, jetzt fick mich halt schon, sagst du nach einer Weile, aber pass bloß auf, dass du mir nicht die Haare durcheinanderbringst, die haben nämlich hundert Schilling gekostet. Also fick ich dich, auch wenn es komisch ist, weil ich bin halt mehr ein Lasser als ein Tuer, aber das muss jetzt sein, fürs Gleichgewicht. Du legst dich auf den Rücken und sagst: Ab dreißig Geficktwerden nur mehr auf dem Rücken, liegend arbeitet die Schwerkraft für dich. Als wir gekommen sind, immerhin wir beide, da nimmst du mich dann doch in den Arm und zündest dir eine Zigarette an. Und wie ich die Zigarette so anschau, da hältst mir auch eine hin und sagst: Ich rauch ja eigentlich nie, nur nach dem Sex. Ich weiß nicht, was das heißt, eigentlich eh nie, oder schon kurz vorm Lungenkrebs? Aber noch bevor ich fragen kann, sagst du: Kannst über Nacht bleiben, wenn du willst. Und ich nicke, weil wollen ist keine Frage, ich hab eh keine andere Wahl. Bevor wir schlafen gehen, essen wir noch, das Fleisch ist zwar schon kalt, schmeckt aber trotzdem gut. Du musst nicht so schlingen, sagst du, es isst dir keiner was weg, und da erst merk ich, ich schaufel das wirklich in mich rein, als gäb es kein Morgen, aber ich hab eben Hunger. Nach dem Essen stehst du auf, bringst mir einen Polster und verabschiedest dich, weil ich schlaf auf dem Sofa, das versteh ich jetzt, und du schläfst wo anders. Ich drück also meine Zigarette im Blumentopf aus, leg mich hin, und wie der Elektroofen so schön summt, da schlaf ich gleich ein, am Rücken, die Hände weggestreckt, weil aus irgendeinem Grund vertrau ich dir, ich gutgläubiger Trottel. Du bist halt jemand, den man gar nicht fragen will, wie sein Leben so ausschaut, weil man weiß, der sagt eh nix. Kann ich zu dem Zeitpunkt ahnen, dass die Nacht dreißig Jahre dauern wird? Mit Unterbrechungen, gut, aber dreißig Jahre so oder so.

Du bist schon wach und angezogen, schwarzer Anzug, Krawatte, volle Montur, als ich am nächsten Morgen aufwache. Ich hab dir ein Pariser Frühstück gemacht, sagst du zur Begrüßung und deutest auf den Küchentisch: Kaffee und eine Tschick. Milde Sorte, da muss ich lachen, weil das sind die Zigaretten von meiner Mama, welcher Mann raucht denn sowas? Aber ich sag nichts. Und jetzt?, frag ich stattdessen, aber du schaust mich nur an. Und jetzt was? Na sehen wir uns wieder? Schlüssel kriegst du keinen, wenn du das meinst, außerdem muss ich jetzt zur Arbeit. Wo arbeitest denn? Aber das willst mir nicht verraten. Und wie find ich dich wieder? Na kommst halt wieder ins Espresso, und wenn du brav bist, darfst mitkommen. Und so steh ich am nächsten Abend wieder im Espresso, wo hätt ich sonst hinsollen, und pünktlich wie das Amen im Gebet um sechs kommst du auch wieder durch die Tür. Genauso am nächsten Tag. Und am übernächsten. Und an den Tagen darauf. Und an den meisten von den Tagen nimmst mich mit nach Haus, dort fickst du mich, weil seit dem ersten Abend bist du der Tuer, danach liegen wir vorm Fernseher und schauen *Dalli Dalli* oder *Was bin ich?*, und zwischendrin hören wir *Die Schmetterlinge*, die das Showprogramm bestreiten. Das machen wir, bis ich an irgendeinem Wochenende in der Früh nicht mehr raus muss, sondern liegen bleiben darf, neben dir. Sonntag ist, da gönnen wir uns was Schönes, sagst du. Wirklich? Und von wo? Lass mich nachdenken. Zum Demel geh ich nicht mehr, seit die Annatorte dort vierundzwanzig Schilling kostet, also gehen wir zur Aida am Stephansplatz und essen dort eine Cremeschnitte, die ist wie du, zuckersüß, und wenn man sie in den Mund nimmt, spritzt die Creme. Sowas findest halt lustig. Und nach der Torte zurück zu dir. Du bist der Erste, der bei mir im Bett schlafen darf, sagst du. Und das glaub ich dir zuerst nicht, wenn du schon so lang in der Stadt bist, aber dann ist dir das so wichtig, dass ich mir denk: Na vielleicht bindest mir doch keinen Bären auf. Ich will mehr von dir wissen, da erzählst mir ein paar Sachen, freilich lügst mich an, aber das weiß ich da noch nicht, ich bin ganz beeindruckt, und das willst wahrscheinlich auch so.

Am Abend gehen wir dann mit dem Hausbesorgerpoldi und dem Herzburli ins Kabarett, da hast mir schon Tage davor davon erzählt, der arrogante Freund vom Herzburli ist da schon längst wieder über alle Häuser. Warum ist denn der Pavel nicht mit?, frag ich ein bisserl bösartig, und der Herzburli sagt: Weil ich einen scheiß Männergeschmack hab, also nicht ich, aber der da unten, und zeigt auf seinen Schwanz, riesen Kopf, aber leider null Hirn. Im *Simpl* spielt es eine Travestieshow, die *Herrlichen Damen* sind mit ganzen vier Schrankkoffern aus Paris angereist, erzählt der Hausbesorgerpoldi. Aber wie wir vorm Eingang stehen, da wirst du auf einmal ganz unruhig. Da sitzt ja der ganze Theaterring drinnen, hoffentlich kennt mich keiner, wieso habts ihr mir das nicht gesagt? Es braucht unsere ganze Überredungskunst, damit du mit reinkommst, und irgendwie tut es mir auf eine komische Art und Weise gut, wie du uns schließlich nicht im Stich lässt. Auf der Bühne dann: Mireille Mathieu, Zarah Leander, Mae West. Aber alle drei haben sie mehr Haare im Dekolleté als auf den Zähnen und ich den Spaß meines Lebens, auch hinter mir kudert eine Gruppe, ich hab Angst, dass wir gleich den Notarzt rufen müssen. Ich schau zu dir rüber, aber du verziehst keine Miene. Ich glaub, die tuscheln über uns, sagst du. Aber was stört dich das denn? Lass ihnen doch ihre Hetz. Da ziehst nur die Augenbrauen hoch, fast so hoch wie die falsche Mae West auf der Bühne: Ich kann mir schon denken, worüber die sich das Maul zerreißen. Ja Herrgott, worüber denn? Na über uns. Die halten uns doch sicher für ein paar Warme. Und das versteh ich nicht, weil das sind wir ja auch. Das war ein Fehler, sagst du, hierherzukommen, ich brauch mich von so ein paar Proleten nicht zum Warmen stempeln lassen. Ich will schon sagen, jetzt sei doch nicht so, da höre ich auf einmal so ein komisches Lachen, dreh mich um, sitzt da ein alter Typ mit seiner Frau und lacht und lacht. Jetzt weiß ich schon, ich lach auch, aber ich lach mit den Mädels auf der Bühne, nicht über sie. Und auf einmal versteh ich, was du meinst. Ich will denen schon was reinsagen, da zeigst du mir mit deinem Geschau: Mach keine Szene, und auch wenn es mir schwerfällt, die mach ich dann auch nicht, nur wegen dir. Danach fahren wir in deinem Schlitten noch raus nach Hietzing, schön was essen, in ein gutbürgerliches Restaurant, wie du es beschreibst, da kennst du den Kellner. Und endlich bist du entspannt und lustig, obwohl das Lokal die reinste Schweinerei ist, mit Kellnern so arrogant, dass es ihnen von oben in die Nasenlöcher regnet, dagegen ist sogar der Kellner im Espresso eine umgängliche Nudel, aber du strahlst übers ganze Gesicht, also halt ich den Mund. Der Ober zieht ein Schnoferl, als er uns sieht, sagt aber auch nix, führt uns, obwohl das Lokal um die Uhrzeit fast leer ist, ganz nach hinten ins Extrazimmer, in eine Viderernische, in der uns niemand sieht. Ich merk dir an, dass dir ein bisserl peinlich ist, wie ich ausschau, ungekämmte Haare, zerrissene Hose, fettiges Gesicht, aber selber schuld, denk ich mir nur, warum nimmst einen kleinen Bauernbuben wie mich auch mit in so ein Lokal, ein Würstelstand hätt es auch getan. Dann bestellst die Karte rauf und runter und hast ein Gesicht wie ein kleines Kind im Süßigkeitenladen, da denk ich mir, was soll's, und bestell gleich mit, auch von oben nach unten, ohne genau zu lesen, wie das alles heißt. Und dann kommen Dinge, da könnt ich dir nicht einmal sagen, welches Vieh vor mir am Teller liegt, aber schmecken tut es, ein Wahnsinn. Das Hendl zumindest erkenn ich, also pack ich zu, da hältst du mir die Gabel und das Messer hin, aber ich sag nur: Meine Oma hat immer gesagt, ein Hendl, Bub, das kannst in den besten Lokalen mit den Fingern essen. Zuerst schaust mich an wie das Schwarze unter den Fingernägeln, aber dann lachst doch, reißt dir auch ein Haxerl runter und wir haben den Spaß unseres Lebens, bis der Kellner kommen muss, weil wir neue Servietten brauchen, so fettig sind unsere Finger. Und da merk ich das erste Mal, dass du gar nicht der feine Pinkel bist, der du so gern sein willst. Und das ist schön, weißt du? Warum siehst du denn nicht, dass du da gleich viel sympathischer bist? Aber du merkst nix von meinen Gedanken, du strahlst nur wie eine Prinzessin, der man was hinten reingeschoben hat, und ich frag mich, wie naiv kann man sein? Weil die schauen uns hier genauso blöd an wie im *Simpl*, aber gleichzeitig schaust du so lieb aus, wie du dich freust, dass ich dir nicht bös sein kann. Nicht einmal, wie du sagst: Schau dich um, alles Jugendstil!, was kümmert mich der Jugendstil, jugendlich bin ich selber und Stil hab ich auch, dafür brauch ich in kein Restaurant gehen. Du erzählst mir den ganzen Abend von den Künstlern, von denen die Bilder an den Wänden hängen, ich vergess die Namen auf der Stelle wieder, auf einmal macht's Bumm und die mehr als zehn Jahre Altersunterschied reißen uns doch ein bisserl auseinander, weil die Kunst interessiert mich sowas von gar nicht, das kannst dir nicht vorstellen. Aber dir ist die Freude anzusehen, vor allem, als der Kellner die Rechnung bringt, in einem roten Kuvert, ganz nobel kommt mir das vor, und du mir die horrende Summe zeigst, die das bisserl Essen gekostet hat. Bist eingeladen, sagst du. Na hoffentlich, das Geld könnt mein Arsch in einem Jahr nicht verdienen. Da lachst, wahrscheinlich, weil du nicht kapierst, dass das ernst gemeint ist. Das nächste Mal gehen wir in die Oper, das wird dir gefallen, sagst beim Rausgehen noch, aber in die Oper? Das kann ich mir so gar nicht ausdenken. Mit dem Gewand, wo denkst du hin? Und da schaust mich an, so von oben nach unten und von unten nach oben und sagst: Recht hast, da müssen wir was dagegen machen.

Ein paar Tage später steh ich bei einem Schneider in der Innenstadt auf einem Stockerl und der fummelt an mir herum, wenn er noch weiter raufgreift, dann zisch ich ihm eine. Vorm Reingehen hast mir noch zugeflüstert: Neffe, weißt eh. Und natürlich weiß ich das. Also heißt es jetzt: Das steht Ihrem Neffen ausgezeichnet, das sitzt Ihrem Neffen wie angegossen, und ich denk mir nur: Erschieß mich, weil ich schau aus, als würd ich auf eine Beerdigung gehen, und begraben wird mein guter Geschmack. Aber das Geschäft gefällt mir schon. Überall weißer Marmor, am Boden, an den Wänden, dazwischen plüschige Möbel, aus denen der Staub qualmt, wenn man sich reinplumpsen lässt, aber ich ernte nur böse Blicke, als ich auf und ab springe, also sag ich: Entschuldigung, lieber Onkel. Und du am Ende: Schön schaust aus, wie ein kleiner Sir, da können wir ja endlich in die Oper gehen. Und das machen wir dann auch, weil keine Ausrede meinerseits mehr vorhanden. Die Oper ist dann unendlich fad, die sterben drei Stunden und ich denk mir nur: wozu? Am Ende bin ich so froh, weil ich hab schon geglaubt, ich werd den Rest meines Lebens da drinnen stehen, sitzen dürfen wir ja nicht. Aber du applaudierst wie wild geworden, ich hab das Gefühl, ich muss dir einen Fisch zuwerfen, damit du endlich eine Ruhe gibst, am nächsten Tag kaufst du gleich wieder Karten, Oper ist offenbar wie eine Geiselnahme. Immerhin das Rumlaufen in den Wandelgängen fasziniert mich, vor allem, als ich nach einiger Zeit merke, wie du dir mit anderen Männern Blicke zuwirfst. Wandelgänge in der Oper also, auch nix anderes als das Häusl am Naschmarkt, nur ein bisserl teurer. Gibst dem Billeteur ein kleines Trinkgeld, verrätst du mir, dann kommst hier auch tagsüber rein. Als du mich in der Pause ein paar Minuten stehen lässt und einige Schilling in den Automaten wirfst, weil du dringend telefonieren musst, da spazier ich allein weiter, probier deinen Rat gleich aus und mach dem Billeteur schöne Augen, und wirklich, er mag mich, zumindest, wenn ich sein Klimpern mit den Wimpern richtig einschätze. Das alles macht Spaß, aber dann geht die Oper auch schon wieder weiter und ich bitte dich, nochmal, was gibt es Faderes als Oper? Dafür kaufst mir als Entschuldigung ein paar Bowie-Platten, und zu denen tanze ich dann nackert für dich, bis wir nur mehr Matratzentango tanzen, gemeinsam.

Dass ich nie deine Hand nehmen darf, wenn wir draußen sind, dass ich immer sagen muss: der Neffe, wenn uns wer anspricht, den ich nicht kenn, das kümmert mich nicht, warum soll's auch. Keine Schmusereien im Stiegenhaus, erklärst mir jeden Tag aufs Neue, sonst zeigt uns die Hausbesorgerin an, also schmus ich halt nicht auf der Stiege mit dir, gibt größere Opfer. Mir geht's gut, ich hab endlich das schöne Leben, das ich mir immer gewünscht hab. Und wenn ich manchmal dann doch aufmucke, dann sagst du: Vor ein paar Jahren wäre das alles noch verboten gewesen, also sei froh, dass du wenigstens das hast. Und wenn wir allein sind, dann sagst du: Lieber ein Spatz in der Hand… und greifst mir zwischen die Beine, weil so einen Blödsinn findest du lustig, wie gesagt. Ich frag mich damals schon, was du von mir willst, also außer dem Sex, den du dir nimmst, wenn es dir gefällt, und zu dem ich nie nein sage, weil wer weiß, was dann passiert? Ich glaube, ich reiß dir ein bisserl die Scheuklappen weg, deswegen behältst du mich bei dir. Du bist so ein Typ Mann, der nicht nach links und rechts schaut. Wenn es ein Problem gibt, und sei es noch so klein, dann existiert nur das Problem und wird binnen Sekunden zum Weltuntergang. Und da reiß ich dich ein bisserl raus. Ich bin nicht wie der Hausbesorgerpoldi und die anderen. Ich lass dir keinen Blödsinn durchgehen, ich bin goschert, bis zu einer Grenze, versteht sich.

Ich hab nicht nur mit dir Sex. Ich mein, das ist eine Großstadt, nicht Noahs Arche, wo es von jedem Tierchen nur zwei gibt. Da gibt's genug Auswahl für mich. Ich geh von deiner Wohnung zur Wienzeile, Richtung Rüdigerhof, dräng mich auf den schmalen Gehsteigen an den Männern vorbei, die vor den Lokalen warten, hin und wieder schaut mich einer an, und wenn nicht, dann wart ich halt ein bisserl. Ich wander die Kettenbrückengasse und die Heumühlgasse entlang, und wenn ich dort nix find, dann spazier ich vielleicht in den ersten Bezirk, aber nur, wenn's sein muss. Das Schönste ist das Anwerben, wenn mich einer nur anschaut, mich mit seinen Blicken abmisst: Passt der Arsch, passen die Beine? Wenn er mir nachgeht, auf der Straße, ins Dunkle, ich ein bisserl langsamer schlender, damit er mich nicht verliert, wir uns anschauen und klar ist, was passieren wird. Will er mich haben? Sicher will er mich haben. Lass ich ihn? Mal schauen. Und dann ist da so eine Elektrizität in der Luft, weißt? Und die macht mich scharf, ohne die kann ich nicht. Das Ficken selber ist dann gar nicht so wichtig, obwohl ich's natürlich genieß, aber Ficken allein hätt ich nur mit dir auch können, brav im Bett die Beine breit machen, aber ich brauch das Herumstrawanzen. Es dauert ja nicht länger als ein paar Blicke, bis du den anderen Mann begriffen hast, und die Heten sind noch schneller, eine Sekunde und die wissen, wofür sie mich haben können. Und ich mach alles, worauf ich Spaß hab, ohne mich zu genieren, weil was schön ist, das muss ja wohl jeder selber wissen. Für mich ist es eben schön auf einem Häusl, na und? Ich find das romantisch. Und wenn irgendwas in meinem Schädel falsch verkabelt ist, wen kümmert's? Ich brauch beim besten Willen keine Kerzen, die zündest eh du zuhause an, und schon gar nicht brauch ich einen Mondschein, lieber den Geruch von Urin und Neonröhren. Manchmal geh ich auch in die Lokale, die ich mittlerweile alle kenn. Ich wander in den fünften Bezirk, in die Schönbrunner Straße, dort steh ich dann ewig vor der Tür, aber nicht, weil ich eine Angst vor der Klingel und dem Guckloch hab, nein, ich fürcht mich nur vor den siebzig Schilling Eintritt. Das merkt der Mann hinter mir sofort, nimmt mich am Arm und sagt: Komm halt her, drückt mir ein paar Scheine in die Hand, dass die anderen nicht merken, dass ich mir das nicht leisten kann, und schon bin ich drinnen. Und da sitzt dann alles, was im perversen Wien Rang und Namen hat: Tunten, Lederkerls, Bodybuilder, dazu saurer Wein und kalte Platte. Und wenn du aufs Häusl schiffen gehst, dann spiegelst dich über der Pissrinne, das ist genial. Wieso sind denn gar keine Frauen da?, frag ich den Mann mit den Spendierhosen. Die Frage ist doch eher, ob Männer da sind. Und dann lacht er so dreckig und ich revanchier mich für die paar Schilling, ich revanchier mich mit dem, was ich halt hab. Manchmal marschier ich auch in den sechsten Bezirk, weg von der Wienzeile, lauf die Corneliusgasse rauf, die raue, graue Mauer entlang, die sie oben weiß angepinselt haben, bis zur kleinen, schwarzen Tür, die man leicht übersieht. Und hin und wieder, ganz selten, verschlägt es mich sogar in die *Klause*, ins Erdgeschoss, öfter aber in den Keller, dort gibt es so viele Türen mit Metallgittern, mit schmalen Schlitzen zum Durchschauen. Am liebsten aber habe ich die Tür von dem Lokal, die wie eine Spielkarte ausschaut, mit dem Karo in der Mitte, weil das Spiel da drinnen ist was für mich, ich gewinne fast immer. So sitze ich also in den Lokalen und warte, bis das kleine rote Licht aufleuchtet, weil dann weiß ich: Jetzt hat wer die Klingel gedrückt, jetzt kommt gleich wer Neuer rein, dann schau ich zur Tür, manchmal passt es, dann mach ich mich auf den Weg, aber meistens passt es halt nicht, so ist das im Leben. Manchmal lass ich mich zu einer Partie Billard im Hinterzimmer einladen, manchmal zu einer Partie am Spielautomat, aber öfter zu einer Runterreißerei am Klo. Schlechtes Gewissen hab ich keines, und wenn mich wer auf der Straße blöd anschaut, dann nehm ich es als Kompliment. Und wenn mir wer nachruft: Ihr Warmen kommt alle in die Hölle!, dann dreh ich mich um und schrei zurück: Na und? Da unten geht's mir gut, ich bin sowieso heiß wie ein Kachelofen. Den Mund halt ich nie, wieso auch? Wenn dir einer blöd kommt, dann kommst ihm eben noch blöder, wenn dir einer auf die linke Backe haut, dann haust ihm noch viel stärker auf die rechte, steht schon in der Bibel, und wenn einer nur komisch schaut, dann provozierst ihn ein bisserl, sonst hast keinen Spaß im Leben. So lern ich ein paar Männer kennen, die mir hin und wieder ein bisserl Geld zustecken, weil wer weiß, wie lang ich mich auf dich verlassen kann. So spar ich mir was zusammen, nicht viel, aber den sprichwörtlichen Notgroschen kann ich mir mit meinem Arsch erarbeiten, immerhin. Und diese Männer sind so ganz anders als du und der Hausbesorgerpoldi und der Herzburli, die gehen alle auch in aufregende Lokale, wo es im Keller dunkle Räume gibt für dunkle Taten, die nehmen mich mit zu privaten Veranstaltungen, da kommst du mit deinem dauernden Anzug gar nicht rein. Einer von denen, der Fritz, der macht sogar eine Zeitung nur für uns Warme, und ein anderer, der hilft ihm dabei, der will sogar ein Haus besetzen, ganz allein für uns, aber das stell ich mir zu anstrengend vor, das red ich ihm gleich wieder aus. Der Fritz hat immer nur zerrissene Jeans an und dazu eine Lederjacke, die ist so abgefetzt und geil, ich bräuchte den Mann gar nicht, der drinnen steckt, um scharf zu werfen. Aber es hilft natürlich, weil schlechten Körper hat er keinen, für einen Zeitungsfritzen. Und eigentlich kannst bei seiner Zeitung nix dazuverdienen, das ist alles freiwillig, sagt er, und für die gute Sache, aber manchmal steckt er mir doch ein paar Schilling zu, damit ich ihm aushelf. Dann marschier ich ins Neue Forum in der Museumsstraße und tipp ein paar Sachen auf Matrizen, das lern ich schnell, falt das ganze Material und pick Marken drauf, bring alles zur Post. Manchmal kopier ich was auf der Uni, wo der Zeitungs-Fritz arbeitet. Ausnutzen der Ressourcen, so nennt er das, dabei kenn ich die Uni bisher nur von der Loge beim Audimax. Wirklich spannend ist die Zeitung ja nicht, lauter Text, gar keine Bilder drinnen, ein paar Nackerte täten das Ganze schon auflockern. Aber der Zeitungs-Fritz sagt: Ja bist du denn wahnsinnig, das ist kein Pornoheftl, außerdem ist das verboten, harte Pornographie. Ich denk mir nur, na es muss ja nicht gleich hart sein, schlaff ist auch okay, aber da wird der Zeitungs-Fritz ganz ernst: Das hat damit überhaupt nix zu tun, das ist der Paragraph 220, Dummerchen. Dumm bin ich halt wirklich auf solchen Gebieten, dabei müsst ich nur dich fragen, sie nennen dich ja nicht umsonst Paragraphenliesl. Natürlich frag ich dich nicht, ich will dir ja nicht erzählen, was ich so treib und mit wem. Dann lese ich die Zeitung doch, immerhin kostet die dreißig Schilling und ich krieg sie umsonst, und das regt mich dann schon auf, was da alles drinnen steht. Männer wie du und ich, die ihren Job verlieren, die aus den Wohnungen geschmissen werden. Ist das jetzt endlich erlaubt, was wir machen, oder ist es immer noch verboten? So wie es jetzt läuft, versteh ich in jedem Fall die Welt nicht mehr. Die Polizei bei Warmen zu Hause, auf der Arbeit. Ich les diese Artikel, während ich die Zeitungen in die Kuverts stopfe, dafür brauch ich ewig, aber immerhin lern ich endlich was dabei. Und zwar nicht das fade Zeug aus der Schule, sondern was über mein eigenes Leben. Und der Zeitungs-Fritz will mir einreden, dass ich mich genau deswegen ein bisserl weniger rumtreiben soll oder zumindest ein bisserl besser aufpassen, dass ich nicht erwischt werde. Wegen Leuten wie mir kriegen Schwule noch eine schlechte Nachrede, sagt er dann, aber ich werf ihm nur an den Kopf: Weil wir jetzt ja so eine gute haben, oder was? Schachmatt. Mit dem Gefühl des Triumpfs bring ich die Zeitung zu ein paar Burschen, die sie dann weiterverteilen. Und wie ich zurückkomm, da zieht der Zeitungs-Fritz grade eine Dose Vaseline aus der Schublade: Was ist, willst eine Belohnung? So eine schlechte Nachrede kann ich also gar nicht haben. Nachher nimmt er mich mit ins Kino, dort schauen wir *Der Weiße Hai* und gleich danach noch einen alten Film, *Spartacus*, und bei den Nackerten aus Rom werd ich gleich wieder geil. Aber er sagt nur: Wart ein bisserl. Und ich denk mir: Herrgott, worauf denn? Ich platz eh schon. Nach dem Kino fahren wir auf die Höhenstraße, bleiben auf einem Parkplatz stehen, ziemlich groß, aber mit viel Abstand zwischen den Autos. Respektabstand, würd ich mal sagen. Und irgendwann wackeln die Autos dann alle, und unseres halt auch. Nachher reden wir über das, was in der Zeitung steht. Über die Leute und das, was denen alles Schlimmes passiert. Und da denke ich an den Burschi und daran, dass der wahrscheinlich auch nicht in New York oder London sitzt, sondern ziemlich sicher im Häfen. Das kann man sich doch nicht gefallen lassen, da muss man doch was dagegen machen. Und der Zeitungs-Fritz sagt: Hast ja recht, aber nicht heute Abend. Dann kutschieren wir noch ein bisserl im Dunkeln rum, bis er mich zurück in die Stadt bringt. Aber egal wohin er mich auch mitnimmt, irgendwann klopfe ich immer bei dir an, du machst die Tür auf und ich darf ins Bett.

Und so geht das, bis du mir irgendwann deinen Schlüssel in die Hand drückst und sagst: Ich treffe heute Abend wen, bleibst alleine, ja? Na was glaubst, natürlich will ich mehr darüber wissen, aber das verrätst du mir nicht. Irgendwann kriege ich immerhin aus dir raus, dass du deinen Bruder triffst, aber das ist auch schon alles, was du mir erzählst. Ich meine, ich verstehe, dass man seine Familie geheim hält, aber mir hättest doch verraten können, was los ist. Warum bist du so stur? Warum kriegst du deinen Mund nicht auf? Weil ich mich schäme. Das sagst du einfach so, und dann lange nix mehr. Und was soll ich auf das antworten? Ich krieg nicht mehr über deinen Bruder aus dir raus. Du fragst mich ja selber nie, was ich mache, wenn ich nicht bei dir bin, wieso soll ich bei dir nachfragen, ich fühle mich ja auch so aufgehoben. Und trotzdem ist irgendwas anders in der Zeit nach dem Besuch, du bist ungeduldiger mit mir, als wärst du ein Lehrer und ich täte dauernd mit den Fingernägeln an deiner Schultafel kratzen.

Ich geb es zu, ich genieß beide Welten, in denen ich leb, weil irgendwann nach ein paar Wochen sagst du zu mir: Am Wochenende gehen wir auf einen Ball, und ich denk mir nur, geh bitte, ein Ball, was soll denn das? Weil ich hab mich sofort an die Bälle bei uns im Dorf erinnert, wo sich die alten Leute an die Tische gelehnt haben, während die kleinen Burschen und Mäderl, ausstaffiert wie für eine Hochzeit, einmarschiert sind. Wie Vampire haben sie geschaut auf das junge Fleisch. Sogar draußen vorm Fenster sind sie gestanden und haben reingegafft, die paar, die allein gewesen sind oder sich den Eintritt nicht haben leisten wollen, und ich sag dir, sowas brauch ich nicht mehr, nein danke, aber du sagst: Geh sei nicht blöd, das ist ganz anders, das ist ein Bal paré. Und ich hab keine Ahnung, was das heißt, aber es klingt gut, wenn du es sagst, also lass ich mich überreden. Und wie ich ganz schüchtern *vielleicht* sag, da grinst du schon: Komm mit, ich muss dir was zeigen. Ich also hinter dir her, durch das Wohnzimmer ins Schlafzimmer und holla, die Vorfreude steigt, aber du rennst am Bett vorbei zum Schrank, reißt die Mahagoniwand auf und fängst an zu kramen. Ich hab dir was Schönes zum Anziehen besorgt, da wirst du Augerln machen, na warte nur! Ganz stolz klingst du und ich denk mir: Aber ich hab doch schon einen Anzug, was soll ich denn mit einem zweiten? Da ziehst auf einmal was raus und mich trifft fast der Schlag: ein Kleid! Und wenn ich sage: ein Kleid, dann meine ich kein unauffälliges, schwarzes. Nein, in der Hand hältst du ein gelbes Ungetüm mit Rüschen, ich brech fast zusammen vor Lachen, aber du meinst das todernst. Ja was hast du denn?, fragst du ganz naiv und ich weiß wirklich nicht, was ich auf die Frage antworten soll. Gefällt dir die Farbe nicht? Und ich mein, die Farbe, ich weiß gar nicht, wo anfangen. Du streichst ganz zärtlich über den Stoff: Hat einen Haufen Geld gekostet, ich kann mir sowas eigentlich nicht leisten, und da hör ich auf zu lachen und lass mich überreden, zumindest einmal reinzuschlüpfen. Ich also raus aus den Hosen, raus aus dem T-Shirt, löchrige Unterhose hochgezogen, rein in das Teil, und was soll ich sagen, stolz bin ich im ersten Moment nicht drauf, aber es gefällt mir, wie ich es anhab, aber das sag ich dir natürlich nicht. Ich zieh lieber ein Schnoferl, vielleicht springt ja noch ein Geschenk für mich raus. Und wirklich, wie du mich da so stehen siehst, da sagst du: Es fehlen natürlich noch Schmuck und Schuhe, das macht das Ganze erst perfekt, aber da hab ich noch nicht das Richtige gefunden. In der Schranktür ist ein Spiegel eingeklebt, den drehst du mir hin, und wie ich mir das vorstell, so mit Glitzer und Pailletten, da komm ich mir vor wie die Sisi im Film, aber nur im schönen Teil mit der Hochzeit, nicht im traurigen. Ein paar Tage später, Samstagabend, sitzen wir in deinem Auto, ich bin mit dem Reifrock fast nicht durch die Tür gekommen, und fahren zum Ball. Und zuerst habe ich ja noch blöd gesagt: Sisi, aber jetzt fühlt es sich wirklich an, als würd ich mit dir zur Kirche fahren. Gut, der Pfarrer tät einen Schreck kriegen, und wenn du wirklich mein Bräutigam wärst, dürftest mein Kleid natürlich nicht vorher zu sehen kriegen, aber so alles in allem habe ich schon ein komisches Gefühl. Wo fahren wir eigentlich hin, frag ich dich, und du sagst: Zum *Herz Dame* in den achten. Na wenigstens ein Lokal, das ich von meinen Strawanzereien noch nicht kenne. Ganz langsam fährst, durch dunkle Seitenstraßen, und als wir endlich da sind, parkst du das Auto ganz nah am Eingang, obwohl du es schief in eine Toreinfahrt lenken musst. Ich versteh nicht, wieso wir nicht ein bisserl laufen können, aber dann versteh ich es halt doch. Immerhin bist du ganz Gentleman, steigst aus, rennst fast um die Motorhaube und hältst mir die Tür auf, das hast du noch nie gemacht, ich rück mein Krönchen zurecht, rechter Fuß zuerst, dann der linke, du nimmst meinen Arm und hilfst mir hoch. Und wie ich mich umdreh, kommt es mir vor, als hätten wir eine Zeitreise gemacht: Vor dem Eingang zum Lokal fahren Kutschen vor, Einspänner, Kutschen mit zwei Pferden, verziert mit Schleifen und Stofffahnen, aus denen steigen Damen, so herrliche Damen wie im *Simpl*, mit Krinolinen, Masken vor den Augen, glitzernden Schuhen. Oben stehen die Fenster offen und alle schauen runter, wie die da hineinschweben, also wink ich wie die Königin, die mit der schwulen Leibgarde, aber das ist dir unrecht, wir müssen uns Jacken über den Schädel ziehen, damit uns keiner erkennt, dabei bin ich so schön hergerichtet, es ist eine Schande, dass das keiner sieht. Unter der Jacke hör ich dann auf einmal, was die Leute aus den Fenstern runterrufen, und da ist mir dann eh auch nicht mehr nach Winken zumute.

Drinnen öffnet sich nach dem Durchgang eine riesengroße Halle, da stehen Heurigenbänke, drauf rotweiß karierte Servietten, Aschenbecher, in irgendeiner Ecke steht ein DJ und spielt Musik. Kaum komm ich rein, drückt mir wer ein Getränk in die Hand, aufs Haus. Weißweinbowle, ekelhaft, aber ich stürz sie trotzdem runter. Der Anblick bringt mich durcheinander, es schaut aus, als hätte sich der Kinderfasching aufs Münchner Oktoberfest verirrt. Aber die Roben imponieren mir schon. Alle schauen sie aus wie wunderschöne Balldamen, und ich schau aus wie das, was ich bin: ein Bauernbub, den man in ein Kleid gesteckt hat. Du redest mir gut zu: Wunderschön schaust aus, mein kleines Mäderl. Aber das kleine Mäderl, das passt mir nicht, ich würd lieber rausrennen und allen in die Goschen hauen, die so blöd runtergerufen haben, als wir vom Auto die paar Meter zum Lokal gelaufen sind. Aber was mach ich stattdessen? Ich spiel mit, weil ich dir an den Augen abschaue, dass du mich schön findest. Aber eines sag ich dir: Es ist nicht leicht, ein Warmer zu sein, wenn die Burschen alle ausschauen wie Prinzessinnen aus Grimms illustrierten Märchen. Der Hausbesorgerpoldi, der grad in dem Moment auf uns zu rennt, ist in eine rosa Masse gehüllt, da drinnen schaut er aus wie die Zuckerl, die meine Oma jedes Jahr auf den Christbaum hängt. Den Poldi aber wird niemand runterpflücken, wenn daneben ein knackiger Lebkuchen wie ich hängt. Immerhin, der Herzburli hat sich einen Anzug gegönnt, genau wie du. Gut schaust aus, sagst du und streichst ihm über das Revers, feiner Stoff, ist der vom Fred Adlmüller? Ah geh, was du wieder redest, als könnt ich mir das leisten. Selber gemacht hab ich es, weißt du doch. Und dann dreht er sich zu mir: Ja was haben wir denn da, ein schönes Gelb, als hätt sich ein Kanarie in die Federn geschifft. Und da lachen alle und ich lach mit, weil eines weiß ich inzwischen, unsere Leute machen dauernd Witze, am liebsten übereinander, und da lachst am besten mit, weil wenn du eingeschnappt bist, dann hört das nie wieder auf. Wie sich alle beruhigt haben, stellt uns der Herzburli einen Freund vor, der extra aus München angereist ist, wir schauen uns alle an, aber keiner weiß: Eroberung oder Tourist? Der Typ schaut aus, als hätt er sich in die Weingärten verirrt und nicht mehr rausgefunden, Trauben in den Haaren, Weinblätter um die Hüfte, er wedelt mit dem Arm von links nach rechts. Alle in Ballkleidern, ach, es stimmt ja schon, ihr Österreicher seid doch alle Operettenschwuchteln mit k.-u-k.-Appeal. Und da denk ich wieder an Sisi und frag dich: Was ist, tanzt du jetzt mit mir? Ich halt dir den Arm hin und wirklich, du nimmst ihn und führst mich auf die Tanzfläche, wir sind die ersten, die den Ball eröffnen. Und auf einmal, hier drinnen, scheint es dich nicht zu stören, dass alle uns anschauen. Du nimmst meine Hüfte, drehst mich im Kreis, lehnst deine Wange an meine und flüsterst mir ins Ohr: Du bist das schönste Mäderl hier, ich kann mir nicht vorstellen, wen anderen zu ficken. Und ich mein, wirklich romantisch ist was anderes, aber ich nehme, was ich kriegen kann. Ich schau dir in die Augen und du strahlst mich an und da fühl ich auf einmal was in mir, das hab ich das letzte Mal für den Burschi gefühlt. Ganz warm wird mir, ich lehn mich zu dir und geb dir ein Busserl, ganz ein zartes, dann dreh ich mich weiter, immer weiter. So geht das stundenlang, ich will gar nicht mehr aufhören, aber irgendwann sagst du: Komm, zur Tombola. Und wirklich, wir kaufen ein paar Lose, sitzen auf unseren Bänken, der Hausbesorgerpoldi ist der Nervöseste von uns allen, aber ausgerechnet er gewinnt nichts, also pack ich meinen Geschenkkorb, als meine Nummer aufgerufen wird, und drück ihn dem Poldi in die Arme, weil der freut sich so drüber, das ist es mir wert. Dann wird es Mitternacht und meine Füße tun mir weh, du massierst mir die Sohlen, da lehn ich mich zu dir: Mir ist ein bisserl fad, dir nicht? Aber du verstehst mich nicht: Was meinst? Es ist doch schön hier, willst noch ein bisserl tanzen? Tanzen, ach geh, meine Füße sind so angeschwollen, ich komm doch nicht mehr in die Schuhe. Was willst denn dann? Na wenn ich das wüsste. Ich schau mich um. Wenn man vergisst, dass die Damen hier keine Binden brauchen, sondern Rasierer, dann ist es halt auch nix anderes als unser kleiner Dorfball. Was ich will? Raus will ich. Und du schaust mich an wie eine Maus, die dir die Katze auf den Balkon gelegt hat. Raus? Wenn du eine rauchen willst, dann gehen wir in den Hof. Nein, ich will nicht in den Hof, ich will auf die Straße, ich will in die Stadt. Das könnte doch eine Hetz sein, was sagst? Du drehst dich zur Seite, schubst meine Beine runter, mit einem Plumps knallen die Fersen auf den Boden. Red keinen Blödsinn, sagst du, man muss die Menschen da draußen nicht provozieren. Da packt uns auf einmal der Herzburli von hinten, dich an der rechten Schulter, mich an der linken: Was ist denn mit euch beiden Hübschen? Schauts doch nicht so grantig. Und der Hausbesorgerpoldi, der besoffen vom Klo zurückstolpert, lallt: Wollen wir nicht noch ein bisserl Spaß haben? Er nimmt eine Flasche Wein aus dem Geschenkkorb, schlägt ihr am Heurigentisch den Kopf ab und schenkt ein. Ja, lass uns endlich Spaß haben, schrei ich. Lass uns rausgehen und die Leute da draußen ein bisserl aufmischen. Aber der Poldi lacht nur: So ein Blödsinn, hier drinnen ist es doch gerade so gemütlich. Er stößt auf, nimmt noch einen Schluck. Da platzt es aus mir raus: Ja, hier drinnen ist es gemütlich, und da draußen rufen sie uns *warme Sau* hinterher, nur weil wir ein bisserl tanzen. Auf einmal fällt mir alles wieder ein, was ich in dem Blatt vom Zeitungs-Fritz gelesen hab, aber das ist nur in meinem Schädel, ich weiß nicht, wie ich es in eure reinkriege. Der Herzburli streicht mir über die Haare, rückt mir das Krönchen gerade: Das meinen die doch nicht so. Heute Abend geht's uns doch gut, für einen kurzen Moment! Und so geht das dann die ganze Zeit, es geht uns gut, es geht uns gut. Als hätte man euch eingeimpft, nur mit den Schultern zu zucken, könnt ja schlechter sein, bloß nicht auffallen, so gut wie jetzt haben wir es noch nie gehabt, nur nichts aufs Spiel setzen. Aber ich weiß doch, das ist eine Lüge. Bei mir zuhaus zum Beispiel, da schaut es ganz anders aus. Da schicken sie jemand wie den Burschi weg, von einem Tag auf den anderen. Da muss man doch ein bisserl kämpfen für sich und nicht nur so fad dasitzen, im eigenen Saft. Und das sag ich dann auch. Gut, sicher nicht ganz so diplomatisch, ein paar andere Worte werd ich schon verwendet haben, zugegeben, auf jeden Fall schaut mich der Poldi nachher ganz mitleidig an. Also ich sag es gleich, jammert er, ich brauch das nicht, mir ist das ganz recht so, endlich mal unter uns. Warum zum Teufel ist euch das so wichtig, dieses dauernde unter uns? Der Herzburli winkt nur ab: Werd du mal erwachsen, und das macht mich wirklich wild, weil was soll der Scheiß heißen? Aber er ratscht einfach weiter: Warte nur, bis alle rund um dich Kinder kriegen und sich keiner mehr um dich schert, wenn du deine Freunde nur mehr alle paar Monate sieht und sie dann zu dir sagen: Und du willst keine Frau finden, Kinder kriegen? Weil natürlich haben sie keine Ahnung, dass du zwar vögelst, dass aber aus deiner Vögelei sicher niemals ein Kind wird. Warte nur, sagt er, bis du allein dastehst, weil du ihnen unheimlich bist, ewiger Junggeselle. Dann bist ganz froh, dass es das gibt, dieses unter uns. Wir müssen eben unsere eigenen Familien gründen: Freiheit, Gleichheit, warme Brüderlichkeit. Und die da draußen, die müssen wir ignorieren, so gut wie es halt geht. Ich kann gar nicht glauben, was der da redet, ich stoß dir den Ellbogen in die Seite: Jetzt sag halt was, aber du sagst nix, drehst dich nur weg, damit du mir ja nicht in die Augen schauen musst, also spring ich dem Herzburli ganz allein ins Gesicht. Ja aber Herrgott, wir wollen doch eh nicht werden wie diese faden Familien!, aber da begreife ich, logo, ihr wollt alle ganz genauso werden. Was für eine Scheiße, spucke ich aus, ich mein, da draußen wären unsere Prinzessinnenkleider ja wenigstens Krawall und Protest, hier drinnen sind sie nur Fasching. Da sagt der Hausbesorgerpoldi ganz leise, ich erschreck mich fast: Wir haben lange für das hier drinnen gekämpft, der Kurti und ich. Aber wo ist er jetzt, frag ich ganz giftig, dein Kurti? Hat dich genauso verlassen wie der Pavel, weilst ihm zu fad gewesen bist. Da versteinert dem Poldi sein Gesicht und der Herzburli sagt: Den Kurti, den haben sie in Mauthausen umgebracht. Und da sagt niemand mehr was, nicht einmal mehr ich, ich blöder Bauernschädel. Aber denken tu ich mir was, und zwar: Ein Grund mehr, denen ins Gesicht zu hauen, bevor sie uns alle vergasen, aber sagen kannst das natürlich nicht, eh klar, in so einer Situation. Genau in dem Moment stößt auf einmal der Weinbergmünchner dazu und kreischt: Stell dir vor, die Bowle ist schon ganz warm. Und das nutzt der Poldi, reißt sich ein Grinsen runter und sagt mit gespielter Empörung, Hand um die ganz und gar unechte Perlenkette gekrallt: J'accuse. Und der Weinbergmünchner: Ja, ich küss dich eh auch. Da drückt ihm der Hausbesorgerpoldi ein Busserl auf die Wange und alles ist wieder gut. Also nicht gut, aber du verstehst schon. Und wie alles wieder gut ist, geht auch das Tratschen wieder los, weil Gott sei Dank gibt es gleich auch Anlass für eine Tratscherei, um das ganze blöde Gerede von grade eben zu vergessen. Der Torwart-Toni, der lauft mit einem Stricher hier rum, zischt der Herzburli und zeigt auf einen alten Mann in der Ecke. Der ist halt auch nicht mehr ganz frisch vom Baum, da musst vorher schon dran riechen, ob der noch gut ist, bevor du ihn dir in den Mund steckst. Aber alt hin oder her, das junge Burscherl ist gekauft, da kann er ihm noch so ein schönes Kleid überziehen. Ja hat der denn keinen Stolz? Du schaust so komisch, fragst leise: Bist du dir sicher? Aber der Herzburli ist sich vollkommen sicher. Das ist eine stadtbekannte Hur, ja weißt du das denn nicht? Und der Hausbesorgerpoldi reißt die Augen auf: Die können froh sein, wenn ich sie anschau oder wenn sie mir im Lokal ein Bier bringen dürfen, ich hätt das nie gepackt, mit so jemand zu schlafen. Und dein Pavel?, rutscht mir raus. Der war nicht so einer, der war ganz anders. Na klar, sind ja immer ganz anders. Ich will noch was sagen, es liegt eh Streit in der Luft, also ist es auch schon wurscht, da greifst mich auf einmal am Arm und schaust mich mitleidig von der Seite an, zuckst mit den Schultern, so wie: tut mir leid, da rennt es mir ganz kalt den Rücken runter, weil für dich bin ich auch so einer, eine stadtbekannte Hur, aber wieso sagst denn dann nix, wieso verteidigst mich nicht? Stattdessen flüsterst mir ins Ohr: Ärger dich nicht, jetzt hast ja mich, jetzt hast das nicht mehr notwendig, jetzt reden sie gar nicht mehr über dich. Na wenn du wüsstest. Aber ich sag nix, ich feier lieber weiter mit euch, stadtbekannte Hur hin oder her, ein bisserl komisch fühlt es sich schon an, drum bitte ich dich wieder zum Tanz, weil wenn du nicht mehr tanzen kannst, was dann? Es zahlt sich aus, dass ich mit fünfzehn den Tanzunterricht gehabt hab, so schön wie ich dreht sich niemand, so elegant kriegt die Walzer und Polkas keiner hin, da vergess ich sogar das blöde Gerede von den Strichern, aber nur ein bisserl, weil zu lang darf man sowas nicht vergessen, sonst vergisst man, wer man ist. Willst du keine Familie? Das frage ich dich, wie wir so tanzen. Ich weiß nicht, was ich will, ich weiß nur, dass ich nicht allein sein will. Na jetzt hast ja mich, sag ich und drück mich an dich. Das ist schon krank, was wir da machen, sagst du. Ich versteh nicht, was du meinst, aber du sagst nur: Komm, tanzen wir einfach weiter, und das machen wir dann auch. Irgendwann gegen fünf wirst du müde, also verabschieden wir uns, der Hausbesorgerpoldi und der Herzburli stehen mit dem Weinbergmünchner noch an der Bar. Ihr wollt schon heim? Ja geht ihr denn nie nach Haus? Nein, sagt der Poldi und lacht, aber manchmal kollabieren wir zur Erholung. Auf das willst du nicht warten, also holen wir unsere Jacken und ab durch die Tür. Du legst den Arm um meine Hüfte, ziehst mich ganz nah an dich, und so wanken wir zum Auto, da hör ich auf einmal was hinter uns. Ich versteh es nicht gleich, aber beim zweiten Mal ist es ganz klar: Warme, Warme, Warme. Ich will mich umschauen, aber du ziehst dir den Mantel über den Schädel wie vorhin und rennst los, also renn ich mit, und hinter uns die Rufe: Arschwarme, Arschwarme, Arschwarme, aber du rennst vor lauter Panik in die falsche Richtung, weg vom Auto, und ich komm dir kaum hinterher, aber weißt was, irgendwann ist mir das zu blöd, dir hinterherzurennen, so dass mich bloß niemand sieht, also dreh ich mich um und da kommen sie schon angerannt, drei Burscherl, ich zieh also meine Schuh aus und werf sie ihnen entgegen, reiß mir die Krone runter und brüll, so laut ich kann, renn in Strumpfhosen auf die zu, mein Handtascherl als Waffe überm Kopf schwingend, volle

Kampfeinstellung. Ich schrei die Burschen an: Sagts einmal, was wollt ihr eigentlich, also außer Schwänze, die größer sind als eure Gurkerl? Noch so ein blödes Gerede von Arschwarmen und ihr verbringts die Nacht in der Notaufnahme, weil ich hab eine Waffe, und technisch gesehen stimmt das zwar nicht, aber das müssen die ja nicht wissen. Und auf einmal werden die drei langsamer, nix mehr von Arschwarme zu hören, auf einmal sind sie schmähstad und drehen ab, aber so leicht lass ich die nicht davonkommen, zwei sind mir zwar zu schnell, aber einen erwisch ich am Schlafittchen, dem hau ich eine, als er am Boden liegt, dass ihm anders wird, ich spuck ihm ins Gesicht und schrei: Na, wie ist das, wenn einen so ein Arschwarmer verdrischt? Aber dann lass ich ihn laufen, weil ich bin ja kein Unmensch. Ganz hitzig bin ich, glücklich und rot, als ich wieder aufspring und mich umdreh, und da stehst du und schaust mich an, und ich weiß bis heut nicht, was der komische Ausdruck in deinem Gesicht zu bedeuten hat. Hättest mich ruhig verteidigen können, sag ich. Ich mein, war mir eh recht, aber du bist doch der Ältere, bisserl ein Kavalier wär schon gegangen. Du sagst nix, zeigst nur in die Richtung vom Auto: Gehen wir. Aber mich hat der Kampf so aufgestachelt, ich kann meinen Mund nicht halten. Siehst, sag ich, genau das mein ich, man muss denen zuvorkommen. Ins Gesicht schlagen, bevor sie uns attackieren können. Hast du als Kind denn gar nix gelernt, bist doch auch am Land aufgewachsen. Froh kannst sein, dass ich dabei war, feiger Hund. Ich bin wirklich ein bisserl angefressen, weil du mich so allein gelassen hast. Bei dir angekommen reißt du die Tür auf, endlich daheim, und natürlich streck ich dir im Schlafzimmer dann den Arsch entgegen, weil ein Fick wär jetzt der perfekte Abschluss. Aber du schaust mich nur an: Du glaubst auch, dein Loch ist die

Lösung für alles, Weltfrieden quasi um die Ecke. Und dann verschwindest du im Badezimmer, sperrst die Tür hinter dir zu. Da merk ich, dass du eben nicht nur der beschützende Papi bist, dass ich mich nicht zu sehr auf dich verlassen sollte, weil es ist zwar irgendwie scharf, so wenig von dir zu wissen, aber auch gefährlich, im Zweifelsfall bist du dir immer noch der Nächste und ich nur der Aufriss, der in deinem Bett schläft.

1976 machst du mir das beste Geburtstagsgeschenk, das ich bis heute gekriegt hab. Du verrätst mir nicht, wo es hingeht, wir spazieren zu Fuß Richtung Hilton, vom Sechsten zum Ring, und die ganze Zeit rutscht dir nichts raus, keinen Mucks machst du, ich platze fast. Ich also hinter dir her wie ein Dackel, rein ins Hotel und ich denk an eine schöne Nacht in einer Suite, Zimmerservice, das hast du dir was kosten lassen, aber dann bleibst du in der Lobby stehen und mich trifft der Schlag. Man sagt das ja so schnell, aber ich hab wirklich Angst, dass ich umkippe, aus und vorbei, Bussi baba und fall nicht, weil mitten im Saal, als wär es das Natürlichste auf der Welt, sitzt er, ja, genau der: der David Bowie. Ich greif deinen Ellbogen: Das ist jetzt nicht eine von den Pariser Varietédamen in Verkleidung, oder? Und da lachst du: Nein, der ist wegen der Premiere von seinem neuen Film in der Stadt, *Der Mann, der vom Himmel fiel*, und von dem Film hab ich natürlich gehört, aber wieso kommt der Bowie deswegen nach Wien? Der Poldi kennt den Concierge vom Hilton, sagst du, drum weiß ich das, weil eigentlich interessiert du dich keinen Deut für den Bowie, aber du weißt natürlich, dass das für mich ein Gott ist, ich bin dir oft genug auf die Nerven gegangen damit. Und jetzt sitzt der Gott also da, und wo sind die Engelchen, die um ihn rumschwirren, weil das kann doch nicht sein, dass der Bowie ohne Engelchen reist? Das ist die Judy Armbruster, sagst du und deutest auf die Frau, die neben dem Bowie sitzt, aber was interessiert mich die Armbrust, der Bowie ist der Pfeil, der in mein Herz geschossen wird. Eine Sonnenbrille hat er auf, obwohl es in der Lobby gar nicht so hell ist, angeblich eine Augenentzündung, sagst du, was der Poldi alles mitkriegt, aber ich möcht gar nicht wissen, was für Substanzen der Bowie ins Auge gekriegt hat. Und wir stehen immer noch blöd da und gaffen ihn an, anreden traut ihn sich keiner von uns beiden. Der will sich den Rummel ersparen, flüsterst du mir zu, der ist als ganz normaler Tourist da, und das macht ihn natürlich gleich noch viel besser, was braucht Gott schon Paparazzi, der sieht selber alles, der muss nicht gesehen werden. Du verstehst gar nicht, was ich an dem schiachen Typen gut find, und ja, das sagst du wirklich, schiacher Typ, und da denk ich mir, ich hau dir eine rein. Mach ich natürlich nicht, weil ohne dich wäre ich ja gar nicht hier, aber dass du meinen Retter so beschimpfst, das verzeih ich dir nicht. Komm, wir gehen, bevor er uns rauswerfen lässt, aber ich krieg keinen Fuß vor die Tür, keinen Millimeter beweg ich mich von hier weg, bis der Bowie selber aufsteht und im Aufzug verschwindet. In freier Wildbahn, ich dreh durch. Na mit Durchdrehen lässt du dir lieber noch ein bisschen Zeit, sagst du, ich hab da noch eine Überraschung. Aber ich bitte dich, was kann jetzt noch kommen? Der Bowie schwebt durch die Decke und singt mir ein Geburtstagsständchen?

Ich muss mich bis zum Abend gedulden, wie stellst du dir das vor? Der Tag vergeht dann eh schnell, so schnell wie das Mittelalter. Aber dann ist es endlich acht und wir rennen in die Jakobergasse in den ersten Bezirk, dort gibt es einen High

Tea für den allerengsten Kreis, wie du verschwörerisch meinst, aber irgendwie konnte uns der Poldi über den Concierge auf die Liste setzen. Wir also rein, ich reiß mir die Jacke runter, überall Leute an Tischchen, nur der Bowie ist noch nirgends zu sehen, ich trippel hin und her, als müsste ich schiffen, aber dann geht endlich die Tür auf und er schwebt herein: Matrosenanzug, scharlachroter Seidenschal, jetzt weiß ich endlich, wie mein Gewand für die nächsten Monate aussehen wird, weil das muss ich natürlich genau so haben. Schauen wir mal, sagst du, aber geschaut wird da gar nix, außer auf den Bowie, das aber ganz genau. Ganz lässig schwebt er in eine Nische, isst die Schinkenfleckerl, die man ihm hinstellt, mit einer Eleganz, als wären die blassen Nudeln Kaviar mit Kaviarfüllung. Langsam arbeite ich mich voran, nur nicht zu sehr auffallen, nur nicht verzweifelt erscheinen, bis ich endlich in Hörweite bin: They have such an unspent strength, haven't they? Die Sängerknaben meint er, und noch nie wollte ich so sehr ein Sängerknabe sein wie in dem Moment. Das neben ihm ist der Nurejew, ein berühmter Balletttänzer, flüsterst du, aber Ballett interessiert mich nicht, nur einmal hast du mich mitgenommen, aber ich mein, was soll das? Drei Stunden herumhüpfen, und das Ganze auch noch mit einer depperten Handlung, die ich eh nicht versteh, wenn du sie mir nicht mühsam erklärst? Da geh ich lieber noch in die Oper. Eines muss ich allerdings zugeben, schöne Haxen hat der Nurejew, da kann ich nicht mithalten. Auf einmal geht hinter uns die Tür mit großem Gepolter auf, und jetzt bist du es, den fast der Schlag trifft. Ich erkenn den alten Mann ja nicht, also frag ich. Leonard Bernstein, antwortest du, und wie ich nur blöd schau: Das ist sowas wie mein Bowie. Na wenn das dein Bowie ist, dann kann was nicht stimmen mit dir, aber was weiß ich schon, weil auf einmal ruft der Bowie dem alten Knacker zu: Music thrills my heart!, und da schreitet der Bernstein sofort durch die Menge auf den Bowie zu, ohne die tausend Hände zu schütteln, die ihm entgegengestreckt werden. Wird der Bowie aber traurig sein, ätzt du, dass das nur der Bernstein ist und nicht der Nazi Karajan, aber das ignorier ich einfach, weil meine Freude mit dem Thin White Duke, die verdirbst du mir nicht. Wusste ich immer, brüllt der Poldi, während er mit drei Gläsern Sekt zu uns herübertrippelt, dass der Bernstein einer von den Unsrigen ist, aber du winkst nur ab: Ach, wenn es nach dir geht, sind ja eh alle warm. Doch der Poldi lässt nicht nach: Ich sag es dir, seine Augenbrauen sind zu geschwungen, da lachst du und nimmst ein Sektglas, drückst es mir in die Hand. Was hat das denn mit den Augenbrauen zu tun? Ich hab zwei Raupen im Gesicht und bücke mich trotzdem. Aha, du bückst dich? Na nicht, dass ich wüsste, zumindest nicht seit dem ersten Mal, aber sonst hast du schon recht. Wir stoßen also an, zur Mitte, zur Titte, zum Sack, zack zack, und trinken den Sekt auf ex. Was ist, fragst du, gehen wir rüber und sagen hallo? Aber ich glaube, du spinnst, Gott kann man nicht anreden, weil was, wenn er ein Arschloch ist, nein, das will ich lieber gar nicht rausfinden. Also trinken wir weiter Sekt, schaufeln Schinkenfleckerl in uns rein und hören dem Bernstein beim Klavierspielen zu, das kann der wirklich gut. Wir haben eine geile Zeit, ich in einem Raum mit dem Bowie, was kannst für eine andere Zeit haben als eine geile. Erst gegen Mitternacht gehst du nachhause, und es fällt mir schwer, mich von dir zu verabschieden, ich hätt dich gern noch länger bei mir. Dass ich wegen dir den Bowie kennenlern, ich kann dir gar nicht sagen, wie gern ich dich dafür hab. Aber ich kann noch nicht heim, bin noch zu aufgekratzt, ich geh noch ins *Voom Voom*, weil der Poldi den Eintritt von 35 Schilling spendiert. Und da tanze ich dann, irgendwann um vier in der Früh spielt es sogar was vom Bowie, ich bin ganz Musik, von meinen Haaren bis in die Zehenspitzen, bis mich auf einmal einer von den Punks an der Schulter packt und zur Seite zieht, ich riech seine Bierfahne. Das ist was für Punks hier, faucht er, hör gefälligst auf, dich so aufzuführen, spürst dich, oder was? Und ja, ich spür mich, endlich!

Ein paar Tage später renn ich in den Film *Der Mann, der vom Himmel fiel.* Das Ganze ist die Geschichte von einem Außerirdischen, einem Nichtmenschen, der zwischen die Menschen gerät und einfach nicht dazugehört, auch wenn er ein bisserl wie die anderen Menschen ausschaut, aber eben nur ein bisserl, und natürlich draufgeht, so fremd und einsam wie er ist. Irgendwo am Rand tauchen auch echte Schwule auf, aber ich glaub, die bemerkt außer mir niemand. Den ganzen Film muss ich dran denken, wie der Bowie dagesessen ist, mit seiner Augenentzündung und der Sonnenbrille und dem Bernstein beim Klavierspielen zugeschaut hat. So traurig ist er mir vorgekommen, so unendlich traurig. Und wie ich das denke, da will ich auch so sein: so traurig, aber vor allem so schön. Und wenn du dir anschaust, wie es mir heute so geht, da sag ich dir, pass auf, was du dir wünscht, weil es wird immer wahr, nur anders, als du es dir vorstellst.

Anfang Juni überreden dich der Hausbesorgerpoldi und der Herzburli zu einem Ausflug nach München, dort findet ein Pfingsttreffen statt, bei dem Warme aus ganz Europa zusammenkommen sollen. Allein traust dich nicht hin, also darf ich mitkommen, und ich muss schon sagen, die Aussicht auf ein paar Burschen aus verschiedenen Ländern macht mich ganz aufgeregt. Dein Auto können wir nicht nehmen, das ist zu klein, also schleppt der Hausbesorgerpoldi ein riesen Ding an, in das wir uns zu viert quetschen. Während der Fahrt hören wir die ganze Zeit dieses Lied von Mike und seinem Freund, und ich sag dir was, bis nach München hätt ich den Sänger gerne erschlagen, aber die anderen wollen den Schas immer und immer wieder hören. Nach zehn Stunden und einem Reifenplatzer kommen wir endlich in München an, der Weinbergmünchner vom Bal paré wohnt dort im Glockenbachviertel in einer Dachgeschosswohnung, in die er uns einlädt. Wir sind nicht die Einzigen aus Wien, eine Handvoll andere Donauwarme schlafen über die ganze Stadt verteilt in Jugendherbergen, in privaten Zimmern und Hotelsuiten und können endlich einmal ganz und gar schwul sein, ohne Angst zu haben, auf der Straße erkennt zu werden. Darunter auch die Politschwestern vom Zeitungs-Fritz, aber dem gebe ich gleich am Anfang ein Zeichen, dass er sich zurückhalten soll, weil ich bin mit dir hier, ich will keine Schwierigkeiten, ich hab dir nicht wirklich erzählt, was ich da so tu. Die Österreicher treffen sich gleich am ersten Abend, und hier in München scheißen sie sich einmal nichts, sie sind sogar auf der Straße ausstaffiert wie Tropenvögel. Schöner Anblick ist das keiner, so in engen Hosen, bunten Rüschenhemden und wild gemusterten Schals, aber wer hat schon gesagt, dass die Freiheit schön sein muss. Was dann folgt ist ein Treffen der Städtegruppen, und die sind auch nicht organisierter als wir, darum herrscht zu Beginn erst einmal Desorientierung und Lethargie, nicht einmal die Deutschen wissen Bescheid, und das will was heißen. Denen in Aachen haben sie ihre Infostände vor ein paar Tagen erst verboten, die sind ganz froh, dass das jetzt hier in München ein bisserl besser geht, darum sind sie ganz aufgekratzt: Wir sind fünf Stunden mit dem

Zug gefahren, wie seid ihr gekommen? Gut sind wir gekommen, gleich ein paar Mal hintereinander. Ach, ihr Wiener, heißt es dann immer, ihr seid so lustig. Und ich hab gedacht, unser Erkennungszeichen wär der Grant, wieder was gelernt. Außer einem großen Besäufnis passiert am ersten Abend also einmal nix, aber das muss ja auch nicht das Schlechteste sein. Wie dem auch sei, wir fallen gut abgefüllt ins Bett, an was anderes als schlafen ist nicht mehr zu denken. Frühstück am nächsten Morgen gibt es um elf, damit auch die letzten Königinnen wach sind, nur ich steh schon viel früher in der Küche. Du bist auch keine Königin, sagst du dann zu mir, du bist meine Prinzessin auf der Erbse. Frühstücken also, und dieses Mal kein Pariser Frühstück, sondern Münchner Kraftnahrung, Weißwurscht mit süßem Senf und dazu Kaffee. Es ist ein Wunder, dass ich nicht gleich speiben muss. Ich hab gerade erst verdaut, will mich der Herzburli zu einem Arbeitskreis mitnehmen, das ist ganz neu für ihn, aber ich bitte dich, wenn ich eines nicht will, dann arbeiten. Ich lass mich lieber zum Flugblätterverteilen in der Fußgängerzone einteilen, das gefällt mir besser. Das behagt mir nicht, sagst du, so mitten in der Stadt, das verbiete ich dir, und da lach ich dich nur aus, weil verbieten lass ich mir sicher nix, ich bitte dich. Pass zumindest auf, dass keiner Fotos von dir macht, rufst du mir nach, als ich mit einem Packen Zettel nach draußen stürme, aber ich bin ein Naturtalent, mir reißen sie die Flugblätter nur so aus der Hand. Vorne drauf Mick Jagger, endlich sind wir ein bisserl Rock'n'Roll. Gut, ein paar von den Münchnern drehen sich um und schmeißen mir die Flugblätter wieder vor die Füße, aber kein großes Talent kommt ohne Widerspruch aus. Mir macht es einen Heidenspaß, trotz deines Gejammers. Die Politschwestern machen nur Probleme, sagst du, dabei wollen wir einfach eine schöne Zeit haben. Na du vielleicht, ich will mehr. Am Abend gehen wir in die *Teestube*, dort ist es gemütlich, obwohl wir alle auf Sperrmüllmöbeln sitzen. Irgendwer sagt, die *Teestube* stehe kurz vorm Zumachen, aber der Weinbergmünchner behauptet, dass die schon seit Jahren vorm Zusperren steht, also alles nicht wahr. Am nächsten Tag gehen wir im Nymphenburger Schloss spazieren und ich versteh schon, dass das jetzt einmal fad klingt, aber zweihundert Schwestern, die Hand in Hand, schmusend und kichernd durch den Park lustwandeln, das gibt schon was her, das ist ein Bild zum Erinnern. Einer der Deutschen trägt ein rosa Dreieck am Arm, und als der Hausbesorgerpoldi das sieht, da wird er ganz weiß, stottert was von: Das darf nicht wahr sein, hat sie der noch alle? Ich muss fragen, was das ist, aber der Hausbesorgerpoldi schüttelt nur den Kopf: Was bist du für ein blöder Bursch? Sogar du schaust mich mit einem Ausdruck an, bei dem sich mir alles zusammenkrampft, weil genauso hat mich auch mein Herr Papa angeschaut, wenn ich was Dummes gesagt hab, und das ärgert mich, weil ich bin sicher nicht blöd, aber ich halt den Mund, dabei könnte man es mir ja auch erklären, oder nicht? Ein Trottel ist ja nur ein Trottel, weil sich niemand Mühe mit ihm gibt. Immerhin der Weinbergmünchner zieht mich zur Seite und flüstert mir ins Ohr: Den darfst du auf das Dreieck nicht anreden, der ist da ein bisserl eigen, der redet nicht viel, da findest schon rein. Wir spazieren also durch den Park und die Schaulustigen immer an unserer Seite, ein paar Mal ruft uns wer was hinterher, einmal sogar: Euch hätten wir alle vergasen sollen. Wir rücken nur näher zusammen, drehen uns nach außen, den Passanten zu, sollen die uns ruhig sehen, sollen die ruhig mitkriegen, wie viele wir sind. Aber dir ist das unangenehm, du drängst dich ganz in die Mitte, ich steh draußen, stolz und mit gereckter Brust, wir sind halt doch nicht dieselbe Generation. Am Abend dann stürmen wir die letzte Bastion der Biederkeit, einen großen Biergarten mitten in der Stadt. Wir besetzen Tische, singen als Chöre die wildesten Lieder, normale Paare kriegen was zu hören darüber, wie viel besser es sich als Homo lebt. Das Bier fließt in Strömen, einige von uns haben Dirndl an, ich hab zur Feier des Tages meine Lederhose rausgekramt. Ich denk an das, was mir der Zeitungs-Fritz erzählt hat, ich denk an den Burschi, ich denk an meine Frau Mama, an ihr ewiges: Genierst dich nicht!, und da bricht es aus mir raus, ich spring auf den Tisch, reiß die Arme in die Luft: Wir sollten alle schwul sein, hörst du mich, München, wir sollten alle Arschwarme sein! Aber du packst meinen Arm, reißt mich runter, zurück auf die Bank. Hör auf mit dem Blödsinn, reicht ja schon, dass sich die anderen so aufführen, aber der Poldi jauchzt: Das ist ein Abenteuer, das werden wir noch unseren Hunden und Enkelhunden erzählen! Ich schau gut aus in meiner Lederhose, was soll ich lügen, also natürlich flirte ich ein bisserl, erhoff mir vielleicht ein bisserl ein neues Fleisch, eine saftige Münchner Weißwurscht, aber dich macht das ganz giftig. Was glaubst du? Nur weil du mich mit hergenommen hast, hast du noch lange kein Recht auf mich. Das sag ich dir natürlich nicht, ich will ja nicht das Geld für den Zug zur Heimfahrt verdienen müssen. Stattdessen halt ich den Mund, tu ein bissl angefressen und mach dir schöne Augen. Irgendwann aber lacht uns ein Kellner in einem Rüschenhemd so nett an, dass wir ihn mit in unser Zimmer nehmen, so kommen wir also beide auf unsere Kosten und du musst nicht eifersüchtig sein. Ich lieb dich, sagst du zu mir, als der Kellner gegangen ist. Ich tu alles, um dem Ganzen auszuweichen, aber du hörst nicht auf, also sag ich es irgendwann, weil irgendwas muss ich ja sagen: Ich hab dich auch gern. Aber da tust du beleidigt und ich weiß gar nicht warum, weil gernhaben, das ist doch eh ganz schön viel, und mehr krieg ich nicht über die Lippen, auch wenn da natürlich mehr ist. Am nächsten Morgen machen wir zum Abschied ein Foto. Zuerst die ganze Gruppe, dann nur wir zwei. Das Foto hab ich noch, wir schauen glücklich drauf aus. So glücklich wie die Passagiere auf den Fotos vom Auslaufen der Titanic. Nächstes Mal fahren wir dann wirklich auf Urlaub, versprichst mir auf der Heimfahrt, ins Ausland, nach Frankreich. Wieso gerade nach Frankreich? Da warst mit deinem Onkel, als Jugendlicher. Einfach so auf Urlaub? Ja, einfach so, weil der Onkel ein Geld gehabt hat und du einmal raus hast müssen, weg vom Bauernhof. In Frankreich bist das erste Mal verführt worden, erzählst mir und hast auf einmal einen roten Kopf, fast wie ein schüchternes Kind, von einem richtigen Mann bist verführt worden, einem gestandenen Mannsbild. Du bist durch die Dünen spaziert und da sind Männer herumgestanden, nackt, mit der Hand vor dem Schwanz. Und alle haben sie dich angelächelt und die Augenbrauen nach oben gezogen. Oui, haben sie gesagt, in so einem fragenden Ton, und irgendwann hast auch oui gesagt, was »ja« geheißen hat, und bist mit einem mitgegangen. Und am nächsten Tag wieder. Und deswegen willst mit mir nach Frankreich? Aber nein, Dummerchen, sagst du und streichst mir über den Kopf. Ich will mit dir am Strand liegen und die Sonne am Bauch spüren. Nach Frankreich will ich nur mit dir und mit sonst niemand, verstehst? Aber nach Frankreich sind wir nie gekommen. Wie ein bisserl später dein Onkel gestorben ist und du was geerbt hast, da hast mich schon wollen nicht mehr mitnehmen auf Urlaub, eine Schand eigentlich.

Irgendwann kommt der Sommer, da wird es mir zu heiß und ich muss aus der Wohnung, also frag ich rum und hör vom Zeitungs-Fritz, dass sich alle im Garten vom *Wirtshaus zur Goldenen Glocke* treffen, im fünften Bezirk, Schönbrunnerstraße Ecke Kettenbrückengasse, gar nicht weit entfernt von deiner Wohnung. Zum Namen sag ich jetzt einmal nichts, aber ich hab ein bisserl Angst, wie ich hin spaziere, weil mit den Politschwestern willst du in Wien nicht mehr als in München zu tun haben, drum ist es dir auch unrecht, wenn ich mich mit denen treffe, auch wenn du es mir nicht verbietest. Aber ich brauch Abwechslung, also überwinde ich mich. Gemeinsam planen wir einen Badeausflug, eine schwule Abkühlung im Sommer, immerhin soll der ganze Betrieb in der heißen Zeit nicht einschlafen, wir sind ja auch im Sommer warm, vielleicht sogar noch mehr als im kalten Winter. Und außerdem, keine Schwester fährt zwei Monate auf Urlaub, ich schon gar nicht. Und so machen wir uns am Wochenende auf in Richtung Alte Donau, borgen uns Boote aus und schippern ein bisserl auf dem Wasser herum, bis es dunkel wird und man das Ufer nur mehr an den Lichtern erkennen kann. Es ist wunderschön, aber alles ist so ruhig, so entspannt. Und was dann passiert, das ist halt mehr ein ästhetisches Pudern als ein sexuelles, es macht Spaß, aber auf eine unaufregende Art und Weise, wie wenn dich deine Oma küsst. Wir rudern dann auch bald zurück, bleiben die ganze Nacht dort, sitzen unter den Neonlampen am Uferweg. So kann das nicht weitergehen, denk ich mir. Wir brauchen ein bisserl Aufruhr, und sei es nur wie in München. Ende Juni dann auf einmal: Es ist so weit, auf einmal heißt es, die Arena ist besetzt, ich hab nicht mal gewusst, was das ist. Wir also raus in den dritten Bezirk, und da stehen dann diese Hallen und ich denk mir, endlich was Großes, Wildes, Geiles, und nicht so was Plüschiges, Kleines, Miefiges. Wir also rein, und zuerst hat es mich umgehauen, überall Menschen, Musik, Zigarettenrauch. Bis ich nach einiger Zeit merke, die sind auch alle so unendlich normal hier. Also mit Arschficken brauchst da niemandem kommen. Irgendwann reisen ein paar Leute aus München an, der Weinbergmünchner zuallererst, ein paar von seinen Freunden im Schlepptau, und gemeinsam hängen sie überall am Arena-Gelände Plakate auf. *Von hinten sind wir alle gleich. Schwule, raus aus euren Löchern. Schwulsein ist schön.* Lauter so Parolen, aber das verändert leider nix. Die, die schockiert drüber wären, die kommen eh nicht hierher. Tagsüber nimmt mich der Zeitungs-Fritz mit zu den Treffen der Politschwestern. Albert-Schweitzer-Haus, der Name verspricht, was er hält. Die Räume sind so steril, also Lust kriegst du da keine, höchstens Lust zu fliehen, da ist einfach kein Klima, aber der Zeitungs-Fritz sagt, das passt schon, dann kommt zumindest keiner auf blöde Ideen. Wir müssen in den ersten Stock, Saal 1, und in dem Saal kämpft ein Duftspray gegen jahrzehntealten Rauch, aber das ist kein fairer Kampf, mit einem Wort, es stinkt. Um acht tauchen dann die ersten auf, da ist mir fast schon wieder fad. Zwanzig Leute sitzen da, aber nur vier oder fünf von denen sagen auch was. Und die vier oder fünf wundern sich, warum so wenige Warme ins Plenum kommen, und ich denk mir, wenn ihr das erst fragen müsst, dann wird das nix mit der Antwort. Das ist nämlich so ein Psychoterrorverein, das merk ich sofort, die reden dauernd nur über sich selber, die wollen sich selber erfahren, ich meine, was für ein Blödsinn? Ich will mich nicht selber erfahren, ich kenn mich ja schon, die anderen da draußen, die sollen mich erfahren, und wie! Aber hier hocken sie nur am Boden zusammen, rauchen ein bisserl was, trinken, ziehen Schnoferl wie eingeschlafene Füße. Und dann diskutieren sie ernsthaft darüber, ob sie Frauen zulassen sollen, ich sag: Lasst doch die Frauen mitmachen, zumindest die Hälfte der Menschen sind Frauen und ein paar von deren Männern werden schon auch schwul sein, da sind wir doch in jedem Fall in der Mehrheit, aber das verstehen die nicht. Vielleicht, weil es zu einfach zu verstehen ist, weil das ist mir alles zu hoch, worüber die sonst so reden. Auf die Linken dürfen wir Schwule uns nicht verlassen, sagt zum Beispiel einer, die Linke verdammt Homosexualität als bürgerliche Krankheit, die ausgerottet gehört, die werden uns nicht beispringen, so traurig das ist, die haben alle schon vergessen, dass auch der Trotzki ein Warmer gewesen ist. Na freilich gefällt mir das, weil Trotzki kenn ich, aber dass der schwul gewesen ist, davon habe ich bisher keine Ahnung gehabt. Dann aber sitzen sie wieder nur da und jammern sich gegenseitig an. Wehleidig und offensichtlich auf der Suche nach jemand, der aufsteht und was vorschlägt, egal was. Eine schlechte Mischung ist das, aber für mich gerade ideal, weil wenn sonst niemand was zu sagen hat, dann eben ich. Es kann ja nicht so schwierig sein, die stickige Luft hier drinnen ein bisserl durcheinander zu bringen.

Wir brauchen eine Aktion wie in München, sag ich ganz laut, wir müssen endlich raus, raus aus unserem Ghetto. Ich mein, sag ich und deute auf einen der Typen, ihr habt ja sogar Strickzeug mitgebracht. Strickzeug, geht's noch? Ihr redets die ganze Zeit von Revolution und Umbruch und der Veränderung in euch drinnen und der Veränderung da draußen, ja aber verdammt nochmal, dann verändert halt auch wirklich was, an eurer Einstellung zuallererst. Das ist alles schön gemütlich hier, Chips und Käseigel und so, das versteh ich schon, und ihr habt Angst, von der bösen Welt da draußen eine in die Goschen zu kriegen, aber es hilft ja nix, Burschen, es hilft gar nix, irgendwann muss man halt Eier haben. Also warum organisieren wir nicht sowas, gemeinsam, versteht ihr? Eine Aktion, mitten in der Stadt, Tunten aller Länder vereinigt euch. Zeigen wir denen doch mal, wie warm diese Stadt ist, wie viele Schwestern hier sind, dass die uns nicht alle verhaften können, rauswerfen, einsperren, wenn wir nur zusammenhalten. High sein, frei sein, Terror muss dabei sein! Nach meiner Rede ist es ganz lang still, aber dann, Überraschung, sind ein paar doch wirklich meiner Meinung und versuchen die anderen zu überreden, meinen Vorschlag zumindest auszuprobieren. Nur einer von den Älteren, schwarze Uniform, schwarze Haare, schwarze Schuhe, grade dass er rot lackierte Fingernägel hat, hält aktiv dagegen. Du schwingst ja große Reden, sagt er, aber davor solltest noch ein bisserl was lesen, kleiner dummer Bauernbub. Und klar tut das weh, aber das zeig ich dem natürlich nicht, ich reiß nur noch mehr meinen großen Mund auf, weil ich will nichts lesen, nichts lernen, da hätt ich ja gleich daheimbleiben und die Schule zu Ende machen können, Matura, Studium, Arbeit, Tod. Ich will weniger Kopf, mehr Bauch. Weniger Hirn, mehr Schwanz. Du bist so praxisgeil, ätzt der Uniformierte, na und was soll ich antworten, stimmt ja. Dabei ist er beileibe nicht der Einzige, der gegen meinen Vorschlag ist. Ein anderer Mann, Pullunder, Seitenscheitel, Typ Kindergärtner, hat auch Angst. Ich bin vor ein paar Jahren noch im Gefängnis gesessen, sagt er, für eine ganze Nacht, und das nur, weil ich auf der Straße vor der Lampe meinen Freund geküsst hab. In die Ausnüchterungszelle haben sie mich gesteckt, als wär ich besoffen, dass ich mit einem Mann schmuse. Ich halt sicher nicht meinen Schädel hin, weil dir hier drinnen zu fad ist, verzogenes Bürscherl. Und eines muss ich schon sagen, entscheidets euch, entweder Bauernbub oder verzogenes Bürscherl, beides kann ja nicht stimmen. Aufgeben tu ich nicht, und wirklich, der Zeitungs-Fritz unterstützt mich: Es wird ja niemand gezwungen mitzumachen, aber vielleicht wird es wirklich Zeit, ein wenig Flagge zu zeigen, das kann doch gerade in Wien nicht schaden. Wir können ja etwas organisieren, einen Spaziergang durch die Innenstadt zum Beispiel, und wer mitspazieren will, der ist herzlich willkommen, wer lieber nicht dabei sein möchte, dem werden wir auch keinen Vorwurf machen, was sagt ihr? Und ich sage nichts, weil Spaziergang durch die Innenstadt, das klingt zwar nicht nach der Explosion, die ich im Kopf hab, aber erstens kann man das sicher noch ausbauen, und zweitens brauch ich jede Unterstützung, die ich kriegen kann, also reiß ich mich zusammen, es kostet mich unmenschliche Kraft, ich lächle und warte, bis genügend Hände nach oben gestreckt werden. Erster Schritt geschafft, wer hätte das gedacht? Gemeinsam mit dem Zeitungs-Fritz organisier ich das dann, und es macht mehr Spaß, als ich mir gedacht hätt: Einladungen schreiben, auf der Uni kopieren, zur Post bringen, bei jedem persönlich nachfragen, weil wer bringt die schon alle dazu, ihre Post auch zu lesen? Ich hätt gern gehabt, dass du mir hilfst, ich hab dir sogar endlich gebeichtet, was ich mit dem Zeitungs-Fritz geplant hab, aber du tust so, als wäre das alles gar nicht wahr, als wüsstest du von nix. Es dauert ein paar Wochen, dann hab ich das Ding auf die Beine gestellt, ich kann es kaum erwarten. Voller Vorfreude steh ich bei dir im Schlafzimmer und leg Gewand aufs Bett, was soll ich nur anziehen? Und justament in dieser wichtigen Situation unterbrichst du mich mit Blödsinn: Sag, willst du nicht was arbeiten? Ich kann dir eine Praktikantenstelle verschaffen, wir suchen immer junge, gescheite Leute. Ich glaub, ich hör nicht richtig, wo denkst du hin? Ich soll bei dir im Büro auf und ab marschieren und jedem sagen: Der Neffe, werter Herr, nur der Neffe. Sicher nicht, schmink dir das gleich wieder ab. Und außerdem arbeite ich ja, oder glaubst du, der Schwesternspaziergang organisiert sich von allein? Ich hoffe, es kommen keine Krankenschwestern, weil die das falsch verstehen? Komm doch mit zum Spaziergang, da würdest mir eine riesen Freude machen. Aber du winkst gleich ab, wie schon die Tage zuvor. Ich spaziere doch nicht durch die Innenstadt, nur damit die meinen Namen in die Akten schreiben, mein Gesicht abfotografieren, das kann ich mir nicht leisten, ich muss halt ein bisserl mehr aufpassen, ich habe ein bisserl mehr zu verlieren, gehst ja selber nur hin, damit du jemand zum Bumsen findest. Freilich sitzt das, aber erstens stimmt es nicht und zweitens, wär es so schlimm? Du denkst immer nur an Sex, sagst du mit so einem komischen Unterton, als hätt ich was Falsches gesagt, als wäre Sex was Unwichtiges. Dabei ist Ficken doch das Wichtigste auf der Welt. Es gäb keine Menschen ohne, sag ich. Aber du steigst nicht drauf ein: Ich glaub nicht, dass du bei deiner Bumserei ein Baby zeugst, und wenn, dann ein sehr hässliches. Das ist mir egal, sag ich, was du glaubst, ohne uns Warme gäb es keinen Spaß auf dieser Erde. Du solltest mitgehen, raus auf die Straße. Aber du willst schwul sein nur unter Schwulen, das ist mir zu wenig. Und mit dem treff ich einen Nerv bei dir, weil auf einmal wirst du ganz kalt, sagst ganz schneidend: Ist schon genug, dass ich dich hier schlafen lass, du glaubst doch nicht, dass ich vors Schöffensenat will. So schön sagst das. Nicht: in den Häfen oder vor den Kadi. Nein: vors Schöffensenat. Und da begreif ich, du hast noch viel mehr

Angst als die ganzen anderen warmen Schwestern im Plenum, darum versuche ich, dich ein bisserl zum Lachen zu bringen: Wenn sie die Warmen wieder einsperren, dann werd ich halt hetero, vielleicht werd ich ja sogar ein richtig guter Hetero. Aber du grinst nicht einmal: Ach geh, du und hetero, dir graust doch vor jeder Muschi. Na sicher, sag ich. Na dann wirst wahrscheinlich auch kein guter Hetero. Na vielleicht verdräng ich meine bürgerliche Heteroseite ja nur, sag ich, damit ich nicht so fad bin. Und da sagst du nichts mehr, immerhin hab ich es probiert. Auf einmal fällt sie mir ein, die Lösung aller meiner Probleme. Mit einem Griff zieh ich das gelbe Kleid vom Bal paré aus dem Schrank, das zieh ich an, damit fall ich sicher auf. Aber das passt dir jetzt halt gar nicht, nur warum? Ich habe es am Ball doch auch angehabt, wer hat es denn überhaupt gekauft, das warst ja wohl du, wenn ich mich richtig erinnere. Die Tunte ist ein Teil von uns, sag ich, aber du verziehst nur das Gesicht. Wo hast denn das wieder her? Zieh das aus, wirst du laut, als ich ins Kleid schlüpfe, das schöne Kleid hab ich dir nicht für sowas gekauft! Aber wenn nicht für sowas, für was denn dann? Wir streiten, weil du versuchst, mir den Reißverschluss aufzuziehen, weil du mir das Kleid von den Schultern runterschiebst, da schrei ich und dir rutscht die Hand aus, zum ersten Mal. Glaubst, da draußen schaut dich wer an und sagt: Schönes Kleid, wer hat das genäht? Dort draußen schlägt man dir ins Gesicht! Aber ins Gesicht hast du mir ja auch gerade geschlagen, sag ich, und da bist du schmähstad. Außerdem kann ich mich selber verteidigen, das solltest seit dem Ball eigentlich wissen. Warum verteidigst du dich dann nicht, fragst du hämisch, wenn ich dir eine runterhau? Genau, weil du ganz froh bist, dass es auch Schwestern wie mich gibt, die nicht auffallen, dafür aber Geld verdienen. Die ein normales Leben haben, was ist denn daran so schlecht? Nichts ist schlecht, sag ich, aber es ist Zeit, dass wir unsere Schwulitäten zu den Normalos da draußen bringen, nicht deren ekelhaften Lebensstil zu uns herein. Du kannst heilfroh sein, sagst du, dass es den Paragraphen nimmer gibt. Uns hat man noch gezwungen zu allerlei Dingen. Und wenn wir es irgendwie geschafft haben durchzurutschen, nicht aufzufallen, nicht eingesperrt zu werden, dann konnten wir schon froh sein. Oder glaubst du, dass die rosa Karteien nicht noch irgendwo liegen, in einem schönen Aktenschrank? Der Wind braucht nur ein bisserl zu drehen, du kleines, dummes Kind, nur ein bisserl aus einer anderen Richtung wehen, und was dann? Dann machen sie den Schrank auf, holen die rosa Karteien heraus und schauen nach, welche Namen draufstehen. Und du bist so dumm und willst, dass deiner auch notiert wird? Denn mach dir ja nichts vor, irgendwo sitzt immer einer und schreibt mit, irgendwo sitzt immer einer und passt auf, also halt den Mund und gib acht. Ich hör mir das Ganze an, aber dann platzt mir der Kragen: Wir können doch nicht warten, bis sie uns wieder umbringen wie dem Hausmeisterpoldi seinen Kurti, dass sie uns einsperren wie den Burschi. Wer ist jetzt der Burschi?, fragst du, und ich könnt mich in den Arsch beißen, dass mir der Name rausgerutscht ist, also sag ich nur: Ich will nicht warten, bis mir auf der Straße wieder einer *warme Sau* nachruft oder das Vergasen wünscht. Sollen alle wissen, wer ich bin, und dass man sich vor einer warmen Sau wie mir fürchten muss! Mir ist das wurscht, was mit mir passiert, verstehst das nicht? Das ist das Geheimnis meines Erfolgs. Die da draußen wollen mir alle den Arsch lecken, weil sie wissen, sie können mich eigentlich am Arsch lecken. Aber du hörst gar nicht mehr hin, stehst schon in der offenen Tür.

Die Zeiten können sich schnell ändern und dann wirst froh sein, wenn du vorher nicht so laut gebrüllt hast, wirst schon sehen. Und da denke ich an meine Frau Mama, an meinen Herrn Papa. Nein, die dürfen nicht recht haben, du darfst nicht recht haben. Ich heb also das Kleid vom Boden auf, schlüpf rein, schmink mich im Badezimmer und husch aus der Wohnung, du bist nirgends zu sehen, besser so.

Die Politschwestern treffen sich am Stock-im-Eisen-Platz, dort gehe ich zu Fuß hin, die Blicke sind der Wahnsinn, ich hau mich fast rein in den Hass. Und da erst merk ich, was in dieser Stadt wirklich los ist. Eine alte Frau spuckt mich an und wirft mir ihren Stock zwischen die Füße, dass es mich fast aufhaut, ein Mann rennt mir sicher zehn Minuten nach und zischt *schwule Sau* zwischen den Zähnen durch, grad so, dass ich es immer wieder höre. Ich hab keine Angst, die hab ich nie, aber ich merk, wie wichtig mein schwuler Spaziergang ist. Die sollen ruhig sehen, was wir Burschen draufhaben, wie viele es von uns gibt, ich kann es kaum erwarten, endlich in den ersten Bezirk zu kommen, ins Herz der Finsternis. Aber auch die Schwestern reagieren entsetzt, wie sie mich in meinem Kleid sehen, die schauen mich mit nach unten geklappten Kinnladen an, wie der Kasperl im Kasperltheater, wenn das Krokodil kommt. Die sperren uns wieder ins Lager, wenn du so rumrennst, sagt einer, und ich bin schon am Explodieren, da sagt der Zeitungs-Fritz: Ja so lasst ihn doch, wenn er will. Wenn sie uns zusammenschlagen, können wir so oder so nix machen, und mit dem Kleidchen kann er zumindest schnell laufen, hab ich recht? Nur die High Heels solltest vorher wegschmeißen, sonst wird das nix. Zumindest der Zeitungs-Fritz steht auf meiner Seite. Nach und nach tröpfeln ein paar Nachzügler-Schwestern ein, aber sagen wir es so, Massenauflauf wird das keiner mehr, immerhin zwanzig, fünfundzwanzig sind wir am Ende, eng beieinander gehen wir los, eingehängt wie Weintrauben an der Rebe, na dass uns nur keiner pflückt. Den ganzen Graben über werden wir angeschaut wie die Lipizzaner auf Tagesausflug, aber sagen traut sich keiner was, immerhin, drum werden wir am Kohlmarkt mutig, umarmen uns, einer gibt mir sogar ein Busserl auf den Mund, so steigt die Stimmung, als wir auf den Heldenplatz kommen, wo wir noch einen mitgebrachten Wein trinken und uns dann zerstreuen, der eine dahin, der andere dort, und ein paar von uns gemeinsam. War das jetzt der große Schlag ins Gesicht? Na sicher nicht, denk ich mir, wie ich zurück Richtung Nachmarkt spaziere, aber irgendwas war es halt doch, und das ist wichtig, ein erster Anfang, schauen wir mal, dann sehen wir schon, ich bin trotzdem stolz, der Erfinder von dem kleinen Spaziergang gewesen zu sein. Du hast unseren Streit leider nicht vergessen, wie ich bei dir an die Tür klopfe, die nächsten Tage lässt mich nicht bei dir schlafen, ich verbringe die Nächte allesamt auf der Straße, immerhin ein paar Hosen und T-Shirts lässt du mich im Schlafzimmer zusammensammeln, im gelben Kanariekleid auf der Parkbank schlafen, so mutig oder so deppert bin ich doch nicht. Aber immerhin so stolz und so stur, dass ich bei sonst niemandem anklopfe und verrate, dass du mich auf die Straße gesetzt hast, die Blöße geb ich mir nicht. Irgendwann machst die Tür wieder auf und ich versprech, ein bisserl braver zu sein, da darf ich wieder ins Bett, aber lange hält der Friede leider nicht an. Du hast deinen Bruder nochmal wiedergesehen, erzählst du mir irgendwann, aufgelöst kommst mir dabei vor und durch den Wind. Erzähl mir halt endlich was über deinen Bruder, sag ich, aber du kriegst den Mund nicht auf. Weiß er was von mir? Nein, natürlich nicht. Er wird sich seinen Teil schon denken können, sag ich, wenn er nicht ganz deppert ist. Und da kriegst einen Anfall, grade, dass du mir nicht wieder eine runterhaust. Ich weiß halt nix über dich, wird mir in dem Moment bewusst, nicht einmal die harmlosesten Sachen, ich weiß nur das, was ich sehe, wenn wir beieinander sind, und das ist nicht viel.

Als Ausgleich für das bürgerliche Leben bei dir geh ich wieder auf die Häusl, in den Rathauspark, in alle Lokale, die mir einfallen. Ich fick mir das Hirn aus dem Schädel, weil je mehr ich esse, desto hungriger werde ich. Und wenn ich im Park ein Licht seh von einer Taschenlampe, dann weiß ich: Renn, jetzt kommt die Polizei. Ich weiß es besser als all die anderen, drum werd ich nie verhaftet, kein einziges Mal. Einmal ist es ein bisserl rot da unten und brennt, da besorgst du mir zwar die Creme, sagst aber auch: So geht das nicht, ich kann nicht zuhause sitzen, während du da draußen weiß Gott was machst. Was meinst denn damit, fahr ich dich an, ich bin nicht deine Ehefrau, du könntest ruhig ein bisserl lockerer werden, weißt, man muss einen Ring nicht unbedingt um den Finger tragen. Ein paar Monate später häng ich dir einen rosa Wimpel draußen an die Tür, und da wirst du ganz wild: Glaubst du, ich will eine Räumungsklage am Hals haben? Da lach ich dich nur aus, weil Räumungsklage, die kriegst du höchstens wegen unserem Gestöhne, aber doch nicht wegen einer kleinen Fahne an der Haustür. Immer wieder versuchst du, dich nach einem Streit mit mir zu versöhnen, du gibst dir richtig Mühe, aber was soll der Blödsinn, du kapierst ja gar nicht, was ich will. Komm, gehen wir wieder zu dem Ball, schlägst du vor, haben wir ein bisserl Spaß, heuer läuft die ganze Chose sogar zum ersten Mal im Schlosshotel Schönbrunn, das wird eine Hetz, sag ich dir. Aber ich will nicht, das Geschnatter von den Gänsen halt ich nicht mehr aus, es wird dort immer nur von Schwanz und Pudern geredet, aber nix getan, ich glaub, die haben schon seit Jahren nimmer gepudert, dabei müsste man mal ein bisserl lüften, so unter den Ballkleidern. Komm, ich kauf dir was Neues, sagst du, egal, was es kostet, weil du verstehst nicht, dass es wurscht ist, was es kostet, um das geht's mir nicht. Um was geht's dir denn dann? Willst auf Urlaub fahren? Geld spielt keine Rolle. Und natürlich spielt Geld keine Rolle, du hast ja keine Ahnung, wie das Leben ist, wenn man keines hat. Da bist du still und zum ersten Mal seh ich was anderes als Zuneigung in deinem Gesicht, zum ersten Mal bist du nicht mein schwuler Daddy, sondern wirklich mein Herr Papa, mit der ganzen Verachtung und dem ganzen Hass, aber das halt ich jetzt nicht aus, dass du so ausschaust, darum stichle ich weiter. Du willst ja nur Ehe mit mir spielen, sag ich, nur dass dir mein Arsch mehr Spaß macht als eine Muschi, weil ich immer noch ein bisserl enger gebaut bin, aber was glaubst du, was das wird? Ich spiel mit dir nicht Familie nach, mein echter Herr Papa war schon schlimm genug, ich will das alles nicht mehr, keine Unterordnung, überhaupt keine Ordnung, das hab ich aus den Zeitungen vom Zeitungs-Fritz gelernt, kein Vater-Sohn. Wir werden da nie reinpassen in diese ganze Scheiße, so stabil sind wir beide nicht, man müsste das ganze aufgepappte Heterozeugs von dir erst mal runterkratzen, aber das ist mir zu viel Arbeit. Ich kann gar nicht mehr aufhören zu reden. Du hast in Wirklichkeit keine Ahnung, wer du überhaupt bist, drum spielst du nach, was du rund um dich siehst. Aber ich will nicht deine kleine, unterdrückte Frau sein. Manche Männer fallen so brutal über mich her, sobald die den Schilling in die

Kabine geworfen haben, ich kann die Feministinnen schon verstehen. Da rutscht dir nochmal die Hand aus. Wenn der Scheiß mit dem Anschaffen jetzt wieder losgeht, schreist du, dann krieg ich einen Gachen. Na was soll ich noch lügen? Das hat nie aufgehört, sag ich, das Anschaffen, die ganze Zeit nicht, und das weißt du auch, also stell dich doch nicht so dumm. Da schaust mich an, von oben bis unten, als hätt ich mich auf den Häuslfliesen am Naschmarkt gewälzt: Genierst dich nicht einmal? Und da bist auf einmal nicht mehr mein Herr Papa, sondern meine Mama. Nein, sag ich, ich genier mich nicht, weil ich tu ja was Gutes, ich bin also stolz drauf. Genier du dich, wofür du dich genieren willst, aber für mich ist das nix, das dauernde Genieren. Da schnaufst du und ziehst die Mundwinkel rauf: Du bist ja nur scharf auf die linken Genossen in ihren Lederjacken, und mich brauchst für das Geld und das Dach überm Schädel, bist halt doch nur ein kleiner Stricher, mehr nicht. Und recht hast du: Du hast mich gekauft wie deine Möbel vom Naschmarkt, aber ich will das nimmer, ich würd liebend gern meinen Arsch verkaufen und dir das alles zurückzahlen, aber du sagst nur: Bild dir nix ein, so viel Geld kriegst auf der ganzen Welt nicht für deinen Arsch. Und endlich begreif ich dich: Schaut her, sagt du mit allem, was du tust, ich bin normal, so richtig normal, ich hab sogar eine Mahagoni-Schrankwand im Wohnzimmer, eine Eckgarnitur in der Küche. Dass ich mich später auf der Eckgarnitur in den Arsch ficken lass, das vergessen wir mal, ein paar Räucherstäbchen und nix ist geschehen. Du bist besser im Theaterspielen als der Dings, na was weiß ich, wer gut im Theaterspielen ist, du bist jedenfalls großartig, ich mein, wer bist du? Das Postamt? Weil ich steh an bei dir, ich weiß echt nicht mehr weiter. Du bist doch froh, dass es kleine Gossenwarme wie mich gibt, die sich nix scheißen, das nimmt dir die Verantwortung ab. Ich bin ganz außer Atem nach meinem kleinen Vortrag, aber als ich Luft hol, da sagst du: Bist du also wirklich eine Klassenkampfschwester geworden, schön, aber dann kannst du hier nicht mehr wohnen. Gut so, sag ich, ich will eh kein so ein bürgerlicher Socken werden wie du. Du hast ja keine Ahnung, wo ich herkomm, brüllst du, und da geht mir nun wirklich das Geimpfte auf. Bitte wessen Schuld ist das? Was weiß ich schon von dir? Ich hab keine Ahnung, wer du bist, und das nach fast zwei Jahren. Du glaubst dir dein Leben doch selber nicht! Ich weiß, dass du einen Bruder hast. Ich weiß, dass du Jurist bist. Ich weiß, dass du weniger Geld hast, als du tust, aber das darf keiner wissen, dafür genierst dich ja auch. Und das war es auch schon, der Rest ist ein großer, dunkler Fleck. Nach allem, was ich weiß, könntest du auch ein Massenmörder sein, der meine Vorgänger im Keller verscharrt hat. Wahrscheinlich ist dir aber nur peinlich, wie normal und durchschnittlich und fad dein ganzes Leben ist, dass du nicht der große Herr bist, als den wir dich alle sehen sollen. Und da krieg ich die dritte geknallt. Bumm, mein Schädel schnalzt zurück, ich hab den Abdruck sicher noch Stunden später im Gesicht. Na dann verschwinde eben!, schreist du, und das tu ich dann auch.

Ich bin aber auch ein naives kleines Burscherl, denk ich mir. Als hätt deine schöne Wohnung jemals ein Zuhause für wen wie mich sein können. So steh ich am Häusl am Schottenring und schau in den Spiegel, und was seh ich? Eine Hendlbrust mit ein paar dünnen Haaren, ein schmales Gesicht ohne Kanten, zwei runterhängende Schultern. Ich seh einen kleinen dummen Buben, der nix weiß und keine Ahnung hat vom Leben. Da kommt ein Herr rein: Wisch dir die Tränen aus den Augen, Muschi, wer soll dich denn ficken, wennst so verheult dreinschaust? Das mach ich dann auch, und gleich geht es mir wieder besser. Also erst einmal einen Plan machen, ich lass mich doch von sowas nicht unterkriegen, ich mein, wo kommen wir denn da hin? Als erstes Geld verdienen, das ist das Wichtigste, wichtiger noch als ein Dach überm Schädel, noch ist es ja warm genug.

Ich klapper von jetzt an die ganzen Häusl ab, die ich kenn. Die Logen am Ring sind schon zu Mittag gut besucht, wenn die Geschäftsmänner und Bauarbeiter ihre Autos in der Nähe parken und sich schnell einen runterreißen lassen, aber auch am Stadtrand gibt's nette Orte, grün angemalte Klos in der Nähe der Volksoper, wo ich oft schon am Nachmittag fündig werde. Dort habens allerhand an die Häuslwände geschmiert: Treffpunkte, die meist eh schon vorbei sind, obszöne Zeichnungen, die mich geil machen. Das meiste Geschäft mach ich in den ersten Wochen bei den üblichen Logen, fast immer erst am Abend. Dann ist es finster, weil irgendwer die Neonröhren abgewürgt hat. Manchmal fahr ich tagsüber schwarz mit der Straßenbahn in Richtung Apollokino, zum Flakturm. Im Esterházypark sind schon zu Mittag viele aus den Büros der Umgebung zugange. Wenn ich dort nix find, dann probier ich es auf der Hauptuni, dort stehen auf der Loge immer Telefonnummern, und bei irgendeiner hebt meistens wer ab. Zu der Zeit ist die Loge noch nicht verputzt, sind die Abteilwände noch nicht lackiert. Die Studenten aber haben ein Gschau, da denk ich mir: Warum verdammt nochmal tuts ihr so, als täten euch die eigenen Gedanken im Schädel fadisieren? Warum schauts ihr mich an, als wär ich der letzte Dreck? Ohne mich wüsstet ihr gar nicht, wie gut es euch geht, hab ich recht? Ich find also eine Nummer, geh zum nächsten

Telefonautomat und tatsächlich, eine Stunde später hab ich eine Verabredung. Reicht aber noch nicht für ein Zimmer irgendwo, also noch in den Rathauspark, dort sind die Laternen außer Betrieb, man nutzt die Gelegenheit. Zwanzig Schilling krieg ich, wenn ich einem einen runterreiß, manchmal fünfzig und hin und wieder einen Hunderter, wenn ich ganz glücklich bin und einer will, dass ich den Arsch hinhalt, weil das mach ich nach den ersten Monaten auch, ich hab's nötig und kann nicht mehr wählerisch sein, aber es gilt: Der Herr fängt immer an. Greift einer rüber, dann sag ich: hundert Schilling, aber der Herr dann so: fünfzig, höchstens. Dann klopft er mir auf den Arsch, wir gehen in die Büsche oder in die Kabine, er wirft einen Schilling ein und los. Das sind halt ein bisserl die Ungustiösen, die aufs Häusl gehen, die jungen, knackigen Burschen eher nicht, aber Alkohol hilft, Alkohol brauch ich, als der Winter kommt. Ich weiß, dass ich zu viel sauf, aber was soll ich machen? Manchmal sag ich mir: Wenn du den Tag ohne Alkohol überlebst, dann hast dir was verdient, ein Glaserl Wein zum Beispiel oder einen Schnaps. Und so steh ich wieder am Häusl, bis ein anderer Bursch zu mir sagt: Schleich dich, ist nicht genug Platz für uns zwei, und recht hat er. Die Freier sind meistens eh sehr nett, aber die anderen Stricher, die verteidigen ihr Revier. Und vom Charakter her sind wir alle minderwertig, da lass ich mir nix anderes sagen, und auch die nettesten Freier sind nur bessere Geldscheißer, erzählen tu ich denen nix von mir. Du kannst ihnen ja nicht das Herz vor die Füße legen, wennst ihnen vorher das Geld aus der Hand genommen hast. Der andere Bursch wieder: Jetzt schleich dich schon, worauf wartest, soll ich dir eine Einladung rüberschieben? Ich also raus, das Häusl ist erst einmal tabu. So strawanze ich die Gumpendorfer Straße entlang, ein paar Stufen nach unten Richtung Wienzeile, meist muss ich gar nicht klingeln, muss nicht vor den dunklen Türen stehen und warten, dass ein Auge aus dem Guckloch schaut, weil meist find ich schon in den Nischen meine Herren, ich such einfach die Eheringe an den Händen, die schiachen Sakkos, die wahrscheinlich die Ehefrauen ausgesucht haben, und schon bin ich ein paar Schilling reicher, und wenn ich es gescheit anstelle, dann nimmt mich sogar jemand mit nach Hause, aber ich bleib nirgends über Nacht, die Lektion hab ich gelernt. Find ich vor den Türen nix, dann muss ich rein, unter der dunkel glimmenden Funzel über dem Eingang durch. In den Lokalen ist es schon sehr laut, aber ich bin ja pantomimisch ganz begabt, mach ich es halt mit einem Augenaufschlag oder einem Zwinkern, da fallt mir immer was ein. Und jetzt geh ich endlich auch in ein Lokal, vor dem ich mich bisher immer gedrückt habe, ich feige Sau, nach einem halben Jahr geh ich endlich ins *Lurloch*, wo ich mir gute Geschäfte erwarte. Die alten Tanten und abgehalfterten Schwestern, die Großkopferten, alles ist in der Wiener Sub. Auf der Bühne stehen ein paar herrische Damen, die Französinnen aus dem *Simpl* nix dagegen. Manchmal kommen ein paar Tänzer von den Theatern, die nicht weit weg sind, das gefällt mir, da denke ich an den Nurejew und den Bowie, aber dann verbiet ich mir solche Gedanken, ewig her, bringt ja nix. Alle heiligen Zeiten spendiert mir einer der älteren Herren einen Toast oder ein Spießchen, damit ich zumindest was im Magen habe, aber die Gegenleistung wird grauslicher, je umfangreicher das spendierte Essen ausfällt. Und wie ich einmal mit einem von den Herren rausgehen will, da fang ich mir eine von der Wilden Wanda, große Frau, nicht schön, aber eine Erscheinung, im schwarzen Anzug, Hemd aufgeschlagen, dazu Cowboyschuhe und Schlapphut wie im

Film, weil das ist ihr Revier, sagt sie, da haben kleine Burscherln wie ich nicht auf eigene Faust zum arbeiten. Die nächsten Wochen trau ich mich nicht mehr hin, auf den Klos find ich auch nix, da kommt mir eine Idee. Ich lauf hinter die Votivkirche, zum Albert-Schweitzer-Haus, dort muss mir doch wer helfen, aber nix da, kannst wieder Plakate kleben, sagen sie, wenn du magst, dir ein bisserl was verdienen, aber sonst ist es vorbei mit der Solidarität, über die sie immer reden, weil wohnen lassen will mich keiner von denen bei sich, nicht der Zeitungs-Fritz und schon gar nicht die anderen. Musst dich schon selber rausreißen, sagen sie dann mit so einem mitleidigen Ton, mir kommt das Speiben, so lange du ein Geld nimmst, wird das nix. Musst dir zuerst selber helfen, selber was wert sein. Die Spontijungs sind also noch weniger was für mich als die zugeknöpften Ehemänner oder die rüschigen Balldamen. Das sag ich denen dann auch, zieh mir die Hose runter und schiff ihnen auf ihren scheiß Flokati, da schmeißen sie mich raus, mit Gewalt, brauchst gar nicht mehr wiederkommen, als wären sie nicht erst vor ein paar Monaten noch mit mir durch die Innenstadt spaziert, ein verlogener Haufen, lauter zugeknöpfte Integrationsschwestern. Der Zeitungs-Fritz rennt mir noch nach, die ganze Straße entlang, und will mir einen Zwanziger in die Hand drücken, aber was soll ich mit dem Taschengeld, was soll ich mit dem Mitleid, sicher nicht. Ich schlaf also weiter auf der Straße, keine große Sache. Wie lange das so geht, das kann ich dir gar nicht sagen, weil die Zeit ist mir wurscht, aber kurz ist es nicht, wenn du verstehst. Auf einer Baustelle find ich ein paar Styroporplatten, die zieh ich immer mit mir mit, auf denen schlaf ich, da wird mir nicht so kalt im Rücken. Meistens hau ich sie in den Vorraum von irgendeinem Häusl, weil ich bin einer der ersten, der

Arbeit und Freizeit vermischt. Nur krieg ich fast nie mehr Geld, damit ich den Arsch hinhalt, für meine Erscheinung zahlen mittlerweile nicht einmal die Grauslichen mehr. Jetzt rufen die Herren nur mehr die Polizei, und die kommt mit großem Trara und schmeißt mich raus, aber zumindest sperren sie mich nicht gleich ein, weil so kalt kann mir gar nicht sein, dass ich lieber im Häfen schlaf als auf der Straße. Und dann kommt der Erste, der mir ein bisserl ein Zeug hinhält. Und ich sag nein. Aber dann kommt der Zweite. Und der Dritte. Und irgendwann sag ich dann ja, aber glaubst, ich mach das zu Fleiß? Und wenn es mir besonders schlecht geht, dann setz ich mich am Ring in einen überheizten Proletenschlauch, wie mein Herr Papa immer zu den Straßenbahnen gesagt hat, und fahr im Kreis, bis mich ein Kontrolleur rausschmeißt, Hauptsache nicht stehen bleiben. Manchmal wecken sie mich auf, manchmal nicht, mir ist es wurscht. Zu der Zeit vermiss ich vor allem eins, dein Auto, das wunderschöne Auto, mit dem du mich immer rumkutschiert hast. Jetzt spazier ich zu Fuß auf den Kahlenberg, ein bisserl Sternderlschaun, aber dann muss ich wieder in die Arbeit, und das heißt: die allergrauslichsten Typen finden, die zahlen noch ein bisserl was. Und das Geld geb ich dann nicht für Essen aus, weil ich halt das nicht aus, ich brauch ein bisserl Spaß im Leben, also marschier ich ins *Gasthaus in der Vorstadt*, dort tritt eine Band auf, die heißt genau wie dieses fade Buch, das du mir mal gegeben hast, in dem ein schöner Mann nicht älter wird. Und diese Band singt ein Lied: *Ein Mann und sein Boy*. Auf der Bühne sechs Burschen, eh fesch, fast nackt, aber viel Haut seh ich trotzdem nicht, so viel Schmuck haben die um. *Ein Mann und sein Boy*. Ich mein, das will ich wirklich nicht hören, weil ich weiß ja, wie der Boy enden wird. Der Boy ist sicher auch einmal so naiv gewesen wie ich. Wenn ich nicht zu feig bin, dann schleich ich mich ins Kino, dort ist es warm, immerhin. An einem arschkalten Abend seh ich im *Star Kino* einen Film, den ich nie wieder vergessen werde, so durchlöchert, krank und alt kann mein Hirn gar nicht werden: *Zerschossene Träume*. Der ist schon ein paar Monate alt, aber immer noch gut, genau wie ich. Zuerst ärger ich mich, weil da von einem Stricher erzählt wird, aber der kommt mir am Anfang total unglaubwürdig vor. Der Film erzählt von einem Kerl, der Polizist werden will, aber auch auf Männer steht, also großes Drama, so weit, so vorhersehbar. Aber dann kommt er in Kontakt mit einem Nachtclubbesitzer, der irgendwie auch in der Unterwelt herumarbeitet, so genau kapier ich das nicht, auf jeden Fall muss der Möchtegernpolizist nicht nur mit dem Nachtclubbesitzer pudern, sondern auch mit einer Frau, und das will der Kleine irgendwann nicht mehr, also das ganze Sexzeugs, weil da gibt's dieses unschuldige junge Mäderl, du verstehst jetzt schon, warum mir eigentlich das Geimpfte aufgehen müsste. Und wie kommt er aus dem Schlamassel wieder raus? Na mit einem Rundumschlag, Schießerei, Geiselentführung, Terroranschlag, das ganze Trara, und das gefällt mir dann wieder. Aber nicht nur das, ich denk mir die ganze Zeit, ich sollt mir auch eine Puffen besorgen, aber wem mach ich was vor? Ich könnt eh nicht abdrücken, ich will ja nur in ein warmes Bett. Aber bevor ich weinerlich werde, lieber weiter, weil irgendwann komm ich dann doch für ein paar Wochen in den Häfen, weil ich nicht aufpasse, ein blöder Fehler von mir, mehr nicht. Und das hab ich mir auch schöner vorgestellt, eingesperrt mit ausgehungerten Männern, aber solche Phantasien sollte man ja meistens besser im Schädel lassen. Die Polizisten, die sind schon ungut zu mir, kannst dir eh vorstellen. Und einer von denen weiß sogar, wer ich bin. Stellt sich raus, du hast doch recht gehabt, die haben die ganze Zeit gewusst, wer ich bin und was ich tu und wo ich meine paar Schilling verdien. Nach ein paar Tagen bin ich wieder draußen, was wollen sie schon von mir? Ich hab kein Geld und auch sonst nix mehr. Und wo übernachte ich? Wieder auf einem Häusl, mir fällt nix Besseres ein. Im November wird eine Hur tot gefunden, draußen in der Leopoldstadt, unter einer alten Matratze, da krieg ich es schon mit der Angst. Keiner weiß, wie die heißt, und so will ich nicht enden, als namenlose Hur, bei der nur die Polizei die Daten kennt. Ich will mich nicht mehr verstecken, das ist zu gefährlich. Ich hab mich zu lange nur treiben lassen, es war ja auch bequem bei dir, es wird Zeit, dass ich selber was mache, meinen Arsch hochkriege. Ich will nicht weiter nur ruhig am Häusl schlafen, wo manchmal die Männer über mich drübersteigen, nur um zu schiffen oder einem schöneren Burschen einen runterzureißen. Es dauert nicht lange, bis ich eine Idee hab, weil ein helles Köpfchen bin ich schon immer gewesen.

Ja genierst dich denn gar nicht? Der Satz von meiner Frau Mama, vielen Dank dafür, weil wegen dem Satz hab ich meine Idee. Ich genier mich nämlich immer noch nicht, jetzt noch weniger als sonst. Es gibt nix zum genieren, ich will mich nicht selber unter einen Teppich kehren, ich will, dass man mich endlich sieht, dafür bin ich ja irgendwann einmal nach Wien gekommen. Und ja, klar bist du auch schuld, weil das hab ich schon von meinen Eltern nicht hören wollen, dass ich mich verstecken soll, aber von dir hab ich es gar nicht ausgehalten. Und drum will ich eine große Feier machen, ein Logenfest auf dem Naschmarkthäusl. Was soll schon passieren?

Werden sie mich noch einmal einsperren? Dann hab ich wenigstens gratis Kost und Logis, mittlerweile würd ich das sogar nehmen, nicht mehr dagegen kämpfen. Sie wollen mir die Arbeit wegnehmen und die Wohnung? Viel Glück, nix von dem besitz ich. Ich weiß, das, was ich vorhab, muss ich allein organisieren, und damit mein ich: ganz allein. Ich sitz ja eh schon zwischen allen Sesseln, und dort ist es alles andere als bequem. Die einen wollen nur ihre Bälle feiern, ein bisserl pudern und sonst ihre Ruhe haben, die anderen sind auf große politische Arbeit aus, schwingen supergescheite Reden, helfen einem aber nicht, denen ist das, was ich plane, sicher zu stinkig, ekelhaft und räudig. Also los geht's, worauf warte ich noch? Aus einem Faschingsgeschäft stehl ich die Girlanden und eine Hunderterpackung Ballons, über die Anzahl mach ich mir keine Sorgen, Blasen ist schon immer meine Stärke gewesen, dem Verkäufer verdreh ich beim Herumlaufen ein bisserl die Augen, so glaubt er, dass die Beule in meiner Hose sein Verdienst ist. Von den Baustellen an der Wienzeile lass ich ein paar Styroporplatten und Kartonagen mitgehen, in der Nacht fallt es garantiert niemand auf, wenn ich da rumklettere, und Stifte und Farben stehl ich, wo ich sie finde, meine Kabine am Häusl geht bald über vor Zeug, so geschickt bin ich, aber ich versperr sie von draußen mit Draht und häng einen Zettel auf, *Wegen Überflutung gesperrt*, da traut sich nicht einmal der dreckigste Stricher rein, weil ein kaputtes Scheißhaus vertreibt dir den notgeilsten Kunden. Und dann beginnt die eigentliche Arbeit: Flugblätter schreiben. Ich trau mich nirgends mehr rein, wo ich drucken oder kopieren könnt, ich will von niemandem beobachtet werden, drum schreib ich hunderte Zettel einfach so, so viel hat meine rechte Hand nicht mehr gearbeitet, seit ich zwölf war. Zuerst denk ich, das schaff ich nie allein, weil hast du meine Finger gesehen? Dünne Knochen, bisserl blutig, aber dann reiß ich mich zusammen, wer soll mir schon helfen? *Großes Logenfest*, schreib ich drauf und dann noch den Namen vom Häusl und ein paar Slogans: *Raus aus den Häusln, rein in die Straßen. Freiheit für die Schwulen, Freiheit für die schwule Subkultur. Die Welt muss wärmer werden*, so ein Zeug, was mir halt einfällt. Und drunter: *Bringt euer eigenes Essen*, weil das will ich nicht auch noch zusammenfladern. Es kostet mich einen Tag und eine Nacht, die Zettel in der Stadt zu verstreuen, auf allen Logen auszulegen, an Fenster von Lokalen zu kleben. Will ich, dass du kommst? Na sicher will ich das! Du sollst ruhig sehen, dass ich mich immer noch für nix geniere, dass ich stolz bin auf das, was ich bin, was ich kann, was ich mache, warum auch nicht? Also schlüpf ich hinter einer alten Frau in dein Stiegenhaus, werf dir einen Zettel in den Postkasten, einfach so, schreib nur meinen Namen drunter, das schon, das sollst du gleich wissen, dass das von mir kommt. Und dann muss alles sehr schnell gehen, bevor wer was dagegen unternehmen kann. Noch in derselben Nacht wird dekoriert, es kostet mich Stunden, das Scheißhaus in eine Partylocation zu verwandeln, aber irgendwann bin ich fertig, irgendwann ist der versiffte Boden voller bunter Luftballons, irgendwann hängen Girlanden über der Pissrinne, und irgendwann, darauf bin ich besonders stolz, hängen Plakate an den Wänden, die ich selber gemalt hab, mit den Slogans von den Flugzetteln. Über die Neonröhren hab ich bunte Tücher gehängt, warmes Licht für warme Brüder. Warum ich mir die Arbeit antue? Na deswegen! Und dann tauchen tatsächlich die ersten Warmen auf, bringen Sekt und Chips, Plastikbecher und eine alte Schwulette sogar ein Brot und selbstgemachten Aufstrich, aber weggehen tun nur die

Getränke, zum Essen stinkt es dann halt doch zu sehr, da hilft auch der stärkste Raumspray nichts, aber bitte, das kann ich nicht ändern, also sei stolz drauf, das ist jetzt mein Motto, weil dieser Gestank gehört uns und uns ganz alleine, den kann uns niemand wegnehmen. Und so bin ich also stolz auf den Gestank, ich kann es niemandem sagen. Immer größer wird das Ganze, immer mehr Leute kommen, und endlich auch ein paar Heten, die schauen wollen, was da so passiert. Zuerst red ich noch mit den Besuchern, schüttel Hände statt wie sonst Schwänze, aber dann komm ich gar nicht mehr nach, so viele Männer drängen rein. Also klopf ich gegen die Pissrinne, Achtung, Achtung, stell mich hin und halt doch wirklich eine Rede: Schwuler Sex ist für uns immer eine Schweinerei, schrei ich über die Schädel der Gruppe, es ist halt das Erste, was mir einfällt, ich hab mir ja im Vorhinein genau nix überlegt, und dann weiter: Wir trauen uns nicht, bei Tageslicht wen anzureden, aber das muss aufhören. Wir wollen schwul sein, und zwar so schwul, wie wir wollen, und nicht so, wie wir sollen. Das ist ein schöner Ort, so ein Häusl, sollen ruhig alle hereinkommen, diese Heimlichtuerei geht uns doch auf den Arsch, oder nicht? Lasst die ganze Welt durchs Arschloch hinten rein. Irgendsowas rede ich, ich bin ganz aufgekratzt, dass mir sowas Gescheites einfach einfällt, und dass ein paar von den Typen die Augen rollen, ein bisserl komisch schauen, dass es Zwischenrufe gibt und nicht allen gefällt, was ich da mache, geschenkt. Ich mein, wie ich mit dir in der Oper war, da haben sie den einen Sänger auch niedergebrüllt, dabei hat mir grad dem seine Stimme gut gefallen, also: Große Kunst hat immer Feinde, und das hier, jetzt übertreib ich vielleicht ein bisserl, ist auch große Kunst. Zumindest so fad wie die zehn Stunden Oper ist es nicht. Und wie ich da so steh und red, da seh ich dich auf einmal. Du hast dich draußen platziert, durch die offene Häusltür kann ich dich erkennen, hast die Arme verschränkt und schaust ganz streng, ich proste dir zu, das kann ich mir dann doch nicht verkneifen, da schüttelst den Schädel, als tät eine Spinne in den Haaren sitzen, so angeekelt. Brauchst gar nicht so tun, als hätten wir uns nicht da herinnen kennengelernt, auf der Promenade, oder streitest das jetzt ab, schämst dich für das auch? Ich will dir was zurufen, da drehst dich um und rennst davon, als wär ein Monster hinter dir her. Na davon darf ich mir die Stimmung nicht verderben lassen, weil wir haben ja eigentlich eine Hetz. Leute singen, wahrscheinlich, weil sie angesoffen sind, aber Hauptsache Musik. Andere kommen in Kleidern wie für den Opernball, ziehen sich aus und tanzen im Mieder, es ist besser, als ich es mir vorstellen hab können. Aber, und na sicher gibt's ein aber, je mehr Leute kommen, desto mehr kommen auch welche, die gar nicht verstehen, was ich da geschaffen hab, die keine Freude haben an der kleinen Logenfeier, die mein Kunstwerk einfach nicht zu schätzen wissen, depperte Banausen. Und dann passiert, was eh passieren musste, nach nicht einmal zwei Stunden kippt die Stimmung, und nach nicht einmal zwei Stunden und zehn Minuten ist die Polizei da, sonst aber niemand mehr, weil sogar die tapferste Schwester die High Heels in die Hand nimmt und rennt, als der Satz fällt: Jetzt ruf ich euch die Kiberer. Steh ich also auf einmal allein da zwischen Liptauer und warmem Sekt, zwischen zerplatzten Luftballons und runtergerissenen Girlanden, aber ich steh eh nicht lang, bald sitz ich wieder, zum zweiten Mal in meinem Leben. Und dieses Mal sind sie im Häfen noch garstiger zu mir. Als ich zurück zur Loge komm, da les ich schon von Weitem: *Vorübergehend gesperrt.* Wohin jetzt? Es gibt kein Pech, wo es nicht auch ein Glück gibt, immerhin ist im Rathauspark noch eine Bank für mich frei, gar nicht so schlecht gelaufen, denk ich mir, auch wenn mich niemand hat sehen wollen, für eine kurze Zeit haben sie mich doch sehen müssen. Der Gedanke macht mich glücklich. Eines kann man mir nicht nachsagen: dass ich nicht das Positive in den Dingen sehe. Vielleicht ist Wien ja einfach zu klein für mich geworden. Das schießt mir in den Schädel, wie ich so daliege. Vielleicht bin ich einfach zu groß für diese Stadt. Ich hab aus meinem Dorf rausmüssen, wie es mir zu klein geworden ist, und jetzt muss ich halt aus Wien raus, da braucht man gar nicht sentimental werden. Ist das also meine letzte Nacht in dieser Stadt, denk ich mir, wie ich einschlaf, weil worauf noch warten? Ich bin ja niemand, der ewig über Sachen nachdenkt. Das Ziel wird sich schon finden, genau wie das Geld. Gute Nacht, deppertes, kleines Wien. Guten Morgen, große Welt.

Ich stell mich an die Wienzeile, Daumen nach oben, und warte. Es vergeht eine Ewigkeit und kein Auto hält an, ich mein, ich weiß schon, dass ich kein Hollywoodstar bin, aber so schiach schau ich auch nicht aus, dass man mich nicht zumindest ein paar Kilometer mitnehmen könnte. Ich riech an meinen Achseln, eigentlich eh nicht schlecht, bisserl faul vielleicht, aber ich werd mir schon nicht den Schweiß von der Lüftung trocken blasen lassen, was soll das? Irgendwann wird's mir zu deppert, da so herumzuwarten, da lauf ich zu Fuß stadtauswärts, meine alte Ledertasche um den Rücken geschwungen, schöne Erinnerungen eigentlich, meine Flucht nach Wien, jetzt liegt wieder Aufbruch in der Luft. Also Aufbruch und Abgase, die weht es mir nämlich um die Nase. Eigentlich ein guter Zeitpunkt, denk ich mir, um zu verschwinden, immerhin bin ich jetzt alt genug fürs Militär, und ich in Uniform, das kann ich mir zwar vorstellen, aber nur im Bett, nicht im Dreck. Nach einer Stunde oder zwei hält endlich ein Lastwagen an: Wo willst denn hin? Mir doch wurscht, Hauptsache weg. Und das wird ab jetzt mein Motto bleiben, sag ich mir: Hauptsache weg, Ziel egal. Der Lastwagenfahrer lässt mich also einsteigen und im Handschuhfach find ich eine Flasche Whiskey, da darf ich dann einen Schluck nehmen oder zwei, vielen Dank, guter Anfang in jedem Fall. Den Winter übersteh ich irgendwo im Süden, im Mai tanz ich mit tausenden Warmen in Madrid, von dort geht's weiter nach Barcelona, wieder sind die Warmen auf der Straße, also die, die nicht im Gefängnis sitzen. Als es mir zu heiß wird in Spanien, trampe ich woanders hin. In Paris nimmt mich ein Herr mit ins Theater und ich denk mir, so fad wie in der Oper kann's nicht sein und wirklich, spielen die komplett nackt, sowas wäre in Wien ein riesen Skandal. Die Franzosen, ich sag es dir. In Zürich spar ich mir einen Franken ab und spazier in eine Peepshow, da liegen Männer auf dem Drehteller, aber wenn du sie nicht essen darfst, was nützt die schönste Anrichte? Das erzähl ich dir alles nur, damit du nicht glaubst, ich hätt ohne dich keinen Spaß gehabt. Ich hab Dinge gesehen, da hätte sich Wien Augen, Ohren und Nase gleichzeitig zugehalten, von meiner Frau Mama und meinem Herrn Papa gar nicht zu reden. Zwei Jahre bin ich so unterwegs, aber eigentlich erinner ich mich an erstaunlich wenig, wenn ich ehrlich bin, und ehrlich muss ich da schon sein, weil irgendwann zu der Zeit bietet mir wieder einer was an, und wieder sag ich ja, aber dann frag ich: Was ist das, Shit? Na ja, wär nicht das erste Mal, dass ich Scheiße im Mund hab. Es ist jetzt keine große Überraschung, das mit dem Shit wird nicht das letzte Mal bleiben, ich werf ein, was ich zwischen die Finger krieg, es ist mir völlig wurscht. Darum erinner ich mich nicht nur an die Eskapaden, an das große Krawuri, ich erinner mich vor allem auch an Ausnüchterungszellen, an Notaufnahmen, an aufgekratzte Wunden, Eiter und Blut, an Risse im Arschloch, wenn ich wieder ein bisserl Geld verdienen musste, an Medikamente, die ich mir nicht leisten konnte. Immer wieder reiß ich mich selber an den Haaren: Jetzt sei nicht so ein Lulu, das ist die große, weite Welt, du musst nur den Schädel aus deinem Arsch ziehen, aber dann lande ich wieder irgendwo, wo man mir was hinhält, ich will das ja eigentlich gar nicht. Und so ist die ganze Energie, das ganze Kabumm vom Anfang, schnell wieder weg, ich verlier einfach meinen Elan, es wird alles so schwer, jede Zugfahrt, jedes Trampen, dann schlepp ich mich nur mühselig in die nächste Stadt, aber Spaß macht einfach gar nix mehr, nicht einmal in Barcelona, wo ich wieder hinfahr, wo die Burschen draußen feiern und ich nur am Busbahnhof in meiner eigenen Scheiße lieg, weil mein Arschloch nicht mehr dichthält, zumindest nicht ganz. Da glaub ich schon, dass ich abkratz, aber wenigstens ein schönes Lied will ich im Ohr haben, wenn ich schon sterb, ich werd ganz weinerlich, was vom Bowie, ich probier wirklich alles, aber was hör ich in mir drinnen? *Spaniens Gitarren* von Cindy und Bert, das ganze scheißverdammte Lied aus der Jukebox im Espresso im Ersten. *Ring, Digeding, Digeding. Ole! Ring, Digeding, Digeding. Ole! Ring, Digeding, Digeding, Digeding, Digeding. Ole! Spaniens Gitarren begleiten die Verliebte seit ewigen Zeiten. Spaniens Gitarren, die spielen, als ob sie mit den Liebenden fühlen. Spaniens Gitarren, die bringen alle Lieder der Liebe zum Klingen. Spaniens Gitarren verschönen uns die Stunden der Liebe mit Tönen. Spaniens Gitarren begleiten die Verliebten seit ewigen Zeiten. Spaniens Gitarren, die geben sie uns wieder, die Freude am Leben. Es muss Nacht sein, es muss Nacht sein, und da muss Musik sein. Es muss Nacht sein, es muss Nacht sein, dann kommt Spanien so spanisch dir vor. Und wir zwei machen vom Alltag mal Pause. Es geschieht endlich mal, was uns gefällt. Und wir zwei lassen die Sorgen zu Hause, denn es liegt Sonnenschein über der Welt. Si. Si. Si! Und wir zwei schweben in silbernen Fernen. Wir sind froh, dass es für uns sowas gibt. Und wir zwei tanzen den Tanz unter Sternen, denn wir zwei sind in die Liebe verliebt. Si. Si. Si!* Und da denk ich, zu so einem Schas geb ich sicher nicht den Löffel ab, außerdem geht's mir eh nicht so schlecht, ich hab mich nur reingesteigert, also hopphopp, keine falsche Müdigkeit vorschützen, auf und weiter. Nur wohin? Na wohin schon. Will ich dich wiedertreffen? Was weiß ich, ich weiß überhaupt nix zu der Zeit, und das ist keine Ausrede, ich hab wirklich keine Ahnung. Wahrscheinlich will ich dich wiedersehen, hast ja recht, weil mit dir hab ich die letzte glückliche Zeit in meinem Leben gehabt. Und so denk ich an Wien, die Stadt, die in meinem Schädel genauso kaputt ausschaut wie ich. Wo soll ich denn sonst hin, kannst mir das sagen? Einmal noch dorthin, dann schauen wir weiter.

Die Siebziger sind endlich aus und ich hab's gar nicht mitgekriegt, jetzt gehen die Achtziger los, für mich also wieder in Wien. Ich komm mit dem Bus am Reumannplatz an, bis nach München hab ich mich per Anhalter durchgeschlagen, aber dort schaff ich es nicht mehr, irgendwo am Straßenrand auf ein Auto zu warten, also stehl ich mir in der Innenstadt ein paar Münzen und Scheine zusammen, mit denen kann ich mir das Ticket leisten. Als mich der Bus in Wien ausspuckt, da erkenn ich den Platz gar nicht wieder, überall stehen Stände, Plakate und Transparente, ja bitte, was soll denn das? Ich also rein in das Krawuri, vielleicht lässt sich was abstauben, da springt mir ein Standl ins Auge: *Für eine neue Liebesunordnung*, steht da, und wirklich, es sind nur warme Schwestern, das erkenn ich sofort, wie ich näherkomm. *Es gibt keine Befreiung ohne Befreiung der Sexualität.* Das steht auf einem anderen Plakat. *Alles und jeder ist wichtig, nichts ist unwichtig.* Neben dem Stand ein Turm, hoch wie ein Schwanz, kein Wunder, dass der ein paar verklemmte Nazis aus dem zehnten Bezirk in Wallungen bringt, junge wie alte, aber die können schnell abgewehrt werden, ich bin ganz stolz auf die Schwestern, die das eigenhändig schaffen. Festwochen, sagt mir einer von ihnen, wie ich frag, was das soll, irgendwas mit alternativ, und alternativ war mir immer schon recht. Ich lass mich also auf ein Bankerl fallen, ein besseres Willkommensgeschenk hätt ich mir nicht wünschen können, und wirklich, die kommen mit allem zurecht, mit schimpfenden Wienern und depperten Touristen, es ist ein Anblick, aber dann, weil immer gibt's ein aber, dann kommt die starke Hand der Politik, und die ist nicht so einfach wegzukriegen. Die starke Hand hat die Form von einem Kran, der den Stand abtransportiert. Und weißt, was auf dem Kran steht? *Damit Wien sauber bleibt.* Sowas kannst nicht erfinden. Für mich ist das trotzdem ein großes Spektakel, ich renn zu dem Kran, reck die Faust in die Höhe, schimpf Zeter und Mordio, da fällt mir auf einmal ein Gesicht in der Menge auf, nur der Name nicht, mein Hirn ist so zerlöchert, es ist mir selber peinlich, bis ich mich doch erinner: der Hausbesorgerpoldi. Servus Poldi, schrei ich, er schaut gar nicht her, rennt immer weiter, ich seh nur seinen Rücken. Jetzt bleib doch stehen, Poldi, ich bin's, erkennst mich nimmer? Na ich schau auch anders aus, was? Das brüll ich, während ich mich zwischen den Leuten durchdräng, ihm nach. Da dreht er sich auf einmal um. Schrei nicht so laut, zischt er, die Polizei war bei mir zuhause und außerdem auf der Arbeit, glaubst, dass ich das brauch? Einen kleinen Stricher, der mir nachrennt wie ein hysterisches Hendl, dem sie den Schädel abgeschlagen haben? Na bumm, denk ich mir und vergess das mit dem Stricher, weil stimmt ja. Außerdem bin ich in dem Moment nur froh, dass ich kein Zuhause hab und einen Arbeitsplatz schon gar nicht. Es gibt jetzt sicher eine Stapo-Akte über mich, sagt der Poldi, aber warum soll mich dem Hausbesorgerpoldi seine Stapo-Akte kümmern, über mich gibt's sicher auch eine, und überhaupt ist ein Warmer ohne Stapo-Akte eh ein schlechter Warmer. Wie ich das sag, da verzieht der Hausbesorgerpoldi das Gesicht: Hast dich gar nicht verändert, er aber auch nicht, genauso wenig wie Wien. Ich will ihn noch hundert Sachen fragen, aber er drängt schon weg, will nix mehr mit mir zu tun haben, sind das denn Manieren? Ich frag ihn eh nicht nach dir, keine Sorge, wobei, ein bisserl tät es mich schon interessieren, was sich in den zwei Jahren getan hat, die ich nicht dagewesen bin. Frag ich also doch. Ja weißt denn das gar nicht? Nein, nix weiß ich, jetzt erzähl halt. Der hat geheiratet, sagt der Poldi. Na was, jetzt dürfen die Warmen in Wien schon heiraten? Habens immer schon dürfen, solang die Braut auch wirklich eine Frau gewesen ist. Der Schorsch hat eine Frau geheiratet? Und was für eine, wir sind alle erst vor ein paar Wochen bei der Hochzeit gewesen, eine Niederländerin, ein wunderschönes Weib, viel schöner als wir in unseren besten Ballkleidern, aber erzähl es nicht weiter. Das glaub ich nicht. Ist aber so. Der will nix mehr mit uns zu tun haben, das kannst dir gleich abschminken, der redet kein Wort mehr mit einer Schwester, als hätt es uns nie gegeben. In der Nacht, da kannst ihn noch manchmal auf den Logen finden oder hinter einem Busch, für ein schnelles Geschäft, die Natur ist halt die Natur. Aber sonst kann er uns nicht mehr brauchen. Vergiss den Schorsch, der ist ein verlorenes Kind. Magst nicht mit mir heimgehen? Dafür ist der kleine Stricher offenbar noch gut genug, aber ich will nicht. Was willst denn dann machen? Das weiß ich noch nicht.

So geh ich halt zu den Spontiburschen, ich frag rum und erfahr recht schnell, wo die sich jetzt treffen, weil irgendwo muss ich ja hin, und am Häusl will ich nicht wieder übernachten, da hätt ich ja gleich in Spanien bleiben können. Da sitzt er dann, der Zeitungs-Fritz, als wär nix gewesen, als hätt ich eh die ganze Zeit in Wien verbracht. Hilfst mir ein bisserl?, frag ich ihn, und er sagt ja, nimmt mich auf wie den verlorenen Sohn aus der Bibel. Ich verteil also Flugblätter in der Opernpassage, kopier Zeitungen, werf Postkarten ein, mit einem Wort: Ich verdien ein bisserl Geld, um ein normaleres Leben zu führen, was auch immer das heißt. Schlafen darf ich im Vereinslokal, da ziehen sie mir das Sofa aus, und es tut gut, sowas Weiches unterm Rücken zu haben, der bringt mich sonst um. Mein Zeug nehm ich immer noch, das ist eh klar, aber zumindest schaff ich es, ein bisserl weniger zu nehmen, kleine Schritte. Ein paar Monate nach meiner großen Rückkehr halt ich ein rosa Transparent zwischen den Fingern: *Befreit Eure Ärsche und Schwänze für den Frieden.* Sicher vier Meter ist das lang, eine ganze Gruppe von uns marschiert damit durch Wien, es ist ein schöner, heißer Tag, tut sich also doch was in dieser Stadt, weil bespuckt werden wir dieses Mal nicht mehr. Irgendwann im neuen Jahr, da demonstrieren wir vor dem Maria-Theresien-Denkmal, immerhin hat die Alte sechzehn Kinder gehabt, wenn keines von denen schwul gewesen ist, dann weiß ich auch nicht. Und mit unseren Müttern vertragen wir uns eh fast alle nicht, also passt es ganz gut, dort bei der Mama der Nation. So vergeht die Zeit, ohne dass ich groß an dich denke. Zu Neujahr 82 sitzen wir dann alle im Vereinslokal, ein paar Gläser warmer Sekt sind noch über, Partyhüte, in der Ecke das Geschirr vom Bleigießen, und drängen uns vor einem kleinen Fernseher zusammen, drinnen im Fernsehgerät der Musikverein, großes Orchester, schöne Leute im Anzug, das Neujahrskonzert, das hab ich bei meinen Eltern immer nur im Radio gehört. Ich hock mich also dazu, weil ich versteh zwar nicht, warum die wegen dem blöden Gedudel so aufgeregt sind, aber zumindest warm ist es, und sie schicken mich nicht weg, obwohl ich garantiert stinke wie ein Iltis. Jetzt geht's gleich los, sagt einer und lacht, dabei fiedeln die doch schon die ganze Zeit. Ruhig ist es, zwischen zwei Musikstücken, du kannst eine Stecknadel fallen hören, lauter Klassikfreunde hier, die Schwestern sind auch nicht mehr das, was sie einmal waren. Und wieder: Jetzt geht's sicher los, ausgerechnet bei der *Emancipierten*, na das haben sie sich gut überlegt! Aber dann gibt's erst einmal eine Pause in der Übertragung und die Schwestern rund um mich zucken alle aus, was haben die erwartet? Einen Orgasmus nur vom Fuchteln mit dem Dirigierstab? Ein Scheiß ist das, schreit der eine, das machen die doch sicher absichtlich, ich versteh gar nicht, wovon der labert, so sehr hat sich noch nie ein Mensch auf das Neujahrskonzert gefreut. Hoffentlich ziehen sie das durch, hoffentlich ziehen sie das durch, sagt ein anderer immer und immer wieder, und da platzt mir der Kragen: Ja, die werden schon weiterspielen, auch wenn es im Fernsehen nicht zu sehen ist, drehst halt das Radio auf! Da schauen mich die anderen an wie den ersten Menschen. Uns ist doch das blöde Konzert wurscht. Und warum regts euch dann so auf? Aber die sagen nix, drehen nur den Fernseher ab. Dusch dich mal wieder, ruft mir der eine hinterher, wie er nach draußen geht, und da lachen die anderen, aber so, dass es wehtut. Erst am nächsten Tag erfahr ich, was da losgewesen ist. Zwei Männer, einer von den Unsrigen, einer nicht, haben sich während dem Konzert pudelnackert ausgezogen, nur ein Mascherl haben sie angelassen, so viel Anstand muss sein, in Wien, beim Neujahrskonzert, und so sind sie dann auf die Bühne, ein Transparent in der Hand, ein rosarotes Dreieck: *Menschenrechte für Schwule*. Und wie mir der Zeitungs-Fritz das erzählt, er kennt jedes Detail, da denk ich mir zuerst, ich bin doch kein Chinese, für den man kämpfen muss, aber dann sag ich mir, hör auf zu jammern, die treten den Sesselfurzern zumindest mal richtig in den Arsch, und willst du das nicht auch? Die Zeitungen zerreißen sich das Maul über die Aktion, was will man mehr. Endlich gibt's mal ein paar, die sich was trauen, und warum bin ich da nicht dabei? Na kannst schon helfen, sagt der Zeitungs-Fritz, wie ich so herumjammer, und klar, das will ich, helfen. Und das tu ich dann auch eine lange Zeit.

Plakate kleben, weil ein schwuler Kandidat für die Alternativen antritt: *PoPoPolitik ist anders* steht da, und drunter: *Gloria*. Jetzt wollen wir schon Politiker werden, denk ich mir, statt der ganzen Politik in den Arsch zu treten. Ich tät das Parlament ja eher in die Luft sprengen, als dass ich dafür kandidiere, aber ich kleb trotzdem brav weiter, weil es bringt mir ein paar Schilling ein, und was weiß ich schon von Politik. Offenbar mischst du da jetzt auch mit, in der Politik, aber mehr ist nicht zu erfahren, die Schwestern halten dicht. Manchmal spazier ich an deinem Haus vorbei, schau rauf zu den Fenstern, aber ich drück nie auf die Klingel, ich schau nur aufs Schild, da steht noch dein Name, also könnte ich anläuten, wenn ich wollte, will ich aber nicht. Nur manchmal, wenn ich besoffen bin, in irgendeinem Lokal an der Bar sitz, dann erzähl ich von dir, aber da krieg ich immer ein schlechtes Gewissen. Ich schmück aus und lüg ein bisserl, übertreib maßlos. Die anderen Tunten rollen mit den Augen, werfen sich gierige Blicke zu, schnalzen mit den Zungen, das geht zu wie im Schulhof, wo jeder noch ein Detail ergattern will. Unter Paragraphenliesl kennt dich in Wien keiner mehr, vielleicht noch der Hausbesorgerpoldi und der Herzburli, aber die machen einen Bogen um mich, wenn sie mich irgendwo zu Gesicht kriegen, lassen nicht mit sich reden, nix zu machen. Paragraphenliesl, so haben sie ihn genannt, lalle ich weiter an der Bar, aber irgendwann heißt es, eine Tunte hackt der anderen kein Auge aus, aber dann wollen sie doch mehr über dich wissen. Das macht mir einen Spaß, über dich zu reden, ich geb es zu, aber trotzdem denk ich mir: Was sind das für lächerliche Tratschweiber, keiner von denen tät dich wirklich verstehen, ich versteh dich ja auch nicht wirklich, aber ich versteh dich zumindest auf die richtige Art und Weise nicht. Nur einmal verplapper ich mich im falschen Kreis, dein Name rutscht mir raus, weil ich was gezogen hab und sentimental werd, da fährt mir der Zeitungs-Fritz in die Parade: Sag nie wieder seinen Namen, so lange er uns nix tut, tun wir ihm auch nix, das ist in solchen Fällen die Abmachung, verstehst? Muss keiner wissen, dass das einer von uns ist, der es nicht eh schon von früher weiß. Der sitzt jetzt in seinem Ministerium und will nix mehr mit dir zu tun haben, kapier es halt, das sind andere Kreise als die unseren, schon gar als deine, oder willst ihm was Böses? Da schüttel ich nur den Kopf wie ein dummer Junge und halt von jetzt an den Mund, weil das will ich sicher nicht. Und nachdem du offenbar willst, dass keiner von deiner Vergangenheit erfährt und du allen Freunden von früher eingeschärft hast, nur ja niemand davon zu erzählen, kann man eh davon ausgehen, dass es längst die ganze Stadt weiß.

Da steht es, ein desolates Haus an der linken Wienzeile. In Großbuchstaben links von der Tür *ROSA* und rechts *LILA* und dazwischen, ein bisserl kleiner, *VILLA*, außerdem *Montag bis Freitag, 17 bis 20Uhr* und die Nummer, die ich nie vergessen werd, weil ich sie in den Jahren drauf so oft anrufe: *568150.* Gegenüber, über den Fluss und die U-Bahn, ein kleiner Park, den muss man sich zwar mit Viechern teilen, mit Tauben und Ratten, aber immerhin ist es windgeschützt, dort sitz ich also und freu mich über die rosa Farbe, mit der die Wand neben der Tür angemalt ist. Die Leute haben eine Heidenangst, dass wer in die Mauer kracht, hat mir der Zeitungs-Fritz erzählt, und alles nur wegen dem bisserl Rosa. Von mir aus sollen sie ruhig reinkrachen, sich einmal an uns Tunten die Schädel zerbrechen. Eigentlich hätte das Haus für eine Parkgarage abgerissen werden sollen, hat der Zeitungs-Fritz außerdem noch erzählt, na und das ist schon was, dass wir Warmen einmal einen stärkeren Arm haben als die Autofahrer. Haben wir unser Haus also doch durchsetzen können, denk ich mir, gut, dass es geklappt hat. Es ist kein schönes Gebäude, das da vor mir steht, aber zumindest ist es das unsrige. Aus den Fenstern hängen Luftballons, schlaff und traurig, immerhin bunt, also raff ich mich auf und geh auf die Tür zu, will mir selbst einen Eindruck verschaffen. Durchs Haustor rein, nach ein paar Schritten im Gang gehen Stufen nach oben, rechts die Tür von einem Mieter, Namensschild und alles, noch zwei Stufen rauf, links endlich der Eingang, davor eine Pinnwand mit Flugzetteln, am Gang überall Wackelfliesen. Nach hinten seh ich in den Hof, Dreck und Steine, Ziegel und Schutt, da dreh ich mich schnell wieder weg und mach die Tür auf. Roter Spannteppich, in der Ecke ein Gasöfchen zum Heizen, rund um die Fenster rosa ausgemalt, das Fauteuil schwarz, aber das Licht schön bunt, es hängen Plastikfetzen über den Neonröhren, das haben sie sich sicher von meinem Logenfest abgeschaut. Auf dem Fensterglas picken rosa Winkel, da schreckt's mich ein bisserl, ich denk sofort an unseren Ausflug nach München, aber dann steht der Typ hinter dem Schreibtisch auf, tätowiert, mit bunten Haaren, das gefällt mir, und streckt mir die Hand entgegen: Willkommen. Und es ist das erste Mal, dass wer willkommen zu mir sagt, also ist es ungerecht, dass ich ihm so grob antworte, aber es rutscht mir einfach raus: Was ist das da alles für ein Zeug? Aber, Gott sei Dank, er lacht nur: Na die Beratung. Aber wer soll mir schon was raten? Wie toll müsste der Mann sein, von dem ich mir was raten lass? Das *Warme Nest* hat auch geöffnet, sagt er, das ist das Kaffeehaus, wie er mir geduldig erklärt, weil ich nur blöd aus der Wäsche schau. Ich bleib nicht lange beim ersten Mal, aber ich komm immer wieder, weil im ersten Stock sind Wohnungen, da darf ich von Zeit zu Zeit übernachten, manchmal auf dem Sofa, manchmal auf dem Boden, egal wie, das Haus nimmt mich auf, so dreckig kann es mir gar nicht gehen. Dauerhaft wär das nix für mich, das bin ich einfach nicht mehr gewohnt, dafür ist es mir auch zu gemütlich. Das ist ein besetztes Haus und da erwartest dir doch Anarchie, Aufregung, Dauerbesuch von der Polizei, aber wenn dort wer die Polizei ruft, dann höchstens die ganzen Schwulen selber, weil sie mal wen in Uniform angaffen wollen. Von den Spontiburschen sind bald nicht mehr viele dabei, und das macht's noch gemütlicher, also eh gut, aber halt nicht nur. Die Stadt hat den Warmen das Haus ja geschenkt, wie ich lern, damit sie ihre Ruhe hat. Sogar das bisserl rosa Farbe haben die Konservativen gespendet, wie lieb von ihnen. Ich vergess halt immer, das hier ist nicht die große, weite Welt, das ist mein kleines Städtchen aus Watte. Aber was red ich blöd und undankbar daher, die Welt hat mir ordentlich eins über den Schädel gezogen, ich kann froh sein, dass ich mich hier verkriechen kann, dass ein paar Warme durchgehalten haben, für ein kleines Platzerl wie das. Drum marschier ich doch immer wieder einmal hin.

Wie schaust du denn aus? Der Zeitungs-Fritz schaut mich von oben bis unten an. Wieso, wie soll ich ausschaun? Na abgemagert, lass fühlen, Fieber hast auch. Ich mein, es stimmt schon, ich hab so einen ekelhaften Husten, aber der ist ja nur in mir drinnen, draußen schau ich immer noch super aus. Mach mal den Mund auf, sagt der Fritz, und das lass ich mir nicht zweimal sagen. Bist ja ganz entzunden, sagt er, das solltest dir anschauen lassen. Na von mir aus, ich fühl mich wirklich dreckig, ich hab keinen Kampf mehr in mir. Herpes, Tripper, Warzen, der Arzt liest Sachen vor und ich frag nur: Herr Doktor, was soll das sein, eine Bestellliste? Weil das hab ich alles, entweder schon mal gehabt oder jetzt grade. Der Herr Doktor nur weiter: Depressionen, Angst, Schuldgefühle? Und ich so: Ja, ja und wieder ja, mir wird vom ganzen Nicken schon richtig schwindlig. Stress?, will er noch wissen. Na ja, sag ich dann, haben wir das denn nicht heutzutage alle? Aber er versteht meinen Schmäh nicht, tastet mich nur ab und zapft ein bisserl Blut, stamperlweise. Wie er mich zu weiteren Tests schickt, wie er sich ausdrückt, so richtig gewählt, da kann ich es mir natürlich schon denken. Ich weiß eh schon, was mich erwartet, ist ja nicht so, dass man sich unter den Burschen auf der Straße nichts erzählt hätte von der neuen Schwulenseuche, aber in Wien, denk ich mir, in Wien doch nicht wirklich. Die gibt's doch nur in Amerika, dort gibt's ja alles. Hier in Wien gibt's nicht einmal ein ordentliches Schwulenlokal, wie soll es da eine Schwulenpest geben? Ich marschier trotzdem in die Ambulanz in den Neunten, vielleicht kann ich mich dort duschen. Gleich in der Nähe hat es noch vor ein paar Jahren wilde Feste gegeben, aber jetzt sitz ich im Wartezimmer und mir ist gar nicht mehr nach Feiern zumute, weil was, wenn doch? Was, wenn ich? Die nächsten Tage vergehen schnell. So schnell wie das Mittelalter. Aber irgendwann hör ich dann doch: Sie sind krank. Noch sagt keiner, wie die Krankheit heißt. Der neue Herr Doktor drückt mir eine Broschüre in die Hand: Hier, vielleicht hilft Ihnen das weiter. Ich sag nur: Schluck ich das oder verwende ich das wie ein Zäpfchen? Hören Sie auf zu blödeln und seien Sie froh, sagt er ganz ernst, dass es diese Broschüre gibt, die ist einzigartig in ganz Europa. Na schau einmal an, denke ich mir, wenn schon krank, dann fortschrittlich krank. Ich meine, in dem Fall hätt ich nicht unbedingt einer der ersten in Wien sein müssen, andererseits bin ich so zumindest irgendwo vorne mit dabei. Vor ein paar Jahren hab ich noch so ein deppertes Pickerl auf meiner Jacke gehabt: *Schwul sein ist sicherer als die Pille.* Und jetzt les ich die Broschüre, hatsch die nächsten Monate von Arzt zu Arzt, von Ambulanz zu Ambulanz, von Hautärzten zu anderen Spezialisten, weil keiner kann so wirklich was mit mir anfangen. Und irgendwann erzählt mir einer der unzähligen Ärzte von einer Studie, aber damit kann er mich mal, ich lass mich sicher nicht in eine Laborratte verwandeln, aber er gibt nicht auf, redet mir tagelang zu wie einer kranken Kuh, verspricht mir, dass das völlig anonym ist, anonym, dass ich nicht lache, das landet sicher in irgendwelchen rosa Kärtchen, damit sie was gegen mich in der Hand haben, die suchen sicher schon wegen anderen Sachen nach mir, aber dann geb ich auf, weil was soll das ganze Kämpfen, ich hab ja eh nichts mehr zu verlieren, offenbar nicht einmal mehr meinen Körper. Ich werd also zur Testperson, lass mir mein Blut zum wasweißichwievielten Male abnehmen, dann krieg ich ein Codewort und eine Codenummer, und wenigstens kommt mir das ein bisserl aufregend vor, wie beim Geheimdienst, dann macht sich das Blut auf die Reise, während ich mir einen Vortrag anhören kann, warum ich mich vielleicht angesteckt hab, dass ich andere nicht anstecken soll und dass der Test, wegen dem sie mir gerade meine Flüssigkeit abgezapft haben, eigentlich eh nix bedeutet, nicht wirklich, aber trotzdem. Wie Wissenschaft kommt mir das Ganze nicht vor, eher wie Rätselraten. Wie dann endlich der Befund da ist, sitz ich zwei Typen gegenüber, einer ist Arzt und der andere Sexualwissenschaftler, was immer auch das ist, aber es amüsiert mich, dass man jetzt sogar Ficken an einer Universität lernen kann. Und dann reden sie ein bisserl und dann steht also fest, was wir eh schon alle wissen, der Arzt, der Sexualwissenschaftler und klarerweise auch ich, aber wie sie es aussprechen, wie das Ganze einen Namen kriegt, da ist es dann doch was anderes. Im selben Jahr sagt mein altes Idol, der geliebte und vergötterte Bowie, dass es der größte Fehler seines Lebens gewesen ist zu sagen, dass er bisexuell ist, weil eigentlich ist er ein heimlicher Hetero und ich denk mir nur, geh scheißen, weil auf einmal ist das Geld von uns Warmen offenbar nichts mehr wert, weil vielleicht ein paar Viren dranhängen. Ich mein, so schnell wie ich hat noch nie wer sein Idol gekillt, das hat er auch später nicht mehr gutmachen können.

Ich klopf bei dir an die Tür und wer macht auf: eine Frau. Wer ist das, was soll das? Da fällt es mir wieder ein, nicht eine Frau, deine Frau. Jung, vielleicht so alt wie ich, schaut aber natürlich um einiges frischer aus, fast wie eine andere Generation, gut hast du es erwischt mit ihr. Sie bittet mich rein, immerhin Manieren. Wollen Sie auf meinen Mann warten? Und dieses Wort fahrt so arg in meinen Schädel, dass ich blöderweise nicke, dabei sollte ich eigentlich gleich wieder kehrtmachen, so schnell es geht, weil so falsch wie hier bin ich in meinem ganzen Leben noch nirgends gewesen, und das will was heißen. Stattdessen geh ich an deiner Frau vorbei in die Wohnung, die wirklich nicht mehr die unsere ist. Statt Tuntenbarock nur klare Linien. Es schaut aus, als hätte ganz Skandinavien in deine Wohnung gekotzt. Woher kennen Sie meinen Mann? Von früher, was soll ich auch anderes sagen. Waren Sie einer seiner Referenten? Schätzchen, schau mich an, ich mein, dafür fehlen mir jetzt echt die Nerven. Und wirklich, sie sagt nichts mehr, lässt mich durch die Wohnung wandern, allein, weil wenn ich eines mit Sicherheit weiß, dann, dass du dir keine blöde Frau aussuchst. Wenn deine Frau aber nicht blöd ist, dann weiß sie natürlich genau, woher wir uns kennen und lässt mich in Ruhe. Wie ich wieder zurück in den Vorraum komme, da streckt sie mir eine Tasse Tee hin. Trinken Sie, Sie sehen aus, als könnten Sie einen Schluck gebrauchen. Aber ich kann das jetzt wirklich nicht, so groß sind nicht mal meine schauspielerischen Fähigkeiten. Ich lass also Frau samt Tee und Wohnung hinter mir, knall die Türe zu und ruf noch »Entschuldigung« über die Schulter, den guterzogenen Burschen vom Land kriegt offenbar nicht einmal die Schwulenpest aus mir raus, dann lauf ich die Stiegen runter, direkt auf die Wienzeile, sollen die scheiß Autos halt bremsen. Ich schaff es nicht mehr in die Villa, ich schaff es nicht mehr zum Zeitungs-Fritz, ich pack es überhaupt nicht mehr, was für ein Dreck, was für ein verschissener Dreck, was hab ich denn auch gedacht? Wie blöd und naiv kann ein kleiner Stricher sein? Na offenbar sehr. Und so spielt es Tischtennis in meinem Schädel, mein normales Leben, das ich wollen hab, wie ich zurück nach Wien gekommen bin, mein Plakatekleben und Flugblätterverteilen und der ganze Scheiß, was für ein Unsinn, was für eine Lüge, ich muss wieder dreckiger werden, wo alle anderen offenbar Saubermänner geworden sind, so dreckig, wie mein scheiß Körper eh schon ist, nicht auf dem Sofa in der Villa vergammeln, dann lieber doch als stinkende, abgestochene Hur unter einer Matratze, ping-pong, ping-pong, so geht das hin und her, und mir ist wurscht, was irgendwer sagt, in meinem Schädel macht das Sinn. Und natürlich führt dieses Ping-Pong dazu, dass ich wieder dort lande, wo ich landen hab müssen, auf den Logen.

Du schaust nicht gut aus, sagst du und streichst mir über die Haare. Weiß deine Frau, wer ich bin? Du nickst. Ganz anders schaust du aus als wie in meiner Erinnerung. Rasiert, neuer Anzug, neue Frisur. Hat das deine Frau gemacht? Du schaust wirklich nicht gut aus, sagst du wieder, ohne meine depperte Frage zu beantworten. Nimmst du immer noch das ganze Zeug? Ich hab ja angefangen, damit aufzuhören, sage ich, ich hab schon seit Jahren damit angefangen, endlich aufzuhören, irgendwann muss das doch funktionieren, oder nicht? Aber einstweilen nehm ich es noch, weil dann fühl ich mich ein bisserl besser, und kannst du mir das wirklich verübeln? Du hast meiner Frau einen ganz schönen Schrecken eingejagt. Du musst dich testen lassen, sag ich nur. Hab ich schon, antwortest du. Trotzdem, ich bin nämlich krank. Mach dir keine Sorgen, sagst du, ich sicher nicht. Aber warum? Warum passiert überhaupt irgendwas? Irgendwo in meinem Plastiksackerl findest einen Pullover und den ziehst mir an, obwohl es eine scheiß Hitze hat, mir ist trotzdem immer kalt. Und der Pullover kratzt noch genauso wie damals, der ganze Dreck, das ganze Fett, nichts hat ihn weichgemacht. Willst mitkommen oder dableiben? Das fragst mich wirklich, und auf das hab ich keine Antwort mehr, also halt ich den Mund, nehm deine Hand und lauf dir hinterher, weil was soll ich sonst machen, ich hab ja keine andere Wahl mehr. Und auf einmal steht es da. Das hast du immer noch? Ja glaubst du denn, dass ich das jemals hergeb, ich bin doch kein Monster. Und das macht mich so glücklich, dass ich zum ersten Mal seit langer Zeit wieder lache und sofort einsteige, als du mir die Beifahrertür aufhältst. Ich schlaf ein, bevor du noch den Motor anstellen kannst, und wach erst Stunden später auf, aber nicht mehr im umgelegten Beifahrersitz, sondern unter einer dicken Tuchent auf einem Sofa in einer Wohnung, die ich nicht kenn, es ist auf jeden Fall nicht die deinige. Du darfst hierbleiben, sagst du, das ist meine Arbeitswohnung, ich pass auf dich auf, versprochen. Aber deine Frau? Meine Frau will, dass ich mich um dich kümmere. Aber du liebst sie doch? Ja freilich liebe ich sie. Na klar, eine Hete hat die Liebe, eine Schwester nur den Hass. Und so bleib ich in deiner Arbeitswohnung, schlaf am Sofa neben dem Schreibtisch, ich weiß nicht wie lange, ich krieg nicht viel mit zu der Zeit. Irgendwann ist wieder ein Silvester, wir schauen das Feuerwerk, hören die Pummerin und tanzen ein bisserl, musst du nicht zu deiner Frau? Am nächsten Tag bist du weg. Hab ich also Silvester gekriegt und sie Neujahr. Passt eh, ich bin das, was vorbei ist, und sie ist das, was kommt.

Du schickst mich zu einem Arzt, und der sagt: Jetzt brauchen sie uns nimmer vergasen, jetzt erledigt das unser eigener Körper. Ist der also einer der Unsrigen, na immerhin. Sogar einen Besuch beim Zahnarzt zahlst mir, und ich sag nur: Lieber solltest mir einen Besuch beim Frisör zahlen, schau nur, wie ich ausschau. Aber du meinst: Wennst keine Zähne mehr hast und nix mehr fressen kannst, dann fallen dir die Haare ganz von allein aus und die Haut wird noch schlechter. Also dackel ich zu der Adresse von dem Zahnarzt, die du mir aufschreibst, aber der will mich nicht behandeln, als er sieht, dass ich die Schwulenpest hab, also lauf ich den ganzen weiten Weg wieder nachhause. Am Abend erzähl ich dir, dass alles super gelaufen ist. Die nächsten Jahre muss ich alle vier Wochen auf die Station in die Wickenburggasse und meine Werte anschauen lassen. Und da sitzt er dann, eines Tages, einfach so. Ich seh die braunroten Flecken am Hals sofort, die kleinen Knötchen auf der Haut, er muss also nix sagen. Der Burschi. Es passieren einfach nur mehr traurige Sachen in meinem Leben. Dagegen muss ich was unternehmen, ich will keine alte Heulschwester werden.

Ich fahr mit der U-Bahn und hab jetzt auch ein lila Dreieck auf der Brust, lila, nicht rosa, weil rosa kann ich nicht ausstehen, da geht mich ein Typ blöd von der Seite an: Was ist, bist du ein Austria-Fan? Ich versteh nicht gleich, da reißt er mir das Dreieck runter und ich will es noch greifen, schon fang ich mir eine, sicher ein Rapidler. Du Trottel, fahr ich ihn an, das Dreieck heißt, dass ich schwul bin und die Schwulenseuche hab. Da wird sein Gesicht ganz weiß, er wischt sich die Hand mit einem Taschentuch ab, schaut mich an wie das, was er in der Klomuschel hinterlässt, und spuckt mir ins Gesicht: Vergasen hätten wir euch sollen, ekelhaftes Pack. Immer wieder dieses Vergasen. Ich denk mir: So geht das nicht weiter, so halt ich das nicht aus, so erstick ich, ich muss was machen.

Ich erinner mich an die Aktion auf dem Neujahrskonzert. Was die gekonnt haben, das kann ich schon lange, ich hab ja auch das Logenfest organisiert. Wenn ich jetzt eines hab, was ich damals nicht gehabt hab, dann das bisserl Verzweiflung. Aber nicht, dass du jetzt glaubst, ich sei plötzlich ruhig geworden oder so, da braucht es schon mehr als ein paar Viren. Ich bin immer noch angefressen, angefressen und wild. Immer wenn wer den Kopf schief legt, wenn wer die Augen verdreht oder mich mitleidig anschaut, dann krieg ich einen Grant, dann will ich losschreien, weil wenn ich eines nicht sein will, dann das arme, kranke Opfer. Also schrei ich los, so laut wie ich kann. Ich plane meine Aktion allein, weil wer hätt mir schon helfen sollen, die Integrationsschwestern von früher sicher nicht. Wie die alle krank geworden sind, da war es vorbei mit Sponti, eh klar. Ich stell mich also eines Tages ganz allein vor die Staatsoper, ich stell mich einfach hin und fang an zu tanzen. Vor mir ein Schild: *Ballett der Viren*. Dass ich einmal Ballett tanz, das hätt ich mir auch nie gedacht. Du schmeißt mich sicher wieder auf die Straße, wenn ich dir verrat, was ich da so aufführe, du mit deinem wichtigen Job, kannst ja keinen dahergelaufenen Pestkranken kennen. Ich erzähl es dir trotzdem, keine Lügen mehr. Was du da draußen machst, das ist mir mittlerweile egal, sagst du, und das kann ich fast nicht glauben. Früher, sagst du, da hätt ich dir was erzählt, nicht wahr, aber jetzt, wozu noch? Einmal, da mach ich sogar eine Aktion in der Oper, und dabei hilft mir das Wissen, das ich durch dich angesammelt hab. Ein paar Schilling und der Portier lässt mich in den Wandelgang, wo ich bis abends warte, bis die Vorstellung anfängt, versteckt hinter der Budel der Garderober. Dann schleich ich mich in eine Loge, die alte Dame da drinnen erschreckt sich so sehr, dass sie vor lauter Angst fast in ihre Handtasche kriecht, der Mann regt sich fürchterlich auf, aber der kann ohne die Hilfe von seiner Frau nicht einmal auf die Beine. Ich reiß also der Frau den Pelz aus der Hand und werf ihn Richtung Bühne, weil dort unten verreckt grad die arme Mimi vor lauter Kälte und sucht nach einem Muff. Jetzt bist du stolz auf mich, was? Hab ich mir den ganzen Unsinn wirklich gemerkt. Und wenn ich mit einem Mitleid hab, dann mit einer armen, kranken Seele, die auf der Straße verreckt und der niemand eine Arbeitswohnung zum Krankenlager herrichtet. Nach dem Muff werfe ich endlich auch die selbstgebastelten Flugblätter und schrei: AIDS-Mörder, AIDS-Mörder. Gut fühlt sich das an, wieder dazusein, und zwar nicht als Zuschauer, nicht als kleine Hure, der man die hohe Kultur bezahlt, sondern als dreckiger Kranker, der nichts zu verlieren hat. Wenn ich schon keine Bombe geworfen hab, als ich von daheim weggelaufen bin, den Fräcken und Abendkleidern im Parkett und sogar den Möchtegernbürgern auf dem Stehplatz, denen will ich eine kleine Bombe auf den Schädel werfen. Drum halt ich mir die Nase zu, sammle allen Schleim und alle Spucke ganz hinten in der Gurgel, zieh alles auf und zusammen, was meine ausgetrocknete Kehle hergibt, und rotz einen riesengroßen, grünen, stinkenden Pfropfen Dreck mitten ins Parkett. Und als der fliegt und fliegt, da bin ich so stolz wie ein Heteropapa stolz auf seinen Heterosohn sein muss. Gut, bei mir ist es ein stinkender, schiacher Sohn, aber Sohn ist Sohn, das kann man sich nicht aussuchen. Wenn der Pfropfen nur einen Typen da unten trifft, nur eine alte Tussi, die sich nachher fragt, Herrgott, bin ich jetzt krank?, dann kann ich meinen kleinen Anschlag schon als gelungen bezeichnen. Auf einmal sind alle leise, so leise wie bei einer Beerdigung. Da brüll ich nur: Was ist, seid froh, dass ich mir keine Ader aufgebissen und euch alle damit niedergemäht hab. Der Dirigent bricht ab, eine Schande eigentlich, weil die Bohème tät schon gut passen als Soundtrack zu meiner Aktion. Und natürlich will ich niemand krankmachen, natürlich tut es mir leid, wie ängstlich die alle nach oben glotzen, aber ich will doch nur, dass Leute wie ich einmal vorkommen, dass wir nicht dauernd vergessen werden. Auf einmal geht der Eiserne Vorhang runter, aber bis der unten angekommen ist, bin ich schon wieder draußen, vor der Loge stehen ein paar Billeteure, aber die haben eine solche Angst, wie sie meinen kranken Körper sehen, dass ich mich schnell an ihnen vorbei rempeln kann. Ich zieh mir die Kapuze ins Gesicht und renn in den ersten Bezirk rein, jetzt schon Fußgängerzone, wegen der Polizeiautos renn ich dorthin, aber bis die Polizei kommt sitz ich schon wieder in der Badewanne und zähl meine Lieblinge, die bunten Flecken, und bild mir ein, es sind ein paar weniger, gut so, sehr gut so. Du weißt natürlich, dass ich das war, wie du am nächsten Tag in der Zeitung drüber liest, aber du sagst kein Wort, schluckst deine ganze Angst runter, das hast du von mir gelernt, und jetzt bin ich einmal stolz auf dich. Einen Ärger mit dir krieg ich erst, wie ich eine Aktion im Parlament mach. Ich zeig beim Eingang meinen Ausweis, den ich immer noch besitze, das stört mich gar nicht, sollen die meinen Namen ruhig wissen. Der Aufseher biegt den Ausweis wie eine chinesische Akrobatin, drückt ihn auf den Photokopierer und schon bin ich erfasst, wieder mal. Ich krieg ein kleines Kärtchen und damit komm ich rein. Ich brauch ewig auf die Zuschauertribüne, aber irgendwann bin ich ganz oben. Und wieder: AIDS-Terroristen. AIDS-Mörder. Flugblätter aus der Unterhose gezogen, genug Platz ist ja, so abgemagert, wie ich bin. Selber geschrieben, alle. Besser ausschauen tät es freilich, würden da tausende fliegen, aber das hat meine arme Hand nicht geschafft. Segeln also vielleicht hundert runter, auch ein schönes Bild. Und du sitzt unten und schaust zu mir rauf, an das hab ich nicht gedacht. Aber ich kann auf deinen hübschen Arsch keine Rücksicht nehmen, mitgehangen, mitgefangen, und mitgehangen bist du sowas von. Ich hab einfach keine Angst mehr, nicht einmal vor dir, ich mein, Angst ist was für Angsthasen, nicht für mich. Wenn ich schon krepier, dann ohne Angst, dann laut und mit dem Geräusch von genau der Bombe, die ich in meinem kleinen Heimatort nie gezündet hab. Eine Bombe zündest mir nicht grad an, wie ich heimkomm, aber Feuer machst mir unterm Arsch. Ein paar Tage sitz ich danach wieder auf der Straße, bis du mich doch wieder zurückholst. Ich würd dich gern bitten, sagst du, dass du aufhörst mit solchen Sachen, aber das wird nicht passieren, hab ich recht? Du hast recht, und damit hat sich die Geschichte. Am 1. Dezember besetze ich das Gesundheitsministerium, aber dieses Mal bin ich nicht allein, dieses Mal bin ich mit einer Gruppe Spontiburschen dort, die das geplant und mich eingeladen haben, haben also doch noch ein bisserl Pfeffer. Die Ministerin sitzt da und schaut nur blöd. Dann sucht euch halt einen Partner, der nicht AIDS hat, sagt sie zu uns, das hilflose Ding. Von der Aktion hab ich dir sogar vorher erzählt, anders wär es mir dann doch zu heiß gewesen. Du hast nur gefragt: Und wenn es schiefgeht? Dann fliehen wir, ist schon alles geplant. Aber ein *wir* hat es natürlich nie gegeben und auch keinen Plan für eine Flucht. Sobald sie uns verhaftet hätten, wäre ich wieder allein gewesen, das war mir schon klar. Was geben dir diese Aktionen? Du willst mich wirklich verstehen, aber ich kann es dir nicht sagen. Ein bisserl eine Kraft. Das Gefühl, dass ich mich selbst noch in der Hand hab. Weil die Wahrheit ist: auslösen tun die Aktionen gar nichts. Hin und wieder steht ein bisserl was in der Zeitung, aber sonst riechst du nicht einmal ein Schas. Niemand wird aufgeweckt, niemand leitet eine landesweite Suche nach mir ein, niemand kümmert sich um mich und meine Aktionen und schon gar nicht um das Problem, das ich in die Welt brüllen will. Und ich trau mich nicht zu fragen, warum das so ist. Weil ich die Antwort eh weiß, weil jeder begreift, dass ich kein Terrorist bin, sondern einfach eine kranke, peinliche Gestalt, die eh bald sterben wird, Problem erledigt.

Eigentlich bin ja im tiefsten Inneren eh eine Sofaschwulette, und das wurmt mich am meisten. Ich will mit dir auf dem Sofa sitzen und meine Ruhe haben, aber irgendwas lasst mich nicht, ich will alt werden und weiße Haare kriegen wie alle anderen. Schad, dass du das nicht siehst, aber wie sollst du auch? Wie oft sagst du in der Zeit: Ich liebe dich? Aber ich glaub, stimmen tut es nur am Anfang, im ersten Jahr, wenn überhaupt. Irgendwann bin ich dann eh zu schwach für meine Aktionen. Einmal, noch im achtundachtziger Jahr muss das sein, da geh ich zu einem Vortrag, bei dem reden alte Schwule über die Zeit in der Illegalität, und da begreif ich erst, was ich für ein verzogenes Burscherl bin, immer schon war, aber jetzt ist es wahrscheinlich zu spät. Pudding wird gekocht bei dem Vortrag, zum nachher essen. Überhaupt kochen wir zu der Zeit dauernd Pudding, die anderen können das Zeug schon gar nicht mehr sehen, aber unsere Münder sind so entzunden, wir kriegen nix anderes mehr runter.

Und dann stirbt der Burschi, das erzählt mir die Sprechstundenhilfe beim Arzt so nebenbei, und dann sterben überhaupt alle, die ich noch kenn, nur du bleibst mir. Am Anfang krieg ich noch jedes Mal Angst, wenn wieder einer krepiert. Dauernd heißt es, der ist gestorben, der ist gestorben, das ist wie in der Geisterbahn, wo hinter jeder Ecke ein Skelett hervorhüpft, aber wie es eben ist in der Geisterbahn, irgendwann gewöhnst du dich dran und wartest nur mehr drauf, dass es vorbei ist. Aber es ist nie vorbei, es sterben immer weiter Leute, aber das alles überleb ich und weiß doch nicht, warum, weil fair ist das nicht, dass ausgerechnet ich überleb, der seine Medikamente immer noch und völlig selbstständig kreativ ergänzt, sagen wir so, Unkraut verdirbt nicht. Ich schluck die ganze Batterie an Medikamenten, wenn ich halt dran denke, das meiste ist eh, als würde man mit einem Panzer auf einen Schwarm Gelsen schießen, aber irgendwas muss treffen, weil ich leb noch und die anderen nicht. Neunundachtzig, da lauf ich in die Villa, da hat ein Künstler was ins Stiegenhaus gemalt, einen Schriftzug in eine Wandvertiefung, wie ein schwarzes Kreuz. *Gelegentlich des Todts* steht da, und da muss ich heulen, ich blödes Ding, nur wozu sollen die Tränen gut sein? Lieber geh ich ins Kaffee und hör ein bisserl Musik mit den anderen Schwulen. Jimmi Sommerville. *Never Can Say Goodbye*. Das hör ich so gern, weil mir der Name gefällt: Sommerdorf, das klingt gut und friedlich und auf einmal erschreck ich mich selber, weil aufs Dorf, das wollt ich doch nie, und friedlich sein schon gar nicht, ich werd doch jetzt auf meine kranken Tage nicht so eine Schwuchtel werden, die aufs Land zieht und Gemüsebeete anlegt? Aber dann denk ich mir, ach geh, gekämpft hast du eh genug, gekämpft hab ich wirklich genug, ich bin halt doch eine andere Generation. Das mit der Generation merk ich, wie es in Wien einmal ein Filmfestival gibt mit lauter schwulen Filmen. Die Burschen dort sind alle so viel jünger als ich. Einen Abend, da ist *Cruising* angekündigt, ein Film mit Al Pacino, der kann nicht schlecht sein. Und auch wenn sogar im Programmheft steht, dass das ein Film mit lauter Klischees aus den Siebzigern ist, so denk ich mir doch, na ja, war eh meine Zeit. Mitten im Film, da heult auf einmal einer und hört nicht mehr auf, er muss nach draußen gebracht werden, na da geht auch schon das Getuschel los: Der hat die Diagnose erst gestern gekriegt. Und das ist jetzt wirklich das Stichwort für mich zu gehen, weil wegen der scheiß Pest werd ich sicher nicht heulen, wenn ich mich stattdessen am Al Pacino aufgeilen könnt.

Ich muss dann selber auch einmal ins Krankenhaus, zum ersten Mal sogar ein paar Tage dableiben. Du kommst mich besuchen, Gummihandschuhe und Gesichtsmaske, über den Augen sogar eine Schutzbrille. Du schaust aus, als würdest du zum Schweißen gehen, nicht zum Krankenbesuch. Immer hab ich gedacht, dass ich länger leben werd als du, trotz der Krankheit. Ich wollt dir einfach den Anblick von mir als Totem ersparen. Aber jetzt lieg ich da und bin mir nicht mehr so sicher, dass ich das schaffe. Du schaust mich an und sagst: Ich wollt dich noch meiner Mutter vorstellen, du musst nur durchhalten, dann nehm ich dich mit nach Hause, versprochen, ich würde nämlich so gern wissen, was meine Mutter von dir denkt. Lange sitzt du dann nur da und sagst gar nichts mehr, schaust mich nur an, und das ist mir peinlich. Schiach bin ich nämlich, das erste Mal in meinem Leben. Und leid tu ich dir, das sehe ich an deinem Gschau. Liebst du mich? Das soll man nie fragen, ich tu es aber trotzdem, scheiß drauf. Ja, sagst du, aber ich glaub es dir nicht, und nach einer langen Zeit: Ich werd dir meine Mutter vorstellen, wirklich, es kann nicht sein, dass ihr alle so nebeneinanderher lebt. Na und wie willst ihr denn jemand wie mich erklären? Das weiß ich noch nicht, sagst du, aber ich kann nicht mehr anders, die Wahrheit kann ich ihr nicht sagen, das nicht, aber lügen will ich auch nicht mehr.

Das Aufeinandertreffen mit deiner Mutter muss ich dir dann doch abringen, und trotzdem löst sich was in dir, das merk ich sofort. Es geht mir schlecht zu der Zeit, ich kann einfach nicht mehr aufhören zu scheißen, und wie ich dann irgendwann aufhören kann, weil da einfach nix mehr drinnen ist in mir, da krieg ich es mit der Angst wie nie zuvor. Ich lieg im Bett und heul und die Tränen rinnen mir raus wie vorher die Scheiße. Und da stehst du in der Tür, angezogen, Mantel in der Hand. Wegfahren willst du. Bitte, lass mich nicht allein, brüll ich und erschreck selber, weil ich kling wie ein krankes Vieh. Ich greif deinen Arm, als tät ich absaufen, und lass nicht mehr los. Da nimmst mich mit, im gleichen Auto wie bei unserem ersten Treffen, immer noch. Deine Mutter schaut mich nur an und stellt keine Fragen, außer eine: Gehört der deiner Frau? Schau ich also doch so jung aus, dass ich ihr Sohn sein könnte, das gefällt mir. Du antwortest nix, und da hält sie auch den Mund. Sie streckt mir nur die Hand hin und ich drück sie, so fest wie ich kann. Und sie kocht für mich. Erdäpfel, wie mein Opa sie gemacht hat, damals im Wald, in der Glut vom Lagerfeuer. Die Erdäpfel ess ich und behalt sie drinnen, ein Wunder, es muss die Sentimentalität sein, die sie runterdrückt. Und dann schlaf ich ein, gleich auf der Bank, mein Körper kann einfach nicht mehr. Erst am nächsten Tag wach ich auf, da steht deine

Mutter schon vor der Abwasch, ganz alleine, die Hände nass, das Geschirr in einem riesen Stapel vor ihr. Lassen Sie mich helfen, sag ich, und zweimal lässt sie sich nicht bitten, die alte Frau. Darf ich die Kühe sehen? Ich weiß nicht, warum ich das frag. Wahrscheinlich, weil der Opa und die Oma auch Kühe gehabt haben. Kuh, sagt deine Mutter, ich hab ja nur mehr eine. Und die nicht einmal mehr für die Milch, die gibt ja keine Milch mehr, sondern nur für mich, damit ich nicht ganz allein herumsitz da am Hof. Ich warte also, während sie sich ein Kopftuch umbindet, und dann gehen wir raus, da steht die Kuh, ganz verlassen in dem viel zu großen Stall, und leid tut sie mir, dabei ist sie ja nicht unnötig, sie hat ja noch eine Aufgabe, immerhin. Ich stell mich zu der Kuh und schau ihr in die Augen und irgendwie ist mir, als tät sie mit mir reden. Na jetzt haben sie dir wirklich ins Hirn geschissen, sag ich mir, glaubst du doch tatsächlich schon, dass alte Milchkühe mit dir plaudern. Ich leg also die Hand auf die Kuh und streichel sie, aber dann werd ich wieder müde und deine Mutter merkt das, weil sie nimmt mich und geht wieder zurück in die Stube mit mir, wo du schon sitzt und wartest. Wir müssen zurück, sagst du, und das tut mir weh. Können wir nicht noch ein wenig bleiben? Nein, wir müssen. Da dreh ich mich zu deiner Mutter: Wir kommen wieder, versprochen. Ich nehm sie in den Arm und drück sie ganz fest, und schön ist das und gar nicht komisch. Und dann sind wir weg.

Du fängst bald danach an, dich zu verändern. Das erste Mal fällt mir das auf, da paradier ich mit ein paar anderen Schwulen durch die Innenstadt. Nur Menschen überall, eine riesen Menge, den Graben entlang, an den Touristen vorbei, an den Einkaufenden, langsam hin zur Pestsäule, wie passend.

Bekannte Gesichter, ein paar bekannte Ärsche von früher, dass die noch leben, aber na ja, die denken sich sicher dasselbe über mich, eine Handvoll Lesben und Schwule beim Treffpunkt, wenige noch, nur langsam wächst die Gruppe, hinter jeder Ecke kommt einer hervor. Luftballons und Transparente haben sie dabei, hupen und pfeifen und immer Bussi-Bussi, wenn man wen sieht, den man kennt, überall dieses Bussi-Bussi. Auf einmal rollen sie einen rosa Winkel aus, riesengroß. Ich trag ihn an einer Ecke und mit mir sicher zweihundert andere, so gehen wir los, den Kohlmarkt entlang, einer mit einem Megaphon an der Spitze, ich kann nicht reden, mein Mund tut mir so weh. Michaelerplatz, Spanische Hofreitschule, ein wunderbarer Lärm in der engen Gasse, Kaffee Sacher, staunende Heteros, Kärntner Straße, Stephansplatz, immer bunter und lauter, hier und da sperren Läden zu, Verkäuferinnen glotzen raus, und blöd ist das von denen, die hätten mit uns das Geschäft ihres Lebens gemacht. Zurück auf dem Stephansplatz stehen da ein paar Burschenschafter und reißen die Augen auf, als wir um die Ecke biegen, aber das reizt uns nur, uns noch mehr aufzuführen, noch mehr Lärm zu machen. Eine Ansprache gibt es, und fad ist die, dann wird der rosa Winkel wieder entrollt, das Tuch fliegt über unseren Köpfen, Musik, es ist so schön, fast wie früher. Und da seh ich dich, am Straßenrand. Dabei sollst du dich bei sowas doch nicht blicken lassen. Schön, dass du gekommen bist, sag ich, aber du schaust nur und sagst kein Wort, ganz in dich gesunken. Ich lache, aber dann schau ich dir tief in die Augen und merk: Du bist gar nicht wirklich da. Was ist mit dir? Nix ist mit mir, wieso? Kennst mich nicht? Ich streich dir über den Kopf, auf einmal schüttelst du dich: Was redest du denn für einen Blödsinn, freilich kenn ich dich. Du bist dann schneller weg als die anderen. Hinter mir die Klänge von Strauß Sohn oder Strauß Daddy, was weiß ich, immer wieder senkt und hebt sich der rosa Winkel, angenehm bei der Hitze, ich hab keine Orientierung mehr. Wir singen *We Shall Overcome,* und da wird mir dann doch ein bisserl schlecht, weil lieber hätt ich was Aufrührerisches gesungen, ich alte Politschwuchtel, aber wer hört schon noch auf mich. Wir schließen den Kreis, na scheiß drauf, ich nehm auch eine Hand.

Ich mach mir natürlich Sorgen um dich, aber du lässt nicht mit dir reden. Ich bin der, der sich Sorgen macht, wischst du alle meine Bedenken weg. Und dann machst du was, ich weiß gar nicht, wie ich das beschreiben soll, du überschreibst mir deine Arbeitswohnung, in der ich jetzt schon ein paar Jahre lang leb und in der du schon ein paar Jahre nicht mehr arbeitest. Wohnungseigentümer über Nacht, na wenn das mein Herr Papa wüsste, der tät Augen machen. Aber was sagt denn da deine Frau dazu? Gar nichts, die will von der ganzen Sache nichts wissen. Von der ganzen Sache mit der Wohnung? Nein, von *der* ganzen Sache, sagst du, und machst mit dem Arm einen Bogen, der sagt: von der Wohnung, von uns zweien, von allem. Ich soll nur schauen, dass es dir gut geht, sagst du, mehr nicht. Na mir soll es recht sein, so lang ich ein Dach über dem Kopf habe, das sogar mir gehört. Aber die Rechnungen zahlst du schon weiter? Aber natürlich. Und meine Frau, wenn ich nicht mehr kann, das hat sie versprochen. Ich kann mir schon vorstellen, was du meinst, aber wieder reden wir nicht drüber, du nimmst mich nur in den Arm, feiger Hund.

Hin und wieder erkennst du mich gar nicht mehr, und hin und wieder tust du dann so, als hätte sich nichts verändert. Es fällt mir wirklich nicht leicht, mich darauf einzustellen. Wenn du merkst, dass was anders ist mit dir, dann wirst du ganz wild. Ich versuch dann, dich in den Arm zu nehmen, aber das geht nicht, du schlägst um dich, unschön ist das. Deine Frau kümmert sich um dich, und das ist schön, dass du wen hast, so wie ich dich. Nur lässt sie dich irgendwann weniger zu mir, weil du dich immer so aufregst, wenn du mich siehst. Und freilich tut mir das weh. Ich versuch ja, dich mir zu erkämpfen, ich steh vor der alten Wohnung, heulend wie ein kleines Kind. Aber deine Frau hat eine Kraft, nicht nur körperlich. Und ich seh ja ein, dass ich dir nicht guttu. Es zerreißt mich, dass du mich nicht anschauen kannst, ohne dass in dir drinnen was verrücktspielt. Und denken tu ich mir: Eigentlich sollte ich der sein, der dahinvegetiert, aber mir geht es wieder besser, ich bin immer noch nicht gestorben, das schlechte Gewissen zerfrisst mich, mehr als wie jede Krankheit, ich tät gern an deiner Stelle krepieren, wenn ich könnte.

Um mich kümmert sich jetzt schon ein paar Jahre lang deine Mutter, ob du es glaubst oder nicht. Wir gehen spazieren, über die Felder. Und ich denk mir, schon peinlich, dass eine kranke, arme Schwester wie ich auf einem Bauernhof landet, ausgerechnet. Eine Schande eigentlich, aber was ist denn keine Schande? Ich erinner mich an früher, wie ich als Kind immer herumgelaufen bin, auf den Feldern und im Wald herumstrawanzt, weil ich mich dort weniger gefürchtet hab als wie zuhause. Wenn ich dann heimgekommen bin, dann hat es alleweil ein großes Donnerwetter gegeben, und das ist jetzt Gott sei Dank nicht mehr so. Nach dem Spazierengehen lege ich mich in dein altes Zimmer und deine Mutter steht draußen und horcht, so lange, bis ich einschlafe. Es tut mir gut, dass da jemand sein Ohr an die Tür drückt. Glücklich bin ich, was soll ich sagen, und deine Mutter auch. Also so glücklich, wie zwei Leute wie wir halt glücklich sein können. Sie kocht für mich, wäscht die dreckige Wäsche, ohne dass sie sich graust, wenn ich mich wieder einmal anscheiße, und manchmal schimpft sie auch mit mir, aber so, wie eine Mutter halt schimpft, so, dass du immer noch merkst, sie will dir nichts Böses. Ich arbeite gern mit am Hof, wenn es mein Körper packt. Wir stehen dann nebeneinander und richten was, reparieren, kümmern uns um das bisserl Gemüse. Nur reden, reden tun wir fast nie. Es gibt ja nichts, worüber wir reden müssten, wir können über alles Wichtige ganz gut schweigen. Ich komm mir vor wie ein kleines Kind, aber wo ich früher immer nur weg hab wollen, da geht es mir jetzt auf einmal gut. Deine Mutter lässt mich in Ruhe, wenn ich in Ruhe gelassen werden will, und das ist eigentlich fast immer. Und ich lass sie in Ruhe, wenn sie in Ruhe gelassen werden will, und das ist mindestens genauso oft. Manchmal, wenn es dir gut geht, kommst du mich nach ein paar Tagen wieder abholen, zusammen mit der Frau. Aber meistens bleib ich da, solange ich will. Wenn es dunkel wird, dann geh ich allein auf die Felder. Ich lauf herum und denk nach, über alles Mögliche. Über früher, über jetzt und über morgen, wie das sein wird, in ein paar Jahren. Nur einmal, da krieg ich vor lauter Nachdenken eine riesen Angst. Wieso soll mich deine Mutter bei sich behalten, wenn es dir wirklich einmal ganz schlecht geht? Sie kennt mich ja kaum. Ganz sicher wird sie mich rauswerfen, sobald du nicht mehr da bist. Und da denk ich noch weiter nach, ich kann die Gedanken einfach nicht abstellen. Ich denk an die Zeit im Ausland, an die Zeit auf der Straße. Eiskalt lauft es mir runter, von ganz tief drinnen kommt sie, die Angst. Fast schon zurück im Kuhstall bin ich, wie der Körper schließlich nachlässt. Ich geh zu Boden, kann nichts dagegen machen. Heulen ist das einzige, was ich noch hinkriege. Da kommt deine Mutter und sieht mich, und das ist mir mordspeinlich, das kannst mir glauben. Was die uralte Frau schon mitgemacht haben muss im Leben, Krieg und Nachkrieg, und jetzt hat sie ein heulendes Wrack in ihrem Stall, das auch noch. Aber sie ist gar nicht böse. Sie nimmt mich in den Arm und bringt mich ins Bett. Brauchst keine Angst haben, sagt sie, ich lass dich schon nicht krepieren, und dann steht sie wieder draußen vor der Tür und horcht. Immer ihr Ohr an der Tür, und schön ist das. Und so kommt es, dass ich immer noch lebe. Gut, ich würde mir jetzt kein Boxset von *Dynasty* mehr kaufen, aber immerhin bin ich noch da. Ich schau zwar scheiße aus, aber wen kümmert das noch? Vor ein paar Jahren, da haben sie das Werbeverbot für Homosexualität abgeschafft, und lass es mich so sagen: Ich wär eh keine Werbefigur mehr geworden, höchstens noch ein abschreckendes Beispiel, aber das heißt ja nicht, dass es das nicht wert gewesen wäre. Alt komm ich mir halt vor, in ein paar Jahren werde ich fünfzig, wenn ich das noch erlebe, aber ich fühl mich viel älter, innen drinnen. Und wie sagt man so schön: Im Alter wird man weise. Was für ein Blödsinn, im Alter wird man nur alt, sonst gar nix.

SARA

Ich dachte immer, wir hätten alles geklärt zwischen uns, alles besprochen. Aber das wirklich Wichtige blieb stets außen vor. Es schien so selbstverständlich. Dabei musst du Fragen gehabt haben, weiß Gott, ich hatte viele, aber es wäre banal gewesen, sie auch zu stellen. Man sagt uns niederländischen Mädchen nach, dass wir sehr ehrlich sind mit unseren Gefühlen, vielleicht sogar brutal. Wahrscheinlich hattest du einfach nur Angst vor den Antworten, zumindest ging es mir so. Meiner Erfahrung nach sind die besten Beziehungen die, in denen beide um die Lügen des anderen wissen, ohne nachzufragen. Und doch will ich jetzt endlich zu erzählen beginnen. Lass mich von den Männern in meinem Leben erzählen, vielleicht beantwortet das ein paar der nie gestellten Fragen. Warum ich dich in der Bar angesprochen habe, warum wir geheiratet haben, warum wir bis heute ein Paar sind, trotz allem.

Deine Sprache erinnerte mich von Beginn weg an meinen Vater. Sein Deutsch hatte ich übernommen, als kleines Mädchen in Amsterdam, dieses österreichisch gefärbte Deutsch mit dem weichen, langgezogenen Akzent, den liebevoll dahingenuschelten Endungen, diese charmante Sprache mit all ihren Ausnahmen, in die mein Vater unbewusst rutschte, wenn er aufgebracht war oder Zuneigung zeigen wollte, die Sprache, die mir immer nah sein wird, auch wenn Niederländisch meine Muttersprache ist. Die Vatersprache hat sich in mir festgesetzt und lässt mich nicht los. Und weil du damals auch so ein österreichisches Deutsch sprachst, kein Wienerisch, sondern dieses ländliche Etwas, fühlte ich mich dir sofort verbunden. Jetzt kannst du natürlich sagen: Elektra-Komplex, aber gerade diese Oper konnte ich noch nie ausstehen, durfte keine der darin enthaltenen Frauenrollen je singen, also sei bloß still.

Mein Vater galt lange als der wichtigste, sicher aber der bestvernetzte Bankier in den Niederlanden, er war eine Institution und saß in Aufsichtsräten und Unigremien, hatte Geld und, viel wichtiger für einen Mann seiner Herkunft, Macht, sowie, am allerwichtigsten, gesellschaftliches Ansehen. Und das, obwohl er nicht in die holländische Gesellschaft hineingeboren war, sich seinen Platz erst hatte erkämpfen müssen. Sein Ansehen war ihm zentral, er hätte nie etwas getan, um das Bild, das er an der Seite meiner Mutter in der Öffentlichkeit von sich erschaffen hatte, zu stören. Im Gegensatz zu meiner Mutter war er stets korrekt, leistete sich keine Eskapaden, sah im Gegenteil seinen privaten Lebensinhalt darin, die Eskapaden meiner Mutter ebenso erfolgreich zu managen wie seine Bank, denn er liebte sie, Bank und Mutter, so unterschiedlich sie auch waren.

Eine der ersten Erinnerungen an meinen Vater gilt genau dieser stoischen Liebe zu meiner Mutter. Es muss eine Dinner Party gewesen sein, bei der man mich früh zu Bett gebracht hatte. So früh, dass ich nicht schlafen konnte, mich schließlich aus dem Zimmer schlich und vom oberen Treppenabsatz aus die Festgesellschaft beobachtete, die sich in Wohnzimmer und Vorraum sammelte, Gläser in den Händen, bunter Schmuck, der im Licht der Kristallleuchter glitzerte, Abendroben überall.

Meine Mutter jedoch, die ich nicht aus den Augen ließ, die ich durch die Holzsprossen hindurch beobachtete, war nicht wie die anderen Frauen, die sich in ihren wunderschönen Kleidern kaum bewegten, wie Statuen im Raum standen, um bewundert zu werden. Meine Mutter rannte durch die Menge, packte Schultern und Hüften, schien fast zu tanzen. Mein Vater war immer an ihrer Seite, ohne ihr allzu offensichtlich zu folgen, nahm sie in den Arm, wenn sie zu fallen drohte, lächelte, wenn sie fremden Männern Küsse zuwarf, versorgte sie mit Wasser, wenn sie ihr Sektglas fallen ließ.

Das ist alles so furchtbar steif hier, hörte ich sie kreischen.

Ich weiß, aber mir zuliebe… Mein Vater. Kein böses Wort von ihm, stattdessen: Weil du mich liebst, ja?

Dann tanze wenigstens mit mir. Meine Mutter, laut, obwohl keine Musik gespielt wurde. Sie packte meinen Vater an den Hüften und stieß zahlreiche Gäste um, die Beine in den hohen Schuhen längst nicht mehr standsicher.

Mach bitte keine Szene. Mein Vater, immer noch nicht wütend, sondern liebevoll, ein Lächeln im Gesicht. Er küsste meine Mutter und sie hörte sofort auf zu tanzen, umschlang seinen Hals und klebte sich an sein Gesicht. Für das kleine Mädchen, das ich damals war, sah es aus, als versuchte sie ihn aufzufressen. Dann warf meine Mutter den Gästen entschuldigende Blicke zu, aber mit einem Zwinkern, das unmissverständlich klarmachte: Ist nicht ernst gemeint, wofür soll ich mich denn auch entschuldigen?

Obwohl ich damals nicht viel älter als fünf Jahre gewesen sein konnte, wusste ich bereits, dass ich mich für diese Mutter schämen sollte, obwohl sie mich doch tief in meinem Innersten faszinierte, mehr als mein Vater, der auch bei dieser Feier nur funktionierte. Irgendwann ging meine Mutter laut lachend zu Boden, mein Vater umarmte sie, zog sie mit seinem schmalen Körper hoch und brachte sie schließlich die Treppe nach oben, in das Elternschlafzimmer am Ende des Ganges. Im Vorbeigehen strich meine Mutter mir über den Kopf und ich roch den Alkohol in ihrem Atem, ohne zu wissen, was dieser unangenehm faszinierende Geruch war. Noch als Erwachsene konnte ich keinen Chardonnay trinken, ohne an meine Mutter zu denken. Harte Arbeit, mit so einer Erinnerung im Kopf betrunken zu werden.

Geh nach unten, sagte meine Mutter zu mir, feiere mit den anderen, sorge für ein bisschen Freude, wozu bist du denn sonst gut?

Sie lachte und stieß auf, ein paar Bröckchen Erbrochenes fielen auf den Holzboden, landeten in meinen Haaren. Meine Mutter versuchte, sie mit dem Saum ihres Kleides wegzuwischen, doch mein Vater fasste sie an der Hüfte, zog sie weg von mir.

Warte hier, befahl er mir mit strenger Stimme.

Erst nach langer Zeit kam mein Vater zurück, brachte mich zu Bett.

Deine Mutter ist, wie sie ist.

Ich nickte.

Aber sie liebt dich.

Ich blieb still.

Mein Vater strich seinen Anzug glatt, brachte die zerzausten Haare wieder in Ordnung, bevor er zurück zur Party ging, das stets tadellose Aussehen gehörte zum Bild eines hart arbeitenden, demütigen, niederländischen Protestanten, das er für sich und sein Umfeld erfunden hatte. Dabei konnte er die tief in seinem Inneren sitzende Lust auf barocken Prunk nur schwer in Zaum halten. Diese zeigte sich vor allem bei teuren

Dingen, die er nicht selbstverständlich besaß, sondern mit großer Freude präsentieren musste, was in den Niederlanden immer wieder irritierte, aber als Erinnerung an die ferne österreichische Monarchie auch belustigte Bewunderung auslöste. Er ließ mich ohne ein weiteres Wort des Trostes zurück.

Mein Vater war in die Niederlande geflohen, aber nicht wegen der Machtübernahme der Nazis, nur zufällig zur selben Zeit, auch wenn er diesen Zufall später in Amsterdam gerne besonders hervorstrich, sich zum Widerstandskämpfer durch Emigration stilisierte. In Wirklichkeit floh er nur vor seinen erzkonservativen Eltern, die zu ungeschickt waren, mit den neuen Machthabern Geschäfte zu machen, auch wenn sie es verzweifelt versuchten. Aber, wie sagte meine Mutter immer so schön, Not stinkt, und den Gestank meiner Großeltern mussten sogar die Hakenkreuzler gerochen haben. Meinen Vater, keine siebzehn Jahre alt, verschlug es über München, Straßburg, Brüssel und, weiß Gott warum, Nijmegen nach Amsterdam, wo er sich mehr schlecht als recht über Wasser hielt, bevor der Krieg zu Ende ging, von dem er Kraft seiner Fähigkeit zur Verdrängung nicht allzu viel Schlimmes mitbekommen hatte, das dauernde Verstecken eher Spiel als existentielle Notwendigkeit. Andere hatten es schlimmer erwischt, aber auch das verdrängte er, krempelte die Ärmel nach oben und fing an zu arbeiten. Mit unzähligen kleinen Jobs verdiente er sich das Geld für sein Wirtschaftsstudium, er arbeitete hier und da, sagte Tätigkeiten je nach seinen Vorlesungen zu und schnell wieder ab. Mal kellnerte er, mal schleppte er Kisten in einer Fabrik, er war sich für nichts zu schade. Wenn er später für seinen österreichischen Pomp kritisiert wurde, verwies er gerne auf diese Zeit. Die körperliche Arbeit war meinem Vater also nicht fremd, als er wenige Jahre nach Kriegsende endlich meine Mutter kennenlernte, eine aufstrebende Studentin und Mitarbeiterin in der Bank ihres Vaters.

Es war im Rahmen einer Feier, auf die ihn sein bester Freund mitgenommen hatte. Mein Vater nutzte damals jede Gelegenheit, Zugang zur besseren Gesellschaft zu finden. Als sein Freund ihm also von der Einladung in ein Grachtenpalais erzählte, ergriff mein Vater die Gelegenheit sofort. Er ließ keine Ausreden seines sich zierenden Freundes gelten, auch wenn der sich vor der steifen Abendgesellschaft ekelte. Schnell war ein Anzug geborgt, und auch wenn die Ärmel nicht saßen, mein Vater schon damals größer als alle anderen, tauchten sie schließlich doch einigermaßen ansprechend gekleidet bei den Eltern meiner Mutter auf. Mein Vater verliebte sich noch am selben Abend in das Mädchen, das er in der Küche kennenlernte, beide eine Zigarette im Mund, durchs offene Fenster rauchend, ohne zu wissen, wer dieses reizende Mädchen war, wie er später immer behauptete.

Unsinn, erwiderte meine Mutter dann stets. Dein Vater wusste haargenau, wen er vor sich hatte. Der Plan, mich anzusprechen, hatte schon existiert, bevor er noch die Wohnung betrat. Ich war ein Karriereschritt, nicht mehr. Mein Glück, dass er sich später in seinen Karriereschritt verliebte, sonst wäre unsere Ehe anders verlaufen. Lass dir gesagt sein: Auch eine Beziehung aus Berechnung kann glücklich enden.

Nach diesem ersten Aufeinandertreffen kratzte mein Vater sein letztes Geld zusammen, um ein paar anregende Verabredungen auf die Beine zu stellen. Natürlich war ihm bewusst, dass er der jungen und flatterhaften Frau an seiner Seite über kurz oder lang sein bescheidenes Einkommen nicht würde verschweigen können, aber er hegte die Hoffnung, dass sie sich dann schon hoffnungslos ihn verliebt hätte. Und wie alle Pläne meines Vaters ging auch dieser auf.

Meine Mutter war die einzige Tochter ihres Bankbesitzervaters, der, davon war mein Vater überzeugt, ihn als Nachfolger erst akzeptieren würde, wenn er seine etwas holprige Herkunft durch harte Arbeit ausgeglichen hätte. Meine Mutter bestätigte diesen Verdacht, und so kamen sie überein, sich vorerst heimlich zu treffen, bis mein Vater sein Studium beendet und einen Job ergattert, sich in der neuen Stellung etwas nach oben gearbeitet haben würde. Gut nur, dass meiner Mutter das Doppelleben leichtfiel, sie in der ersten Zeit sogar Freude darin fand, die Lüge der ungebundenen Tochter aufrechtzuerhalten. Irgendwann jedoch wurde diese Aufgabe immer schwieriger.

Meine Eltern, so sagte sie stets, fürchteten schon, ich würde als alte Jungfer enden. Oder als unglückliche Lesbe. Immer vertröstete ich sie, wenn von Männern die Rede war. Zu gerne hätte ich ihnen irgendwann den österreichischen Bauern vorgestellt, der mit ihrer Tochter schlief, doch dein Vater hielt mich davon ab. Der geeignete Zeitpunkt wird erst kommen, sagte er immer, da waren wir schon beinahe drei Jahre zusammen.

Nur eine Fähigkeit meines Vaters war größer war als die der Verdrängung: die der Hellseherei. Und so sollte er schlussendlich auch hier recht behalten. Irgendwann kam die Zeit, in der meine Großeltern anfingen, sich nach einem Schwiegersohn als Nachfolger für die Bankgeschäfte zu sehnen, denn meine Mutter kam als Frau dafür nicht in Frage. So wurde der Österreicher doch noch vorgestellt, die Transformation in einen angesehenen Niederländer dank jahrelanger Hilfe meiner Mutter komplettiert, das Studium beendet. Sein Können am gesellschaftlichen Parkett wurde in zahlreichen Treffen getestet, seine finanzielle Eignung mithilfe der Finanzexperten der Bank auf Herz und Nieren geprüft. Die fragwürdige Herkunft konnte schweren Herzens übersehen, die Heirat schlussendlich arrangiert und fachgerecht exekutiert werden, wie meine Mutter es ausdrückte.

Mit dem Ehevertrag in der Tasche konnte sich mein Vater endgültig in das ersehnte Großbürgertum retten, auch wenn dieses Großbürgertum auf eine etwas trübe holländische Gracht blickte anstatt auf die schöne blaue Donau.

Vor nichts sollte mein Vater von nun an mehr Angst haben als davor, dieses rettende Ufer wieder zu verlieren. Er arbeitete deswegen härter, war pflichtbewusster, ehrgeiziger und hartnäckiger als noch der holländischste Holländer. Bei seinen Mitarbeitern war er beliebt, weil er stets korrekt handelte, sie aber nicht durch Warmherzigkeit belästigte, weil er in allen Situationen einschätzbar blieb, ohne allzu langweilig zu sein. Er war konservativ und stolz darauf, gab sich streng, war aber ein herzensguter Mensch, wenn Menschen ihm die gebotene Unterwürfigkeit und Demut entgegenbrachten. Geschichte schreibt sich auch in die Köper ein, und so war der Körper meines Vaters immer schmal, der Kopf immer leicht nach oben gereckt, irgendwas zwischen Stolz und den Wunsch ausdrückend, es noch weiter nach oben zu schaffen. Er sah aus wie ein Taucher, der zur Wasseroberfläche steigt.

Selbst die gemeinsame Wohnung, direkt an der Keizersgracht gelegen, hatte er gegen den Willen meiner Mutter gekauft, um seine Repräsentationsgelüste zu stillen. Meine Mutter musste also aus der unscheinbaren Neubausiedlung am Stadtrand wieder ausziehen, die sie kurz nach der Hochzeit als Übergangslösung gemietet hatten und die den Eltern meiner Mutter immer ein Dorn im Auge gewesen war, wohingegen meine Mutter gerade das Geschichtslose des Neubaus zu schätzen gelernt hatte. Wo meine Mutter nach der Hochzeit und der Übernahme der größeren Bankgeschäfte durch meinen Vater endlich ein neues, ein anderes Leben wollte, gierte mein Vater nach nichts mehr als nach altem Prunk. Immer emsiger arbeitete er daran, noch weiter nach oben zu kommen, die hart erarbeitete Stellung nicht zu verlieren. Als genug eigenes Geld zusammengespart war, stand dann endlich der Umzug an die Keizersgracht an. Eine helle Wohnung wurde gefunden, ideal für Kinder, wie mein Vater sehr zur Überraschung meiner Mutter meinte. Meine Mutter behauptete bis zuletzt, den Ausschlag für die Wohnung hätte nicht dieser Platz für Kinder, sondern allein der Name gegeben, Heren- oder Prinsengracht klangen einfach nicht royal genug in den Ohren meines Zuckerbäcker-Monarchie-Vaters. Der Umzug fand, so wie üblich, mittels Flaschenzug durch die Fenster statt, was meinen Vater freute, weil die Nachbarn den Hausrat begutachten konnten. Meiner Mutter war das hochnotpeinlich, und mein Vater wunderte sich schließlich nur, dass die Amsterdamer nicht deutlicher gafften, als der Flügel nach oben gezogen wurde.

Du bist immer noch so österreichisch, sagte meine Mutter auch später noch gern zu meinem Vater und ließ dahingestellt, ob das als Kompliment gemeint war.

Eigentlich war mein Vater ja alles andere als ein kunstvoller Mann, aber in seinem Studierzimmer stand seit dem Umzug besagter Flügel, und manchmal, nach einer langen Dinner Party, wenn alle Gäste längst gegangen waren und meine Mutter nicht zu betrunken war, setzte er sich an selbigen und begleitete meine Mutter mit seinem etwas hölzernen, irgendwann während der Studienzeit erarbeiteten Spiel. Meine Mutter konnte zwar nicht singen, wollte es aber um alles in der Welt. Und dieses Wollen ohne Können war herzzerreißend für ihn, er weinte, während er Arie um Arie begleitete, während meine Mutter dazu jaulte, eine Florence Foster Jenkins der Amsterdamer Grachten.

Nun gut, so gehe ich denn,
So weit der Klang der Glocken reicht,
Bis hin zum weißen Schnee,
Bis zu den goldenen Wolken.
Dorthin, wo man die Hoffnung beweint,
Bis dort, wo man den Schmerz beweint!

Die Geierwally auf ihrem Gletscher, vielleicht ein Geschenk an die Herkunft meines Vaters. Ich selbst saß da schon am Ende der Treppe, einige Jahre zuvor geboren, und beobachtete meine Mutter, die im Singen plötzlich alles Aufgequollene verlor und wunderschön wurde, die Backen plötzlich rot vor Anstrengung, nicht vor Alkohol. Gemeinsam mit ihr tauchte ich in eine andere Welt ein, es faszinierte mich. Ich war froh, nur Zuseherin zu sein, wie aus dem Publikum auf meine Mutter und meinen Vater zu blicken, mein eigener kleiner Liederabend.

Die Nachricht der Schwangerschaft war eine Überraschung für alle Beteiligten gewesen. Nicht, weil meine Eltern sich nicht liebten, sondern weil sie sich so sehr liebten, dass sie kein drittes Wesen in ihrer Beziehung brauchten. Auf dem Papier waren sie natürlich die geeignetsten Eltern, die man sich vorstellen konnte. Sie waren glücklich miteinander, vielleicht hätten sie es dabei belassen sollen, aber immerhin war es ja nicht meine Schuld, dass ich zur Welt kam und ihre Zweieridylle zerstörte. Schon als Kind schoss mir der Gedanke durch den

Kopf, dass sie ohne mich glücklicher geblieben wären. Wenn ich sie belauschte, wirkten sie stets fröhlicher, als wenn ich dabei war. Sie waren einander genug gewesen, ein glückliches Paar, aber keine glücklichen Eltern.

Einmal, ich muss noch ein kleines Kind gewesen sein, war ein Besuch im Zoo geplant. Ich interessierte mich schon damals nicht besonders für Tiere, aber meine Mutter liebte es, stundenlang vor den Gehegen hin und her zu spazieren. Besonders verliebt war sie in das Vogelhaus. Ich fürchtete mich vor den Geräuschen und dem Flattern der Flügel, darum lief ich nach draußen und blieb vor dem Gehege der Flamingos stehen, um auf meine Eltern zu warten. Gefühlte Stunden vergingen, doch meine Eltern kamen nicht, um mich zu holen. Später, als mich längst eine Mitarbeiterin des Zoos gefragt hatte, ob ich verloren gegangen sei, stellte sich heraus: Meine Eltern hatten mich schlicht vergessen, hatten gar nicht bemerkt, dass ich nicht mehr an ihrer Seite war. Sie begrüßten mich mit einem Handschlag und den Worten: Wohin bist du nur so lange verschwunden? Das Kindermädchen wurde wenige Wochen nach diesem Vorfall eingestellt. Wenn meine Eltern ab nun mit mir unterwegs waren, galt meine ganze Aufmerksamkeit dem Kindermädchen, das von Zeit zu Zeit wechselte, mich jedoch stets liebevoll betreute. Meine Eltern würdigten mich oft stundenlang keines Blickes und wurden nur hinzugerufen, wenn es eine wichtige Entscheidung zu fällen gab, die das jeweilige Kindermädchen sich nicht allein zu treffen traute. Meine Eltern behandelten mich gut, es gab kein lautes Wort, keinen Grund zur Klage. Es gab aber auch nichts Liebevolles. Selbst wenn abends gekuschelt wurde, musste Juffrouw, wie ich das Kindermädchen zu nennen hatte, alles vorbereiten, damit meine Mutter sich nur zu mir ins Bett zu legen brauchte. Das Kuscheln selbst war weniger körperliche Nähe als langsames, mechanisches Streichen über den Kopf, während gleichzeitig mit Juffrouw die Tätigkeiten des nächsten Tages besprochen wurden.

Die einzigen Momente, die meine Mutter und mich wirklich verbanden, waren unsere gemeinsamen Besuche in der Oper, an denen mein Vater nicht teilnahm, Arbeit vorschützend. Stets kaufte sie eine ganze Loge, um von anderen Menschen nicht gestört zu werden, bereitete den Besuch schon Tage vorher mit den entsprechenden Schallplatten vor. Stunden vor unserer Abfahrt Richtung Opernhaus wurde ich in ein kleines Püppchen verwandelt. Meine Mutter, die sonst keinen Wert darauf legte, wie ich gekleidet war, die diese Entscheidung liebend gerne Juffrouw überließ, fand plötzlich Freude daran, Kleider für mich auszusuchen, das perfekte Outfit zusammenzustellen, beim Anprobieren über ihr Leben zu erzählen. Ich liebte dieses Ritual, anders als die tatsächlichen Aufführungen. Mir kam alles falsch vor. Warum mussten die Menschen singen? Warum war das Dorf aus Pappe? Warum sah man die schwarz gekleideten Techniker in den Kulissen?

Du hast recht, flüsterte mir meine Mutter zu. Das ist alles falsch, es ist alles Lüge. Die Geschichten, die Kulissen, die Schminke, die Frisuren. Aber gerade das macht es ja so großartig! Du kannst alles glauben, weil alles gelogen ist.

Meine Mutter war es dann auch, die mich für den Gesangsunterricht der Schule anmeldete. Zuerst weigerte ich mich, doch nach den ersten Einheiten spielte ich die Abneigung nur mehr, freute mich insgeheim auf die Stunden. Singen nahm mir die Einsamkeit, denn ich fühlte mich zu diesem Zeitpunkt immer einsam. Meine Eltern behandelten mich wie eine Erwachsene und in der Schule fand ich keinen Anschluss. Nur das Singen im Schulchor machte mir Freude, unter den anderen Stimmen fühlte ich mich geborgen, war Teil von etwas Größerem.

Hör mal, sagte der Chordirektor, gleichzeitig auch mein Musiklehrer, eines Tages zu mir, du bist nicht schön. Du bist im Gegenteil sogar hässlich wie eine Dörrpflaume, ein richtiges Mannweib. Aber du hast eine Stimme wie ein Engel.

Und so kam es, dass ich bei meiner ersten Schulaufführung aus den Kulissen sang, während meine Klassenkameradin auf der Bühne stand und nur den Mund bewegte wie eine Bauchrednerpuppe. Der Chordirektor, der das Stück in Personalunion als Regisseur, Bühnenbildner und musikalischer Leiter einstudiert hatte, glaubte tatsächlich, dass niemand seinen Trick bemerken würde, er strahlte ob seines genialen Einfalles während der kompletten Aufführung. Verbeugen war für mich am Ende natürlich verboten, es hätte die Illusion zerstört.

Das musst du wirklich verstehen, sagte der Chordirektor zu dem weinenden Kind, das ich war, Kunst kennt keine Eitelkeiten.

Die Brutalität des Chordirektors formte mich ebenso wie die gnadenlose Ehrlichkeit meines Vaters. Bis heute mag ich keine Gefühlsduselei, nicht in privaten und nicht in beruflichen Dingen, und das habe ich von ihm. Bei einem Gesangswettbewerb der Schule hatte ich den zweiten Platz gewonnen, alle hatten sich für mich gefreut, mir kleine Geschenke gemacht. Und mit alle meine ich: meine Mutter und der Chordirektor. Nur nicht mein Vater, der blieb völlig unbeeindruckt.

Als Zweite bist du die erste Verliererin, sagte er.

Meine Mutter wies ihn zurecht, hoch erfreut, weil ich einen Erfolg eingefahren hatte.

Die Kleine wird Sängerin, beschloss sie.

Und das wollte ich: Sängerin werden, damit meine Mutter mir in der Oper zusehen konnte.

Ich will Sängerin werden!

Mein Vater saß in seinem Salon, dicke Bücher vor sich, eine Figur aus einer anderen Zeit, schon in der Nachkriegsgesellschaft ein Relikt.

Ach ja?

Nicht die Antwort, die ich erwartet hatte.

Glaubst du denn nicht, dass ich Talent habe?

Diese Frage ist ähnlich gefährlich wie: Liebst du mich? Frage nie nach etwas, wenn du die Antwort nicht ertragen kannst.

Findest du nicht, dass ich gut singe?

Das kann ich nicht beurteilen, ich gehe ja nie in die Oper.

Aber du begleitest Mama am Klavier.

Die Stimme deiner Mutter ist meiner ästhetischen Bildung in diesem Bereich nicht gerade zuträglich, wenn du verstehst.

Kannst du nicht einfach sagen, dass ich schön singe?

Endlich sah er mich an, aber mit einem strengen Blick, wie ich ihn nur kannte, wenn er mit seinen Mitarbeitern sprach, weil diese einen in seinen Augen bedeutenden Fehler begangen hatten. Was würde das schon bringen?, fragte er. Wenn ich dir sage, dass du ganz wunderbar singst, dann bedeutet das ja doch nichts.

Mir bedeutet es etwas, sagte ich trotzig.

Das sagt mehr über dich als über deine Stimme. Aber ich schlage dir etwas vor: Wir lassen es jemanden entscheiden, der es beurteilen kann, anders als ich, anders als deine Mutter. In Ordnung?

Und dann wirst du mich unterstützen?

Wenn dieser Jemand findet, dass deine Stimme es wert ist, unterstützt zu werden, dann selbstverständlich. Dann werde ich gerne in deine Stimmbänder investieren, was auch immer du dir wünschst.

Und wenn nicht?

Dann machst du es wie deine Mutter und suchst dir jemanden, der dir hinter verschlossenen Türen dennoch gerne zuhört.

Von meinem Vater habe ich die Ehrlichkeit gelernt, die mir später in unserer Ehe sehr geholfen hat. Man muss die Realität anerkennen und das Beste daraus machen, für diese Erkenntnis bin ich ihm bis heute dankbar, auch wenn es nicht leicht war zu hören, dass es dann wohl Zeit wäre, entweder den Babyspeck loszuwerden oder sich richtig fett zu fressen, das wären ja immerhin die zwei Typen Opernsängerinnen, die da draußen in der Welt Erfolg hätten.

Und Opernsängerin sollte ich werden, nachdem der Jemand meines Vaters befunden hatte, dass meine Stimme zumindest den Versuch der Ausbildung wert war. Opernsängerin, das hatte ich gemeinsam mit meiner Mutter beschlossen.

Eine Zeit lang bekam ich daraufhin Musikunterricht in den Niederlanden, den mein Vater jedoch unzulänglich fand, ohne dafür wirklich Argumente zu haben. Jahr für Jahr kritisierte er die Ausbildungsmethoden, die lieblos zusammengestellten Abschlusskonzerte, bis er schließlich ein Machtwort sprach.

Der Banause ruiniert ihre Stimme, sagte er über meinen Lehrer.

Woher willst du das denn wissen?, fragte meine Mutter.

Weil die Kleine immer mehr nach dir klingt.

Meine Mutter ließ sich nicht anmerken, ob er sie getroffen hatte.

Sie muss nach Wien, befand mein Vater mit dem Brustton der Überzeugung.

Ausgerechnet in die Stadt, vor der du weggelaufen bist?

Ich komme doch gar nicht aus Wien.

Nein, natürlich nicht, du kommst vom Land. Wie konnte ich das vergessen.

Die Kleine muss nach Wien. Musik lernen, das geht nur in Wien.

Wo mein Vater recht hatte, da hatte er recht.

Es gibt auch in den Niederlanden tolle Musik, versuchte es meine Mutter.

Dann nenne mir doch bitte einen bekannten niederländischen Komponisten.

Jan van Gilse?

Mit dieser Antwort war meine Mutter geschlagen, schachmatt.

Ihr Niederländer könnt malen, wir Österreicher musizieren.

Ausgerechnet mein in Ungnade gefallener niederländischer Gesangslehrer hatte dann die entscheidenden Kontakte nach Wien. Ich war siebzehn, als meine Eltern mich Anfang der siebziger Jahre in einen Zug nach Österreich setzten. Meine Vermieterin war eine alte Dame, die sich stets auf Reisen befand. Regelmäßig kam sie mit großen Lederkoffern angerauscht: Ich habe jemand kennengelernt, die Wohnung gehört in den nächsten Wochen Ihnen allein. Immer hatte sie jemand kennengelernt, immer gab es einen neuen Ort, an den es sie zog. Mir war es recht, so konnte ich ungestört üben. Mein Vater finanzierte diese Unterkunft. Widerwillig, aber auch er sah ein, dass ich neben dem Gesangsstudium nicht noch das Geld für die Miete verdienen konnte. Nur für meinen Lebensunterhalt musste ich selbst arbeiten. Ich trug also gebrauchte Männerkleidung der Volkshilfe, aß billige Nudeln mit Ketchup, war aber glücklich, wenn ich die Wohnung meines neuen Gesangslehrers betrat, der in seinem Wohnzimmer in Hietzing Studenten empfing. Nebenher machte ich es wie mein Vater, suchte mir Arbeit und nahm alle Stellen an, die ich bekommen konnte. Sei nicht wählerisch, schrieb mir mein Vater in seinen Briefen, die er ganz altmodisch mit Wachs versiegelte, als lebten wir noch in der Zeit von Boten und Pferdekutschen. Arbeite, wann immer du kannst, triff harte Entscheidungen, sei nicht ängstlich. Ich folgte seinem Rat. Nicht auf alles verdiente Geld konnte ich stolz sein, aber ich hatte mir geschworen, zu keinem Schilling nein zu sagen. Vor mir lag die Staatsoper, der Musikverein, beides würde ich nicht wegen falschen Stolzes aufgeben. Meinem Vater erzählte ich nicht, wie ich an das nötige Kleingeld kam, wenn am Ende des Geldes noch zu viel Monat übrig war.

Meine Familie in den Niederlanden besuchte ich selten. Ich war mir sicher, dass meine Eltern froh über die Zeit waren, die sie miteinander hatten, ungestört von der Tochter, die sie mehr aus Pflichtgefühl denn aus innerer Notwendigkeit in die Welt gesetzt hatten. Doch als ich nach über einem Jahr das erste Mal wieder in die Wohnung meiner Eltern trat, war der Verfall meiner Mutter unübersehbar. Sie trank noch mehr als früher, betrunken besuchte sie mit mir die Oper, wir saßen in unserer altgewohnten Loge. Irgendwann in der Mitte dieser denkwürdigen *Aida* bemerkte ich, wie meine Mutter mitzusingen begann und sich auch von meinen Stößen und Kniffen nicht davon abhalten ließ, lauter und lauter, bis sie schließlich sogar die Sänger übertönte.

Quello ch'io verso è pianto
Di sventurato amor.

Der Grund, warum ich klag' und weine,
Ist Qual der Liebe ohne Glück.

Ich hätte sie am liebsten in der Loge eingemauert, wie die armen Figuren auf der Bühne. Insgeheim beschloss ich, nie zu werden wie sie. Ich beschloss, es wie mein Vater zu machen und die Fassade aufrecht zu erhalten, koste es, was es wolle.

Die Nachricht vom Tod meiner Mutter einige Monate später traf mich also nicht unerwartet. Sie war kollabiert, immer wieder, und hatte den Kreislauf dafür verantwortlich gemacht. Tatsächlich war es ihr ganzer Körper gewesen, der bereits aufgegeben hatte. Bei ihrem Begräbnis sang ich eine Arie von Purcell.

When I am laid, am laid in earth,
may my wrongs create
No trouble, no trouble in thy breast
Remember me, remember me, but ah!
Forget my fate.

Die arme Dido, verlassen von Aeneas, getäuscht von einer Hexe.

Mein Vater war bei meiner Mutter geblieben, er war in dieser Geschichte Dido, verlassen von meiner Mutter, getäuscht von der Hexe Alkohol. Mein Vater bedankte sich für meinen Gesangsbeitrag, wie er es ausdrückte, und weinte dabei wie ein kleines Kind. Nur für ihn hatte ich gesungen, nur für ihn allein sang ich später am Abend, als Beruhigung, als töchterliches Schlaflied.

Jetzt ist sie weg, brach es aus ihm heraus. Und ich bin doch immer bei ihr geblieben. Ich habe sie nie alleingelassen, und jetzt lässt sie mich zurück. Es ist nicht einfach gewesen mit ihr. Aber es hat sich doch ausgezahlt, am Ende. Hat es doch, nicht? Ich habe es geschafft, ich bin bei ihr geblieben.

Seine Worte klangen wie die Beschreibung einer Bergbesteigung. Oder wie das Überwinden einer schweren Krankheit, nicht wie eine Ehe. Sie trafen einen Nerv in mir, denn gerade hatte ich meinen ersten Mann kennengelernt, und auch diese Beziehung war kein Spaziergang. Aber am Ende würde es sich doch alles auszahlen, oder etwa nicht?

Mit meinem ersten Mann war ich nicht verheiratet, aber ich nenne ihn trotzdem bis heute meinen Mann, weil uns alles auszeichnete, was eine richtige Ehe auszeichnet: Vertrautheit, Abhängigkeit und Gewalt.

Mein erster Mann also, sein Name tut nichts zur Sache, war Korrepetitor an der Wiener Staatsoper, einer Institution, die damals weit über meinen künstlerischen Möglichkeiten lag, die zu erobern ich aber noch nicht aufgegeben hatte. Ich war zu dieser Zeit in kleinen, freien Opern-Produktionen beschäftigt und sang in ungeheizten, aufgelassenen Geschäftsräumen Mozart vor einer Handvoll Menschen, die wir Mitwirkenden alle persönlich kannten. Nebenbei nahm ich immer noch privaten Gesangsunterricht bei dem Lehrer in Hietzing. Ich hatte es in keine der renommierten Schulen geschafft, redete mir die ganze Situation aber mit schwankendem Erfolg schön. Mal glaubte ich mich in erbitterter Gegnerschaft zu den bürokratischen Institutionen allein der hehren Kunst verpflichtet, mal saß ich heulend vor einem Liter Eis vom Eissalon Tichy und beschimpfte mich selbst als Versagerin. Meine selbstglorifizierte Freiheit warf ich nur zu gerne über Bord, wenn sich hin und wieder die Möglichkeit ergab, mit begabten Laien im Zusatzchor der Wiener Staatsoper zu singen. Alles keine großen Aufgaben, aber ich fühlte mich dennoch immer, als hätte ich es geschafft, wenn ich die große Bühne betrat. Vor der Bühne jedoch wollte der Portier bezwungen werden, ein ehemaliger Balletttänzer, der mit Mitte dreißig in Pension geschickt wurde und jetzt hier saß, voller Neid auf alle, sich weigernd, mein Gesicht in seinem Gehirn abzuspeichern. Immer fragte er mich, was ich hier zu suchen hätte. Doch unter all der Bitterkeit saß sein Balletttänzer-Gesichtsausdruck immer noch perfekt, das künstliche Lächeln, das er sich antrainiert hatte, Blut im Schuh, komme was wolle. Ich nahm mir ihn und sein Lächeln zum Vorbild. Die Bühnentür, die er bewachte, hatte damals noch etwas Mythisches für mich. Nächtelang war ich davorgestanden und hatte um Autogramme gebettelt, weil Künstler magische Wesen für mich waren, Gesangsakrobaten, die ich bewunderte und denen ich nacheiferte. Der Weg war in meinem Kopf bereits vorgezeichnet: vom Zusatzchor in den regulären Chor und dann, irgendwann, nach ein paar Monaten, vielleicht einer Spielzeit, die erste Solistenverpflichtung.

Erste Station dieses Weges war ein Korrepetitor, der in seiner Dienstzeit privat Gesangsstunden gab. Über den Kontakt einer Sängerin des Zusatzchores war ich an seine Telefonnummer gelangt und hatte es nach Monaten des Wartens geschafft, einen Termin bei ihm zu bekommen. Lange vor dem ersten Treffen hatte man mir in der Kantine Schlimmes erzählt: Schreikrämpfe, akuter Choleriker. Ich hatte mir vorgenommen, dennoch oder gerade deswegen keine Angst zu haben. Die kleinen Räume für Einzelproben waren wie Schuhschachteln aneinandergereiht, die herausklingenden Stimmen vermischten sich, es hörte sich an wie eine jener atonalen Opern, die bei den Künstlern noch verhasster sind als beim Publikum. Und dennoch verhieß das Durcheinander an Stimmen Großes, zumindest in meinem Kopf. Ich betrat also das Korrepetitorenzimmer, in dem ich meine erste Solopartie perfektionieren wollte, ein Zimmer mit dunklem Teppichboden und schwarzen Regalen an der Wand, und direkt vor dem Fenster, das mit Vorhänden abgedunkelt war, an seinem Klavier, saß der Korrepetitor und schlief. Ich räusperte mich, doch nichts. Ich war unsicher, ob ich ihn wecken sollte, die Geschichten von Schreikrämpfen im Hinterkopf. Ich ließ es einstweilen sein, nutzte die Zeit stattdessen, um ihn zu beobachten. Noch sah er ganz friedlich aus, schlaff hing er über dem Klavier, wie ein kleines Kind, das beim Spielen eingeschlafen war. Ein kleiner Speichelfaden tropfte nach unten, tiefe Atemgeräusche hallten von den Wänden wider. Erst nach einigen Sekunden wachte er auf, zuckte kurz zusammen, setzte sich dann sofort aufrecht hin, klappte den Klavierdeckel nach oben und warf mir einen bösen Blick zu, weil er natürlich wusste, auch im Schlaf gespürt hatte, dass ich ihn beobachtete. Sofort fing er an zu spielen, ohne noch ein Wort zu sagen, ohne mich nach meinen vorbereiteten Rollen zu fragen. Ich glaube bis heute, dass er mir den Vorsprung in unserer Beziehung, den ich durch diese kurze Zeit der Beobachtung ergattern konnte, nie verziehen hat. Der Flügel, an dem er spielte, war ein schlechtes Instrument, das sah man sofort, aber für die Probe musste er reichen. Ich war bereits eingesungen, das verstand sich von selbst, und auch die Arie kannte ich, ein tausendmal gespielter Kitsch aus *La Bohème*, also konnte ich nach wenigen Sekunden sein Spiel mit meiner Stimme ergänzen. Schweißflecken bildeten sich unter meinen Achseln, ich versuchte sie zu verstecken, indem ich die Arme ganz eng anlegte, was meinem Ausdruck nicht zuträglich war. Nervös und voller Ehrfurcht war ich vor ihm, der hier die großen Stimmen begleiten durfte und jetzt für ein paar Schilling, die mein Vater mir extra überwiesen hatte, die kleine Nachwuchssängerin einweisen musste. Ich gab mir

Mühe, sang aus, anstatt zu markieren, aber er unterbrach mich nicht, korrigierte nichts, er ließ mich einfach machen. Ich gewann mit jedem Ton an Zutrauen, fühlte meine Stimme mit meinem Selbstbewusstsein wachsen. Erst nach einigen Minuten nahm er die Finger von den Tasten.

Deine Stimme ist ohne Spannkraft, sagte er, wie Ölfarbe, die bei Hitze zerrinnt. Warm, aber nicht angenehm warm, verstehst du? Mehr wie ein heißer Sommertag, an dem alles schlaff wird. Magst du ein Glas?

Rotwein ist schlecht für die Stimme, das wusste ich, das wusste er.

Vom Weingut meiner Eltern, sagte er und nahm einen Schluck. Du beleidigst mich, wenn du nicht trinkst. Deiner Stimme schadet es schon nicht, die klingt auch so schon etwas pelzig.

Ich lehnte das Glas ab, sang stattdessen weiter. Puccini, *Das Mädchen aus dem goldenen Westen.* Auf Deutsch. Meine vorbereitete Rolle. Mein Korrepetitor hörte zu, ohne die Tasten zu berühren. Er ließ den Wein in seinem Mund hin- und herschwappen.

Etwas besser, sagte er. Immer noch nicht gut, aber besser. Man hört, dass deine Stimme gut geführt ist und groß sein könnte, würdest du nur etwas darauf achten. Da versteckt sich eine Transparenz, die man nur rausholen muss. Aber wer soll sich diese Arbeit schon antun? Das Problem ist ja nicht die Größe, die ist da, wie bei so vielen. Du bist nur leider absolut nichtssagend. Und eigentlich schon jetzt zu alt für diese Rolle. Zumindest klingst du zu alt, und darauf kommt es an. Willst du in den Chor?

Ich will Solistin werden.

Da lachte er, und ich war so nervös, dass ich mit ihm lachte.

Siehst du, das ist dein Problem. Plötzlich wurde er ganz ernst, seine Stimme ganz schneidend. Du nimmst Kritik nicht ernst. Warum lachst du? Man hört bei jedem deiner Töne, dass du nicht ernst nimmst, was du tust. Welche Rollen willst du singen?

Die Salome, sagte ich, die Isolde.

Was für ein Unsinn. Du gehörst an ein Operettenhaus. Und wenn schon Oper, dann Spieloper. Oder leichte Muse. Eine propere Holländerin in *Zar und Zimmermann*, das kann ich mir vorstellen, mehr nicht.

Ich hatte mir Mühe gegeben, meinen Akzent zu unterdrücken. Plötzlich schämte ich mich und nahm mir vor, von hier an den Tonfall meines Vaters zu imitieren.

Noch ein weiteres Problem gibt es, du hast ein Gesicht, an das man sich nicht erinnert, das ist ein Manko auf der Opernbühne. Hast du es mal mit Kirchenmusik versucht?

Genug war genug. Ich bezahlte nicht, um mich beleidigen zu lassen. Im Gegenteil, herrschte ich ihn an, ich bin sogar sehr froh, nicht hübsch zu sein, für die unschuldigen Mädchen komme ich nicht in Betracht, aber ich habe es ohnehin auf die spannenden Frauen abgesehen. Außerdem ist es ja nicht so, als wünschte man Ihrem Erbmaterial viele Nachkommen.

Das beeindruckte ihn sichtlich. Hässlich, sagte er, aber immerhin schlagfertig.

Wir beendeten die Gesangsstunde mit einem Waffenstillstand.

Kommst du noch mit?, fragte er, als er mich nach draußen begleitete.

Es gab eine Premierenfeier, zu der er mich mitnehmen wollte. Ich schwankte wie ein gebeuteltes Walfängerschiff. Einerseits erhoffte ich mir von der Premierenfeier Kontakte, andererseits lag seine Hand zu tief an meinem Rücken, als dass ich nicht genau wusste, was er als Gegenleistung erwartete. Ich war verwundert. Wenn er mich so hässlich fand, warum fasste er mich dann an, warum wollte er mich zu einer Premierenfeier mitnehmen, wo er doch sicher von seinen Kollegen mit mir gesehen würde? Was ich damals noch nicht verstand: dass er von Anfang an seine Machtspielchen mit mir spielte. Mein Vater hatte mich zu viel Ehrlichkeit gelehrt.

Noch am Ende der Premierenfeier schlief er mit mir. Er zog mich in ein kleines Kämmerchen, in dem Musikinstrumente gestapelt waren, und griff mir ohne viel Gefühl unter den Rock. Ich ließ ihn, denn ich hatte mir in meiner Zeit in Wien bereits eine professionelle Distanz zu meinem Körper antrainiert, die mir Zeit meines Lebens helfen sollte. Ich ließ ihn machen, wozu er Lust hatte, reinstecken, wo er ihn reinstecken wollte. Es fühlte sich nicht falsch oder schmutzig an, es fühlte sich nach gar nichts an als nach zwei Fleischteilen, die aneinander klatschten. Als er fertig war, zog er sich aus mir zurück und sagte: Danke, das war in Ordnung. Die gleichen Worte, die er am Ende meiner Gesangsstunde verwendet hatte. Dann: Beeil dich, bald sind wir nicht mehr allein. Und selbst das fühlte sich nach nichts an, weil es nichts war, nichts bedeutete, in jedem Fall nicht mehr als seine technischen Bemerkungen zu meinen Stimmbändern.

Binnen weniger Wochen waren wir ein Paar. Ich erhoffte mir von ihm Zugang zum Opernhaus und seinem Personal, im Gegenzug bekam er von mir die gewünschte propere Holländerin, alle Vorzüge inklusive. Doch es waren nicht nur taktische Gründe, die mich zu ihm zogen, irgendetwas an ihm faszinierte mich. Er war alles, was ich versuchte zu sein. Selbstsicher im Auftreten, eine gewisse ironische Kühle und mit schneidendem Humor, der schmerzen konnte, weil er zielsicher die richtigen Punkte traf. Das alles vermischt mit einer Selbstverständlichkeit im Auftreten, die ich noch nicht besaß, die ich mir jedoch antrainieren wollte.

Innerhalb eines Monats sagte ich meiner herumreisenden Vermieterin adieu und zog zu ihm. In seinem Wohnzimmer stand ein Flügel, und da das Zimmer in der Nähe des Naschmarktes winzig klein war, blieb kaum Platz für anderes. An den Wänden klebten schalldichte Platten, die eine eigenartige Akustik erzeugten, ich nannte das Zimmer nur das Horrorzimmer, weil man, wenn man in der richtigen Tonlage sang, wie in einem alten Gruselfilm klang. Im Schlafzimmer lag nur eine Matratze, meine wenigen Habseligkeiten drapierte ich auf dem Teppichboden, der mit Zigarettenlöchern übersäht war.

Die Familie des Korrepetitors stammte aus Böhmen und war nach dem Krieg über Umwege in Wien gelandet. Seine Mutter war früh gestorben und sein Vater hatte dann schon in Wien in zweiter Ehe eine angehende Opernsängerin geheiratet, so war auch der Sohn in die Fänge der Musik geraten. Er begleitete seine Stiefmutter am Klavier, wie mein Vater meine Mutter begleitet hatte. Der Junge liebte es abgöttisch, für seine Stiefmutter zu spielen, wollte immer besser und noch besser werden. Doch die Opernsängerin befreite sich nach einigen Jahren von ihrem immer gewalttätiger werdenden Mann und ließ den kindlichen Korrepetitor zurück. Der hielt in Nibelungentreue zum Vater und inhalierte dessen nach der Trennung ausbrechenden Frauenhass. Als der Vater irgendwann den Alkohol gegen eine neue Frau tauschte, war es für den Sohn längst zu spät, den Frauenhass hatte er längst in sich aufgesogen. Er hatte überlegt, auch das Klavierspiel aufzugeben, doch dazu war er, wie er selbst fand, längst zu gut. Es wäre ein Verrat an der Musik gewesen. Seine Worte, nicht meine. Trotz des antrainierten Hasses auf die Opernsängerin entschied er sich also für das Klavier, voll und ganz, doch der Hass blieb aufs Engste mit der Liebe zur Musik verbunden.

Die Musik ist *grausam* und man muss *grausam* sein, wenn man Musik betreibt.

Sein mantrahaft wiederholtes Motto. Er wurde zum Klischee eines geschundenen Künstlers, und doch war die Sache komplizierter, denn er konnte auch gewinnend sein, charmant und in seiner direkten Art entwaffnend. Es setzte ihm zu, dass er mittelmäßige Sängerinnen wie mich am Klavier begleiten musste, wo er doch wusste, wie das, was aus unseren Mündern kam, nach den Vorstellungen der Komponisten eigentlich zu klingen hatte. Da ihm jedoch die Begabung zum Gesang fehlte, musste er mit Worten und Hinweisen versuchen, es aus uns herauszukitzeln. Seine große Leidenschaft galt dem Dirigieren, doch dazu hatte es nie gereicht. Natürlich war er Hypochonder, litt dauernd an todbringenden Krankheiten. Wenn er einen schlechten Tag hatte, zwang er den Sängern und vor allem den Sängerinnen ein Tempo auf, das diese unmöglich durchhalten können. Er peitschte es dennoch durch, als gelte es, das *Grausame* auch noch der lieblichsten Musik einzuhämmern.

Dein Tempo geht völlig gegen die Musik, wagte ich einmal zu sagen.

Du hast doch keine Ahnung. Weder von Tempi noch von Musik im Ganzen.

Er zwang mich, eine während der Korrepetition mit einer damals berühmten Sängerin besonders umkämpfte Stelle zuhause mit ihm zu üben. Mozart. *Don Giovanni*. Auch ich schaffte es nicht, sein Tempo zu halten, die Stimme brach mir.

Du bist schlecht, sagte er, aber das ist meine Schuld. Ich hätte dich nicht ficken dürfen, deine Stimme hat dadurch keine Kontrolle. Morgen schaffst du das Tempo.

Ich musste Rollen üben, die ich auf der Bühne nie singen würde.

Es ist immer dasselbe mit den sogenannten Starsängerinnen, geiferte er. Sie kommen schlecht vorbereitet und dann ist es meine Schuld. Wir kommen auf keinen grünen Zweig, wir probieren die gleiche Stelle immer und immer wieder und sie wird nicht besser, egal, was ich versuche. Warum kämpfe ich? Die Schweineohren in der Abovorstellung werden ja trotzdem jubeln.

Dir geht es immer mehr um dein Spiel als um die Stimmen, die du begleitest.

Ich brauche keine Tipps von einer unterdurchschnittlichen Sängerin, die nie ein Solo bekommen wird, also halt einfach den Mund, wie du es auf der Bühne auch tust.

Er hat mir oft und gerne den Mund verboten. Vermutlich war es nicht so sehr der Klang meiner Stimme, den er nicht aushielt, als die Dinge, die ich damit aussprach.

Halt einfach deinen Mund.

Das war der Satz, den ich am häufigsten hörte. Dabei redete ich gerne, ich mochte das Gefühl, wenn mein Dahingeplapper alle Gedanken verscheuchte. Und ich sah, dass ihn das zur Weißglut trieb, dass die Ader an seiner Stirn zu zucken begann. Dass er kurz davor war zu explodieren. Trotzdem plapperte ich weiter. Deshalb.

Halt endlich deinen Mund, sonst stopf ich dir den Klavierauszug rein, bis du erstickst.

Warum ich ihn provozierte? Weil ich wusste, dass es nur die Angst war, die ihn aggressiv machte. Die Angst vor einer Frau, die ihm nicht gehorchte. Ich genoss es zu wissen, an welcher Stelle ich welches Wort sagen musste, um ihn zu reizen. Er reagierte dann wie ein verletztes Tier, nur um im nächsten Moment weinerlich zu werden, wie es sich für einen richtigen Mann gehörte. Als ich nach einigen Monaten das erste Mal mit ihm schlussmachen wollte, flehte er mich an zu bleiben.

Ich liebe dich wie nichts in meinem Leben.

Lass diese Gefühlsduselei. Was soll ich mit dem Schmalz? Mich einschmieren?

Sei nicht so brutal zu mit. Es tut mir ja leid, so unendlich leid.

Reiß dich zusammen, ich geniere mich für dich. Und ich brauche keinen Mann, für den ich mich genieren muss.

Es war mein Fehler. Ich bewunderte ihn nicht, doch alle Männer wollen nichts als bewundert werden.

Bitte verlass mich nicht.

Du bist ja erbärmlich.

Sofort kippte seine Stimmung: Wer ist hier erbärmlich? Du bist genauso irrelevant für mich wie für die Kunst. Du bist nur deshalb interessant, weil du beides so sehr willst, die Kunst und mich. Und das ist wahrhaft erbärmlich.

Er schlug mich das erste Mal nach einem Vorspiel, nach dem er das erhoffte Dirigat in der Provinz nicht bekommen hatte, weil er anstatt des lange geprobten Mozarts etwas aus der *Frau ohne Schatten* vorspielen sollte und die Stelle selbst mit vielen Tagen Vorbereitungszeit nicht richtig hinbekam. Es war abends, die telefonische Absage längt eingetrudelt und die Schuld in seinem Kopf verteilt: die Kommission, die Direktion, die Hitze im Probenraum, die unbegabte Sängerin. Ich konnte nicht anders als zu lachen, weil so offensichtlich war, dass er verzweifelt nach Ausreden suchte, um sich nicht selbst zu hassen. Er schlug mich, weil ich ihn auslachte.

Kennst du die Stelle in *Liliom*? Der Jahrmarktausrufer Liliom darf noch einmal aus dem Himmel zurück auf die Erde, um seine Frau Julie und die gemeinsame Tochter zu sehen. Doch der Tod und der Himmel haben ihn nicht geläutert, er ist und bleibt ein Halodri, wie mein österreichischer Vater gesagt hätte. Es dauert keine Bühnenminute und er schlägt seine Tochter, wie er deren Mutter geschlagen hat.

Es ist möglich, mein Kind, dass einen jemand schlägt und es tut gar nicht weh.

Das sagt Julie zu ihrer Tochter.

Dümmster Kitsch von einem männlichen Autor. So sehr kannst du einen Menschen gar nicht lieben, als dass du den Schlag nicht spürst. Ich spüre ihn heute noch.

Tage später besuchten der Korrepetitor und ich die Oper, saßen auf Dienstsitzen in einer Loge neben dem Orchestergraben. *Tosca* in einer schon damals uralten, aber wunderschönen Inszenierung. Ich wollte den Abend so gern genießen, aber es ging beim besten Willen nicht, denn die Tosca knödelte, als hätte sie einen ganzen Topf bayerischer Klöße in der Gurgel.

Es mag ja sein, flüsterte ich meinem Korrepetitor zu, dass ich nicht die größte Sängerin bin, aber gegen dieses Semmelknödelmassaker bin ich die Callas. Soll sie doch endlich von der Burg springen, dann sind wir erlöst, das Publikum und sie.

Mein Korrepetitor lachte nicht: Halt den Mund.

Ich beendete die Puccini-Hinrichtung und verließ die Loge, doch er kam nicht nach, ließ mich allein im Foyer stehen. Ich blieb bis zum Schlussapplaus, saß auf der Feststiege und wartete, doch der Korrepetitor tauchte nicht auf. Er musste anderswo verschwunden sein, wahrscheinlich in der Garderobe der Knödeltosca.

Erst gegen Morgen kam er heim und ich wollte ihm verzeihen. Man soll nie streitend zu Bett gehen, auch das hatte ich von meinem Vater gelernt, aber der Korrepetitor schlief auf einer Decke unter dem Klavier, ich hörte nur sein Schnarchen von der Matratze im Schlafzimmer aus.

Ich wusste natürlich, dass er es mit anderen Sängerinnen trieb, mit Ballettelevinnen. Herrgott, er sah gut aus und ich war geneigt, ihm seine kleinen Ausrutscher zu verzeihen, solange er einigermaßen diskret blieb. Ich wollte alles, nur keine paranoide, unzufriedene Nörglerin werden, sollte er doch seinen Spaß haben, solange er den Bogen nicht überspannte. Da kam die Niederländerin in mir durch, das patente Milchmädchen, das nur wollte, dass die Rechnung am Ende des Tages stimmte. Ich selbst hielt es ja nicht anders. Erstaunlicherweise fanden mich nämlich die Choristen trotz meines Äußeren anziehend. Meine Anziehungskraft stieg in dem Ausmaß, in dem meine Prüderie sank. Mit anderen Worten, ich war billig zu haben, aber das juckte mich nicht, es machte mir im Gegenteil sogar Freude. Hin und wieder steckte mir einer ein paar Schilling zu und ich genierte mich nicht dafür. Ich verlangte nichts, aber wenn einer freiwillig gab, hätte ich einen Teufel daran getan, das Geld zurückzuweisen. Auf diese Art und Weise kam ich sogar zu so etwas wie einer Schauspielausbildung.

Einer, ein alter Geiger im Orchester, unkündbar, Frau gestorben, lud mich nach einer Probe zu sich nach Hause ein. Ich zögerte, doch er versicherte mir, nur Gesellschaft zu suchen. Die ersten Abende aßen wir nur gemeinsam, unterhielten uns über Musik, doch dann gestand er mir, weswegen er vorhatte, mir eine nicht unbeträchtliche Summe Geld zukommen zu lassen. Ich sollte seine tote Frau spielen, die ebenfalls Sängerin gewesen war. Wenn du jetzt denkst, ich hätte abermals gezögert, dann denke lieber nochmal nach, ich witterte die Rolle meines Lebens und sagte sofort zu. Immer nachmittags trafen wir uns. Er wartete schon auf mich und ich beherrschte meine Rolle perfekt. Ich kam von einer Probe nach Hause, er begrüßte mich mit einem Küsschen. Stets hatte er gekocht, immer seine Lieblingsspeisen: Tafelspitz mit Erdäpfelröster an einem Tag, Schnitzel am anderen, Kaiserschmarren am dritten, die Klassiker der Wiener Küche, von denen ich, ausgehungert nach gutem Essen, nicht genug bekommen konnte. Er freute sich, wenn ich noch die größten Mengen verschlang, während er daneben saß und mir nur zusah, glücklich, das Essen nicht wie früher nur für sich alleine zubereitet zu haben. Nach dem Abwasch, für den ganz alte Macho-Schule ich zuständig war, setzten wir uns auf das Sofa und hörten Vinylaufnahmen der großen Opern, er sprach begeistert über musikalische Details, über Unterschiede der Stimmen, die Klangveränderungen der letzten Jahrzehnte. Von ihm lernte ich mehr über meine Kunst, als ich es im Korrepetitorenzimmer je gekonnt hätte. Ich sollte nie mit ihm schlafen, obwohl ich es getan hätte, eine seltsame Zuneigung hatte sich während der Besuche entwickelt, etwas zwischen töchterlicher Fürsorge und tatsächlicher Liebe. Am Ende des Abends dann immer das gleiche Ritual, ich durfte meine Rolle nie brechen. Ich verabschiedete mich zu einer Vorstellung, die ich zu singen hatte, und verschwand, wieder mit einem Küsschen zur Tür begleitet.

Bis später, mein Liebling.

Bis später.

Ich liebe dich.

Ich dich auch.

Stets war er glücklich, wenn er mich ansah. Ein Glitzern in den Augen, welches so nur eine gute Lüge hervorzaubern kann, nicht die beste Realität.

Natürlich fand mein Korrepetitor heraus, dass er nicht der einzige Mann in meinem Leben war. Doch er bemerkte nicht das Arrangement mit dem Geiger, sondern die seltsame Affäre mit dem nicht mehr ganz so jungen Choristen, der nach einem missglückten Vorsingen nichtsdestotrotz engagiert worden war.

Du bist auch nur eine kleine Hure, die es mit jedem treibt, der sie weiterbringt.

Inwiefern soll mich ein vierzigjähriger Chorist mit verbrauchter Stimme und Einjahresvertrag weiterbringen? Ich schlafe mit ihm aus den gleichen Gründen, aus denen du mit deinen Balletteleveninnen schläfst: Notgeilheit und Langeweile.

Plötzlich klatschte er mir die Hand ins Gesicht, mein Kopf flog zurück.

Ich blieb auch trotz dieses Schlages bei ihm, aus dem üblichen Grund: Ich hatte Angst, einsam zu sein. Abends saß ich in der Oper, weinte und dachte: Wenn du ihn verlässt, dann hast du niemand mehr. Das war natürlich ganz alleine meine Schuld. Mit anderen Künstlerinnen hatten sich keine Freundschaften ergeben. Entweder sie waren besser als ich, dann war ich neidisch, oder sie waren schlechter als ich, dann war ich hochnäsig. Und außerhalb der Kunst? Ja gibt es so etwas denn?

Nur hin und wieder ergaben sich Gespräche in der Kantine. Eine Sängerin warnte mich vor dem Korrepetitor: Ich habe Unterschlupf bei ihm gefunden, als ich neu in der Stadt war, erst wenige Wochen am Opernhaus angestellt. Er hat mir geholfen, darum habe ich nie etwas gesagt, wenn er zuschlug.

Meine Geschichte aus ihrem Mund. Und doch kam ich nicht auf die Idee, mich in ihr zu erkennen. Ich hatte einfach nicht die Kraft, mich gegen ihn zu verteidigen. Auch weil er mir erfolgreich eingeredet hatte, mit einigen seiner Vorwürfe gegen mich recht zu haben. Ich schlief ja wirklich mit anderen, meine Karriere kam nicht voran. Ich war wahrlich ein dummes, naives Ding, das von niemandem gebraucht wurde, schon gar nicht von der Musik, die auch ohne meine mittelmäßige Stimme auskommen würde.

Meine Brüste waren angeschwollen, ich litt an Morgenübelkeit. Ich saß bei dem Frauenarzt, den man mir im Opernhaus empfohlen hatte, und wusste, ich würde kein großes Mysterium für ihn darstellen. Ewiges Warten, der Raum holzvertäfelt, Parkettboden, dunkel und stickig. Nach kurzer Untersuchung die Diagnose: schwanger. Ich sah sie sofort vor mir, die dicke Kugel, die gegen das Zwerchfell drücken würde. Ich fühlte mich noch in der Sekunde hochschwanger, auch wenn äußerlich noch keine Veränderung zu bemerken war.

Zu meiner Überraschung freute sich der Korrepetitor über die Schwangerschaft, zeigte plötzlich wieder Zuneigung, lud jedoch auch seine verhasste Stiefmutter zu uns ein.

Du wirst Unterstützung brauchen.

Ich bin schwanger, nicht krank.

Den Haushalt kannst du trotzdem nicht allein machen.

Seine Stiefmutter also, es führte kein Weg daran vorbei.

Nenne sie nur ja nicht so, schärfte er mir vorab noch ein. Es ist die dritte Schlampe meines Vaters, mehr nicht.

Warum wohnt sie dann bei uns?

Keine Antwort. Im Kopf begann ich, sie die Dritte zu nennen. Bei der Begrüßung rutschte es mir aus dem Mund, und das würde sie mir den ganzen Besuch über nicht mehr verzeihen, nachtragendes Biest. Sie kam vom Land und sprach kein Wort Hochdeutsch, bemühte sich aber, als wäre jedes Wort eine Achttausender-Besteigung. Ich verstand dennoch nur die Hälfte von dem, was aus ihrem Mund kam. Es schien mir, als spräche sie eine Fremdsprache. Immerzu jedoch war sie es, die mich als die Ausländerin bezeichnete, wenn sie mit ihrem Sohn über mich sprach, dabei war mein Deutsch viel deutscher als ihr ganzes Wesen.

Bist du glücklich, fragte sie mich.

Ich weiß nicht.

Wie, du weißt nicht?

Na ich weiß halt nicht.

So ein kleines Wesen im Bauch ist doch das Schönste auf der Welt. Du musst doch glücklich sein. Du bist überglücklich, das merke ich doch.

Ich wusste, was sie hören wollte, aber ich konnte es einfach nicht aussprechen. Ich hatte keine Ahnung, ob ich das Kind behalten wollte, und das sagte ich ihr dann auch. Es fehlte nicht viel und sie hätte den Weihwasserkessel aus der Kirche abmontiert und mir über den Kopf geleert, um den Dämon zu vertreiben, der offenbar in mir saß und dafür sorgte, dass ich mein Baby hasste. Käsefressendes Luder war noch die netteste Beschimpfung, die diese Katholikin plötzlich wie selbstverständlich aus ihrem Mund spie.

Aber was hätte ich machen sollen, ich wollte nicht lügen. Ich war, wenn schon nicht glücklich, dann doch zumindest zufrieden mit dem Leben, wie es gerade war. Ich hatte keine Lust, freiwillig etwas zu erdulden, was auch meine Eltern nicht glücklicher gemacht hatte. Wo sollte das Baby denn schlafen? Wir hatten kein extra Zimmer und kein extra Geld. Und was, wenn ihr Sohn zu einer erfolgreichen Sängerin gewechselt wäre? Ich wollte mich nicht allein um das Ding kümmern.

Das wird nicht passieren, sagte sie, er liebt dich doch.

Liebe, was heißt das schon. Wir schlafen miteinander und hin und wieder schlägt er mich.

Sie packte ihre Sachen.

Der Korrepetitor kochte, nachdem seine Stiefmutter wütend abgerauscht war wie weiland ihr Gott, nachdem die Menschen ihn beleidigt hatten: Was sollte das?

Was sollte was?

Du weißt nicht, ob du das Kind behalten willst?

Ich will noch Karriere machen, sagte ich. Ich sah es ja vor mir, vorbei der Gesang, nicht einmal zu denken an eine Bühne. So eine Schwangerschaft kann die Stimme schneller ruinieren als Rotwein.

Du wirst nie eine Karriere haben, verstehst du das nicht? Du bekommst das Kind und das ist dann die einzige Karriere, für die du gemacht wurdest.

Und was ist dein Platz in der ganzen Geschichte?

Ich bin der Vater, blöde Frage.

Sogar in meiner größten Naivität war mir klar, dass er kein guter Vater sein würde. In mir keimte die Erinnerung an die eigene Kindheit, an die kleinen Monster, die mich in der Schule ausgeschlossen, mich an den Rand gedrängt hatten. Kinder sind böse, Kinder sind Tyrannen, sie geben nichts auf unsere Übereinkünfte, auf Höflichkeit und Rücksichtnahme. Wenn man mit ihnen redet, sind sie mit dem Kopf ganz woanders, sie quälen mit Lust und Freude, ohne schlechtes Gewissen. Ich hatte schon ein solches Kind in meinem Leben, ich brauchte neben dem Korrepetitor nicht noch ein weiteres.

Tage später hatte ich einen Arzttermin, doch als ich nach langem Warten endlich zuhause ankam, beschuldigte mich mein Korrepetitor einer Affäre. Wir stritten, und schließlich trat und schlug er zu. Ich jedoch schützte mein Gesicht, nicht den Bauch, da wusste ich: Ich will dieses Kind nicht austragen.

Die Abtreibung stellte ich mir sauber und klinisch vor, bei den Dinner Parties meiner Eltern war öfter darüber geredet worden, als handle es sich um eine Pediküre. Doch nicht in Wien, nicht zu der Zeit. Ich hatte Erkundigungen eingeholt und die kleine Ordination aufgesucht: stuckiertes Foyer, metallene Liftgitter, hölzerne Türrahmen. Da saß ich nun und wartete auf die Ärztin, die mich schließlich mit gespielter Höflichkeit empfing. Immerhin würde der Eingriff in Vollnarkose stattfinden. Ich hatte weniger Angst vor dem Betäubungsmittel als vor Schmerzen. Die Abtreibung selbst stand ich alleine durch, an die Details möchte ich mich nicht erinnern. Jedenfalls war mir danach immer nur kalt. Ich hatte Lust, mir ein Nest zu bauen, eine kleine Nische, wo es immer warm war und meine Beine nicht zitterten. Das sagte ich dem Korrepetitor in der Hoffnung, dass er die Heizung nach oben drehen, einmal nicht an die Kosten denken würde.

Selber schuld, sagte er nur. Hättest das Kind ja nicht wegmachen müssen.

Und ich glaubte ihm.

Seine Aggressionen hörten nach der Abtreibung natürlich nicht auf. Immer wieder warf er mir vor, sein Kind umgebracht zu haben. In mir noch weniger Kraft als zuvor, ihn zu verlassen. Ich war immer noch überzeugt, er würde mir die große Karriere ermöglichen, irgendwann. Und er hatte keine Veranlassung, mit mir Schluss zu machen. Er konnte mit mir ja anstellen, was auch immer er wollte.

Alles eskalierte, als ein internationaler Gastdirigent eine Repertoirevorstellung von *Der Rosenkavalier* dirigieren durfte, auf die mein Korrepetitor seit Bekanntgabe des Spielplans sein Auge geworfen hatte.

Die Orchestermusiker sind auch nur Huren, genau wie du, die lassen auch wirklich jeden drüber. Und so klingt es auch. Und alles nur, weil er einen Namen hat.

Du bist ja nur neidisch, weil du glaubst, dass du es besser kannst. Aber insgeheim weißt du, dass sie dich nie ranlassen werden. Dass du immer in deinem Kämmerchen sitzen und die gleiche Stelle hundertmal spielen wirst. Kein Schwein will hören, was du zu Strauss zu sagen hast.

Wieder Schläge. Und dann Entschuldigungen. Er steckte mir die Zunge in den Mund und schlief mit mir, obwohl mir alles weh tat.

Genug.

Ich klaute Geld aus seiner Tasche und lief weg, das schönste Abendkleid am Körper. Ich wollte in die Oper, ausgerechnet. Sein Territorium, mit blauem Auge. Sollten ruhig alle sehen, was er mit mir anstellte, ich würde mich nicht für das genieren, was er mir antat. Ich erwarb noch vor dem Haus die teuerste Karte, die eine alte Dame zum Verkauf anbot. *Tosca*, was sonst.

An diesem Abend lerntest du mich kennen.

Ich kannte dich schon viel länger. Ich hatte dich bereits gesehen, kurz nachdem ich in Wien angekommen war, noch bevor ich meinen Korrepetitor kennenlernte. Es war eine Junivorstellung, als ich dich das erste Mal bemerkte, kurz vor der Sommerpause. Ich hatte nach Stunden des Anstehens noch einen Stehplatz für eine Repertoirevorstellung ergattert, du lehntest vor mir, die Krawatte als Platzhalter um die Stange gewickelt. Als die Vorstellung begann, zogst du einen Fächer aus deiner Gesäßtasche, ein großes, chinesisches Ding, das leise klapperte, als du dir damit etwas Luft zufächeltest. Du sahst aus wie eine der alten Hofratswitwen, die durch ihre Fächer im Parkett für mehr Bewegung sorgten als auf der Bühne. Dein Körper bewegte sich die dreieinhalb Stunden dieses elendslangen *Figaros* keinen Millimeter, ganz gebannt schienst du von der Musik, nur dein Handgelenk hörte nicht auf, für ein unablässiges Flattern des Seidenstoffes zu sorgen. Von nun an beobachtete ich dich stets, wenn ich die Vorstellungen besuchte. Beinahe jeden Tag fandst du deinen Platz in der ersten Reihe, direkt hinter dem Parkett. Beinahe jeden Tag, wie warm oder kalt es draußen auch war, zogst du den gleichen Fächer hervor. Als mich mein Korrepetitor in seine Loge beförderte, bliebst du an deinem Platz. Wenn ich von meinem Sitz nach hinten blickte, auf das vollgepackte Stehparterre, standst du da, unter dem Stammpublikum, unter den Touristen, und fächeltest dir Luft zu. Ich wusste nichts über dich, obwohl ich dich beinahe jeden Abend beobachtete. Dein Blick starr auf die Bühne gerichtet, dein Ausdruck ein offenes Buch. Mal weintest du, mal schütteltest du ungläubig den Kopf, und beim Auftritt der Knödeltosca verließt du noch vor mir deinen angestammten Platz. Nur hin und wieder leistetest du dir einen hinteren Sitz in einer der Logen, dann entdeckte ich dich nach langem Suchen auf dem erhöhten Hocker, die Schulter gegen den roten Samt der Trennwand gelehnt, wie du die Augen geschlossen hattest und nur auf die Musik hörtest, keine der peinlichen, tausendfach gesehenen Gesten sahst, die die Sängerinnen und Sänger auf der Bühne ausführten. Du hattest dir offenbar genau ausgesucht, welche Vorstellungen du sehen und welche du nur hören wolltest. Ich beobachtete dich, wie du in den Pausen durch die Wandelgänge und Foyers flaniertest, mal alleine, mal in Begleitung, mit den Fingern kleine Bewegungen ausführend, als dirigiertest du den ganzen ersten Akt im Kopf nochmal nach oder den zweiten bereits vor. Ich folgte dir mehr als einmal und fragte mich insgeheim, ob auch ich dir aufgefallen war. Die junge Frau, die ebenso wie du fast jeden Tag versuchte, einen Platz im Stehparterre zu ergattern, die später mit einem Mann in der Regieloge saß und nach hinten blickte, zu dir, in Richtung Stehplatz. Ich fragte mich, ob du mich unter Schminke und Kostümen bemerktest, wenn ich hin und wieder mit dem Zusatzchor auf der Bühne stand. Geschichten dachte ich mir über dich aus, ganze Leben. In ihnen warst du immer allein, du hattest nie die richtige Frau gefunden, sie war viel zu früh an einer seltenen Krankheit gestorben, sie hatte dich verlassen, für einen muskulöseren, schöneren Mann. In jedem Fall hatte sie dich bereit gemacht für die Welt der Oper, für die dramatische, peinliche Musik, immer einen Tick zu viel, zu laut, zu schrill, zu weit weg von jeglicher Realität und doch so wahr. Ich stellte mir vor, wie wir gemeinsam in die Oper gingen, weinten und dann händchenhaltend die Ringstraße entlang spazierten, die Straßenbahnen fahren ließen, weil wir einander zwar nichts zu sagen hatten, den gerade erlebten Emotionen aber noch nachfühlen wollten. Ich stellte mir vor, wie du mich mit in deine Wohnung nahmst, eine vollgestopfte Wohnung voller Schallplatten, wie du mich langsam in den Arm nahmst, mich küsstest. Ich war fernverliebt, oder anders ausgedrückt, ich war erbärmlich. So reiß dich doch bitte zusammen, sagte die protestantische Niederländerin in mir mehr als einmal, aber die Katholikin antwortete nur: Ach was, sei still und lass mich gen Himmel entschweben.

Augenrollen und Würggeräusche der Protestantin, aber die Katholikin ertränkte jede Widerrede in Pomp und Samt und Gold. Und so folgte ich dir weiter durch die Gänge, über Tage, Wochen und Monate hinweg. Ich sah, wie du Bekannte trafst, sie in Gespräche verwickeltest, wie du manchmal in Logen geladen wurdest, dann wieder ganze Abende allein am Stehplatz verbrachtest, selten auch in den Pausen deinen Platz an der Stange nicht aufgabst, obwohl deine Krawatte festgebunden am Metall hing. An diesen Abenden blieb auch ich in meiner Loge und wünschte mir, ich könnte dir wie in alten Zeiten mit meinem eigenen Fächer einen Hinweis auf mich geben, ich stellte mir vor, wie ich aufstand, von meiner Loge aus eine Liebesarie nach unten schmetterte, Szenenapplaus, Blumensträuße, danke, vielen Dank, ich habe doch nur für den einen gesungen. Und doch ging ich an diesen Abenden nur mit meinem Korrepetitor nach Hause, rotzte mir Spucke zwischen die Beine und ließ ihn arbeiten, bis es vorbei war.

Nichts von alledem konntest du ahnen, als wir schließlich miteinander sprachen, als du es mit der Protestantin zu tun bekamst, die den Ernst der Lage endlich erkannt und die Katholikin im Weihwasser ertränkt hatte, die zur Tat schritt, anstatt Hirngespinsten nachzuhängen. *Tosca* also. Ich hatte mich einigermaßen beruhigt und meinen Platz eingenommen, den ersten Akt mehr erduldet als genossen, im Kopf immer noch bei meinem Korrepetitor, der Abtreibung, seinen Schlägen. Es war glutheiß, als die Pause endlich begann und ich etwas Luft schnappen konnte. Ich hatte die Angewohnheit, während der zwanzig Minuten Verschnaufpause nicht stillzustehen, die Gänge und Foyers abzulaufen, die Buffets, in denen ich nie ein Glas Sekt trank, immer nur die Menschen beobachtete,

Kleidung, Schuhe, und mir kleine Geschichten ausdachte. Da standst du plötzlich, vor dem Abendplakat in die Namen der Mitwirkenden vertieft, weinend. Sofort machte ich dich zu einer Figur, zu jemandem, dem die Musik so zusetzte, dass er noch in der Pause Tränen vergoss, der aber gleichzeitig so viel Distanz zu seinen eigenen Gefühlen hatte, dass er wissen wollte, welche Sängerin ihm da die Flüssigkeit aus den Augen gequetscht hatte. Ich folgte dir. Kurz vor Ende der Pause sprach dich ein Mann an, offensichtlich ein Bekannter, denn er fasste beim Reden deinen Ellbogen, du schienst es nicht einmal zu bemerken. Es wurde nicht viel getratscht, sofort reichte er dir ein Taschentuch, strich dir über Rücken. Ich stand ganz nah, doch ihr bemerktet mich gar nicht. Ich hörte, wie der Mann dich in seine Loge lud, wie du zuerst ablehntest. Ich dachte mir: Wenn du nicht gehst, werfe ich mich dazwischen. Eine Parterreloge für lau, Himmelherrgott nochmal, sag einfach ja. Meine Füße taten bereits weh, dabei ist die *Tosca* keine lange Oper. Schließlich konntest du doch überredet werden, gemeinsam verschwandet ihr hinter der Logentür. Ich war traurig, dich verloren zu habe, doch schon nach wenigen Sekunden flog die Tür wieder auf und du liefst nach draußen, rempeltest mich im Vorbeigehen an, zurück in den Zuschauerraum. Es klingelte zum Ende der Pause. Ich konnte dich den ganzen zweiten Akt über von meinem Platz aus sehen, wenn ich einen Blick über die Schulter warf. Am Ende der Vorstellung matter Applaus, die Hitzeschlacht gewonnen, wenn auch nicht glanzvoll. Sofort drängte ich mich nach draußen, wollte dich nicht aus den Augen verlieren.

Ich folgte dir auf die Straße. Gemeinsam liefen wir durch die Stadt, ich immer einige Schritte hinter dir, da fiel mir dieses

Lokal auf, Neonschrift, nicht groß, aber ein paar Buchstaben, du steuertest direkt darauf zu. Ich wartete einige Sekunden, dann betrat ich es ebenfalls. Neonröhren am Boden, buntes Licht von unten, überall Glasscheiben, die das Licht brachen, dahinter Ampeln, wie auf der größten Kreuzung direkt am Gürtel. Der Saal war größer als gedacht, die kleine Tür und das winzige Foyer mit dem Empfangstisch, an dem man sich anmelden musste, hatten getäuscht. Ich war in den Saal geführt worden, hatte nicht alleine gehen dürfen, jetzt packte der Concierge beinahe verlegen meine Hand und zog mich zu einer Nische, die sich links in der Ecke des Saals öffnete, mir gegenüber die Bar, alle Barhocker mit ernst dreinblickenden Männern besetzt. Leise Musik, das Klirren von Gläsern, wunderbar. Der Kellner sah mich an, als wäre ich Abschaum, dabei trug ich mein schönstes Ballkleid, die langen, weißen Handschuhe, ich hatte mich ja extra umgezogen, bevor ich weggelaufen war. Ich zückte mein Portemonnaie, schon bekam ich den bestellten Bourbon, und als ich das Portemonnaie weit genug öffnete, öffneten sich auch die Augen des Kellners und wohl auch sein Herz, denn auf einmal war er ganz freundlich zu mir. Ich war froh, dem Korrepetitor alles Geld gestohlen zu haben, das er bei sich getragen hatte. Ich trank also und trank und beobachtete dich, wie du an der Bar saßt und weintest. Alles schwirrte binnen kürzester Zeit, der ganze Saal drehte sich, ich hätte Wasser bestellen sollen, aber ich wollte mich weiterdrehen, nie wieder Stillstand. Zahlreiche Männer standen auf und tanzten, ich war glücklich, wollte mittanzen, doch ich konnte dich nicht aus den Augen lassen. Elegant sahst du aus, ganz manierlich in dem viel zu großen schwarzen Anzug, eine Spur zu brav vielleicht, aber das störte mich nicht. Die Augen hattest du etwas zusammengekniffen, als könntest du nicht richtig sehen, du sahst aus wie ein Konfirmand beim Kacken, entschuldige die Wortwahl. Ich fixierte dich mit meinem Blick, wollte dich provozieren, nicht schwach sein. Nach einiger Zeit schaffte ich es, deine Aufmerksamkeit zu erregen, deine Wangen wurden sofort rot und du blicktest zu Boden, da wusste ich, ich hatte gewonnen. Du warst sicher zehn Jahre älter als ich, aber ich hatte dich verunsichert wie einen kleinen Jungen.

Ich warte auf jemanden, sagtest du, ohne auf ein Wort von mir zu achten. Glasiger Blick, du hattest zu viel getrunken, genau wie ich.

Was Sie nicht sagen. Auf wen warten Sie denn?

Du bliebst still, zogst wortlos den nächsten freien Barhocker heran.

Ich raffte mein Ballkleid und versuchte, mich zu setzen. Es war nicht sehr grazil, wie ich hinaufkletterte, ich war zu klein, da halfen auch die Absätze nichts, und das Kleid ließ mich mehrmals fast zu Boden stürzen.

Diese Barhocker sind für eine andere Art von Dame gemacht, sagtest du und packtest meinen Ellbogen, zogst mich nach oben, als wäre ich ein Sack Mehl.

Lassen Sie uns erst mal etwas trinken, nach dieser Bergbesteigung.

Ich bestellte einen weiteren Bourbon.

Ich heiße Sara.

Du nicktest: Schorsch, eigentlich Georg.

Sagt niemand Schurli?

Mir ist Schorsch lieber. Klingt weniger nach Land.

Ihre Begleitung kommt wohl nicht mehr, sagte ich, schießen Sie das Flittchen in den Wind.

Ein Augenaufschlag deinerseits, eine unsichere Sekunde, dann lachtest du. Ich wusste, ich hatte abermals gewonnen.

Sie sind ohnehin hübscher, meintest du, aber was ist mit Ihrem Auge passiert?

Ich könnte jetzt behaupten, ich sei gegen eine Tür gelaufen oder Stiegen nach unten gefallen, aber so naiv sind wir beide nicht, oder doch?

Du sahst mich an, stecktest deinen Finger in das Glas und strichst mir mit dem Alkohol über die blaue, gerissene Haut. Warum treiben Sie sich in so einem Etablissement herum?, fragtest du.

Um meinen Vater zu erschrecken, wenn ich ihm morgen am Telefon davon erzähle.

Ich wollte nicht zugeben, dass ich dir gefolgt war.

Dein Blick flog durch das Lokal: Und Sie sind sich sicher, dass Ihr Vater hierüber schockiert wäre?

Wäre es mir auch aufgefallen, wenn du diese Worte nicht kokett gesagt hättest? Ich wusste in jedem Fall sofort, wer du warst, warum du hier warst und in dieses Lokal gehörtest, aber das störte mich nicht, ganz im Gegenteil.

Ihr Kleid ist hübsch, sagtest du und fühltest den Stoff an meinem Schenkel, selbst geschneidert?

Ich lachte nur, wer hatte schon solche Fähigkeiten? Nicht einmal selbst gekauft, sagte ich und rückte deine Fliege zurecht. Sie sehen aus, als kämen Sie von einem Begräbnis, nicht aus einer Repertoirevorstellung der *Tosca*.

Tu ich auch, antwortetest du.

Ich blieb still, strich dir mit der Hand über den Hals.

Woher wissen Sie, dass ich die *Tosca* besucht habe?

Wir sollten tanzen, sagte ich und nahm deinen Arm, zog dich in Richtung Tanzfläche. Ich spürte deine Hand an meinem Rücken, zärtlich, fast verlegen, alle Blicke auf uns gerichtet, also küsste ich dich, mitten auf der Tanzfläche, zu einem alten Disco-Hit, der eigentlich nicht zu Slowdance anregte. Ich wollte wissen, wie es sich anfühlt, einem Mann wie dir die Zunge in den Mund zu stecken, wie man mir bisher die Zunge in den Mund gesteckt hatte, ohne zu fragen einfach nur zu nehmen. Es war angenehm und du wehrtest dich nicht, schmecktest nach Alkohol und Früchten. Ich legte dir die Hand auf die Schulter und du ließest dich von mir führen, ohne Absprache fanden wir einen gemeinsamen Rhythmus, wir waren von Anfang an ein Paar.

Du siehst schläfrig aus, sagtest du.

Das macht mich hübsch, antwortete ich, wenn ich wach bin, ist mein Gesicht zu hart.

Du drehtest dein Gesicht weg von mir, ein Lächeln um die Lippen.

Nach Stunden des Tanzens verließen wir das Lokal, fuhren mit einem Taxi in eine Absteige am Gürtel, tabakimprägnierte Holzwände, klebriger Fußboden.

Warum gerade hierher?

Weil mich hier niemand kennt.

Du bestelltest, wir stießen mit den Doppelten an und tranken auf ex. Das Bier reichte ich dir weiter, bestellte weitere Schnäpse.

Erzählen Sie mir von dieser Beerdigung, sagte ich, noch nicht ganz zum *du* gewechselt.

Ich hatte die Büchse der Pandora geöffnet. Die nächste Stunde sprachst du nur von deinem Bruder, der gerade gestorben war. Je mehr Bier und Schnaps du intus hattest, desto redseliger wurdest du, ich erfuhr noch am ersten Abend alles über deine Familie.

Meiner Mutter reiche ich einfach nicht, heultest du. Was bin ich überhaupt? Nichts wert bin ich. Dabei habe ich mir etwas aufgebaut, aber wozu? Alles habe ich verraten, alles, und noch immer bin ich das schwarze Schaf.

Weinerlich warst du, wie mein Korrepetitor, aber zumindest nicht aggressiv.

Du erzähltest von deiner Kindheit, während ich weiter Schnäpse trank, davon, dass dein Bruder dich stets verdroschen hat, wenn du seine Nähe suchtest. Dass du ihn lange bewundert hast für die Kraft, mit der er dich zusammenschlug, und gehasst für das Gefühl von Schwäche, das seine Fäuste in dich hineinprügelten. Natürlich verwendetest du andere Worte, du meintest, dass du ihn geliebt hättest und dich gleichzeitig geschämt vor ihm. Geliebt, weil er so stark war und geschämt, weil du dich so schwach fühltest. Du warst neidisch auf deinen Bruder wegen all der Eigenschaften, die er im Gegensatz zu dir besaß: Kraft und Selbstsicherheit. Weil er damit der Liebling deiner Mutter war, das Herzibinkerl, wie du es ausdrücktest. Und immer wieder Schläge. Und immer wieder: Mama hat ihn lieber gehabt.

Ich wollte dich nur durchschütteln: Reiß dich zusammen, du bist doch ein erwachsener Mann, ist doch völlig normal, dass man ein Kind lieber hat als das andere, darum bekommt man ja mehrere, damit die Chance auf eines steigt, das man wirklich mag. Aber ich hielt den Mund, denn ich hatte die Vermutung, diese Worte würden nicht wirklich zur Hebung der Stimmung beitragen, und was wusste schon ausgerechnet ich von Kindern.

Da saßest du also, in deinem Begräbnisanzug, ein Häufchen Elend, und ich verliebte mich sofort in dich, weil du so schwach warst und erbärmlich und ehrlich.

Dein Bruder klingt wie ein ziemliches Arschloch, sagte ich. Zumindest nicht nach einem Mann, mit dem man sich nach einem gepflegten Heulkrampf in der Oper einen schönen Damenspitz antrinkt.

Darauf stießen wir an und ich erzählte dir noch am ersten Abend alles über mich. Von meinem Korrepetitor, von der Abtreibung, von meinem blauen Auge. Ich erzählte dir, dass ich keinen Ort zum Schlafen hatte, da nahmst du mich sofort mit zu dir. Deine Wohnung lag in einer stillen Gasse, obwohl sie sich ganz in der Nähe des Naschmarkts befand, eine etwas kleinbürgerliche Gegend, obwohl man ihr das Protzige noch ansah, aber die abgeschlagenen Häuserecken hatten etwas Schäbiges, das nicht zum Prunk und den Verzierungen an den Fenstern passte. Der Dreck, der in der Luft lag, hatte die Farbe des Hauses schal werden lassen, die Fassade verschmolz fast mit dem nebelverhangenen Himmel, das Granitpflaster vor dem Hauseingang machte es mir schwer, in Stöckelschuhen zu laufen. Der Sims und die Giebel hatten schon bessere Zeiten gesehen, es war kein schönes Haus, in dem du wohntest. Und dennoch war ich froh, nicht auf der Straße schlafen oder meinen Korrepetitor um Verzeihung bitten zu müssen. Die Zimmer waren groß, an den Wänden hingen Schinken in dicken Rahmen, die Möbel waren in die Jahre gekommen, überall Gold, Verzierungen, Nippes, ein Albtraum von Bürgerlichkeit, geträumt von einem besoffenen Bauernburschen.

Das erste Mal mit dir war harte Arbeit, schwieriger als das Erarbeiten einer neuen Partie. Ja, wir erreichten das hohe C schließlich, aber unter welchen Anstrengungen meinerseits? Unter Heiserkeit und Schweiß. Ich nahm dich in den Mund, doch du warst ganz weich. Es gab damals in den Süßigkeitenläden saure Gummischlangen, und so fühlte es sich an, als lutschte ich schon zu lange an einer solchen, kein Geschmack mehr, kein Biss. Irgendwann wurdest du doch hart und ich legte mich zur Seite, weil ich dir nicht in dein vor Anstrengung rotes Gesicht sehen konnte, nahm etwas Spucke in meine Hand und umfasste deinen Schwanz, wie ich es beim Korrepetitor gelernt hatte, der es auch nie schaffte, mich feucht zu bekommen. Ich wollte dich gerade an mich drücken, da merkte ich, dass du in meine Hand stießest, immer und immer wieder, als wärst du schon in mir. Ich ließ dich in dem Glauben, teils aus Angst, deinen Stolz zu verletzen, teils schlicht aus Bequemlichkeit. Irgendwann kamst du, und ich wischte dein Zeug in die Laken. Wir schliefen erst Monate später wirklich miteinander, ich legte keinen Wert auf eine körperliche Beziehung, doch für dich schien es eine absolute Notwendigkeit zu sein, die Herausforderung hin und wieder zu bezwingen. Erst Jahre nach unserem ersten Mal traute ich mich, dich nach diesem Erlebnis zu fragen.

Was habe ich denn damals schon gewusst, antwortetest du. Ich habe geglaubt, eine Frau muss sich so anfühlen.

Nach dieser ersten Nacht blieb ich sofort bei dir, und du hattest nichts dagegen. Ich wollte nicht zurück zu meinem Korrepetitor, erst Wochen später übersiedelten wir meine wenigen Habseligkeiten, der Korrepetitor hatte sie nicht einmal in Kisten gepackt. Während du die Sachen nach unten trugst, nahm er mich zur Seite.

Du weißt, dass das eine von den Opernschwuchteln ist?

Was geht dich das an?

Hast du genug davon, dich von richtigen Männern durchficken zu lassen?

Ich klatschte ihm eine. Als er ausholte, um zurückzuschlagen, nahmst du seine Hand, zum richtigen Zeitpunkt zurück in die Wohnung gekommen, und drücktest sie nach unten, der Korrepetitor ließ es widerstandslos geschehen.

Die Opernschwuchtel ist zehnmal mehr Mann als du, zischte ich ihm ins Ohr.

Mit deinem silbernen Opel Commodore rasten wir zu dir, in eine andere Welt.

Ich verliebte mich in dich, weil ich das Gefühl hatte, mit dir eine andere Machtdynamik erleben zu können, weil du mich mehr brauchtest als ich dich, weil du jemand suchtest, der dir eine Fassade gab. Ich verliebte mich, weil ich bei dir die Oberhand behielt, weil es nichts gab, das du gegen mich verwenden konntest, weil die Fäden in meinen Händen zusammenliefen. So wurden wir ein Paar, weil ich es so wollte. Wäre mein Leben eine Oper gewesen, dann *Herzog Blaubarts Burg*, nur dass ich nie so naiv war wie Judith und du nie so brutal wie Blaubart. Ich wusste von Anfang an, welche Geheimnisse sich hinter deinen sieben Türen versteckten. Unser Blaubartleben war eher die Offenbach-Operette als die Bartók-Oper. Das hörst du jetzt sicher nicht gerne, eine romantische Oper wäre dir lieber, die Oper eines gefühligen Russen, Tschaikowski kann ich mir denken, aber nein, mein österreichischer Bauernbub, zur Nadeschda von Meck tauge ich nicht. Außerdem war es doch eigentlich zu witzig, was wir gemeinsam erlebten, zum Schreien komisch gar, und nicht zum Weinen. Hätte ich in unserer Ehe eine Hosenrolle ausgefüllt, hättest du sogar beides auf einmal haben können, Mann und Frau, aber so blieb dir nur diese Lösung. Warum das so komisch ist? Weil du alle damit glücklich machtest, vielleicht sogar dich. Vermutlich warst du also *Falstaff*, der große Täuscher als der noch größere Getäuschte, nur weniger verfressen, das hätte ich dir nicht durchgehen lassen, ein dicker Bauch wäre schlecht für die Karriere gewesen, die ich in meinem Kopf bereits für dich geplant hatte.

Du arbeitetest auf der Universität, ich sang hin und wieder passende und unpassende Rollen, wenn sich ein musikalischer Leiter fand, der nicht allzu viel Anspruch hatte. Um überhaupt an Partien zu kommen, musste ich von Vorsingen zu Vorsingen fahren, das kostete Geld. Mal nahm ich den Zug, mal das Taxi, den Führerschein hatte ich nie gemacht, und dich wollte ich nicht bitten, zu viel Angst vor der peinlichen Stille nach einer weiteren Absage. Ich rechnete dir die Kosten vor, um noch die entlegensten Theater abzuklappern, und du warst baff erstaunt über das Geld, das mich mein Herumgereise kostete.

Na wenn du nicht zu viel arbeitest, können wir uns deinen Gesang sogar leisten.

Wir kamen über die Runden, irgendwie, leisteten uns auch Opernbesuche. Einmal sahen wir den Korrepetitor, er durfte eine Repertoirevorstellung der *Frau ohne Schatten* dirigieren, ausgerechnet. Es war so schrecklich und brutal, wie ich mir sein Dirigat immer vorgestellt hatte. Du gabst mir recht, hattest Geschmack, zumindest in dieser Hinsicht. Deine Wohnung hingegen hatte meine Zuwendung notwendig, ich machte mich sofort an ihre Umgestaltung. Mehr skandinavisches Design, weniger Tuntenbarock, mehr Wieland Wagner, weniger Zeffirelli. Zu Beginn wehrtest du dich noch, aber als ich begann, die ersten Möbel von irgendwelchen Kirchenflohmärkten anzuschleppen, ließest du mir freie Hand. Ich begann, mich zuhause zu fühlen. Ich hatte nicht vor, mich je wieder nach einem Mann zu richten, plante stattdessen, dich nach meinen Vorstellungen zu bauen. Nur eines an dir wollte ich nicht ändern, denn natürlich wusste ich, dass du die ganze Zeit weiter mit Männern schliefst, da machte ich mir nichts vor, ich gönnte dir den Spaß und war froh, im Bett keine

Erwartungen mehr erfüllen zu müssen. Ich glaubte nicht, dass du mit mir deine heterosexuelle Seite entdeckt hättest, wir waren beide ein Experiment füreinander. Deine Männer störten mich nicht, ich war ja die Frau in deinem Leben, und das gab mir Macht.

Als wir uns kennenlernten, warst du als Assistent am Institut für Römisches Recht beschäftigt. Ich liebte es, dich an deinem Arbeitsplatz zu besuchen, ganz in der Nähe der Universität. Manchmal holte ich dich von Sitzungen ab, die im Hauptgebäude abgehalten wurde. Ganz unübersichtlich waren die alten Gemäuer, dabei kannte ich die verwinkelten Gänge der Oper, doch das hier war noch einmal etwas ganz anderes, Stiegenhäuser, die Hörsäle dazwischen, Büros der Professoren und Gänge, unendlich lange Gänge, vorbei an der Bibliothek, Richtung Innenhof. Ich fragte dich nach deiner Profession: Warum so theoretisches Zeug?

Römisches Recht ist etwas, das ewig hält, erklärtest du, das nicht einfach vergeht, es ist etwas Bleibendes, das uns Halt gibt. Es ist ein Fundament, verstehst du?

Nein, aber ich sah, dass du ein Fundament nötig hattest.

Schon während deines eigenen Studiums hattest du unterrichtet, den Grundstock für deine wissenschaftliche Laufbahn gelegt, jetzt liebtest du deine Assistenztätigkeit, und dein Professor liebte dich dafür. Schon nach wenigen Wochen lernte ich ihn kennen, einen freundlichen Herrn, jünger als gedacht, witziger als befürchtet, hübscher als erhofft. Man sah ihm seine Intelligenz an der Nase an, die wie bei meinem Vater nach oben gerichtet war. Gemeinsam mit seiner Frau verbrachten wir Abende im Musikverein, wo sie ein Abo geerbt hatten, um das ich sie beneidete. Manchmal besuchten wir auf meinen

Wunsch hin die Oper, aber die Aufführungen waren ihnen zu exaltiert, was mich schmerzte.

Römisches Recht ist abstrakt, sagtest du, es ist eine Grundlage, wie Mathematik. Und so ist auch mein Professor. Kein Wunder, dass ihm die Theatralik zu viel ist.

Schon bald wurde ein Urlaub zu viert geplant. Wir trafen uns bei deinem Professor zuhause, um alles zu besprechen. Seine Frau schlug Frankreich vor, aber nach Frankreich wolltest du auf keinen Fall.

Aber warum denn nicht, sagte die Frau enttäuscht, tolles Essen, schöne Strände.

Ja, warum denn nicht, flüsterte ich dir ins Ohr.

Zu viele Erinnerungen, damit ließest du es bewenden.

Stattdessen schlugst du Italien vor. Zuerst ein paar Tage Rom, dann an den Strand.

Die beiden waren sofort einverstanden: Römisches Recht hätten wir bei unserer Urlaubsplanung nicht so genau nehmen müssen, Herr Kollege, aber es ist natürlich ein herrlicher Vorschlag.

Die zwei Kinder der beiden mussten natürlich mit ins Auto gepackt werden. In deinem Opel Commodore folgten wir ihrer vollgepackten Familienkarosse.

Nach eher gelehrsamen als erholsamen Tagen in Rom lagen wir schließlich am Strand, wenige bunte Liegestühle, kaum mehr Sonnenschirme. Die Kinder spielten im flachen Wasser, das im beginnenden Herbst bereits kühl wurde, und bauten Sandburgen, während ihre Eltern neben uns lagen, froh darüber, den Nachwuchs einmal nicht bespaßen zu müssen. Wenn dein Professor und seine Frau schwimmen wollten, passten in der Zwischenzeit wir auf die Kinder auf, du mit einer eigenartigen Ruhe, ich in absoluter Panik vor einem Schwimmunfall der Eltern im kalten Wasser, der uns die Kinder für längere Zeit aufgehalst hätte.

Wollt ihr denn auch einmal Kinder?

Ich erkannte meinen Einsatz zur Lüge sofort. Ich kann keine Kinder bekommen, sagte ich und war stolz, wie gut ich die Mischung aus Verletzlichkeit und Selbstsicherheit hinbekam. Ich probierte, mir eine Träne aus den Augen zu drücken, aber so gut waren meine schauspielerischen Fähigkeiten doch nicht. Die Lüge funktionierte auch so, und ich genoss die peinliche, betroffene Stille, die am Strand entstand. Du warst gut darin, dich selber zu belügen, ich war gut darin, andere zu belügen.

Ihr könnt ja immer noch adoptieren, druckste die Frau deines Professors herum, aber noch habt ihr ja Zeit, ihr kennt euch erst so kurz. Zuerst heiraten, dann…

Ihr Mann brachte sie zum Schweigen, indem er ihr die Hand auf den Unterarm legte. Die beiden packten ihre Kinder und ließen uns zurück.

Die Wahrheit war: Du wolltest Kinder, ich nicht.

Ich will Kinder mit dir, das hattest du schon wenige Wochen nach unserem Kennenlernen gesagt, ein kleines Häuschen, wir könnten den Hof meiner Eltern auf Vordermann bringen, irgendwann werde ich ihn erben.

Ich war schockiert ob deines Vorschlags, ich hatte dich gewählt, weil ich mich mit dir vor einer Schwangerschaft sicher fühlte. Glaubtest du wirklich, ich würde mit dir aufs Land ziehen und Kinder bekommen? Hattest du mich deshalb in dein Leben gelassen? Natürlich, für deine Karriere wären Kinder perfekt gewesen, aber eine Schwangerschaft hätte ich nicht geschafft, nicht einmal für die perfekte Fassade hätte ich mir diese Fremdbestimmtheit angetan.

Eltern sind doch nur freiwillige Sklaven in einer unbefriedigenden Sadomaso-Beziehung, sagte ich.

Wir könnten das schaffen, sagtest du, es besser machen.

Wir sprechen nicht mehr über dieses Thema, beendete ich die Diskussion.

Als dein Professor wenig später ins Justizministerium wechselte, machte er dir das Angebot, mit ihm mitzugehen, eine entsprechende Position würde sich schon finden.

Wann fängst du an?

Ich habe mich noch nicht entschieden.

Du hast dich noch nicht entschieden, wann du anfängst?

Ich habe mich noch nicht entschieden, ob ich überhaupt mitgehe.

Was gibt es denn da zu überlegen?

Du erzähltest mir von deiner Liebe zur Wissenschaft, zu einem ruhigen Job, von deiner Abneigung allen Konflikten gegenüber, doch ich unterbrach dich, bevor du wieder mit deiner schwierigen Kindheit anfangen konntest: Wovor hast du wirklich Angst?

Du sagtest nichts.

Vor der Beobachtung, unter der du im Ministerium stehen wirst?

Du nicktest.

Dafür hast du jetzt mich, sagte ich und ahnte die Möglichkeit, meine Position in unserer Beziehung weiter auszubauen. Wenn ich von meinen Eltern eines gelernt habe, dann Repräsentation selbst unter den schwierigsten Voraussetzungen. Und du bist kein schwieriger Fall, zumindest kein hoffnungsloser. Lass mir freie Hand, alles wird gut. In meinem Kopf schwirrten die Worte meiner Mutter: Das ist alles falsch, es ist alles Lüge. Die Geschichten, die Kulissen, die Schminke, die Frisuren. Aber gerade das macht es ja so großartig! Du kannst alles glauben, weil alles gelogen ist.

Für die neue Stelle musste ein Kostüm besorgt werden, denn dein schlechtsitzender Begräbnisanzug reichte vielleicht für die Universität, nicht aber für das Ministerium. Du kanntest einen Herrenausstatter, bei dem du schon einmal für jemand anderen Anzüge gekauft hattest, ich fragte nicht nach. Der Inhaber kümmerte sich in jedem Fall rührend um dich, während ich auf einer Bank saß und Anweisungen gab. Ein schwarzer und ein blauer Anzug, dazu einer in Nadelstreif, das musste fürs erste reichen, dazu Hemden und einige Krawatten. Der Reihe nach probiertest du alles an, zogst am teuren Stoff, wetztest hin und her.

Also ich weiß nicht, sagtest du.

Das muss natürlich noch angepasst werden, aber sonst sieht du herzeigbar aus.

Das meine ich nicht.

Ich schickte den Schneider nach draußen.

Was ist das Problem? Und erspar uns das Herumlavieren, sprich es einfach aus.

Du trugst den blitzblauen Anzug, dazu ein weißes Hemd, goldene Krawatte, die Hemdbrust glänzte, die dunkelbraunen Schuhe strahlten, auch wenn du komisch in ihnen herumstelztest. Sie drücken, sagtest du.

Das wird schon noch.

Was soll da noch werden? Meine Füße schrumpfen sicher nicht mehr.

Ich kann mir nicht vorstellen, dass wirklich die Schuhe das Problem sind.

Ich werde jeden Tag mehr zum Verräter, platzte es aus dir heraus.

Ich verstand nicht, was du meintest.

Das hier bin einfach nicht ich, verstehst du nicht?

Und was bist du dann?

Keine Ahnung, das ist es ja, aber nicht das.

Heute weiß ich, dass du recht hattest. Du warst kein Anzugträger und wurdest nie zu einem, zumindest nicht zu hundert Prozent. Aber du warst eben auch kein Bauernbub mehr. Damals jedoch hatte ich nicht die Nerven, dir das zu erklären. Blödsinn, tat ich deinen Einwand ab, Kleider machen Leute. Du bist, was du trägst, nicht umgekehrt.

Ich bin ein Verräter, sagtest du noch einmal und hingst das Jackett zurück an den Kleiderbügel, zogst dir das Hemd wie ein T-Shirt über den Kopf, so dass ein Knopf abriss und durch den Raum flog.

Jetzt werd nicht dramatisch, sagte ich. Wir sind alle Verräter. Oder sitze ich noch an einer Amsterdamer Gracht? Wir verraten andauernd jemanden oder etwas. Es kommt nur darauf an, wen oder was man verrät. Und wofür.

Und was heißt das?

Dass dir ein Anzug eben besser steht als eine Lederhose.

Wir gingen mit fünf prall gefüllten Einkaufstaschen nach Hause.

Zu Beginn war es, als drückte sich der Bauer durch alle Schichten Stoff. Erst nach Monaten und Jahren wurde ein Mann aus dir, der sogar meinem Vater angemessen erschienen wäre, und manche behaupteten später, du wärst im Ministerium nur deshalb so erfolgreich gewesen, weil man dir trotz staatstragender Anzüge, edler Stoffe und geschliffenen Hochdeutschs den Bauern immer noch anmerkte. Ich schrieb mir diesen Erfolg auch auf meine Fahne.

Vor dem Karriereschritt ins Ministerium war noch ein privater Schritt zu machen. Ich wusste, von dir würde in diese Richtung nichts kommen, also fragte ich dich eines Abends frei heraus: Willst du mich heiraten?

Wir kennen uns doch erst ein Jahr.

Wir können uns ja scheiden lassen, wenn es nicht funktioniert, aber zumindest ausprobieren sollten wir es, was haben wir schon zu verlieren?

Du nanntest meine Einstellung Pragmatismus, dabei war mir einfach bewusst, dass für deine Karriere eine Ehe unerlässlich war. Ich wusste, dass ich mich auf ein Experiment einließ, ein partnerschaftliches Abenteuer, das sich von den konventionellen Ehen unterschied, die in unserer Umgebung geführt wurden, aber vielleicht mussten Menschen wie wir ein Experiment wagen, unsere eigenen Regeln aufstellen.

Deine Mutter wolltest du vor vollendete Tatsachen stellen, sie sollte nicht zur Hochzeit eingeladen werden. Ich verstand dich nicht, protestierte. Mein Vater war damals schon zu krank, um die Reise nach Wien auf sich zu nehmen, auch wenn er die Stadt gerne wiedergesehen hätte, wie er am Telefon meinte, als er uns zur Verlobung gratulierte. Sollte nicht zumindest deine Mutter dabei sein? Du würdest sie stolz machen, sagte ich, dein Bruder hat doch nie geheiratet, tritt aus seinem Schatten.

Nicht dadurch, antwortetest du, nicht so. Ich kann dich heiraten, aber ich kann sie nicht dabeihaben. Ich schaffe das Jawort nicht, wenn sie hinter mir steht.

Die Vorbereitungen zur Hochzeit waren schnell erledigt. Es würde eine ausschließlich standesamtliche Trauung werden. Ich war heilfroh, bei einer kirchlichen Trauung hätte sich vermutlich mein totes Kind materialisiert und meine Geliebten wären in den Bänken sitzend vor Lachen zusammengebrochen, die größte Hetz der Stadt. Bei dem Herrenausstatter, der deine Anzüge angefertigt hatte, ließ ich mir unter Murren des Schneiders einen Hosenanzug anfertigen. Ich wählte einen wunderschönen, cremeweißen Stoff, der in der Hüfte etwas enger, an den Schultern etwas weiter saß, darunter trug ich eine schwarze Bluse, dazu einen Bubikopf nach neuerster Mode. Ich kam mir vor wie die modernste Frau der Welt, bis uns der Standesbeamte musterte und grollte: Wer ist denn nun der Bräutigam und wer die Braut?

Unsere Trauzeugen waren dein Professor und seine Frau. Als die kurze Zeremonie beendet war, unterschrieb ich das Formular mit meinem alten Namen, weil ich es noch nicht gewohnt war, mit deinem zu unterzeichnen. Der Standesbeamte malte ein *geborene* vor meinen alten Mädchennamen, ich setzte den neuen dahinter. Du küsstest mich unbeholfen, dein Professor gratulierte mit einer teuer gebundenen Ausgabe zur Geschichte Roms und nach einem Glas Sekt und einem schnellen Abschied verließen wir zu zweit das Amtsgebäude ohne weiteren Plan, wie unser Hochzeitstag verlaufen sollte.

Und da standen sie, konfettiwerfend, johlend, tanzend. Paradiesvögel, die dich aufgeregt empfingen. Du warst fuchsteufelswild, wolltest sie vertreiben, wie Jesus die Händler aus dem Tempel. Atemlos liefst du voraus, ihnen entgegen, wild gestikulierend, dich immer wieder zu mir umdrehend. Ich folgte dir schnellen Schrittes, endlich etwas Aufregung, endlich wieder Drama. Ich kickte die Stöckelschuhe von meinen Fersen und rannte los.

Ich weiß nicht, wer das ist, riefst du mir über die Schulter zu.

Hieltest du mich wirklich für so dumm?

Ihr seid nicht eingeladen, brülltest du ihnen zu, ich hörte dich doch.

Luftschlangen begrüßten uns, als wir die Gruppe erreichten, flogen über unsere Köpfe, verfingen sich in meinen Haaren und sorgten dafür, dass ich plötzlich lange, bunte Zöpfe trug. Eine der drei Gestalten köpfte eine Champagnerflasche, spritzte uns die Flüssigkeit ins Gesicht, ich leckte mir das süßliche Zeug von den Lippen. Alle drei umringten dich, nahmen dich in ihre Mitte, hoben dich hoch und setzten dich nach mehreren Drehungen wieder ab. Du wehrtest dich gegen ihre Umarmungen.

Geh zurück ins Amtshaus, riefst du mir zu, und warte auf mich.

Ich war doch kein kleines Kind, das man auf sein Zimmer schicken konnte, ich war froh über etwas Farbe bei der Hochzeit. Ich drängte mich an dir vorbei, drehte den drei Wesen meinen Rücken zu und warf den Strauß, sie wussten sofort, was zu tun war. Ein kleiner Dicker fing ihn, ich gratulierte ihm mit einer Umarmung.

Dann sind Sie wohl der nächste, der heiratet, sagte ich zu ihm, und dann lachten wir herzlich über diesen Unsinn, bis uns die Tränen kamen.

Was für eine schöne Braut, sagte er nach einer Weile, und zu mir: Sie sind natürlich auch nicht zu verachten, Gnädigste. Er sah sich meinen Ring an, hielt ihn ganz nah an sein Gesicht: Viel kleiner als der, den unser Freund hier sonst so trägt.

Ich genoss die Szene, weil ich die Fäden in der Hand hielt. Du hattest bisher gedacht, ich ahne nur und wisse nicht. Deine Freunde dachten, ich sei komplett ahnungslos. Ich aber wusste. Ich wusste von dir und von ihnen und meiner selbstgewählten Rolle in der ganzen Scharade, sagte aber nichts, um die Szene noch etwas in die Länge zu ziehen. Als ich bemerkte, dass du kurz davorstandst, eine Szene zu machen, nahm ich dich zur Seite, zog dich in Richtung des Amtshauses, weg von den Luftschlangen und Konfettihaufen, die auf dem Kopfsteinpflaster lagen: Was soll das?

Ich weiß nicht, was die hier machen, stottertest du, ich habe nichts mit denen zu tun.

Warum bist du so unhöflich zu deinen Freunden?

Das sind nicht meine Freunde.

Mir platzte der Kragen: Wovon redest du eigentlich? Glaubst du, ich weiß nicht, warum die hier sind? Du brauchst mir nichts vorzuspielen, für Schauspiel bin ich zuständig. Ich weiß, dass du zu ihnen gehörst und sie zu dir. Darum habe ich dich doch überhaupt erst geheiratet. Deine Freunde haben Champagner gebracht und Farbe und Freude. Sei froh, dass sich jemand diese Mühe gemacht hat.

Du jedoch bliebst griesgrämig. Warst du nicht froh über deine aufgeschlossene Frau? Nein, du schämtest dich. Du schämtest dich für deine Freunde, für mich und am meisten wohl für dich. Aber lass dir eines gesagt sein: Scham bremst. An der Außenfassade unserer Ehe konnten wir auch am nächsten Tag noch basteln. Ich wollte dein anderes Leben einmal sehen, und das hier war die Gelegenheit. Ich wollte einen einzigen Blick auf diese Seite von dir werfen und dann die Augen schließen.

Aber sie lachen uns aus, fluchtest du.

Sie lachen uns nur aus, wenn wir nicht mitlachen.

Stell dir vor mein Professor hätte sie gesehen, was dann?

Mir wäre schon eine zufriedenstellende Erklärung eingefallen, oder glaubst du nicht mehr an meine Fähigkeit zur Lüge?

Mit diesen Worten ließ ich dich stehen, ging zurück zu deinen Freunden. Als sie eine Feier vorschlugen, fragte ich dich erst gar nicht, sondern sagte einfach zu. Wir feierten zuerst in einem Espresso im ersten Bezirk, später dann in einer Diskothek am Stadtrand. Sie hatten Luftballons dabei und nach dem Champagner noch flaschenweise billigen Sekt, den wir aus Plastikflöten tranken. Wir feierten, als gehörten wir zusammen, wir belogen uns für einen Abend, vermischten für wenige Stunden, was am nächsten Tag mühsam wieder getrennt werden musste.

Die Hochzeitsnacht war dann ein Desaster. Ich hatte nichts anderes erwartet, auch die paar Mal davor hatten ja nicht wirklich zufriedenstellend funktioniert, ich hatte mich also auf kein Feuerwerk eingestellt, hätte mich nach der Feier auch einfach schlafengelegt, doch du bestandst darauf, das gehörte wohl zu dem Bild, das du in deinem Kopf für uns erschaffen hattest. Vor unserer Ehe hatte ich dich nie richtig nackt gesehen, immer lagst du schon unter der Decke, wenn ich aus dem Badezimmer kam, so auch in unserer Hochzeitsnacht. Du warst dann, wie soll ich es ausdrücken, untererregt, also half ich nach, mit der Hand, das dauerte zwar, aber ich war ein geduldiges Mädchen, und irgendwann zahlte sich diese Geduld aus. Seit der Erfahrung unseres ersten Males leitete ich dich in mich. Du bewegtest dich langsam, drehtest mich zur Seite, etwas Blut auf dem Leintuch.

Du bist doch keine Jungfrau mehr?

Ich habe meine Tage, Dummerchen.

Ich fand es amüsant, dass du so wenig über den weiblichen Körper wusstest, und flüsterte dir ins Ohr: Ganz ruhig, das ist normal, aber das Blut warf dich völlig aus der Bahn. Wir mussten sofort aufhören und verbrachten den Rest der Nacht damit, die kaum beschmutzten Laken in der Badewanne zu waschen.

Die Hochzeit hieß natürlich keineswegs, dass du nicht geblieben wärst, wer du warst, ich hätte es auch nicht anders gewollt. Nach unseren gemeinsamen Opernbesuchen spazierte ich zu deiner Wohnung und du in Richtung Innenstadt. Wir sprachen nicht darüber, aber wir waren beide froh, etwas Zeit für uns zu haben. Ich achtete in der Wohnung darauf, dass mein Gesang nicht einrostete, du achtetest woanders darauf, dass du ebenfalls im Öl bliebst. Mehr als einmal kamst du auch unter der Woche erst spät nachts nachhause. Ich wusste ja, dass du um diese Uhrzeit nicht mehr zu arbeiten hattest, dein Professor schickte dich immer rechtzeitig heim zu mir, aus Rücksicht, wie er sagte, doch ich wollte eine moderne Ehefrau sein, kein nörgelndes Nachkriegs-Klischee auf zwei Beinen, darum fragte ich nie nach Details. Gerade das war jedoch mein Fehler. Anstatt eine wirklich moderne Beziehung zu führen, stand ich doch wieder hinter dem Herd und wärmte das Essen zum zweiten, zum dritten Mal auf, du würdest ja jeden Moment nach Hause kommen, während du vermutlich in irgendeinem Park standst, dein verschrumpeltes Ding in der Hand und genau wie ich auf etwas wartetest, das nicht kommen würde, immerhin warst du zu diesem Zeitpunkt längst nicht mehr die frischeste Tomate am Gemüsestand, mach dir da keine Illusionen. Ich war wie Lohengrins Elsa, der man aufgetragen hatte, nur ja nicht zu fragen. Schatz, hätte ich stattdessen sagen sollen, so beiläufig wie möglich, ich weiß, dass du heute wieder Schwänze gelutscht hast. Das macht mir auch gar nichts aus, nein, wirklich. Ich habe dich sogar, und unterbrich mich jetzt bitte nicht, nur deshalb geheiratet. Ein Mann, dessen Schuldgefühle ebenso groß sind wie die Lust auf mich klein, ich könnte nichts Besseres erwarten. All das sagte ich nicht. Stattdessen: Willkommen zuhause, war dein

Tag wieder anstrengend? Setz dich doch erst und iss, natürlich ist das Essen noch warm. Wie unfassbar pflichtbewusst von mir, wie unfassbar Uschi Glas. Und du weißt, wie sehr ich Uschi Glas immer schon gehasst habe. So ging das eine Weile, bis ich mir selbst nicht mehr in die Augen sehen konnte. Eines nachts schlichst du wieder einmal in unser Schlafzimmer, ich konnte die Geilheit noch an dir riechen, da nahm ich mir ein Herz, drehte mich zu mir und sagte: Ich habe einen Vorschlag.

Du erschrakst: Du bist noch wach?

Ich bin immer wach und ich habe einen Vorschlag, eine Art Ehevertrag.

Wovon redest du?

Du kannst dich treffen, mit wem du dich treffen willst. Du kannst ficken, wen du ficken willst. Oder dich ficken lassen, das alles ist dein Bier, ich bin da nicht prüde. Aber du bist diskret dabei. Ich will nichts mehr davon mitbekommen, und sonst auch niemand. Ich halte es nicht aus, wenn mich irgendeiner unserer Bekannten mit einem mitleidigen Blick ansieht. Dass du den Mund hältst und dieses kleine Arrangement nicht gefährdest, das ist doch auch in deinem Sinne? Ich glaube nicht, dass der Herr Sektionschef erfreut wäre, müsste er erfahren, dass sein engster Mitarbeiter nicht nur ihm in den Allerwertesten kriecht.

Du lagst an meiner Seite, hattest mir den Hinterkopf zugedreht, und schwiegst.

Du bist also diskret, haben wir uns verstanden? Vor allem aber gibst du acht, dass du dir nichts einfängst. Zumindest nichts, das bei unserem jährlichen Vollzug der ehelichen Pflichten übertragen werden kann. Mehr will ich nicht von dir. Wenn ich dich auch nur einmal mit einem Ausschlag erwische oder Gott behüte einer Warze, dann ist dieser kleine

Vertrag hinfällig. Im Gegenzug treffe auch ich, wen ich treffen will, und du wirst mir keine Vorhaltungen machen. Wir sind erwachsen, wir sind vernünftig, wir wissen, dass wir uns wirklich lieben, aber nicht auf diese Art und Weise. Es ist in natürlich unser beider Interesse, dass diese Ehe funktioniert, allerdings hast du mehr zu verlieren, also haben wir eine Abmachung.

Keine Frage, eine Feststellung.

Wir haben doch eine Abmachung?

Du nahmst schließlich die Hand, die ich dir entgegenstreckte.

Du bist ein eigenartiges Gewächs, sagtest du.

Wir sind beide eigenartige Gewächse, sagte ich, mögen wir wachsen und gedeihen in Ehrlichkeit und Lüge.

Nach unserer Hochzeit stand ein Besuch in Amsterdam an, so lerntest du meinen Vater kurz vor seinem Tod noch kennen, einen alten, schon etwas abwesenden Mann, der dir auf erstaunliche Weise glich. Als wir die Wohnung meiner Familie betraten, bemerkte ich an deinem Gesicht eine Veränderung. Dir wurde wohl zum ersten Mal wirklich deutlich, dass die verarmte, ausgehungerte Sängerin, die sich in Österreich durch Mehrzweckhallen sang, aus einer Familie mit Geld kam. Doch schon nach wenigen Minuten schien dir dieser Fakt egal zu sein, du sprachst ihn weder während unseres Besuches noch danach je an. Dabei hätte ich gerne gehabt, dass du auch wegen des Geldes mit mir zusammen bist. Vielleicht nicht ausschließlich, aber doch auch deswegen. Geld ist ehrlicher als Gefühle, es ist berechenbarer. Auf Geld hätte ich vertrauen können, mehr jedenfalls als auf das wackelige Konstrukt, das unserer Beziehung sonst zugrunde lag. Aber nein, obwohl du dich aus armen Verhältnissen nach oben gearbeitet hattest, genau wie mein Vater, lag dir nichts an seinem Reichtum, nichts an dem Erbe, das mit zittrigen Fingern schon zu uns herüberwinkte, als wir die große Wohnung an der Keizersgracht betraten. Wir schliefen in meinem alten Kinderzimmer, das mein Vater wie ein Museum konserviert hatte, und bewegten uns doch wie Fremde durch eine Wohnung, in der an jeder Ecke die Erinnerung an meine Mutter wartete. Mein Vater war mir ebenso fremd geworden wie die Wohnung, ohne die Energie meiner Mutter wirkte er verhärmt auf mich, aus der Zeit gefallen. Ich schlug vor, für ihn zu singen, doch er wollte keine Musik mehr hören, das Klavier nicht mehr benutzen. Du im Gegenzug fandst meinen Vater faszinierend. Er verwirrte dich mit seiner unbarmherzigen, geradlinigen Art, die nach so langen Jahren beinahe nichts Österreichisches mehr hatte, du fandst keine Ruhe in seiner Nähe und wirktest wie ein Schauspieler, der seinen Text vergessen hatte. Und dabei sah ich Spuren von ihm an dir, die Sprache als allererstes, aber auch die Liebe zu Protzigem, die dich zu deinem teuren Auto getrieben hatte, zum Barockschmuck deiner Wohnung. Ganze Nächte verbrachtest du an der Seite meines Vaters, hörtest dir seine Lebensgeschichte an, die Erzählung seiner Flucht, wie er seine Ausreise immer noch nannte, den langsamen, hart erarbeiteten gesellschaftlichen Aufstieg.

Zurück in Wien begannst du, die Lebensgeschichte deines eigenen Vaters zu recherchieren. Du weigertest dich, mir Details zu erzählen, verschwandst ganze Wochenenden in Bibliotheken und Archiven, recherchiertest mit Hilfe eines Historikers, grubst Dokumente aus, die du in einem eigens erworbenen Safe versperrtest, obwohl nur ich Zugang zu unserer Wohnung hatte und die Dokumente sicherlich kein großes Interesse bei Dieben ausgelöst hätten. Du schriebst über Monate hinweg an einem Artikel über deinen Vater, den ich erst lesen durfte, als er schließlich veröffentlicht wurde. Du hattest nicht viel herausgefunden, konntest seinen Weg über die Grenze nachzeichnen, den er alleine geschafft hatte, seinen Weg nach Frankreich, doch zu seinem Tod konntest du nur unterschiedliche Vermutungen zusammentragen. Am Abend der Auslieferung des Magazins sprachen wir das erste und einzige Mal über deinen Vater, bevor du das Thema wieder in der Versenkung verschwinden ließest. Du erzähltest mir deutlicher noch als du es im Artikel zu schreiben gewagt hattest, dass dein Vater für dich immer ein Held gewesen war, ein totgeschwiegener Widerstandskämpfer, ein zu Unrecht Vergessener, dessen Geschichte der Erinnerung würdig war, auch wenn die Lücken in seiner Lebensgeschichte wohl nie gefüllt werden würden. Du gestandst, dass du nur seinetwegen in die Justiz gegangen warst, um Unrecht wieder Recht zu machen, dass du das Sprechen mittlerweile aber wichtiger fandst als das Urteilen. Du hadertest mit deiner Mutter, der du vorwarfst, die Geschichte des Vaters ebenfalls unterdrückt, vergessen, weggesperrt zu haben. Du trautest dich denn auch nicht, ihr den fertigen Artikel zuzusenden, obwohl sie der einzige Mensch war, der ihn hätte lesen sollen. Endlich glaubte ich zu verstehen, warum du sie nicht zu unserer Hochzeit geladen hattest. Du konntest sie genauso wenig an deinem Leben teilhaben lassen wie sie dich an ihrem. Ich verpackte ein Exemplar des Magazins und schickte es an ihre Adresse, die ich in deinem Notizbuch fand.

Tage später kam die Antwort, ein Brief deiner Mutter. Ich erwartete das Angebot einer Aussprache, eine ausgestreckte Hand, doch der Brief, den ich schließlich aus dem Müll fischte, enthielt nur Vorwürfe. Deine Mutter schrieb: Hast du das wirklich schreiben müssen, das über deinen Vater? Weißt du denn nicht, was du mir damit antust? Musst du schlecht reden über mich? Als hätten nicht alle Leute nur schlecht geredet über mich. Ich bin der Abschaum des Dorfes gewesen, für so lange Zeit, der letzte Dreck unter dem Fingernagel. Weil dein Vater uns verraten hat, so haben es die Leute gesagt, weil er uns verkauft hat. Und jetzt verkaufst du mich noch einmal. Für eine Geschichte, die halb erstunken und halb erlogen ist? Was weißt du schon von deinem Vater, es stimmt doch nur die Hälfte von dem, was du da schreibst. Nach meinem Tod, wirst du da auch etwas schreiben über mich, was gar nicht stimmt, weil du mich gar nicht mehr kennst? Weil du kein Wort mehr mit mir redest und erst nachlesen musst, was ich für eine gewesen bin, wenn ich schon lang im Sarg lieg, tief unten in der Erde?

Einige Zeit später sollten wir deine Mutter besuchen, du hattest darauf bestanden, mich angewiesen, zu einer bestimmten Zeit auf der Straße zu warten. Du warst spät dran, kamst direkt aus dem Büro, um mich abzuholen. Ich wartete wie versprochen vor dem Haus, doch du wolltest noch ins Schlafzimmer, um dich umzuziehen, dabei trugst du einen der neuen Anzüge, die so perfekt saßen.

Warum willst du dich umziehen, du bist doch mehr als herzeigbar.

So kann ich nicht zu meiner Mutter.

Ich verstand nicht gleich, doch als du den Anzug in den Schrank hingst, deine alte Hose überstreiftest und den zerschlissenen Pullover über den Kopf zogst, da begriff ich. Du schämtest dich immer noch für den Menschen, der du geworden warst. Du wolltest ihr immer noch den Bauernbuben zeigen, nicht den aufstrebenden Kabinettsmitarbeiter.

Auf der Autobahn standen wir dann im Stau, wir kamen erst nach einigen Stunden Fahrt bei dem Hof deiner Eltern an. Ich kannte ja mein ganzes Leben lang nur die Stadt und das Land nur aus den Filmen, die am Sonntagnachmittag im Fernsehen liefen: fröhliche Bauern, dienstbereite Oberkellner in Ausflugslokalen, Nutzvieh an jeder Ecke und eine Bevölkerung, immer einen Schlager auf den Lippen. Doch dann fuhren wir durch immer kleiner werdende Dörfer, vorbei an leer stehenden Industrieanlagen, an Bauernhöfen mit toten Fenstern, und eines war sofort klar, du kamst nicht aus der Gegend, in der Peter Alexander seine Filme drehte. Der Zustand deines Elternhauses schockierte mich dann aber doch. Überall abblätternder Putz, heruntergefallene Schindeln, Unkraut in jeder Ritze. Deine Mutter saß auf einer Bank neben dem Holztor, als wir in die Einfahrt bogen, Kittelschürze, Kopftuch, Gehstock. Als sie sich von der Bank nach oben drückte, war mir sofort klar, dass sie das riesige Anwesen, das hinter ihr lag, allein nicht mehr bewirtschaften konnte. Mit strengem Blick kam sie uns entgegen, offenbar kein bisschen glücklich, dich nach so langer Zeit wiederzusehen. Mit ihrem Stock durchschlug sie die Luft, deutete auf das langgestreckte Gebäude zu unserer Rechten: Na, was sagst du? Hab ich auch ohne dich auf Vordermann gebracht, nicht? Der erste Satz und schon ein gut platzierter Vorwurf, die Frau imponierte mir, von der würde ich noch etwas lernen können. Du öffnetest den Kofferraum und wolltest unser Gepäck herausfischen, doch deine Mutter war schneller. Den Stock mit einer schnellen Bewegung unter die Achsel geklemmt, zog sie die drei schweren Taschen heraus, als wären es Damenhandtäschchen.

Deine ausgestreckte Hand schlug sie zur Seite: Was, jetzt auf einmal willst mir helfen? Du hebst dir doch einen Bruch, Stadtbub, lass sein. Ich war verschnupft. Hatte ich das alte Mütterchen falsch eingeschätzt? Ich erklärte mir meine Unsicherheit mit einem schlimmen Fall von Provinz-Jetlag und stapfte euch hinterher, mir der Unangemessenheit meiner neuen Riemchenstöckelschuhe unangenehm bewusst. Ich war nicht in meiner natürlichen Umgebung, und wie jedes Tier, das sein gewohntes Habitat verliert, reagierte ich mit einer Mischung aus Fluchtverhalten und Aggression.

Mehr als eine Nacht bleibe ich sicher nicht hier, zischte ich dir hinterher, nur damit das klar ist. Hättest mich ja ruhig vorbereiten können, dann hätte ich mir Kleidung gekauft, die etwas bäuerlicher ist, den Körper für ein Dirndl hätte ich.

Deine Mutter begleitete uns in die Küche. Und Sie heißen?, fragte sie.

Sara.

Sara. Schön, wie aus der Bibel.

Du hattest ihr meinen Namen zuvor also noch nie genannt.

Schweigend saßen wir nun um den Tisch, das Kreuz mit dem geschundenen Jesus deiner Mutter im Rücken.

Sara singt, sagtest du, um die Stille zu durchbrechen.

Wie schön, meinte deine Mutter, singen Sie mit mir.

Ich ergattere schon lange keine Engagements mehr, wiegelte ich ab, zumindest nicht solche, auf die man stolz sein könnte.

Da griff deine Mutter den Tisch, beugte sich nach vorne und begann zu singen. Laut und klar, mit einer Kraft und einer Stimmfarbe, für die neunzig Prozent aller Opernschülerinnen töten würden. Sie sang ein Kirchenlied, das ich nicht kannte, aber in meinen Ohren klang es wie ein ganzes Oratorium von Bach. Deine Mutter hätte Karriere machen können, eine größere Karriere als ich. Ich konnte mich nicht halten, ich lachte vor Freude, doch da verstummte sie sofort.

Nein, singen Sie doch bitte weiter, sagte ich.

Ich wollte ihre Stimme hören, für den Rest unseres Besuches. Diese Stimme, die so gar nicht zu der Frau passte, die vor mir saß. Doch deine Mutter schüttelte nur den Kopf.

Warum singen Sie denn nicht mehr, fragte sie mich.

Ach, die Musik mag mich nicht mehr, antwortete ich. Die Musik ist ein Haifischbecken, Sie verstehen? Ich bemerkte, dass sie mich nicht verstand.

Deine Mutter zog ihre Schürze zurecht, kramte als Themenwechsel ein Fotoalbum aus der Schublade, ein altes, mit durchscheinenden Trennblättern, die beim Umblättern so schön knistern. Darin Fotos von dir, bei der Erstkommunion. Ein braver Bub, sagte sie immer wieder. Dabei sah man schon, dass du anders warst, an den Augen vor allem, an deinem Mund. Immer wieder Fotos von dir. Und von deinem Bruder. Ich sah ihn zum ersten Mal, doch ich brachte die Bilder nicht mit deinen Geschichten von ihm zusammen. Deine Mutter strich über die Fotos, beinahe zärtlich berührte sie eure Gesichter, doch sie sprach nur von deinem Bruder, wollte mir sein ganzes Leben erzählen, das ich bereits von dir kannte. Ich merkte, wie unruhig du wurdest.

Erzähl deiner Mutter doch von deiner neuen Arbeit, unterbrach ich sie.

Sie sollte ruhig wissen, dass du deinen Weg gemacht hattest.

Du zögertest, doch dann erzähltest du von deiner Arbeit im Ministerium, davon, dass du endlich das Gefühl hattest, etwas Sinnvolles zu tun. Und als ich das Strahlen in deinen Augen sah, die Art, wie du nervös die Hände ineinander faltetest, da wusste ich wieder, warum ich dich geheiratet hatte. Du warst ein guter Mann und wolltest immer noch, dass deine Mutter stolz auf dich war, nicht nur auf den toten Bruder. Und wirklich, sie musste sich doch für dich freuen! Doch so viel Ablehnung wie im Gesicht deiner Mutter hatte ich noch selten gesehen, sie schien dir gar nicht zuzuhören, schnaufte verächtlich, als du das Parlament erwähntest.

Wo steht die größte Orgel der Welt, fragte sie. Im Parlament in Wien. 183 Pfeifen!

Das wäre aber eine sehr kleine Orgel, konnte ich mir die Antwort nicht verkneifen, vor allem nicht vor einer Kirchensängerin.

Da schwieg deine Mutter wieder und es war besser so.

Erst nach einer gefühlten Ewigkeit, sie spülte gerade das Geschirr, sprach sie wieder. Wollt ihr nicht auf den Hof ziehen, fragte sie. Das ist doch jetzt der beste Zeitpunkt. Ihr könnt ja ganz gratis wohnen. Deine Frau, und hier zeigte sie mit dem Finger auf mich, kann mithelfen, das wird sie schon lernen, das ist doch keine Hexerei.

Deine Mutter tat mir leid, ihre Verzweiflung wie ein Geruch in der Luft. Sie kannte dich nicht mehr, sie hatte keine Ahnung von ihrem Sohn.

Es ist auch billiger hier, fuhr sie fort. Ich könnte auf die Kinder aufpassen.

Ich will keine Kinder, sagte ich, doch deine Mutter ließ sich davon nicht beirren, wie sich auch die Mutter des Korrepetitors nicht hatte beirren lassen.

Auf dem Hof habt ihr ein Dach über dem Kopf, egal, wie viele Kinder kommen.

Ich hielt das Gerede über Kinder nicht aus, ein Gefühl in mir, das ich nicht fühlen wollte. Ihr Sohn hat jetzt andere Aufgaben, sagte ich.

Wichtigere, meinen Sie wohl.

Am verächtlichen Blick deiner Mutter merkte ich, dass sie sich für dich eine andere Frau gewünscht hatte. Eine kräftigere, ländlichere, kein nervöses Stadtgewächs wie mich. Eine Frau, die die Felder liebt und den Bauernhof, die frische Luft und die Tiere, die sich nicht über das kalte Leitungswasser beschwert, das nicht und nicht warm werden will. Ich sah, wie sie sich anstrengte, wie sie versuchte, in mir etwas von dieser erwünschten Frau zu erkennen. Ihr jüngster Sohn war verheiratet, das war gut, doch er war mit jemandem wie mir verheiratet, und das war alles andere als gut. Ich sah den Kampf in ihr und das schmerzte mich, weil ich sie mochte, eine Figur wie aus der *Cavalleria rusticana*. Nicht einfach, aber faszinierend. Im Gegensatz zu einer Opernfigur gab es hier jedoch keine Distanz, deine Mutter saß mir gegenüber und ich konnte nicht anders, als von Minute zu Minute mehr zu der zu werden, die sie in mir sah.

Du läufst doch nicht noch einmal weg, sagte sie zu dir.

Ich konnte nicht anders, als auch dich mit ihren Augen zu sehen. Einen Sohn, der in Artikeln über sie schrieb, ohne sie wirklich zu kennen. Einen Verräter, wie du es ausgedrückt hattest.

Wir sollten schön langsam fahren, sagte ich.

Deine Mutter erschrak: Bleib doch noch ein bisschen.

In ihren Augen ein Schmerz, nicht zu verheimlichen.

Du sahst mich fragend an, doch ich schüttelte den Kopf.

Wir müssen noch weiter. Ich streckte deiner Mutter meine Hand entgegen, sie nahm sie und packte zu, mit einer ungeahnten Kraft.

Ich will dich nie wieder so sehen wie deine Mutter dich sieht, sagte ich im Auto.

Ich will mich selbst nicht mehr so sehen, erwidertest du, mich mit dir an meiner Seite. Ich ertrage das Bild nicht, das wir vor meiner Mutter abgeben. Muss also doch alles getrennt bleiben, es geht nicht anders, für jetzt.

Durch deine neue Arbeit besuchten wir zahlreiche Veranstaltungen. Politische, private, so genau war der Unterschied nicht immer zu erkennen. Du wurdest selbstsicherer, aber ich wusste: Das Spiel klappte nur, weil du mich an deiner Seite hattest. Ich nähte teure Kleider mehrmals um, bevor wir endlich genug verdienten, die ausreichende Anzahl an Kostümen für unsere kleinen Aufführungen zu kaufen. Ich genoss das Spiel wie früher meine Auftritte auf der Bühne. Vermutlich, weil ich endlich ein Publikum hatte, das mich zu schätzen wusste. Anlässlich der parlamentarischen Sommerpause gab es ein Grillfest, zu dem wir geladen waren. Wir spulten unser übliches Programm aus Küsschen und Smalltalk ab, als ich plötzlich spürte, wie du neben mir zu Eis wurdest, als ein Mann dich ansprach.

Was machst du denn hier, fragte er, so verkleidet im Anzug?

Es war keiner deiner Freunde, die bei unserer Hochzeit anwesend gewesen war. Er wirkte aggressiver, hatte ein Blitzen in den Augen, etwas Provozierendes in seiner Körperhaltung.

Bist du auf einmal stumm geworden, Paragraphenliesl?

Ein komischer Spitzname, dachte ich mir.

Nenn mich nicht so, zischtest du, das geht nicht mehr.

Ich sah dich von der Seite an, deine Wangen glühten, ich ließ meinen Blick von dir zu dem Mann schweifen. Er lächelte, doch du hattest die Augen zu Boden gerichtet.

Schön, einen alten Freund meines Mannes kennenzulernen, sagte ich und streckte dem Fremden meine Hand entgegen.

Ihr Mann?

Mein Ehemann.

Diese Schwester hier ist Ihr Ehemann?

Ich hielt seinem Blick stand: Ich bin seine Ehefrau.

Na Servus. Er nahm einen Schluck von seinem Wein, steckte sich die Bratwurst in den Mund, kaute, musterte uns von oben bis unten.

Können wir Ihnen noch irgendwie helfen?, fragte ich.

Mir ist nicht zu helfen, meine Liebste, und Ihnen auch nicht, wie ich sehe.

Er verschwand in einer Gruppe, sie zerrissen sich sicher das Maul.

Wir hatten doch ausgemacht, du würdest diskret sein.

Wir brachten den Abend mit Anstand zu Ende, das hatte ich gelernt, und wirklich, die nächsten Wochen schienst du dich am Riemen zu reißen, du kamst pünktlich nachhause, erfandst keine Ausreden für nächtliche Spaziergänge, wir hatten unseren Ehevertrag wieder im Griff.

Wir waren knapp drei Jahre verheiratet, da klopfte es an der Tür. Ich wuchtete meinen verkühlten Körper aus dem Bett, warf mir einen Morgenmantel über, bat den hysterisch Klopfenden um Geduld, schlüpfte in meine Hausschuhe, fuhr mir mit einem Kamm durchs Haar, drehte den Schlüssel und öffnete einen Spalt.

Wer sind Sie, fragte mich die Gestalt vor der Tür, wo ist Schorsch?

Ich war perplex: Wer sind *Sie*? Ich wischte mir den Schlaf aus den Augen und sah den Mann an, der vor mir stand: magerer Körper, eingefallene Augen, aufgekratzte Wunden auf der Haut. Ich erschrak, doch ich hatte keine Angst vor ihm, er wirkte verwirrt, Tränen liefen über seine Wangen, er war verzweifelt, nicht aggressiv. Ich wollte die Tür schließen, doch er drängte sich an mir vorbei in die Wohnung.

Natürlich, wollen Sie nicht hereinkommen?

Seit wann wohnen Sie hier, woher kennen Sie Georg?

Wollen Sie nicht draußen auf meinen Mann warten?

Ich wies ihm die Tür, doch der Mann beachtete mich nicht, lief das Vorzimmer ab, strich dabei über die neuen Tapeten an den Wänden. Ihr Mann? Er hustete, spuckte Schleim in seine Hand. Ich warte, sagte er, was soll ich sonst auch machen.

Woher kennen Sie meinen Mann?

Von früher.

Waren Sie einer seiner Referenten?

Schätzchen, schau mich an, ich mein, dafür fehlen mir jetzt echt die Nerven.

Der Mann hatte recht, diese Blöße mussten wir uns beide nicht geben. Ich sah zu, wie er die Zimmer unserer Wohnung durchstreifte, folgte ihm für einige Minuten und ließ ihn dann allein. Ich wusste, woher du ihn kanntest. Ich wusste, was uns in diese Situation gebracht hatte. Ich war nicht blöd, und der schrecklich krank aussehende Mann ebenso wenig. Ich wanderte in die Küche und setzte Wasser auf, keine Ahnung, was ich sonst tun konnte. Als das Wasser kochte, goss ich Tee auf und machte mich auf die Suche nach ihm, schließlich fand ich ihn im Vorzimmer. Man stelle sich nur vor, die brave Ehefrau kocht noch braver Tee für den gar nicht so braven Liebhaber ihres überhaupt nicht braven Ehemannes, klassischer Mozart, *Die Hochzeit des Figaro* nichts dagegen. Ich streckte ihm die Tasse heißen Tees entgegen.

Trinken Sie, sagte ich, Sie sehen aus, als könnten Sie einen Schluck gebrauchen.

Aber er schlug mir die Tasse aus der Hand, der Tee spritzte auf die neuen Tapeten, er stieß die Tür auf, rief ein »Entschuldigung« hinterher und verschwand ebenso schnell, wie er in mein Leben getreten war. Ich lehnte mich gegen die Wand und versuchte zu atmen. Minutenlang brauchte ich, bis ich einen klaren Gedanken fassen konnte. Der Mann war krank. Es war offensichtlich, wie schlecht es seinem Körper ging. Die Knochen, die durch die Haut zu brechen schienen, die Flecken auf der Haut, die aufgekratzten Wunden. Ich las die Zeitung. Ich wusste, wovor ich Angst haben musste. Ich wusste, wie du unseren Ehevertrag verletzt hattest, wie schwer du es mir jetzt machtest, das Bild unserer Ehe zu bewahren, zumindest in unseren vier Wänden, in meinem Einflussbereich. Panisch zog ich mir ein Kleid über, schminkte die verheulten Augen, legte Lippenstift auf und machte mich auf den Weg.

Er öffnete mir sofort, sah mich nur etwas verwirrt an.

Es tut mir leid, sagte ich, die Probe hat länger gedauert, die Kollegen wollten in der Kantine noch anstoßen, erster Einsatz des neuen Dirigenten, aber jetzt bin ich ja hier. Ich drängte mich an ihm vorbei in die Wohnung, legte meinen Mantel ab und lief direkt ins Wohnzimmer, ließ mich auf sein altbekanntes Sofa fallen.

Was machst du, Sara, wir spielen dieses Spiel nicht mehr.

Wovon sprichst du? Hast du gekocht?

Er strich sich durch die schütter werdenden Haare, sah mich unsicher an.

Ich kann das nicht mehr, sagte er, es ist zu lange her.

Du wirst alt, insistierte ich und lachte, du bist verwirrt. Setz dich zu mir und lass mich dich bekümmern.

Ich deutete auf den Platz neben mir.

Mein Geiger bewegte sich langsam auf mich zu, wie auf ein wildes Tier, setzte sich neben mich. Was ist passiert, fragte er, geht es dir gut?

Mir geht es wunderbar, sagte ich und legte meinen Kopf in seinen Schoß. Die Probe war fulminant. Dabei war die *Salome* nie meine beste Rolle, obwohl du sie stundenlang mit mir durchgegangen bist. Die Jugendstilgewänder lenken mich ab, man sollte *Salome* in einem leeren Raum spielen, die Musik schwitzt so, braucht Raum, da hast du völlig recht. Doch dieses Mal hat es funktioniert, fühlte ich meine Stimme zum ersten Mal wirklich frei werden. Ich bin froh, dich an meiner Seite zu haben. Die Premiere wird ein Erfolg, ich bin mir sicher, ich habe dir deine Karte schon reserviert!

Er strich mir über die Haare, ließ mich sprechen, ohne mich zu unterbrechen.

Ich nahm seine Hand, fühlte den goldenen Ring, den er nie abgelegt hatte. Ich küsste seine Hand, die Hand meines Mannes, für einen kurzen Moment. Es fühlte sich falsch an, genauso falsch wie alles davor, doch es war auch eine Erleichterung, hier zu liegen.

Machst du mir etwas zu essen?, fragte ich.

Ich werde nachsehen, was ich noch im Kühlschrank habe.

Ich beobachtete ihn, wie er Pfannen aus der Schublade holte, Eier aufschlug, wie er das Omelette zubereitete, einen kleinen Salat. Ich ließ ihn nicht aus den Augen, nutzte die Zeit, mir unser gemeinsames Leben vorzustellen, wie ich es früher mit dir gemacht hatte. Mein Geiger war alt geworden, doch er war immer noch ein schöner Mann.

Es ist angerichtet, sagte er.

Ich setzte mich neben ihn, nahm seinen Kopf zwischen

meine Hände und küsste ihn, wie ich ihn früher nie geküsst hatte. Er ließ mich, erwiderte den Kuss jedoch nicht.

Wir aßen, ohne noch viel zu sprechen, gemeinsam lagen wir danach auf dem Sofa, er hielt mich, den Arm um meine Schultern geschlungen.

Musst du nicht zur Aufführung?

Ich habe heute keine Vorstellung angesetzt, sagte ich. Nach einer anstrengenden Probe noch eine Aufführung singen, wo denkst du hin?

Bist du dir sicher? Er stand auf, holte seinen Kalender und blätterte. Hier steht es doch, neunzehn Uhr Beginn, du musst dich beeilen, sonst zahlst du Strafe.

Ich sah ihn vom Sofa aus an, er wich meinem Blick aus.

Du hast recht, ich brauche sicher zwanzig Minuten in die Oper.

Ich verabschiedete mich und verschwand, er begleitete mich mit zur Tür, kein Kuss zur Verabschiedung.

Bis später, mein Liebling.

Pass auf dich auf.

Ich liebe dich.

Und melde dich, wenn es dir schlecht geht.

Ich war beruhigt, das Spiel funktionierte noch.

Sara.

Er rief mir meinen eigenen Namen hinterher und zerstörte die Illusion.

Wieder zuhause angekommen, legte ich mich ins Bett und wartete auf dich. Es dauerte bis nach Mitternacht, bis du dich wortlos zu mir schlichst.

Ich hatte unangenehmen Besuch, sagte ich, und jetzt steht eine Entscheidung an.

Du drehtest dich zu mir und ich erzählte dir alles, nur den Besuch bei meinem Geiger ließ ich aus. Ich sprach ohne Pause, beschrieb dir den Mann, seinen Körper, ich fühlte nichts, als ich die Szene wiedergab, ich musste kalt sein, um die Worte überhaupt über die Lippen zu bekommen. Du wusstest sofort, wer der Mann war.

Es tut mir leid, sagtest du und klangst weinerlich dabei.

Das reicht nicht mehr, sagte ich schroff. Hier ist, was jetzt passieren wird. Als allererstes suchen wir beide einen Arzt auf. Wenn auch nur etwas von einer Krankheit nachweisbar ist, bist du tot für mich. Dann ist dieses Experiment, wie wir es bisher kannten, beendet. Haben wir uns verstanden?

Du musstest kein Wort sagen, wir hatten einander verstanden.

Wenn nicht, dann sehen wir weiter, das müssen wir nicht heute Nacht beschließen.

Ich wollte dich hassen, ich wollte den Mann hassen, der in meine Wohnung gedrungen war, meinen Schutzschild durchbrochen hatte, doch ich konnte sein Gesicht nicht vergessen, seinen ausgemergelten Körper, die Bilder drängten in meinen Schädel, wie sehr ich auch dagegen ankämpfte. Ich fühlte nur Angst, das Gleichgewicht zu verlieren, das diese Ehe ermöglichte, meiner Macht verlustig zu gehen, auf die ich so stolz war.

Wenn du dich scheiden lassen willst, sagtest du, dann ist das in Ordnung für mich.

Ich erinnerte mich an eine Dinner Party meiner Eltern. Meine Mutter hatte mit jemand geflirtet, war mit ihm im Schlafzimmer verschwunden, von wo ich eigenartige Geräusche hörte. Mein Vater saß an meinem Bett, in dem ich heulte und schluchzte: Bitte nicht scheiden lassen. Mein Vater lachte, doch ich sah das Zucken in seinen Augen, wenn auch nur für einen Augenblick. Scheiden lassen, sagte er und strich mir über den Kopf, wovon redest du? Woher kennst du das Wort überhaupt? Deine Mutter ist unkonventionell, natürlich. Doch wenn ich etwas verspreche, dann halte ich das auch. Mach dir keine Sorgen, ich bin stark genug.

Scheiden lassen, wovon redest du? Wir bleiben in jedem Fall verheiratet. Fragt sich nur, unter welchen Auflagen.

Ich wollte den Wunsch in mir spüren, dich zu verletzen, dich hinter mir zu lassen, dich für deinen Vertrauensbruch zu bestrafen, doch nichts davon konnte ich in mir finden. Dabei hatte ich keine Angst mehr, alleine zu sein, ich hatte auch keine Sorgen vor einer Zukunft ohne dich, nichts davon traf auf mich zu. Ich blieb bei dir, weil der kranke Mann dich einmal geliebt hatte, daran bestand für mich kein Zweifel, weil du es gewesen warst, den er gesucht hatte, kaum fähig, sich auf den Beinen zu halten, weil ich etwas Echtes in seinen Augen gesehen hatte, etwas Ungespieltes.

Der Mann kann dir schaden, sagte ich. Er kann uns schaden.

Er wird mir nicht wehtun.

Sei bloß nicht naiv, ich mag keine naiven Männer.

Er wird mir nicht schaden, das kannst du mir glauben.

Dann kümmere dich um ihn.

Was meinst du damit?

Wie lange hast du ihn nicht mehr gesehen?

Ein paar Jahre, ich weiß es nicht genau.

Liebst du ihn?

Du setztest schon an, mir eine Lüge zu erzählen, das merkte ich daran, wie dein Blick Richtung Decke schweifte. Hast du ihn irgendwann einmal geliebt?

Natürlich hattest du.

Dann kümmere dich um ihn. Man lässt die Menschen nicht im Regen stehen, die man liebt. Schon gar nicht, wenn sie krank sind. Fick von mir aus Männer wie ihn, aber dann kümmere dich auch um sie, wenn es ihnen dreckig geht. Pass nur auf, dass es niemand bis zu mir verfolgen kann. Wie auch immer eure Geschichte aussieht, mach es so, dass es keinen Aufruhr gibt. So, dass er dich erneut liebt und den Mund hält.

Das kann ich nicht, sagtest du.

Ein Mann, der sich nicht um die kümmert, die er liebt? Das ist zum Genieren. Und ich sage dir, was ich allen Männern bisher gesagt habe: Ich brauche keinen Mann, für den ich mich genieren muss. Du kannst jetzt nur zum Verräter werden. Du kannst unseren Ehevertrag verraten oder den Mann, den du einmal geliebt hast. Und du verrätst sicher niemand, der krank ist und deine Hilfe braucht, das lasse ich nicht zu. Ich habe dir einmal gesagt, dass es darauf ankommt, wen oder was man verrät. Diese Wahl lasse ich dir heute nicht. Du wirst einen Weg finden, und ich werde nichts davon erfahren. Du wirst noch tausendmal diskreter sein, als du es bisher gewesen bist. Du wirst dich um ihn kümmern und du wirst dich um mich kümmern, so unterschiedlich unsere Bedürfnisse auch sein mögen.

Ich nahm diesen Bruch in unserer Ehe zum Anlass, ernsthaft über das nachzudenken, was ich immer noch meine Karriere nannte. Nach meinem Ausscheiden aus dem Zusatzchor der Staatsoper sang ich hin und wieder ausgesuchte Highlights aus Oper und Operette für Wienbesucher, wie es im Werbefolder des Anbieters hieß, der mich im Frühling und Sommer für einige hundert Schilling pro Auftritt buchte. Tatsächlich aber spielte ich den Pausenclown für Billigtouristen, die sich nicht einmal die in Phantasiebarock gekleideten Orchester in Sälen der diversen Sehenswürdigkeiten leisten konnten und deswegen von mir zwischen Leberknödelsuppe und Schnitzel mit Arien aus der *Fledermaus* und der *Zauberflöte* zwangsbeglückt wurden. So sang ich Orlofsky und die Königin der Nacht und manchmal noch den Papageno und redete mir die Vergewaltigung der Musik und meines Stimmfachs als künstlerische Freiheit schön, was ich mir selbst nur dann glaubte, wenn in den während der Pause an die Gäste ausgeteilten Sektgläsern genug billiger Fusel für ein schnelles Zweite-Akt-Besäufnis zurückblieb. Mit einem Wort, ich hätte meinem Vater keine Freikarten für eines der Konzerte besorgt. Es war Zeit, einen Schlussstrich zu ziehen. Ich hatte die Oper geliebt, aber die Oper hatte mich abgelutscht und ausgespuckt wie eine saure Weintraube. Noch nie eine Freundin langen Zögerns, beendete ich mein letztes Konzert mit einer ebenso unangekündigten wie unerwünschten Zugabe, ein kleiner Ausschnitt aus den *Kindertotenliedern*, der das Publikum, Insassen eines holländischen Reisebusses, angemessen verstörte, und ließ die Bretter hinter mir, die für meine Zuhörerinnen und Zuhörer nicht die Welt, nur das Hindernis auf dem Weg zur Nachspeise bedeutet hatten. Ich wollte unbedingt in einem Büro arbeiten, doch in einem Büro wofür? Davon hatte ich nicht die geringste Ahnung. Mit welchen Qualifikationen? Mit denen, die ich mir noch erarbeiten würde. Die ersten Wochen konnte ich auf meine schauspielerischen Fähigkeiten vertrauen, die zuvor nicht für die Staatsoper gereicht hatten, mich in einem Büro, diesem unbekannten Ort, aber doch über die Runden bringen müssten. Tatsächlich hatte ich natürlich keine Ahnung, wozu ich in der wirklichen Welt da draußen gut sein konnte, stellte mir aber insgeheim schon eine wichtige Position vor, die ich voller Stil ausfüllen würde. Ich wusste zwar, dass harte Arbeit auf mich wartete, blöd war ich ja nicht, genoss aber für kurze Zeit die verlockende Kraft meiner Phantasiebilder. Ich wollte selbstständig sein, nicht abhängig. Allerdings hatte ich nirgends einen Fuß in der Tür. Ach, was rede ich, ich wusste nicht mal, an welche Türen ich klopfen sollte, geschweige denn, dass sich welche geöffnet hätten. Du botest an, mir zu helfen, doch auf Hilfe deinerseits hatte ich gerade in dieser Angelegenheit keine Lust. Trotz aller Rückschläge frisierte ich mir jeden Tag die Haare, zog mein bestes Kleid an und machte mich auf den Weg. Ich besuchte alle Büros, deren Türschilder mir vielversprechend erschienen, schneite einfach herein: Hallo, mein Name ist Sara und ich suche einen Job. Und immer hieß es: Leider nein, wir haben gerade nichts frei. Immer: Gerade nichts frei. Ich bedankte mich trotzdem: Danke schön, vielleicht das nächste Mal, und spazierte weiter, quer durch Wien. Irgendwann kam ich in ein Büro: Waren Sie nicht schon mal hier? Und wirklich, als ich mich umsah, erkannte ich das Foyer wieder. Ich wollte schon sagen: Gerade nichts frei, habe ich recht, da beugte sich die Sekretärin zu mir und sagte: Wenn ich es mir recht überlege, warten Sie einen Moment. Das war der Beginn meiner offiziellen Arbeitskarriere: Ansprechpartnerin für Opernhäuser in einem Musikverlag, mit der Chance, mich nach oben zu arbeiten. Ich musste Klinken putzen, aber jetzt hatte ich, was ich wollte.

Nach meinem ersten Arbeitstag lagen wir gemeinsam im Bett, ich erzählte dir von dem Gefühl des Triumphs, das die Stelle in mir auslöste. Du küsstest mich und ich ließ dich, es fühlte sich gut an, richtig. Dann schobst du die Decke zur Seite, fuhrst mit deiner Hand in meinen Schritt, ich fühlte deine kalte Hand in meiner Unterhose.

Denk nicht mal dran, sagte ich und drehte mich zur Seite. Das ist nicht mehr notwendig, keine ehelichen Pflichten mehr, das ist doch eine Erleichterung für uns beide, habe ich recht?

Ich hatte immer gewusst, was du triebst, aber jetzt wollte ich nicht mehr mit dir schlafen, auch wenn alle ärztlichen Untersuchungen negativ ausgefallen waren und meine Befürchtung gemindert hatten. Mein Wissen um dein Tun hatte ein Gesicht.

Die nächsten Jahre schafftest du es, deine unterschiedlichen Gesichter streng voneinander getrennt zu halten. Wir lebten unser Leben und du lebtest nebenher noch andere, aber von denen wollte ich nichts mehr wissen, von denen kann ich dir jetzt auch nichts erzählen. Du wurdest älter, und nur an dir sah ich, dass auch ich nicht mehr die Jüngste war. Irgendwann, es muss einige Jahre nach deinem Wechsel ins Ministerium gewesen sein, gabst du ein offizielles Porträt in Auftrag.

Für deine Büroräumlichkeiten?

Du verneintest.

Wo soll das Portrait denn hängen?

Das überlege ich mir, wenn es fertig ist.

Da saßest du nun, während du in Öl gemalt wurdest, als schrieben wir noch das achtzehnte Jahrhundert vor Erfindung des Fotoapparates, du hieltest still, die ganze Zeit, während dich der Maler so verächtlich behandelte, obwohl er Unmengen an Geld für das bisschen Geschmiere bekam. Du tatst mir leid, wie du auf dem kleinen Stuhl saßest und versuchtest, dich zu präsentieren, wie du tagelang deine Pose geübt hattest, noch bevor der Maler gekommen war. Ich liebte dich wieder wie früher, zumindest für einen Moment. Du im Sonnenlicht, die Staffelei vor dir, der Maler längst gegangen, das Bild von dir abstrakt, Farbflächen, die ineinanderflossen.

Doch dieser Moment der Liebe hielt nicht lange, uns blieb keine Zeit gegönnt.

Kurze Zeit später gestandst du mir, dass du deine Arbeitswohnung an Gabriel überschrieben hattest, um ihm Sicherheit zu geben, wie du es ausdrücktest.

Ich will seinen Namen nicht hören, sagte ich, ich will von der ganzen Sache nichts wissen, warum erzählst du mir das?

Ich will dich nicht mehr belügen, sagtest du, ich will das alles nicht mehr trennen.

Halt einfach den Mund, sagte der Korrepetitor in mir.

Ich werde einen Teufel tun, ich kann nicht mehr.

Ich war erstaunt über den Tonfall in deiner Stimme, über das Dringliche.

Du hältst jetzt den Mund, schrie ich dich an, wie ich jahrelang den Mund gehalten habe. Das wirst du wohl noch schaffen, warmer Hund.

Du packtest mich an den Schultern: Nein, brülltest du, du hörst jetzt mir zu.

Ich versuchte, mich aus deinem Griff zu befreien: Lass mich endlich los.

Ein Schlag, du knalltest mir die Hand ins Gesicht.

Genug. Wieder einmal genug.

Ich lasse mir das nicht gefallen, schrie ich dich an. Weißt du, warum ich mich damals von dir angezogen fühlte, nach der *Tosca*? Weil ich dachte: Wenn du schlecht zu mir bist, wirst du doch nie so schlecht sein wie mein Korrepetitor. Von noch einem Mann lasse ich mich sicher nicht schlagen.

Mit diesen Worten ließ ich dich alleine in der Wohnung zurück und ging nach langer Zeit wieder in die Oper, ich gönnte mir einen Logenplatz, von dem aus ich die *Tosca* sah, in der immer noch gleichen Inszenierung, doch ich konnte mich nicht konzentrieren, die Musik floss durch mich hindurch, ohne eine Wirkung zu entfalten.

Als ich zurück in die Wohnung kam, um mit dir abzurechnen, warst du so klein mit Hut, schafftest es nicht, mir in die Augen zu sehen.

Ich habe etwas getan, sagtest du, habe ich recht?

Ich verstand nicht, sollte das eine Entschuldigung sein?

Ich habe etwas Schlimmes getan, sagtest du, habe ich dich denn wirklich geschlagen? Ich habe noch nie jemand geschlagen, mein ganzes Leben lang.

Willst du mich verarschen?

Mein Bruder hat zugeschlagen, ich nie. Oder doch?

Du schienst verwirrt, kamst auf mich zu und wolltest mich umarmen, doch ich machte einen Schritt zur Seite, hinter das Sofa, ich wollte Distanz zwischen uns bringen. Ich lief in die Küche und schloss die Tür, hörte dich im Wohnzimmer auf und ab laufen. Dann gingst du zu Bett, ohne noch weiter mit mir zu sprechen. Am nächsten Morgen warst du lethargisch, ich bekam kein Wort aus dir heraus. Über den Vorfall sprachen wir nicht, doch mir war klar, ich musste eine neue Zukunft für uns erfinden.

Ich war beim Arzt, sagtest du nach einigen Wochen.

Wegen ihm?

Wegen mir. Ich habe einfach keine Kraft mehr. Mir geht es schon lange nicht gut.

Und was hat der Arzt gesagt?

Mein Hirn weist Strukturen auf, die jemand in meinem Alter eigentlich nicht haben dürfte.

Was heißt das?

Das weiß ich nicht.

Dann sprechen wir weiter, wenn du es herausgefunden hast.

Lange Zeit gab es nichts zu besprechen, es gab doch nichts zu besprechen?

Dein Gemütszustand besserte sich und du wurdest wieder ganz der Alte. Wir machten sogar wieder Urlaub, besuchten die Oper, du arbeitetest weniger, um mehr Zeit für deine wissenschaftliche Arbeit zu haben, und trotzdem wurde deine Stellung im Ministerium wichtiger und wichtiger. In der Nachfolge deines ehemaligen Professors bot man dir die Stelle des Sektionschefs an, doch du zögertest. Ich bemerkte, dass du die Entscheidung allein nicht treffen konntest, doch ich schaffte es nicht, dir wie früher Ratschläge zu geben, gab es doch etwas zu besprechen?

Nach Wochen des Zögerns suchtest du schließlich meine Nähe.

Hast du Angst, fragte ich dich, wie damals beim Wechsel ins Ministerium?

Nein, ich habe keine Angst mehr, seitdem Gabriel zurückgekommen ist.

Wieder dieser Name.

Ich habe einfach nur vergessen, warum ich ursprünglich in die Justiz wollte.

Für deinen Vater, du erinnerst dich?

Ich bin nur müde. Ich bin der ewigen Nachrichten müde, der dauernden Streitereien, der Missgunst, der Bedeutungslosigkeit.

Du kannst die Stelle nicht annehmen, sagte ich, das weißt du doch?

Du sagtest kein Wort, nahmst nur meinen Arm.

Du weißt, dass es dir dafür nicht mehr gut genug geht,

gesundheitlich. Ich schaffe es nicht, auch das zu kaschieren, das übersteigt meine Kraft.

Ich sagte dir also doch noch meine Meinung und du hörtest mir zu, gabst mir sogar recht, aber ich hatte dennoch das Gefühl, dass du mir diese Offenheit danach nicht mehr verzeihen konntest. Hättest du gewollt, dass ich dich dränge, wie früher?

Du sagtest die Stelle sofort nach unserem Gespräch ab. Damit brachtest du einige Köpfe durcheinander, da kippten viele Kinnladen nach unten. Man hatte dir Ambitionen unterstellt, den Drang nach Höherem, nun galtst du als schwach. Die anderen merkten ja noch nichts von deiner beginnenden Krankheit, dafür gab es viel zu wenige Anzeichen. Nur ich konnte nicht ignorieren, dass etwas anders war. Du warst zurückgezogen, dann wieder aufbrausend, du schienst schwerhörig, was dich wütend machte, dann kamst du tagelang nicht aus deiner Schale heraus, an wieder anderen Tagen warst du grundlos aggressiv.

Einmal stand er vor unserer Tür, du hattest ihn eingeladen, ohne mich zu informieren, ohne Rücksicht auf meinen Wunsch zu nehmen, von seiner Geschichte getrennt zu bleiben. Er stand im Vorzimmer, unsicher, wie er mir begegnen sollte. Ich zog dich ins Schlafzimmer und stellte dich zur Rede, doch du verstandst meine Aufregung nicht.

Ich wusste nicht, dass dich das stört, sagtest du, ihr müsst euch nur kennenlernen.

Und wie immer machte ich keine Szene, gemeinsam aßen wir, doch schon während des Essens merkte ich, wie du unruhig wurdest, wie etwas in dir aufbrauste, was du selbst noch nicht benennen konntest. Du zetteltest einen Streit wegen einer Nichtigkeit an, wurdest laut, versuchtest im nächsten Moment, witzig zu sein.

Wenn du nur halb so gut im Bett wärst wie er, sagtest du zu mir, auf deinen Liebhaber deutend, dann wärst du schon gut.

Taktlosigkeiten wie diese spucktest du aus und hattest sie in der nächsten Sekunde schon wieder vergessen.

Ein schöner Abend, befandst du am nächsten Morgen.

Wenn mir die Situation mit dir zu schwierig wurde, flüchtete ich in die Oper, immer in die Oper, von der ich nie ein Teil geworden war. Ich flüchtete in Maske, Kostüm und Bühnenbild wie meine Mutter. Ich sah die *Bohème* und immer wieder die *Traviata*, die einzige Verdi-Oper, die ich wirklich liebte, ich Anhängerin Puccinis, die den Kitschvorwurf mit Stolz entgegennahm, sollten die Liebhaber Verdis doch ihr Humptata feiern. Manchmal noch sah ich den Korrepetitor in der Regieloge sitzen, er hatte nie wieder hinter das Dirigentenpult gedurft. Immer noch sah er aus wie früher, verhärmt und verkniffen, als könne auch die schönste Musik keine Zufriedenheit in sein Gesicht zaubern. Ich blieb auch in schlechten Aufführungen so lange, bis der letzte Applaus verklungen war, und machte mich erst dann auf den Heimweg.

Über die Gegenwart will ich mit dir nicht sprechen, es hat ja doch keinen Sinn. Hin und wieder melden sich Menschen bei mir und fragen, wie es dir geht, frühere Freunde, Arbeitskollegen. Von Zeit zu Zeit kommen dein ehemaliger Professor und seine Frau vorbei, die beiden ungezogenen Kinder mittlerweile ungezogene Erwachsene, von deren Eskapaden sie aufgeregt berichten, bevor das Gespräch schnell zur Juristerei wechselt. Du blühst förmlich auf, wenn du mit deinem Professor über euer altes Gebiet fachsimpeln kannst, beim Verabschieden meint er stets, er könne überhaupt keine

Veränderung an dir feststellen, und natürlich hat er recht, noch ist die Situation nicht ausweglos, noch überwiegen die guten Momente, doch ich bin deine Frau, ich sehe mehr. Sehr bald wird unser Leben anders aussehen. In Momenten, in denen du nicht mehr der alte bist, singe ich für dich. Aus dem *Rosenkavalier*, ausgerechnet.

Die Zeit, die ist ein sonderbar Ding.

Wenn man so hinlebt, ist sie rein gar nichts.

Aber dann auf einmal, da spürt man nichts als sie.

Sie ist um uns herum, sie ist auch in uns drinnen.

In den Gesichtern rieselt sie, im Spiegel da rieselt sie, in meinen Schläfen fliesst sie. Und zwischen mir und dir da fliesst sie wieder, lautlos, wie eine Sanduhr.

Ich pariere Anfragen zu dir stets mit Bravour, gehe ganz in meiner Funktion auf, endlich wieder eine würdige Rolle, die ich verkörpern kann. Habe ich dir nicht gesagt, dass ich gut im Repräsentieren bin, selbst in schwierigen Situationen? Ich werde dein Bild pflegen, wenn du selbst es nicht mehr kannst, und so auch mein eigenes Bild malen, mit dir über mich erzählen. Schon jetzt kümmere ich mich vorsorglich um dich, so wie deine Mutter um ihn. Ich bezahle ihre Rechnungen, musst du wissen, seit dem Tod meines Vaters habe ich Geld, eigenes. Wie modern von mir, ich ermögliche das Ausgedinge deines Liebhabers, noch ist also ein unkonventioneller Rest in mir erhalten geblieben. Ich würde sie gerne besuchen, deine Mutter, die alte Frau hat mir imponiert, aber ich schaffe es nicht, mich zu überwinden. Wir erzählen dir unsere Geschichten also jeder für sich, schreiben sie nieder, mögen sie in deinem Kopf zu einer werden, eine Erinnerung für die Zeit, die dir bevorsteht.

Jürgen Bauer

Das Fenster zur Welt

Roman

Die 80-jährige Hanna wagt nach dem Tod ihrer Mutter einen späten Ausbruch aus ihrem starren Alltag. Beim Speed-Dating lernt sie den jungen, arbeitslosen Schauspieler Michael kennen, dem durch die Trennung von seinem Partner plötzlich jede Sicherheit genommen wurde.

Die Fahrt zu Hannas erster Jugendliebe aus den turbulenten Wochen nach Kriegsende zwingt Michael, auch in seiner Kindheit nach Antworten zu suchen, denn Hanna kennt den Grund, warum seine Mutter ihn bei seinem Vater zurückgelassen hat. Zunehmend wird den beiden bewusst, wie sehr einzelne Entscheidungen ein ganzes Leben prägen.

Jürgen Bauer schildert in seinem Debütroman *Das Fenster zur Welt* das Aufeinandertreffen zweier Generationen, die sich gemeinsam der Suche nach ihren begangenen Fehlern stellen, und nähert sich mit feinfühliger Sprache und subtilem Humor der Frage nach Schönheit und Vergänglichkeit eines Augenblicks.

Gebunden mit Schutzumschlag und Lesebändchen, 176 Seiten
ISBN: 978-3-902711-25-0
ISBN E-Book: 978-3-903061-03-3

Jürgen Bauer

Was wir fürchten

Roman

»Das erste Mal fühlte ich die Angst, als mein Vater Kornkreise in ein Feld am Ortsrand trat und meine Mutter mich losschickte, um ihn nach Hause zu holen, bevor die Nachbarn etwas bemerken konnten.«

Georg erzählt aus seinem Leben, das von Unruhe und Angst gezeichnet ist. Die Furcht vor seinem psychisch kranken Vater lässt ihn an allen Versuchen scheitern, Vertrauen und Stabilität zu finden. Erst als Erwachsener gelingt es ihm, die Kontrolle über sein eigenes Leben zu erlangen und sich sicher zu fühlen, bis traumatische Ereignisse die Idylle zerreißen und sein Verfolgungswahn erneut ausbricht.

Seine Mutter hält ihn für verrückt, Georgs Frau scheitert daran, ihn zu beschützen, und auch sein bester Freund glaubt nicht an seine Erzählungen. Doch was, wenn Georgs Ängste berechtigt sind und die Menschen in seinem Leben tatsächlich ein Geheimnis verbergen? Was, wenn sich wirklich alles nur um ihn dreht?

Im Dialog zwischen Georg und seinem Gegenüber entwickelt sich ein Machtspiel um die Wahrheit und ihre Bedeutung. Doch wer entscheidet, ob eine Geschichte richtig erzählt ist? Vielleicht liegt die Lösung bei jener Person, der er seine Geschichte anvertraut. Schritt für Schritt wird Georgs Leben entblättert, bisherige Antworten werden infrage gestellt und müssen neu überdacht werden.

Gebunden mit Schutzumschlag und Lesebändchen, 264 Seiten
ISBN: 978-3-902711-38-0
ISBN E-Book: 978-3-903061-09-5

Jürgen Bauer

Ein guter Mensch

Roman

Wie schon in den Jahren zuvor wird Mitteleuropa erneut von einer Hitzewelle heimgesucht. Wasserknappheit, zunehmend schlechte Stromversorgung und steigende Kriminalität bringen die sozialen Strukturen der Großstadtgesellschaft ins Wanken. Die Politik steht der Situation hilflos gegenüber, die Südgrenzen werden geschlossen, der Polizeiapparat wird erweitert und das kostbarste Gut Wasser streng kontrolliert, rationiert und über ein ausgeklügeltes Versorgungssystem zugeteilt.

Marko versucht mit seinem Freund Berger als Tankwagenfahrer einen Beitrag zu leisten und die schweigende Mehrheit, die sich mit der Situation abgefunden hat, mit Wasser zu versorgen. Im Unterschied zu anderen will Marko die Stadt nicht einfach Richtung Norden verlassen, er bleibt, weil er an seinem Glauben an das Gute festhält. Außerdem muss er sich um seinen kranken Bruder Norbert kümmern, der sich weigert, den alten Familienhof aufzugeben.

Das plötzliche Auftauchen einer mysteriösen, schnell wachsenden Bewegung bringt die Kräfteverhältnisse mit einem Schlag durcheinander. Die »Dritte Welle« feiert dekadent auf den nicht zu vermeidenden Kollaps zu und setzt der Rationierung sowie dem Haushalten die Verschwendung entgegen. Nicht nur stellt diese scheinbar friedfertige Bewegung damit das gültige System infrage, durch ihr Verhalten provoziert sie Aggressionen, die nicht mehr einzudämmen sind.

Gebunden mit Schutzumschlag und Lesebändchen, 224 Seiten
ISBN: 978-3-902711-64-9
ISBN E-Book: 978-3-903061-55-2

Jürgen Bauer, geboren 1981, lebt in Wien. Im Rahmen des Studiums der Theaterwissenschaft in Wien, Amsterdam und Utrecht spezialisierte er sich auf Jüdisches Theater und veröffentlichte hierzu zahlreiche Artikel und Buchbeiträge. Seine journalistischen Texte erscheinen in internationalen Zeitungen und Zeitschriften. Bauer nahm mit seinen Theaterstücken zweimal am Programm »Neues Schreiben des Wiener Burgtheaters« teil.

2013 erschien sein Debütroman *Das Fenster zur Welt*, 2015 sein zweiter Roman *Was wir fürchten*. 2016 wurde er zum »Festival Neue Literatur« in New York sowie zum »Festival Zeitgeist« in Washington, D.C. eingeladen. 2017 erschien sein dritter Roman *Ein guter Mensch*. Mit diesem Roman, dessen Handlung in einer nahen Zukunft angesiedelt ist, die mit Wasserknappheit kämpft, wurde Jürgen Bauer auch über Österreichs Grenzen hinweg bekannt. Alle Romane erschienen bei Septime.

FOTO: Daniel Schönherr

www.septime-verlag.at